EL DESAFÍO
DE FLORENCIA

EL DESAFÍO DE FLORENCIA

Alejandro Corral

Papel certificado por el Forest Stewardship Council®

MIXTO
Papel procedente de
fuentes responsables
FSC
www.fsc.org   FSC® C117695

Primera edición: marzo de 2019

Printed in Spain – Impreso en España

ISBN: 978-84-666-6476-9
Depósito legal: B-2.267-2019

Compuesto en Lozano Faisano, S. L.

Impreso en Rodesa
Villatuerta (Navarra)

BS 6 4 7 6 9

Penguin
Random House
Grupo Editorial

Dedico esta novela a mi padre, José Luis Corral,
el hombre que me ha enseñado a saber valorar
la libertad por encima de cualquier otra cosa

CAPÍTULO I

1

Basílica de Santa Maria Novella, Florencia,
7 de septiembre de 1504

Leonardo da Vinci murmuró:

—No insistas, por favor.

Cautivada por los dulces efectos de verse retratada, Mona Lisa perseveró:

—Necesito saberlo: ¿por qué me escogiste, maestro? Para mí, se ha convertido en una obsesión. —Ante aquella insistencia, él solía responder con evasivas o negativas, sin ofrecerle nunca una respuesta aclaratoria—. No comprendo tu silencio. ¿Qué te llevó a aceptar el encargo de mi marido? ¿Y por qué pintarme a mí, cuando hay otras mujeres, más ricas e ilustres, que han solicitado tus servicios?

—Es cierto que he hecho lo posible por evitar las insistentes demandas de Isabel de Este, una mecenas de las artes mucho más... rica e ilustre, sí —musitó Leonardo desviando la mirada, alimentando a su vez el misterio con su juego de palabras. Y así el pintor, con los ojos clavados nuevamente en ella, dejó la frase flotando en el aire con su proverbial elocuencia e ironía.

—Isabel de Este es acaudalada y poderosa, te protegería y promovería aún más tus obras.

Leonardo le brindó una sonrisa amable y replicó:

—El prestigio de mi carrera ya alcanzó su cota más alta en Milán, cuando pinté *La última cena*. Ahora mismo no codicio nuevas dosis de notoriedad.

—Entonces, ¿por qué retratarme? ¿Qué has visto en mí? ¿Acaso algo especial que nadie más perciba?

Leonardo da Vinci se fijó en los labios de Lisa del Giocondo; se fijó, sobre todo, en su sonrisa. Y la observó largos instantes con la elegante parsimonia del artista, con aquellos ojos cautos y reflexivos que buscaban, por encima de todo, el origen de la verdad; después, sugirió:

—Todavía no puedo dar una respuesta a esas preguntas. Lo lamento. Por el momento, Lisa, habrás de conformarte con lo siguiente: en los últimos meses, me he hallado tan absorto en mis investigaciones científicas que mi aversión a coger el pincel ha resultado casi enfermiza, pero al pintarte a ti, una mujer poco conocida, en vez de una famosa aristócrata, puedo representarte como realmente quiero, sin verme obligado a seguir las órdenes e indicaciones de un tercero. —Y lo más importante que Leonardo da Vinci guardó para sí: la consideraba una mujer hermosa y atractiva—. Asimismo, en tus labios se dibuja eventualmente una expresión indescifrable; aclararé tus dudas, que también son mías, cuando comprenda los misterios que ofrece tu sonrisa.

2

Leonardo contempló a la mujer que posaba en su estudio y luego se contempló a sí mismo. El espejo le devolvió la imagen de un hombre alto y ciertamente hermoso, pero aquella belleza poco común ya empezaba a ser víctima del desgaste que provoca el efecto del paso del tiempo. Leonardo da Vinci tenía cincuenta y dos años. De pie y concentrado frente a la mujer de Francesco del Giocondo, vestía una túnica púrpura y zapatos dorados con plataforma. Su cabello castaño y veteado de gris caía ondulado sobre sus hombros, y la barba sobre el pecho. Sus ojos brillantes y del color de la miel se centraron de nuevo en la mujer que desde hacía un año retrataba y que ahora lo miraba con una devoción creciente.

En el atardecer del 7 de septiembre, Leonardo da Vinci y Lisa Gherardini, también conocida como Lisa del Giocondo, se encontraban en el estudio superior de Santa Maria Novella, la basílica en cuyas dependencias anexas el pintor residía desde que los gobernantes florentinos le encargaran pintar un gran fresco representando la victoria en la batalla de Anghiari, librada en 1440 entre Florencia y Milán. En la sala de abajo, cuatro o cinco de sus aprendices, entre ellos Salai, empleaban el recurso de hacerles escuchar música y cantos.

Maravillado por la increíble capacidad humana de transformar la realidad en imágenes pintadas, Leonardo da Vinci alternaba la mirada entre la pintura y quien posaba cuando se percató de que, frente a sí, una excitación insospechada iba apoderándose gradualmente de aquella joven de veinticinco años. Él, perplejo y asombrado, sin apartar un ápice la vista de su modelo, le preguntó con palabras cordiales cómo se encontraba.

Mona Lisa del Giocondo sacudió la cabeza y lo miró con gesto sugerente.

—Quizá algo... alterada —respondió dejando escapar un leve suspiro—. Maestro Da Vinci, observa mi cuadro..., y luego obsérvame a mí. Deseo que, mientras turnas la mirada, expliques en voz alta lo que has pintado. Y también lo que supondrá para quienes algún día me contemplen.

Leonardo obedeció, y describió:

—El ser humano solo es capaz de imaginar lo que es igual en todas las personas, lo general, y únicamente en gráciles matices encontramos la diferencia con los demás, momentos fugaces que el artista necesita descubrir y desvelar. Por eso, lo que para mí empezó siendo el retrato de la joven esposa de un comerciante de seda se ha convertido en un intento de reproducir las complejidades de las emociones humanas. —Alzó la vista del lienzo y posó los ojos en Lisa, que entrecerrando los suyos se abandonó a un placer inesperado.

—Continúa... —murmuró ella.

—Tus ojos poseen el brillo húmedo que se observa frecuentemente en los seres vivos, y en torno a ellos destacan los rosados lívidos y sus matices, que solo pueden representarse mediante la máxima delicadeza.

Mona Lisa ahogó un gemido y prosiguió escuchando con atención.

—Pretendo que tu nariz, con sus finas y delicadas cavidades rojizas, y tu boca entreabierta y las mejillas encarnadas, no parezcan pintadas, sino carne verdadera.

Ella se entregó por completo al arrullo de las palabras, susurrando con frenesí:

—¿Y quienes me contemplen...?

—Y quienes contemplen con atención los detalles de tu cuello, verán latir tus venas. Y quienes contemplen tu retrato quedarán desconcertados ante el problema real de tus cejas; o mejor aún, ante la ausencia total de ellas.

El pecho de Lisa subía y bajaba de manera sensual y armoniosa.

—Continúa... por favor...

—Cuando se sitúen frente a tu retrato, los observarás; cuando se desplacen de un lado a otro, tu mirada los perseguirá. —Era difícil tarea saber a qué presencia se dirigía Leonardo, si a la ficción humana de su cuadro o a la realidad carnal que en el estudio posaba. ¿Es posible que el pintor, en un alarde intelectual, en un testimonio absolutamente magistral, les hablara al mismo tiempo a ambas existencias?—. Y por fin, ellos llegarán al elemento más mágico y atractivo de mi *Mona Lisa*: tu sonrisa...

Ella no podía resistirse más. La excitación que la dominaba al estar siendo retratada empezaba a alcanzar su grado más elevado de fogosidad.

—... una sonrisa tan agradable que más parecerá divina que humana.

—¿Y cuando me contemplen...? —insistió ella con auténtica euforia.

—Y cuando te contemplen, parecerá que dentro del cuadro parpadeas. Pero bastará que desplacen la vista para que tu gesto cambie. Y el misterio se agrandará. Porque ellos mirarán hacia otro lado, pero tu sonrisa ya se habrá quedado grabada en sus mentes, y para siempre. Una señal excepcional, una sonrisa imposible de retener que esquivará a quienes intenten perseguirla. Y lo más increíble es que tú, encerrada en esta pintura, darás la impresión de ser consciente tanto de ellos como de ti misma.

—¿Y qué será de aquellos que a lo largo de la historia se atrevan a cuestionarme?

—Les replicarás, siempre, con tu sonrisa.

Al concluir Leonardo su descripción y alegato, Lisa movió suavemente la cabeza hacia atrás y deslizó una mano resuelta a través de su cuerpo con una agradable caricia.

Y Leonardo, decidido y siempre abierto a la curiosidad, exploró la posibilidad que ante sus ojos se abría, aquella posibilidad que reviste un significado tan complejo como el de saber materializar las imágenes en pintura en el momento adecuado y de la manera precisa.

Y Mona Lisa del Giocondo, fuera de sí, seducida por el poder y la belleza de la pintura, tan solo pudo suspirar:

—Maestro Da Vinci... ¿qué me estás haciendo?

Tomándose Leonardo su tiempo, sin dejar de recorrer sus ojos el cuerpo excitado de Lisa y a la vez su retrato, se entregó decididamente a la pintura, al placer que casi creía olvidado. Y al tiempo que aplicaba suaves pinceladas y susurraba una sinfonía de palabras, los labios de su *Mona Lisa* dibujaron sutilmente la misteriosa sonrisa que comenzaba en ella misma pero que también se conectaba con la mujer que en el estudio posaba. Con extrema cautela, explorando cada partícula del cuadro, el pincel de Leonardo alcanzó al fin la tabla de álamo, y se deslizó, y la recorrió, y quiso no dejar de pintarla nunca jamás. Todo en la habitación fue de pronto arrobo y deseo, la armonía y la unión de dos personas entregadas sin reservas la una a la otra, el pintor y su modelo, con los ojos de ella curioseando desde la profundidad del retrato, sus manos entrelazadas en un primer plano. Minutos más tarde, en un último aliento desesperado, agitada ella, sus labios y su sonrisa, intensas convulsiones sacudieron su cuerpo; y ella, complacida, se abandonó dulcemente al estremecimiento, temblando de placer.

—Maravilloso —exclamó atónito Leonardo, pues ni siquiera la había tocado.

—Prométeme que jamás hablarás con nadie de lo que acaba de suceder, y aún menos con mi marido —susurró Lisa más calmada pero todavía desconcertada; y él asintió y cerró los ojos, fascinado, y sorprendido, como único testigo del momento extraordinario que acababa de provocar.

En el piso de abajo, los discípulos de Leonardo da Vinci entonaban un cántico cuyos sones ascendían amortiguados hacia el estudio.

3

Plaza de la Señoría, Florencia,
7 de septiembre de 1504

Miguel Ángel Buonarroti le habló al mármol resplandeciente:
—Ha llegado la hora, el instante definitivo. El mundo sabrá mañana en qué te has convertido. —Asintió orgulloso y luego se despidió del centinela allí apostado, que a las puertas del Palazzo Vecchio protegía la obra de los vándalos y también de los curiosos que quisieran fisgar.

Por Florencia corrían toda suerte de rumores sobre el nuevo

trabajo de Miguel Ángel. Los más entusiastas incluso le atribuían propiedades mágicas a la piedra esculpida que resultaba ser, probablemente, el bloque de mármol más célebre de la historia florentina.

Miguel Ángel procuraba permanecer calmado y ajeno a las constantes habladurías sin fundamento que tan frívolamente circulaban entre la gente, evitando intercambiar palabra alguna con nadie y dando muestras, al comportarse de semejante manera, de su carácter hosco y retraído. Pero aquella rigurosa actitud solo ocultaba los nervios que en silencio crecían en su interior al ritmo de las expectativas porque, cuanto más altas fueran, menos probabilidades habría de que su obra las colmase.

¡Solo faltaba un día!

A su alrededor, en la plaza de la Señoría de Florencia, un buen número de trabajadores se afanaba en levantar un escenario provisional que sirviera para su exposición.

Miguel Ángel tenía la convicción de que, al atardecer del próximo día, los florentinos serían testigos de una obra jamás antes creada por el ser humano. Pero tan pronto la calma volvía a su ser, escuchó de pasada una conversación que lo despertó dolorosamente de sus ilusiones.

—Se trata de Leonardo da Vinci.

—¡Ha dado a conocer un nuevo cuadro!

—¡Lo he oído!

—Y quienes ya lo han visto afirman que se trata de una maravilla insuperable.

—¡Apresurémonos!

Y Miguel Ángel, abrumado por la gravedad de aquellas palabras que desprendían júbilo y admiración a partes iguales, dominado de repente por una cólera que creía superada y vencida, pensó con irritación: «Es imposible que Leonardo haya terminado el fresco de la sala de los Quinientos». Su *Batalla de Anghiari* ya era famosa, cierto, pero, que Miguel Ángel supiera al menos, el maestro aún no había dibujado un solo trazo en aquella pared.

«Si Leonardo ha logrado avanzar lo suficiente en esa pintura, nadie en Florencia acudirá mañana a la presentación de mi obra.» ¿Por qué? El motivo residía en que las gestas pictóricas de Leonardo da Vinci se elogiaban no solo en Italia, sino en toda Europa; mientras que él, Miguel Ángel, tan solo era un hombre de veintinueve años con un prestigio en auge, de acuerdo, pero con mucho todavía por demostrar.

Detuvo abruptamente a aquellos mercaderes del *Arte della Calimala*, del gremio de los productores de paño, que tan alegremente conversaban, y les preguntó, con descortesía, sobre la nueva pintura de Leonardo, *La batalla de Anghiari*.

4

Los mercaderes le respondieron bastante confundidos:

—No estábamos hablando de ese fresco al que te refieres, sino de un retrato.

—¿Un retrato? ¿¡De quién!? —los interrogó Miguel Ángel con agresividad creciente.

¿A quién había retratado Leonardo da Vinci para que las gentes de Florencia se mostraran tan entusiasmadas? ¿Tal vez al rey de Francia? ¿Al papa, quizá? ¿O al mismísimo Dios? La respuesta ni siquiera le importaba. La vehemencia y la ira que a Miguel Ángel ahora lo domeñaban tenían su razón de ser en la rivalidad —quizá en la enemistad— que entre ambos artistas ya empezaba a ser conocida en las calles, fruto, entre otras cosas, de las desavenencias y sus desencuentros públicos. Las acciones de Leonardo, se convenció, seguían un patrón predeterminado, ya que desde las inundaciones tan solo se había mostrado públicamente unas pocas veces. ¿Y ahora anunciaba la exposición de un nuevo cuadro?

«Cuando él sabe perfectamente que mañana es mi día, el instante con el que largo tiempo he soñado.»

¡Qué cruel y absurda paradoja! ¡Y también qué obstinación la suya, aislándose con insistencia en su mundo de bocetos e ideas imposibles!

Miguel Ángel hundió las manos en lo más profundo de los bolsillos de su túnica y halló montones de polvo de mármol. ¿Acaso no podía Leonardo hacerse a un lado? Tras haber pintado *La última cena*, con su nombramiento oficial como artista e ingeniero en la corte de los Sforza, en Milán, el momento más álgido de su carrera ya había quedado atrás; y ahora que el arte de Miguel Ángel debía consolidarse, el maestro de Vinci, en una jugada deliberada, iba a arrebatarle sin esfuerzo toda la gloria por la que durante dos años había trabajado con tanto esfuerzo.

«He sufrido daños irreparables en mis manos y en mis ojos; he esculpido casi hasta la muerte.»

Aun con todo, no podía dudar. Pues hubo una época, en los comienzos de su andadura en el mundo del arte, en la que llegó a recelar de su capacidad como escultor. La consecuencia de aquella incertidumbre, aunque efímera, suscitó que Miguel Ángel se convirtiera en un hombre que dejaba escapar las cosas más importantes de la vida mientras se quedaba imaginando mundos paralelos, que para él resultaban mucho más atractivos que el real. Mundos, a fin de cuentas, ideales. Y entretanto la vida se le escurría como polvo de mármol entre los dedos, él se limitaba a imaginar en su taller, confinado en su torre de marfil, rodeado de un montón de piedras y guijarros informes. Cada vez que se daba cuenta de ello, su corazón se hundía en un agujero carente de luz y calor. Por esta razón, cuando encontraba una nueva idea, ya fuera en su imaginario o en el exterior, aunque se tratase de un instante fugaz, parecido al parpadeo de una estrella, Miguel Ángel sentía en el fondo de su corazón cierto alivio. Todo ello había provocado que, en el mundo real, establecer relaciones de amor y de odio extremos hacia quienes lo rodeaban se convirtiera en una constante en su vida.

«¡Leonardo da Vinci ha dado a conocer un nuevo cuadro!»

Las palabras reverberaron aún frescas en la memoria de Miguel Ángel y su frente se perló de sudor y las gotas pronto resbalaron junto a lágrimas amargas por sus mejillas. Y entonces tomó una decisión: se infiltraría en el estudio de Leonardo al caer la noche, contemplaría a solas su nueva pintura y, si resultaba tan magnífica como en las calles se anunciaba, cancelaría (¡qué remedio!) su presentación.

«De ser así, me marcharé de Florencia a otra ciudad y me adaptaré a las nuevas circunstancias que me ofrezca, sean las que sean, aunque no las comprenda, aunque me inflijan un insoportable dolor, aunque me causen la muerte.»

6

Basílica de Santa Maria Novella, Florencia,
7 de septiembre de 1504

—Prométeme que jamás hablarás con nadie de lo que acaba de suceder, y aún menos con mi marido —reiteró Lisa.

—Tienes mi palabra.

—Ahora he de marcharme.

—Voy a mostrar tu retrato al público —confesó Leonardo llevado de pronto por el ímpetu—; en breve, no pocos invitados vendrán aquí a contemplarlo, a contemplarte. Me gustaría que estuvieras presente.

Pero Mona Lisa no le proporcionó una respuesta y, cuando llegó a la puerta del estudio, se detuvo con solemnidad y, al tiempo que giraba despacio el pomo y se volvía por última vez, la excitación previa se desvaneció, los fulgores de un instante íntimo y erótico desaparecieron, y el destello de una extraña sonrisa comenzó a dibujársele lentamente en los labios. Leonardo rememoró, impresionado, el recuerdo de aquella brevísima pasión en sus facciones: «¡Ha alcanzado el punto culminante de mayor satisfacción para una mujer mientras yo la pintaba!».

Aquel sería su secreto y jamás lo compartirían con nadie. Y Mona Lisa lo llevaría siempre a salvo consigo; y Leonardo da Vinci, también. Y en los momentos en que lo recordasen, sería suyo de nuevo. Siempre sería suyo. Solo suyo.

Leonardo guardó silencio y esperó impaciente a que el ligero gesto en los labios de ella alcanzara toda su extensión en el rostro, pero aquella media sonrisa, lo quisiera o no, *nunca* llegaría más allá de su pintura. En su lugar, con ese amago de burla aún suspendido en los labios, Lisa volvió el rostro y atravesó el umbral sin decir más palabras. Y solo entonces Leonardo comprendió que aquella misteriosa sonrisa era todo cuanto podía extraer de Mona Lisa en aquella tarde de septiembre en Florencia. Por suerte para él, entre la aproximación a la imagen pintada y la precisión de la realidad, quedaba la pequeña fisura de lo imaginable, y esa idea lo tranquilizaba.

7

Instantes después, a solas y sin apenas tiempo para que Leonardo reflexionara hondamente, Salai se coló en el estudio con aires risueños.

—Maestro, los primeros invitados esperan fuera y están muy ansiosos por contemplar tu nueva obra. ¡Caray! ¡Sí que están impacientes! ¡Qué expectación!

Salai, su aprendiz más amado, era un joven de veinticuatro

años, gracioso, lánguido y hermoso, con dorados y delicados rizos angelicales y una sonrisa diabólica. Su nombre verdadero era Gian Giacomo Caprotti, y el propio Leonardo lo había calificado, en su día, de ladrón, embustero, obstinado y glotón, entre otras cosas, debido a sus repetidas fechorías, travesuras y pequeños hurtos. Por todo ello, desde que lo acogió a su lado, Leonardo empezó a llamarlo, y con toda razón, Salai. Salai: «el diablillo».

—¿Maestro...?

Leonardo le dedicó una sonrisa cargada de dulzura.

—Te escucho, Giacomo.

—Los invitados...

—¡Ah! Casi se me olvida. Hazlos pasar. Y pídeles unos minutos de paciencia mientras me cambio de ropa.

Salai no obedeció de inmediato, tal era su costumbre, y se acercó al maestro y después al retrato, que admiró boquiabierto mientras Leonardo lo miraba a él todavía con visos de dulzura en los ojos.

—¿Maestro?

—¿Sí?

—Casi lo has acabado, ¿verdad? En poco tiempo darás la última pincelada al retrato de *La Gioconda*.

El rictus de Leonardo cambió de repente, y la jovialidad y la belleza que sus facciones exhibían hasta hacía un instante se transformaron en un rostro pálido y estrecho, como una máscara mortuoria, como si le hubiera llegado de repente una vejez adelantada. Y pese a las arrugas que surgieron en torno a sus ojos cansados, Leonardo respondió con serenidad:

—¡Ah!, joven Salai, he avanzado considerablemente en el retrato, no te lo niego, pero me temo que ni en toda una vida seré capaz de finalizar esta obra.

—¡Vaya! —exclamó su aprendiz, rascándose la coronilla—. ¿Por qué?

—Giacomo...

—¿Sí, maestro?

—No hagas esperar a nuestros invitados.

—No, maestro.

Exteriores de la basílica de Santa Maria Novella,
Florencia, 7 de septiembre de 1504

La basílica resplandecía frente a sus ojos, revestida de mármol blanco y verde, sombreada de un color turquesa en el lado este, bañada por el rojo crepuscular en el ala oeste. Escondido entre las sombras, en un callejón estrecho y cercano a Santa Maria Novella, Miguel Ángel veía entrar y salir a los visitantes del estudio de Leonardo. Y también los escuchaba.

—Parece tan viva... —se admiraban.

—El maestro ha obrado un milagro, sin duda.

—¡Dios ha tocado su mano!

—Leonardo se ha superado a sí mismo, definitivamente.

Miguel Ángel enloquecía de desesperación por entrar a contemplar el retrato, pero debía ser cauto y mantenerse paciente, porque no deseaba proporcionarle a Leonardo el placer de contarlo entre sus admiradores; de modo que aguardaría en silencio al otro lado de la calle durante horas, quizá hasta que la fiesta concluyese.

9

Basílica de Santa Maria Novella, Florencia,
7 de septiembre de 1504

Al otro lado de una cortina, Leonardo ojeaba con disimulo a los elegantes florentinos congregados en el estudio, que vibraban ante su *Mona Lisa* igual que si se tratara de una noche de estreno teatral en la *Commedia dell'arte*.

De pronto estalló una ráfaga de luz y fuego, seguida de una explosión de humo púrpura y verde. Algunos gritaron y otros rieron cuando Leonardo surgió de entre las sombras y atravesó, como si fuera un mago, la nube de incienso de olor dulce, y solicitó:

—¡Música!

Una orquestina de flautistas, laudistas y tamborileros empezó a interpretar una alegre melodía al tiempo que sus discípulos desarrollaban un extravagante espectáculo de luminarias.

«Luz de velas», pensó Leonardo, «humo de colores, agua rebotando en los tambores, reflejos en una serie de espejos, todo para crear un ambiente palpitante, caleidoscópico.»

A medida que iba danzando por el estudio y sumando más y más gente a su baile, Leonardo procuraba adecuar su actuación para ganarse el aplauso y la aclamación de los asistentes, que tocaban palmas y sorbían vino de Vernaccia y de Trebbiano para acompañar la comida. A continuación, sujetó con elegancia su lira y con una pericia digna de mención armonizó su música a la de la banda, magistralmente.

La luz de las velas, el ambiente festivo, los juegos pirotécnicos, la comida y los vinos y, sobre todo, el nuevo retrato, motivaron que todos cuantos acudieron a contemplar la *Mona Lisa* de Leonardo da Vinci salieran maravillados de Santa Maria Novella.

10

Los últimos rayos del sol pintaban trazos rojizos, grises y anaranjados en el cielo del crepúsculo. Florencia, en el ocaso estival, parecía una ciudad alegre, llena de vida, próspera y rica. Una suave brisa nocturna suspiraba entre las iglesias y los palacios.

Algunos hombres se dirigían a las tabernas. En los hogares, las chimeneas murmuraban. El agua del río susurraba en la penumbra. Miguel Ángel vagaba por las calles lindantes con Santa Maria Novella. Sobre la basílica oscurecía lentamente, hasta que, en el estudio de arriba, el último invitado se marchó y se apagaron todas las velas.

Cuando el silencio comenzó a reinar, casi una hora después, Miguel Ángel masculló para sí: «Ahora».

11

Se puso silenciosamente en pie, se colocó la amplia capucha sobre la cabeza y se acercó a la iglesia, dispuesto a enfrentarse él solo al cuadro.

Cuando era aprendiz, Miguel Ángel había trabajado en la basílica con Granacci, su amigo y pintor. Con el maestro de ambos, Domenico Ghirlandaio, habían decorado la capilla Tornabuoni con imágenes de las vidas de María Virgen y de san Juan Bautista. La iglesia, con características típicas de la arquitectura gótica cisterciense, dividida en tres naves, contenía numerosas obras de arte, destacando el fresco de *La Trinidad*, en el que Masaccio había experimentado una nueva manera de plasmar la perspectiva. Fue allí, entre aquellas mismas paredes, donde Miguel Ángel afinó su habilidad con la pintura y aprendió a preparar y dibujar frescos. Por tanto, recordaba cada escalera y cada habitación.

Atravesó con sigilo el patio y subió los peldaños hacia el estudio superior. Caminó por un sombrío recibidor. La primera puerta que divisó se hallaba abierta de par en par y, en el otro extremo de la sala, observó dos siluetas que dormían apaciblemente sobre una cama: a un lado, Salai, «el insufrible Salai», pensó Miguel Ángel, y al otro, iluminado su bello rostro por un rayo de luz de luna, Leonardo da Vinci.

«He de andar con cuidado. Si el viejo pintor me descubre merodeando por el estudio, le daré una buena excusa para burlarse de mí, en el mejor de los casos; en el peor, podría hacer que me arrestasen.»

Se recolocó la capucha en la cabeza y, tras caminar con sumo cuidado, llegó a la estancia que quedaba al final del pasillo: un espacioso salón de techos altos, decorado con sillas tapizadas, una gruesa alfombra roja y un pianoforte.

«Una estancia digna de recibir invitados», pensó.

Miguel Ángel entró y cerró con cuidado tras de sí. El olor dulzón del vino todavía se apreciaba en el aire. Las cortinas cegaban las ventanas; las corrió para que entrara un poco de luz de luna y entonces comprobó que el estudio de Leonardo no se parecía absolutamente en nada al suyo. Lo cierto es que no se parecía a nada que Miguel Ángel hubiera visto antes: infinidad de libros, bosquejos, instrumentos musicales, pinceles, maquetas de curiosos inventos se amontonaban por todas partes. Una lira de plata, una colección de flautas de madera y varios laúdes, así como una gaita, yacían apilados en una esquina. En desorden, sobre la mesa del maestro, divisó un par de anteojos, mapas dibujados a mano y montones de pergaminos sueltos metidos en carteras de dibujo.

Y en una esquina...

12

Allí, en una esquina, con varias velas apagadas alrededor, descubrió un caballete cubierto por una tela de terciopelo.

Con el corazón vibrándole como un címbalo, Miguel Ángel agarró un lado de la cortina de terciopelo mientras en su interior se desarrollaba una lucha encarnizada entre lo correcto y lo incorrecto, entre el abandono y el atrevimiento. Finalmente, apartó la tela a un lado. La luz plateada de la luna se filtraba a través de la ventana, no con mucha claridad. Tras contemplar con atención la pintura en la penumbra, Miguel Ángel dejó escapar medio suspiro y media carcajada, porque el retrato parecía ser un cuadro ordinario de una mujer ordinaria. ¿Por qué la gente se mostraba tan entusiasmada?

«Tan solo porque el *gran* Leonardo da Vinci lo ha pintado», se respondió Miguel Ángel con sorna.

Pero la oscuridad que reinaba en el estudio, y el resplandor de las estrellas y de la luna pálida y blanca no arrojaban suficiente luminosidad sobre el retrato. De pronto lo asaltó un sentimiento inexplicable de apremio y empezó a buscar por toda la habitación. En un cajón encontró un pequeño chisquero que utilizó para encender una de las velas, lo cual, evidentemente, suponía un riesgo. Podía llamar la atención, pero a Miguel Ángel lo invadía una feroz pulsión de curiosidad que le exigía satisfacer su intriga, y de paso confirmar a sí mismo la creciente sospecha de que el único milagro que había en aquella iglesia era la exagerada reputación de Leonardo da Vinci.

Miguel Ángel acercó la trémula luz de la candela al cuadro y observó, bastante inquieto, el retrato. Le llevó un buen rato salir de su asombro y todavía más comprender lo que sus ojos captaban, pero cuando lo comprendió, ni siquiera se atrevió a apartar la mirada, porque nunca en su vida había visto un retrato con tanta vida en su dibujo y su pintura. Parecía como si aquella dama estuviera sentada en la estancia. Ignoraba que en el mundo existiese alguien capaz de aplicar la pintura de una forma tan delicada, tan extraordinaria. Al igual que en la vida real, no existían fronteras entre la luz y la oscuridad, solo diferentes niveles de sombra, y, aunque el dibujo permanecía incompleto, se trataba de una verdadera obra maestra.

Y la dama... ¡Ah, la dama! Cuando Miguel Ángel observaba su rostro de cerca, no hallaba nada excepcional en ella, ni un indicio de su sonrisa, pero en cuanto miraba en otra dirección, ella empezaba a sonreír y a invitarle a que volviera. Jamás creyó que fuera posible capturar un efecto con tanta magia en un retrato, ya que la expresión de aquella mujer parecía encontrarse en un eterno proceso de llegar a ser y desvanecerse: siempre estaría naciendo, pero nunca llegaría a nacer por completo.

«Leonardo no ha pintado el rostro de una mujer, ha encarnado en el cuadro a la mujer misma.»

Una voz educada saludó de pronto en la oscuridad:

—Buenas noches, Miguel Ángel.

13

Miguel Ángel se volvió hacia la puerta tan conmocionado y tan asustado que ni siquiera fue capaz de reaccionar, y menos aún de inventarse una evasiva.

Leonardo da Vinci, vestido con un amplio camisón turquesa, entrelazadas sus manos sobre sus rodillas, presenciaba el allanamiento de su taller sentado en una butaca cerca de la puerta. Con ojos expresivos barría lentamente la estancia y daba la impresión, por su postura, de que llevaba varios minutos observando desde las sombras. Parecía divertido por encontrarse en esa situación. Incluso le pareció natural bostezar.

—¡Vaya! —exclamó con gracia—. Miguel Ángel, o mucho me equivoco o te has colado en mi casa de madrugada, hora de la conspiración donde las haya. —Y dilató la amplitud de su sonrisa—. ¿Has venido a contemplar mi nueva pintura? ¿Se trata de eso? Se me ocurre una idea: ¿y si descorchamos una botella de vino?

Miguel Ángel abrió la boca asombrado, pero como no se le ocurrió qué replicar, se mantuvo en silencio y la cerró. No obstante, ante aquella mirada fulminante y recriminatoria que Leonardo proyectaba no podía quedarse de brazos cruzados, algo tenía que hacer. Lo miró a él, luego observó el lienzo y, al cabo de unos instantes que le parecieron eternos, balbució:

—¿Cómo..., cómo has sido capaz de crear esta obra? ¿Qué secretos escondes y cuáles has plasmado en este retrato? ¿Quién te ha ayudado?... ¿Dios mismo?

Leonardo se extrañó:

—¿Dios? —Y abrió exageradamente los ojos con la inocencia de un niño.

—Dios, sí —insistió Miguel Ángel, centrando nuevamente el interés en la *Mona Lisa*—. No me cabe otra explicación: para pintar un cuadro de tan mágica naturaleza, has tenido que ver a Dios.

Leonardo volvió a bostezar con descaro.

—¡Qué barbaridad! —exclamó—. No, no he visto a Dios. Pero una vez vi un camello. Fue cuando presté mis servicios a César Borgia como ingeniero militar. ¡Ah!, tenía dos jorobas y cuatro patas largas y delgadas. Me refiero al camello, obviamente. No confío en que me des una respuesta lógica y razonable, pero, claro, tampoco preveía que me visitaras a estas horas de la noche. ¿Qué quieres hacer? ¿Te marcharás ya, Miguel Ángel? ¿O me aceptarás una copa de vino?

—Preferiría...

Leonardo lo interrumpió con sonrisa lobuna:

—¡Caray! ¡En menuda disyuntiva te has encontrado! Déjame adivinar: has estado esperando en los aledaños a que la iglesia se vaciara de gente, ¿verdad? Miguel Ángel..., te tomaba por un escultor, no por un husmeador.

—Será mejor que regrese a mi hogar.

—¿Seguro? Piénsalo fríamente, pues ¿cuánto más descortés sería tu postura en el caso de rechazar deliberadamente la oferta del hombre cuya casa has allanado?

Los dientes de Miguel Ángel rechinaron a la luz del candil que acababa de encender Leonardo.

—De acuerdo —aceptó—. Pero solo una copa.

Leonardo da Vinci alargó aquella sonrisa astuta y apuntilló:

—Por supuesto, una copa será, pero ¿acaso te he planteado otra alternativa?

14

—¡Brindemos! —propuso Leonardo—. La cuestión es: ¿por qué brindar? ¿Qué motivo de celebración podríamos encontrar tú y yo juntos? ¿Ninguno, tal vez? Humm... Un peliagudo dilema, me temo. Mañana por la tarde es el día de la presentación pública de tu obra, ¿me equivoco? —Miguel Ángel asintió, todavía parco en palabras—. Entonces, brindaremos por ella, ¡por tu nueva escultura!, que *seguro* que a todos nos deslumbrará y hará vibrar nuestras almas.

Miguel Ángel no pasó por alto la ironía dibujada en los ojos y los labios de Leonardo. «Bufón», lo llamó en su fuero interno. «No pierdas los nervios», se dijo para sí. Y bebió de su copa solo después de que el maestro de Vinci bebiera. Mientras servía más vino, Leonardo no dejó de silbar una alegre melodía.

Miguel Ángel ni siquiera lo había oído entrar en el estudio. «¡Juraría haberlo visto dormitando al lado de Salai!» Leonardo, como si leerle el pensamiento pudiera, ladeó el cuello y murmuró:

—Miguel Ángel, ¿de verdad has considerado por un momento la posibilidad de que podías colarte en mi estudio sin ser yo consciente de ello? —Sin esperar respuesta, encendió con el candil media docena de velas para que su luz iluminara aún más intensamente la sala—. Pasaré por alto tu hazaña de haber allanado mi casa. Pero, dime, ¿lo has hecho de madrugada para contemplar mi retrato a solas?

Miguel Ángel sacudió la cabeza, con sus hombros encorvados en actitud de cansancio o derrota, o lo uno y lo otro.

—Por más y más vueltas que le doy a mi cabeza, no logro entender cómo has podido trabajar de este modo la pintura. Parece... magia. ¿Quién es ella?

—¿Ella? ¿Acaso importa ella?

—La persona a retratar o esculpir siempre importa.

—Pero ¿tanto o más que el modo de representarla? Te diré quién es ella. Su nombre es Lisa. Mona Lisa. Una hermosa mujer casada con un comerciante de seda.

—Es decir, una mujer corriente.

—Tal vez —concedió Leonardo—, pero cuando la vi por primera vez, tuve la impresión de que si hubiera vivido en otra época habría sido una vestal.

Miguel Ángel se sorprendió:

—Una... ¿vestal?

Leonardo avanzó unos pasos y se situó frente al retrato.

—En la religión de la Antigua Roma —explicó—, las vestales eran sacerdotisas consagradas a Vesta, la diosa del hogar. Vesta, que gradualmente se fue convirtiendo en la diosa protectora de Roma y cuya llama representaba el bienestar del Estado, es decir, de la *Res publica*. Las vestales eran sacerdotisas, sí, *Vesta publica populi Romani Quiritium*. Sus orígenes se remontan a los inicios, cuando Roma era una monarquía. Por supuesto, las vestales constituían una excepción en el mundo sacerdotal romano, que estaba compuesto, casi por entero, de hombres.

»El Pontífice Máximo seleccionaba a las niñas más perfectas de la ciudad, de una edad comprendida entre los seis y los diez años, y debían ser vírgenes, de gran hermosura y nacidas de padre y madre reconocidos. Su mayor responsabilidad consistía en mantener encendido el fuego sagrado del templo de Vesta, en el Foro romano. Ten en cuenta, Miguel Ángel, que en los pueblos antiguos se solía mantener encendido un fuego comunitario, el *focus publicus*. ¿La razón? Tener una llama encendida y siempre disponible en caso de que el fuego del hogar se apagara accidentalmente; eran tiempos primitivos en los que prender un fuego podía llegar a suponer una tarea verdaderamente dificultosa. De aquí que, en Roma, tomasen a las vestales para custodiar y cuidar el fuego comunal.

»Su servicio duraba treinta años: diez, dedicados al aprendizaje, otros diez al servicio propiamente dicho y diez más a la instrucción de nuevas vestales. Tenían restringidos sus movimientos, aunque estaban liberadas de las obligaciones sociales, no podían ni tener hijos. Transcurridos esos treinta años, si así lo decidían ellas mismas, las vestales podían casarse, aunque casi siempre, una vez retiradas, decidían permanecer célibes y seguir viviendo en el templo. Se las respetaba y veneraba, y su sola presencia por el camino de un sentenciado a muerte rumbo al verdugo era motivo suficiente para que se absolviera a dicho condenado y se le perdonara la vida. Hasta el mismísimo emperador tenía que cederles el paso si se cruzaba en el camino con ellas.

»Se dice que Rea Silvia, la madre de Rómulo y Remo, fue una vestal. Pero que incumplió sus votos de castidad. ¿Qué castigo le impusieron? No lo tengo claro. He leído fuentes que dicen que fue arrojada al Tíber y otras que fue fustigada hasta morir por orden de su tío Amulio. Aunque, posiblemente, fuera víctima de ambas penas.

»Pero aquí viene lo más fascinante de esta historia: mientras duraba el servicio de tres décadas, una vestal no podía tocar a otro ser humano y aún menos ser tocada, ni siquiera por el Emperador.

»Imagina pasar una semana sin acariciar a nadie. Imagina un mes. Imagina treinta años.

Miguel Ángel se aproximó a Leonardo, se situó a su lado y al unísono contemplaron largo tiempo la *Mona Lisa*, cada uno sumido en sus propios pensamientos.

—¿Por qué me has contado esa historia?

—Porque, de haber nacido entonces, creo que a Lisa del Giocondo la habrían reclutado para servir como vestal. Por eso la pinto, y por su sonrisa, por *esa* sonrisa.

Miguel Ángel dudó sobre las razones que le había explicado Leonardo, pero aquella fantasía, como otras muchas, tenía su propia lógica interna. Cayó un pesado silencio sobre el estudio y los dos artistas aprovecharon para llevarse las copas a los labios.

Después de beber, Miguel Ángel satirizó:

—Al parecer, tú y tu aprendiz, a diferencia de las vestales, andáis bien servidos de caricias.

—¿Te refieres a Salai?

—Sí, a ese efebo tan hermoso. Supongo que le haces el jueguecito por detrás que tanto gusta a algunos florentinos.

—¡Y cuántas veces! —corroboró Leonardo con indisimulada alegría—. ¿Pero por qué me miras así? ¿Acaso puedes culparme? Ten en cuenta que Salai es un joven bellísimo, ¡cómo renunciar a disfrutar de su hermosura!

—¿No te avergüenza confesarme tu pecado contra natura?

—¿Vergüenza? Al contrario, pues no hay nada más miserable que tener vergüenza de los propios sentimientos. No existe nada más digno de elogio entre los virtuosos. Debes saber que el amor masculino es producto de la virtud que, al unir a dos hombres mediante sentimientos tan profundos, consigue que estos vivan la juventud y la madurez con el más estrecho de los vínculos, por encima incluso de la verdadera amistad.

—He oído que hace algún tiempo te acusaron de sodomía.

Leonardo escrutó a Miguel Ángel de arriba abajo con una sonrisa cautivadora.

—Me acusaron de sodomía, no te lo negaré, y también a otros cinco hombres. Sucedió al poco de abandonar el estudio de mi maestro Verrocchio para abrir mi propio taller. Pero a nada me condenaron, pues retiraron los cargos.

—Tuviste suerte, porque uno de los acusados era pariente de la madre de Lorenzo de Médici.

Leonardo se encogió de hombros y añadió:

—Llevas razón, Miguel Ángel. Si me hubieran juzgado solo a mí, probablemente me habrían ahorcado. ¿Más vino?

15

Por fin, Miguel Ángel le planteó, con cierto grado de indignación, la pregunta que lo reconcomía por dentro:

—¿Por qué has mostrado hoy tu nuevo cuadro? Sabías que la presentación pública de mi escultura se celebra mañana. Respóndeme: ¿ha sido una acción premeditada? ¿Has obrado conscientemente con el único propósito de acaparar para ti todo el protagonismo y robarme el mío?

Leonardo se llevó la copa de vino a los labios y, con pasmosa tranquilidad, respondió:

—La vida está llena de grandes preguntas: ¿cielo o infierno?, ¿amor o atracción?, ¿impulso o razón?, ¿acción o dialéctica? Que hoy mis invitados hayan podido presenciar el retrato de Lisa es una mera casualidad, aunque para ti suponga que se trata de un hecho premeditado. —Leonardo lo enunció con tal ecuanimidad que Miguel Ángel de buena gana le habría asestado un puñetazo, y masculló enrabietado:

—¿Una mera casualidad, dices? No. Estoy seguro de que lo tenías planeado. No existe el azar, no al menos en situaciones como esta. ¡No!

—No alces la voz, por favor —le pidió Leonardo con amabilidad, sin elevar su tono—, podrías despertar a Salai. Además, sé que crees en la fuerza del destino.

—¿Y tú no?

—¿Yo? Soy escéptico en cuanto a predicciones de futuro, incluido el mío... —bromeó Leonardo dibujando en el aire una floritura con su mano.

Miguel Ángel estaba colérico, aunque no sabía si se debía a la actitud de Leonardo o a sus propias dudas. Con las manos ocultas bajo los pliegues de su túnica, procuraba calmar los nervios pulverizando el polvo de mármol que reposaba en el fondo de los bolsillos.

Leonardo, muy divertido por lo extraño de aquella situación, percibió con su asombrosa capacidad de observación cómo la ira y la animadversión llameaban en los ojos del escultor. Para evitar que la tensión siguiera creciendo, decidió dejar la ironía a un lado.

—Dime, Miguel Ángel, ¿cuál ha sido el verdadero motivo por el que has venido a mi estudio esta noche? ¿Tienes miedo? ¿Temes que mañana Florencia rechace tu escultura?

—Se ha creado una gran expectación en torno a mi nueva obra —reconoció.

—¿Te preocupa que la exposición pública no colme todas las expectativas y arruine tu carrera como artista?

—¿Qué crees que ocurrirá si mañana fracaso?

—Supongo que tendrás que centrarte en otros proyectos, pero en otra ciudad. A semejante contratiempo nos hemos visto obligados todos en alguna ocasión. En este caso, tanto da que yo haya mostrado hoy mi cuadro, porque no compites contra mí, Miguel Ángel, combates contra ti mismo, y sobre todo contra el juicio de Florencia. Procura liberar tus ambiciones de una vez por todas; solo así sanarás de la enfermedad que padecéis los jóvenes artistas: la impaciencia. Acepte o no el pueblo florentino tu escultura, ya nada puedes hacer, tan solo esperar entre plácidos sueños la llegada de la aurora.

Guardaron silencio y bebieron mirándose el uno al otro a los ojos. En el aire de la noche de Florencia se escuchaba el ulular de las aves nocturnas, el murmullo de las aguas del río Arno a su paso bajo el Ponte Vecchio y las voces en la lejanía de los noctámbulos florentinos que apuraban un último trago en las tabernas. Las luces de las velas proyectaban en el estudio largas sombras espectrales.

—Dice la Biblia —habló Miguel Ángel— que habrá un tiempo en el que el diablo vagará libremente por la Tierra y que la mano de Dios no lo detendrá.

—También dice que el diablo llevó a Jesús a lo alto de una montaña y que desde allí arriba le mostró todas las riquezas de la tierra. «En esas ciudades puedes tenerlo todo», le dijo el diablo, «todos los tesoros. Lo único que has de hacer es postrarte y venerarme.»

—Pero Cristo no estaba dispuesto a arrodillarse ante el demonio.

—No, no lo estaba. Y tú tampoco te arrodilles mañana, Miguel Ángel. Se está haciendo tarde. Deberías retirarte a descansar. Es mi último consejo, por hoy.

—No he venido hasta aquí para pedirte consejo.

—Sí, claro que lo has hecho —Leonardo le sonrió abiertamente—, aunque todavía no te hayas dado cuenta de ello.

La sonrisa que Leonardo todavía esbozaba cuando se despidió de Miguel Ángel a la entrada de Santa Maria Novella era la misma, o como poco muy parecida, a la que Lisa del Giocondo lucía en su retrato. Ya que, en medio de la oscuridad, si miraba a los ojos a Leonardo, el maestro sonreía, pero cuando se centraba en sus labios, la sonrisa se desvanecía.

16

Casa de Buonarroti, barrio de Santa Croce, Florencia, 8 de septiembre de 1504

A la mañana siguiente Miguel Ángel despertó empapado en sudor. Hasta entonces había sido presa de un sueño terriblemente nítido y realista, uno de esos sueños que se tienen a veces, tan vívidos que se quiebra la frontera entre lo onírico y la realidad.

Allí dentro, en el mundo de la ensoñación, la memoria de Miguel Ángel viajaba años atrás en el tiempo. Se encontraba de repente en la corte florentina de Lorenzo de Médici, el Magnífico, donde coincidió con extraordinarios artistas como Sandro Botticelli o Pietro Torrigiano. Fue este último, bien conocido por su violento temperamento y su fogosidad, y que además poseía un carácter irascible y apasionado, quien tras una pelea le rompió la nariz a Miguel Ángel. Pietro Torrigiano, amigo de Lorenzo de Médici, cuyas esculturas admiraba hasta el mismísimo papa, no toleraba que al Magnífico le apasionara Miguel Ángel, y tras un ataque de ira y de celos le partió y desfiguró el tabique nasal. Por aquello Torrigiano fue condenado al exilio; desde entonces, Miguel Ángel tendría que vivir el resto de su vida con el recuerdo constante de Torrigiano cada vez que se mirara en un espejo.

Tendido entre sábanas y empapado en sudor, soñó con aquel desgraciado instante. Su rostro había quedado desfigurado, un factor que contribuía, entre otras cosas, a acentuar la fealdad de su aspecto, ya de natural poco agraciado. Para Miguel Ángel, la verdadera tragedia residía en que poseía la habilidad de esculpir cualquier roca deforme convirtiéndola en una escultura hermosa, pero jamás sería capaz de esculpirse a sí mismo.

Ya despierto, Miguel Ángel recordó vagamente que durante la duermevela había fracasado. No sabría dilucidar en qué empresa o encargo, tan solo que, en sus sueños, el fracaso se imponía sobre cualquier virtud que él pudiera ofrecer al mundo como artista.

«¿Acaso ha sido un sueño premonitorio? ¿Una visión del dramatismo que me envolverá al caer la tarde, cuando Florencia no acepte mi escultura?»

A oscuras en la habitación, Miguel Ángel reconquistó aquella soledad que a veces temía y que, sin embargo, tanto necesitaba. Ahora había que superarla. Debía levantarse y afrontar con orgullo y dignidad la presentación al público. Digno y orgulloso se levantó del lecho, dispuesto a quitarse de encima aquel brazo helado que lo empujaba a los terrenos de la desesperanza y el miedo.

17

Plaza de la Señoría, Florencia,
8 de septiembre de 1504

¡Qué aglomeración aquella, y también qué increíble expectación había generado el anuncio del descubrimiento de su escultura!

Aquel atardecer de septiembre una multitud de florentinos desbordaba la plaza de la Señoría y se extendía por las calles adyacentes. Sacerdotes, damas, nobles, caballeros, trovadores, músicos, juglares, mercaderes, artesanos, prostitutas, amas de casa, pordioseros..., todos juntos se habían congregado para contemplar la nueva escultura de Miguel Ángel Buonarroti. También asistían los artistas más reconocidos de la ciudad: allí estaban Sandro Botticelli, Andrea della Robbia, Pietro Perugino, Giuliano da Sangallo, incluso un joven recién llegado de Urbino llamado Rafael Sanzio, pero... ¿Leonardo? ¿Dónde estaba Leonardo da Vinci?

Miguel Ángel había pasado el día a solas, lejos de todo y de todos. Había cruzado el Ponte alle Grazie, el más largo de Florencia, y en una orilla poco concurrida del río Arno se había ocultado, y allí había rezado largas horas en silencio, concentrado, olvidándose incluso de comer. Sus ropas apestaban empapadas en sudor. Su barba desaliñada y su cabello sucio y despeinado le conferían un aspecto lamentable.

Y ahora, cuando se alcanzaba el momento definitivo, Miguel Ángel temblaba de orgullo, y los nervios apenas le permitían mantenerse firme y en pie sobre la tarima. A su lado, una cortina negra cubría la grandiosa estatua de más de diez codos de altura. Oculta por la enorme tela, una figura de mármol quería despertar de un largo sueño de piedra.

Lo acompañaba en el escenario Piero Soderini, a quien los florentinos habían elegido *gonfaloniere* vitalicio dos años antes. Miró a Miguel Ángel y le preguntó en un susurro:

—¿Preparado?

Buonarroti tan solo fue capaz de asentir con la cabeza. Desde la plataforma barría con ojos cautos la plaza de la Señoría. ¿Dónde se había metido Leonardo da Vinci? Se le nubló la visión al ver a tantas personas con sus miradas expectantes, listas para juzgar su trabajo de dos años. Decenas de niños pequeños, subidos a los hombros de sus padres, saludaban alegremente agitando sus manos, algunos muchachos más mayores se encaramaban a las estatuas de la logia y familias enteras observaban desde las ventanas. Unos músicos entonaban alegres melodías y media docena de juglares entretenía con sus canciones al populacho.

¡Maldita expectativa, y también maldita presión a la que todas aquellas miradas lo sometían!

—¡Damas y caballeros! —bramó Piero Soderini, señalándolo—: ¡El artista. Miguel Ángel Buonarroti!

Volviéndose hacia el gentío, Miguel Ángel prestó oídos a los aplausos, los murmullos y los gritos emocionados que irrumpían en coro desde todos los rincones de Florencia; era el rugido orgulloso de una ciudad que le transmitía parte de su honor y su grandeza. Pero Miguel Ángel vio más allá, y su mente voló sobre la multitud, sobre las casas y los palacios envueltos en la luz del atardecer, hacia aquel cielo pálido y añil de finales de verano. Vio el limbo rojo del ocaso asomándose por encima de las estribaciones oscuras hacia el oeste. Hacia el norte se extendía otro mundo: silencioso, gris e informe; pero aun mientras volaba, la tierra despertó y lo hizo descender, y la plaza de la Señoría se coloreó de nuevo ante sus ojos.

Miguel Ángel podía sentir la temblorosa incertidumbre que dominaba a los florentinos, que aun alterados por la excitación, aguardaban cautos y pacientes. Era algo asombroso. Había una tensión en la atmósfera del corazón de Florencia como si se estuviera preparando una tormenta; y de repente estalló, porque Soderini, aún más alto, vociferó:

—¡Diez!

Y la multitud repitió el grito al unísono:

—¡Diez!

Comenzó así una sobrecogedora cuenta atrás que se propagó por todos los rincones de la plaza y de la ciudad, como una cascada desbocada que no tuviera parangón en las entrañas mismas de la República.

—¡Nueve!

Miguel Ángel alzó arrogante la barbilla hacia el cielo, y el hombre que antaño se perdiera en los placeres de Roma se concentró en sí mismo.

—¡Ocho!

El ideal de gracia sosegada y risueña, de voluptuosa alegría, de sereno equilibrio que proponían los maestros había sido alcanzado. Ahora había que superarlo.

—¡Siete!

Miguel Ángel contempló sus manos y el brillo de sus recientes heridas.

—¡Seis!

Entregado a la intriga y al desenfreno, tan cerca y tan lejos de los ciudadanos.

—¡Cinco!

Lejos también de la seducción peligrosa de todos aquellos artistas como Leonardo.

—¡Cuatro!

En la pureza blanca de la roca desnuda encontraría la salvación, en la cima de las montañas de mármol que ascendían hacia el cielo como los glaciares.

—¡Tres!

Allí, siempre entre los bloques sin desbastar y el tacto y el resplandor de la piedra virgen.

—¡Dos!

Ahora había que superarlo. Debía abandonarse aquella primacía de una razón demasiado prudente, de una sabiduría excesivamente terrestre, de un placer de vivir que olvidaba las reivindicaciones del alma. Se había alcanzado un cierto equilibrio, pero que se mantenía únicamente negando todo aquello que amenazaba con alterarlo. Se había creído que la carne y el espíritu podían vivir en una apacible armonía, pero era a cambio de una transacción entre los apetitos de la una y las aspiraciones del otro.

—¡Uno!

Ahora había que superarlo.

Pero ¿y si el orgullo y la soberbia lo habían cegado? ¿Se habría estado engañando todo ese tiempo a sí mismo? Las dudas empezaron a cebarse brutalmente con Miguel Ángel. ¿Y si la muchedumbre lo abucheaba? ¿Lo maldeciría su padre por avergonzar a su familia? O peor aún, ¿y si la indiferencia condenaba a su escultura? Hubo otro silencio horroroso y Miguel Ángel, aún en aquella hermosa ciudad que miraba a un futuro incierto, a donde llegaba el dulce arrullo de las aguas del río, sintió que una oscuridad mortal le invadía el corazón, porque los florentinos ya sentían un miedo suficiente a los Médici, a los ejércitos papales y a los invasores franceses, y esperaban que la escultura de Miguel Ángel recondujera su destino y asentara su esperanza.

Y mientras Piero Soderini le dedicaba un gesto amable y procuraba calmarlo con la mirada, él sumergió ambas manos en los bolsillos de su túnica y apretó con fuerza el polvo de mármol hasta sentir que la sangre resbalaba por sus manos.

Por un momento, un pensamiento horripilante atravesó su mente como un rayo devastador: «No están preparados. No sabrán aceptar mi trabajo».

Sobre la plataforma de madera se notaba la expectación. En la plaza, el gentío bramaba. Los artistas esperaban silentes. Le pareció que discurría un larguísimo período de tiempo antes de que tiraran de la cuerda. La tela se deslizó despacio hacia el suelo y, tras un instante que se alargó como todas las edades de la humanidad, su escultura quedó por fin al descubierto. Todas las miradas de la ciudad se precipitaron irremediablemente sobre aquella figura formidable. Sopló una ráfaga de brisa que durante unos brevísimos momentos cortó el silencio helador que se había apoderado de la plaza de la Señoría y del corazón expectante de los florentinos.

El sol se reflejaba en la piel de mármol. Los músculos tensos, las costillas marcadas, la rodilla flexionada como un muelle, los ojos fijos en el enemigo que se acerca, la impronta de una mirada desafiante impregnada de una fuerza que manifestaba la consciencia del poder. La tensión, muscular y emocional, perfectamente combinadas, equilibrado lo físico y lo afectivo en una sola figura. La escultura se alzaba, viva, a la vista de todos, enfrentándose al juicio público con valor sobrehumano.

Todas las esperanzas y los anhelos de Florencia se volcaron de manera impulsiva en aquella obra de arte: la del coloso inmortal, el último héroe. Todas las ilusiones nacientes de la ciudad se manifestaban en aquella estatua que anunciaba una nueva era de prosperidad: el *David* de Miguel Ángel.

David, el muchacho que con una piedra y una honda había derribado al gigante Goliat, se había convertido en estatua para siempre y por toda la eternidad, poseído por una fuerza sobrenatural, porque Miguel Ángel no había esculpido a un niño, sino a un hombre en la plenitud de su vida.

Buonarroti contempló la enorme figura. Le había costado dos años saber qué clase de gigante era aquel que permanecía encerrado en el interior del bloque de mármol. ¡Qué larga y angustiosa espera! ¡Qué labor aquella repleta de sueños y desilusiones! Había vertido su sangre en aquella pieza de mármol. Y por fin resplandecía David.

Sin embargo, el silencio se mantenía helador.

Miguel Ángel tomó aire hondamente, cerró los ojos un segundo y los volvió a abrir. El pueblo estaba sumido en la más terrible de las reservas. Y entonces, cuando no pudo soportarlo más, dos lágrimas, cargadas de orgullo y de victoria, le resbalaron despacio por las mejillas ensuciadas. Porque ya todo estaba ordenado: su escultura alcanzaba la perfección. Su *David* había sido mostrado definitivamente. Ufano se sentía Miguel Ángel por librarse al fin de aquella atmósfera turbulenta de las expectativas. De pie y en la tarima, frente a las masas y al paisaje extraño que dibujaban, su alma ardiente se tranquilizó. La llama que había consumido al hombre se apagaba.

Davide colla fromba e io coll'arco.
«David con la honda y yo con el arco.»
No pensó nada más. No era necesario añadir nada más. Acariciaba con su cincel la carne del gigante, y al mismo tiempo brotaba en él un poema que era la plegaria ardiente de este siglo nuevo que volvería a encontrar, a su manera y por sus propios medios, el camino hacia Dios. Jamás artista alguno tendría tanta certeza de su triunfo. Su éxito era completo. Había alcanzado el objetivo que se proponía. Su sueño había adquirido la forma perfecta que él había deseado.

«Si por mortal belleza arder siento, junto a tu fuego se consumirá el mío, y en el tuyo como ardí, arderé.»

Y tras una tensa espera, el silencio se quebró.

Y al abandonar Miguel Ángel de pronto su mundo, su pobre y solitario mundo, al desvanecerse todos sus planes y designios, las redes de soledad y de angustia, el aislamiento y los miedos, fue capaz de sentir cómo un estremecimiento sacudía a la República de Florencia, de uno a otro extremo de los valles de la Toscana; y los ciudadanos vibraron al contemplar su *David*, y los músicos suspendieron su canto, y los artistas, de pronto sin guía, privados de voluntad, temblaron y se desesperaron. Porque estaban siendo maravillados. La fantasía y la belleza del arte que los conducía se concentraban ahora en una admiración irresistible hacia aquella escultura.

Convocadas todas las miradas por él, alzándose *David* con una majestuosidad escalofriante ante la tarima, en una primera llamada estremecedora, más raudas que los vientos se propagaron las alabanzas, en el apogeo de la cultura, y tras una tempestad de aplausos las gentes de Florencia se inclinaron ante él, ante Miguel Ángel y su escultura.

Mientras Miguel Ángel atendía los elogios y los reclamaba en silencio para él, en la plaza de la Señoría, el corazón mismo de la República, la reputación del resto de artistas se estremecía, y la ciudad temblaba desde los cimientos hasta la cúpula majestuosa del Duomo.

Pero ¿quién era el Goliat al que David había derribado? ¿Quizá un enemigo interior, al que temía y odiaba, y contra el que lucharía toda su vida? Se tratara o no de una victoria material, había un hecho cierto: Miguel Ángel se sentía vencedor sobre Leonardo, a quien había derrotado en la disputa por aquel encargo.

Leonardo da Vinci se abrió paso a zancadas entre la muchedumbre, se acercó a la tarima y, visiblemente consternado, comprendió de pronto que Miguel Ángel lo esperaba allí; y el maestro de Vinci, capaz de iluminar con su pintura todos los rincones y todas las sombras, escrutó por encima de la multitud hasta la rivalidad que él había construido; y al contemplar por un segundo el *David*, la magnitud de semejante prodigio le fue revelada en un relámpago enceguecedor, porque todos los ardides de Miguel Ángel quedaron por fin al desnudo. Y la admiración ardió en Leonardo con una llama devoradora, y el miedo creció como una inmensa columna de humo, avivándolo. Porque Leonardo conocía ahora a qué formidable rival se enfrentaba, y el frágil hilo del que pendía su destino.

Mientras todos los florentinos allí reunidos admiraban la escultura, Miguel Ángel y Leonardo intercambiaban miradas tibias y provocadoras. Se observaron y se analizaron largo tiempo sin mudar la expresión: el más joven, vanidoso, y el más viejo, deslumbrado. Dos pares de ojos que por fin se miraban fijamente como iguales, que se retaban con un destello enérgico y apasionado, en medio de una multitud que parecía proclamar: «vuestra rivalidad no ha hecho sino iniciarse».

Pero no fueron los únicos ojos que obviaron mirar el *David*. Otra persona optó por apartar la vista de la escultura y por fijarse, en cambio, en la reacción de Miguel Ángel y también en la de Leonardo. Aquel hombre, con las manos entrelazadas a la espalda, ataviado con una vestimenta del servicio civil, respiró hondo y boqueó con aires satisfechos.

Nicolás Maquiavelo los observaba, a uno y a otro, con ojos ladinos y sonrisa lacónica, y una expresión aguda, muy viva, y parecía pensar: «Sea así, vuestra rivalidad no ha hecho sino comenzar, porque desde este momento vais a trabajar el uno frente al otro. A ti, Leonardo, se te ha encargado pintar la batalla de Anghiari; y a ti, Miguel Ángel, la batalla de Cascina. Y ambos vais a desarrollar vuestra labor en el salón de los Quinientos, el del Gran Consejo del palacio de la Señoría. Aunque no os agrade, vais a trabajar y a pintar en la misma sala, uno frente a otro, uno contra el otro. No es una competición. No se trata de saber quién se convertirá en el gran maestro de este siglo. Pero vosotros sí lo tomaréis como tal, porque yo me he encargado de materializar en la sombra la rivalidad que vosotros habéis fraguado. Os enfrentaréis a vuestros conflictos, temores y al talento contrario que en secreto tanto respetáis y envidiáis. Y cuando comprobéis que el otro os aventaja en habilidades y talento, ¿qué haréis? Trabajaréis en la misma sala, sí, y nos proporcionaréis dos grandes frescos. Y cuando todo termine, ¿a cuál de los dos aclamará Florencia, a quién se rendirá nuestra ciudad?».

CAPÍTULO II

1

Cuatro años antes. Basílica de San Pedro, Roma, enero de 1500

—¿Es cierto lo que dicen tus labios, Miguel Ángel? ¿Abandonarás Roma?

—¿Por qué te extrañas? Ya he comprobado cuanto ofrece esta ciudad. He observado en sus principales calles, en sus apartados rincones y en sus lóbregos callejones. He contemplado a sus gentes, y te contaré, amigo, la deducción a la que he llegado: Roma se ha convertido en un nido de prostitutas, mendigos y ladrones.

—El florentino masculló cada palabra entre dientes con el ceño fruncido y, además, consideró que aquella era la respuesta que mejor encajaba para definir la situación actual de la Ciudad Eterna.

El joven escultor, de veinticuatro años de edad por entonces, conversaba en los interiores del Vaticano con su último protector, Jacopo Galli, un adinerado banquero que, primero, había adquirido su *Baco* y también su *Eros* y, segundo, había recomendado al Vaticano que contratara las habilidosas manos de Miguel Ángel.

La propuesta del aristócrata romano llegó en su día a oídos del cardenal Jean de Villiers de la Groslaye, el embajador de Carlos VIII de Francia ante el papa. Y aunque el rey francés había muerto a la edad de veintisiete años, según contaban, de un golpe en la cabeza contra una puerta, el cardenal había encargado a Miguel Ángel esculpir no un *Eros* o un *Baco*, sino una *Pietà*.

¡Una *Pietà*!

La representación del dolor y el sufrimiento de la Virgen María sosteniendo el cadáver de su hijo Jesucristo recién descendido de la cruz. Aquella escultura ya ocupaba su lugar en el más importante escenario de la cristiandad: la basílica de San Pedro del Vaticano.

Miguel Ángel se había encerrado en su taller de Roma durante todo un año para esculpir aquel bloque de mármol; y allí, ensimismado en su obra, se olvidó de cuanto acontecía en el mundo exterior. Mientras duró el trabajo apenas se relacionó con persona alguna. Prácticamente se olvidó de cuidarse a sí mismo. El cardenal de Villiers lo visitaba de manera periódica para comprobar sus progresos, y cada vez elogiaba lo que veía emergiendo del mármol, pero el prelado falleció pocos días antes de que venciera el contrato y jamás llegó a ver la escultura completada, ni pudo bendecirla como un éxito.

2

Miguel Ángel recordó:

—Firmé el contrato hace más de un año, el veintiséis de agosto de 1498. Llegamos al acuerdo de que yo debía terminar la obra antes de doce meses y que, a cambio, recibiría cuatrocientos cincuenta ducados de oro.

Jacopo añadió:

—Ninguna de tus esculturas se había expuesto previamente en un escenario público.

Miguel Ángel se lo confirmó:

—Aquel era el momento más importante de mi carrera, desde luego. Pero a ojos de muchos resultaba casi imposible que un artista de mi juventud pudiese haber tallado tan inmensa obra de arte...

—... de absoluta perfección...

—... extrayéndola de un único bloque de mármol. En efecto, muchos dudaron de mi autoría. Aun siendo yo plenamente consciente de haber esculpido algo especial, tendría que esperar y comprobar si emocionaba a las masas. Y de pronto un día, antes de que llegara este invierno, me encontré a un gran número de peregrinos lombardos alabando mi *Piedad del Vaticano*. —Miguel Ángel guardó silencio y observó la escultura, con sus facciones endurecidas por el recuerdo, exhibiendo su rostro visos de rabia contenida—. Jacopo, ¿quieres oír lo que dijeron aquellos malditos peregrinos?: «¿Quién ha ejecutado esta proeza?», preguntaron. «Nuestro Gobbo, de Milán», respondieron. «¡Gobbo, Gobbo, Gobbo!»

Fue aquel día, al no atribuírsele a Miguel Ángel la *Pietà*, cuando la cólera que lo invadió alcanzó cotas inimaginables, porque el don y la gracia que Dios había puesto en sus manos se cuestionaron deliberadamente. ¡Su obra se asignó erróneamente a otro mortal! Todavía recordaba los gritos de admiración y alborozo de aquellos forasteros lombardos, y la forma ordinaria, monótona y repetitiva de alabar una obra que creían de su paisano.

—¿Cómo pudieron atribuir esta bellísima *Pietà* a Gobbo, un escultor de segunda? ¿Por qué dudaron de mí? ¿Por qué mi hazaña pasó desapercibida? —Miguel Ángel había rezado infinidad de veces a Dios, no para pedirle un favor, no en un acto de contrición, simplemente oraba en una actitud contemplativa, clamando para que el Señor se inclinara a obrar y juzgar, porque se debía respetar la verdad. Y cuántas veces había vuelto su cara hacia el Creador, cuántas veces sin obtener respuesta—. A pesar de todo —continuó—, decidí guardar silencio en su justa medida, hasta que una noche me encerré a solas en la capilla con un farol y mis cinceles.

»Jacopo, observa ahora qué hay de nuevo en mi escultura, y lo que me obligaron a realizar. —Semanas atrás, allí a solas, en el silencio de la noche del Vaticano, Miguel Ángel, absolutamente cegado por un enorme sentimiento de orgullo, había grabado su nombre en la obra, en su *Pietà*, con la intención de que jamás volvieran a dudar de él. Armándose de coraje, había trabajado en la oscuridad, perseguido por las alabanzas desatinadas de los forasteros lombardos.

Miguel Ángel observó con rostro serio su *Pietà* y reflexionó: «Sé que en este mundo solo pueden realizar grandes proezas un número limitado de personas entregadas, tocadas en su virtud por los dones de un ángel de Dios, que ponen su vida humildemente en manos de un fin superior. Pero en mi propia batalla interna, Dios parece haberme abandonado».

No había tallado su nombre en la escultura por mera avaricia, y tampoco por interés, sino por su sentido natural de la justicia, porque no soportaba la idea de que atribuyeran su obra a un hombre a quien no le correspondía.

«¿Dónde estás, Dios?», se preguntó. En esos instantes, su fe comenzaba a ser precaria y, como consecuencia, Miguel Ángel empezó a dudar: «¿Y si Dios no me ha puesto en la Tierra para que lleve a cabo un cometido grandioso? ¿Y si no es a mí a quien ha bendecido con las más excelsas manos para trabajar el mármol? No, de momento Dios no me ha ofrecido nada. Ni siquiera la vigilia de su ángel más austero».

3

Mantua, enero de 1500

—Giacomo, pareces sorprendido.

—Sorprendido como poco, maestro.

—Y desconcertado, pero a su vez satisfecho y calmado; y me atrevería a decir que ligeramente desorientado —indicó Leonardo con media sonrisa; en ocasiones como aquella llamaba a Salai por su verdadero nombre de pila: Giacomo.

—Desde luego, así me siento. Siento incluso más cosas que ahora mismo no sabría definir, pues ignoraba que el cuerpo masculino, ¡y aún menos el mío!, pudiera llegar a comportarse de tan peculiar manera tras... tras... tras...

—¿Tras el acto sexual? —completó Leonardo, divertido; y miró fijamente el rostro de Salai, todavía enrojecido y desfigurado por la excitación. Un rostro que aún sonreía cuando lo encontró en esa actitud. Parecía también contento, probablemente del todo feliz. Pero un instante más tarde su expresión cambió a una de resuelta vergüenza—. ¡Qué ven mis ojos! ¿De pronto te sonrojas, Giacomo?

—No, no me avergüenzo, maestro. Disfruto de tu compañía entre las sábanas, bien lo sabes, una compañía que siempre me resulta reconfortante.

—Pero...

—Pero ¿no dice la Biblia que aquel hombre que se relacione carnalmente con otro hombre será castigado?

Los rizos dorados y angelicales de Salai descansaban en bucles despeinados sobre la almohada. Leonardo bromeó a su lado, en la cama, también en posición de descanso:

—Después de todos estos años, no te tenía por alguien que temiera el pecado contra natura.

Salai se cubrió con la sábana hasta los hombros para cobijarse del frío; y de memoria, con voz de predicador, recitó:

—«Si alguien se acuesta con varón como se hace con mujer, ambos han cometido abominación: morirán sin remedio; su sangre caerá sobre ellos.»

—*Levítico*, capítulo veinte, versículo trece —enunció Leonardo en el mismo tono—. ¡Ver para no creer! Giacomo, ¿de verdad te atormenta que un texto antiguo, por muy antiguo y por sagrado que sea, condene el amor de un hombre hacia otro hombre?

El aprendiz, mirándolo de hito en hito, respondió sobriamente:

—Sí, maestro.

—Tal vez deberías ampliar la perspectiva de tus lecturas. Piénsalo de este modo: ¿acaso el Levítico no ha resultado ser el escrito canónico de más difícil interpretación, tanto o más que descifrar jeroglíficos egipcios? Es un texto muy diferente al Génesis y al Éxodo, eso no te lo negaré. —La expresión en el rostro de Leonardo se dulcificó. Con voz penetrante, dijo—: Pero si vas a permitir que la Biblia influya en tu moral, y en tus pensamientos y deseos, escucha lo que el apóstol Pablo escribió acerca de los hombres que no intiman con la mujer sino con otros hombres «llenos de toda injusticia, perversidad, codicia, maldad, henchidos de envidia, de homicidio, de contienda, de engaño, de malignidad, chismosos».

»*Romanos*, capítulo uno, versículo veintinueve; y en el siguiente versículo continúa: "detractores, enemigos de Dios, ultrajadores, altaneros, fanfarrones, ingeniosos para el mal, rebeldes a sus padres".

Salai permanecía tendido en la cama. Con la vista perdida en la techumbre de madera de la estancia, atendía en silencio a las palabras que Leonardo iba pronunciando. Cuando lo consideró oportuno, exclamó:

—Vaya, ¡casi nada! Sea como fuere, maestro, a día de hoy la Iglesia condena el amor entre hombres.

—Eso es cierto —concedió Leonardo—. Y llegados a este punto, te proporciono otra consideración: ¿Por qué nosotros, hombres de Europa, hemos de otorgarle a la Iglesia católica el monopolio de la moral y de la verdad? ¿No debería el hombre, en cambio, dudar de cuanto se le ofrece, por hermoso y por generoso que sea aquello que se le ofrece, para así poder alcanzar, en su condición de mortal, un estadio más alto de la razón? Mientras permanezcas a mi lado, a Dios no debes temer.

—¿Y a qué debo temer entonces, maestro?

—A la posibilidad de renunciar voluntariamente a ser tú mismo, por supuesto.

Salai se quedó pensativo largos instantes.

—No lo entiendo —reconoció.

Leonardo da Vinci se lo explicó.

4

—Giacomo, la Biblia es un documento maravilloso desde cualquier punto de vista. Como testimonio sobre el carácter humano, constituye un faro que ilumina nuestra civilización; como texto literario, es una joya clásica; y como libro sagrado, recoge una tradición que ha dado sentido a la vida de centenares de generaciones a través de la historia. Pero para algunos escépticos, entre los que puedes contarme, sí, la Biblia ha sido como un obstáculo infranqueable en el camino de los inocentes, y también en las sendas que conducen al progreso.

Salai enmudeció y tembló ligeramente de pies a cabeza bajo las sábanas, quizá por el hecho de oír hablar a su maestro, con asombrosa tranquilidad, sobre las Sagradas Escrituras.

—Hace ya más de dos milenios, en la antigua cultura griega —siguió Leonardo—, Homero escribió en la *Ilíada* la aparición de un vínculo emocional entre hombres, aunque no la describe explícitamente como sexual: la unión profunda entre Aquiles y Patroclo. Siglos más tarde, en tiempos de Sócrates y Platón, el amor entre iguales se consideraba, en general, el único capaz de satisfacer plenamente los más altos deseos de los hombres.

«Platón...», pensó, «un pagano a ojos de la Iglesia.»

Entretanto peroraba, Leonardo da Vinci se acordó de pronto de que, mientras pintaba *La última cena* en el refectorio de Santa Maria delle Grazie en Milán, un prior lo acusó de haberse retratado a sí mismo como Santiago el Menor en el cuadro; también se culpó a Leonardo de haber pintado a Platón en el espacio que le correspondía al apóstol Simón. De ser estas suposiciones ciertas, en el lienzo de *La última cena* podía verse a Jesús y a diez de sus apóstoles, sí, pero en el margen derecho de la pintura, suplantando a Santiago el Menor y a Simón, a un pintor y a un filósofo manteniendo una conversación tranquila, ajenos a todo, y siendo reprendidos de cerca por Mateo, por ignorar el pintor y el filósofo el revuelo que se representaba en el momento exacto en el que Jesucristo acababa de proclamar su frase más celebre: «Uno de vosotros me traicionará».

Jesucristo se refería a Judas, pero aquel viejo prior de Milán acusó a Leonardo da Vinci de haberse retratado como Santiago el Menor, el hermano de Jesús.

Respirando apaciblemente sobre la cama, Leonardo envolvió con un brazo el cuerpo de Salai y lo atrajo hacia sí.

—Lo que procuro hacerte entender es que la interpretación de los dogmas, sean cuales sean, y lo mismo sucede con la pintura, bien pudiera diferir de una a otra persona en muchos sentidos.

La incertidumbre todavía colmaba el rostro seráfico de Salai mientras este le iba dando vueltas y más vueltas a esa idea.

5

Comenzaba el último año del siglo. En los primeros días de enero, Leonardo da Vinci y sus acompañantes se encontraban en la ciudad de Mantua. Las noches eran cálidas y agradables gracias, en parte, a los troncos que crepitaban largas horas en el fuego de la chimenea; pero en el hogar ya solo quedaban restos de los leños deshechos en cenizas. Maestro y aprendiz conversaban en voz baja al tiempo que la luz invernal del alba bañaba suavemente con su color níveo la estancia y al exterior se oía en las ramas de los árboles el primer canto de las aves que no habían emigrado.

Leonardo había partido de Milán hacía unas semanas, a finales de 1499. Durante los últimos dieciocho años había vivido y trabajado allí, sirviendo en la corte de la familia Sforza, que había gobernado la Lombardía durante cinco décadas. Pero el rey Luis XII de Francia, sucesor de Carlos VIII, reclamando sus derechos hereditarios a la posesión del ducado como nieto de Valentina Visconti, había planeado la invasión de Milán. Y, además, había forjado una alianza con César Borgia, ya al mando de los ejércitos pontificios, para llevar a término dicha empresa militar. Las tropas francesas habían irrumpido y tomado finalmente la ciudad, en el verano de 1499, al grito de «¡Muerte a los Sforza!».

Pero el duque, Ludovico Sforza, conocido por el sobrenombre de «El Moro», por su tez oscura, había logrado huir indemne aunque tras sufrir una derrota humillante. Leonardo optó por permanecer en Milán y ofreció sus servicios al rey francés. Durante ese otoño corrieron toda suerte de rumores. Algunos aseguraban que Ludovico Sforza planeaba regresar. Y así había sucedido. El Moro se rehizo y, al frente de un ejército compuesto por soldados lombardos y mercenarios suizos, en un rápido contragolpe, recuperó Chiavenna, Bellinzona, Bellagio, Nesso y Como. Y finalmente, en ese invierno, también Milán.

Leonardo, que ya se había ofrecido al rey francés, alejándose de la familia Sforza y de Ludovico, su antiguo protector y mecenas, consideró que de permanecer en la ciudad su vida corría peligro. Por tanto, antes de que el Moro recuperara Milán, no tuvo más alternativa que empacar sus enseres y partir del lugar que tanto había amado y donde dejaba una parte de su producción artística.

Mientras había vivido en Milán, Leonardo entabló amistad con Isabel de Este, la hermana de Beatriz, la fallecida esposa de Ludovico. Desde la invasión francesa del ducado, Leonardo no había mantenido correspondencia con ella, pero presintió que, tanto a él como a su escolta, la marquesa los acogería en Mantua, ciudad que gobernaba junto a su marido. Y en Mantua se encontraban.

6

—Maestro...
—¿Sí?
—¿Puedo preguntarte algo más?

—¿Acaso no acabas de hacerlo? —bromeó Leonardo, que no quería trasladar a su aprendiz sus propias preocupaciones bélicas.

Salai carraspeó, desvió los ojos hacia la ventana y contempló con ojos tiernos el amanecer nevado que el cielo les regalaba al otro lado de la cristalera; y dijo:

—Cada vez que mi cuerpo se entrega al tuyo, en el acto sexual, experimento diversos placeres al alcanzar el punto de mayor satisfacción.

—Sí, lo he notado —sonrió Leonardo—. ¿Y bien?

—Es, ciertamente, desconcertante. Que mis palabras no te confundan, maestro, pues complacido siempre me hallo al culminar dicho acto.

—¿Y tu pregunta?

—Mi pregunta: ¿cómo lo haces, maestro?

—¿Por qué soy capaz de lograr que el cuerpo humano, tu cuerpo, experimente placeres diversos?

—Sí.

—Me sorprende que no conozcas la respuesta, Giacomo —manifestó Leonardo con notable sorpresa. Se levantó y se paseó por el habitáculo; completamente libre y natural el artista en su desnudez. Lo único que llevaba puesto eran varios anillos con rubíes incrustados en los dedos de ambas manos. Luego, Leonardo se vistió con una túnica rosada hasta las rodillas. La estancia que Isabel de Este les había procurado era muy bella, plagada de objetos maravillosos. De una percha colgaban sus abrigos de invierno; en un rincón de la habitación Leonardo divisó sus macutos de viaje; sobre una mesa, velas apagadas, dos copas vacías y una jarra de agua; sobre otra más amplia, cuadernos, lápices y pinceles. Y sobre un escabel de madera y cuero distinguió un pedazo de papel y, grabado en él, lo que parecía solo un dibujo a lápiz y tinta de un hombre desnudo con extremidades superpuestas dentro de un círculo y un cuadrado—. Mi *Hombre de Vitruvio*... —susurró Leonardo—. Giacomo, me preguntas por qué soy capaz de lograr que tu cuerpo experimente placeres diversos. En el *Hombre de Vitruvio*, en este dibujo, hallarás la respuesta.

7

El Vaticano, Roma, finales de enero de 1500

Un silencio invernal reinaba en el interior de los edificios del complejo del Vaticano. Solo se oía el roce de las túnicas de Miguel Ángel y de Jacopo Galli a cada uno de sus pasos, y acaso el leve murmullo de los peregrinos que se congregaban al otro lado de los muros de piedra, pacientes a que las puertas se abrieran, pues era Año Jubilar, ocasión en la que el papa ofrecía el perdón a cualquiera que se adentrara en la basílica de San Pedro para orar y confesar sus pecados.

Jacopo, que examinaba con ojos tristes la técnica y el estilo arquitectónico de la Santa Sede, comentó:

—La basílica de San Pedro lleva deteriorándose mil doscientos años. —El techo de madera a dos aguas se estaba deformando a lo largo del costado oeste, y varias columnas presentaban agrietamientos.

—Y el viento del norte silba por entre las hendiduras —anunció Miguel Ángel—. Sin embargo, y a pesar del tiempo, el alma de Dios sigue sintiéndose entre estas paredes.

En la inmensidad de la basílica de San Pedro, Jacopo señaló la escultura con el índice.

—Al contemplarla antes del alba, él se ha mostrado impresionado.

—¿A quién te refieres? ¿Quién ha contemplado mi *Pietà*?

—Su Santidad, por supuesto.

—¿El papa...?

8

Alejandro VI era la venerada cabeza de la Iglesia católica y, por tanto, el vínculo más directo del ser humano con el cielo. Aunque, por otra parte, su forma de proceder resultaba un clarísimo ejemplo de desenfreno. En manos de los Borgia, el papado parecía una institución entregada al latrocinio y la perversión. En las calles de Roma se relacionaba al papa con orgías, hijos ilegítimos, incesto, fratricidio, misteriosos venenos que no dejaban rastro, cadáveres flotando en el Tíber, trapicheos y corruptelas de toda clase.

—El papa aprobó el encargo de tu *Pietà*, y el hecho de que una vez terminada la alabe es comparable a Dios mismo concediéndote su aprobación divina. Quería contemplarla sin que las masas lo estorbasen. Al menos es lo que me ha susurrado un prelado a primera hora del día.

Miguel Ángel, conteniendo la euforia, murmuró:

—¿Su Santidad ha añadido más palabras?

—Ha celebrado la belleza de tu obra. Y, al fijarse en tu rúbrica, se ha sonreído y ha declarado que le recordabas a César, supongo que por tu ego al firmarla —bromeó Jacopo.

No era necesario preguntar el apellido. El banquero se refería a César Borgia, por supuesto, el hijo ilegítimo de Alejandro VI, y quien era, como su padre, un reputado canalla.

«El primer hombre en la historia en renunciar al capelo y al cardenalato. Una rebelión imperdonable», se dijo Miguel Ángel para sí.

Criado para ocupar un puesto en la Iglesia, César Borgia había sido elevado a la dignidad cardenalicia a los dieciocho años de edad, pero en las calles solo se hablaba de sus crímenes, de su lubricidad y de su desmedida ambición. Devorado por el orgullo y consumido por los deseos, César Borgia, atendiendo a los rumores que corrían entre el pueblo, había matado a su hermano, había consumado su amor por Lucrecia, su hermana, y había asesinado al segundo marido de esta por celos, después de obligarla a abandonar al primero. Y en esos precisos instantes lideraba los ejércitos papales en una sangrienta campaña a lo largo de la península Italiana por el control de las tierras rebeldes al papa, es decir, a su padre. Y es que los Borgia tenían en Alejandro VI una preeminencia de la que carecían los linajes más poderosos de Europa, a saber, un cabeza de familia que no resultaba ser un padre cualquiera, sino el Santo Padre, el hombre que debía presentarse ante el pueblo como el ejemplo moral de toda la cristiandad.

—Su Santidad también ha manifestado que eras todo corazón y pasión —continuó Jacopo—. «Creo firmemente que Miguel Ángel Buonarroti llegará lejos algún día», le ha escuchado decir el prelado, quizá dando a entender...

—Que podría llegar a contratarme —finalizó Miguel Ángel.

¿No sería toda una hazaña trabajar para el papa? ¿Cómo un joven escultor podría resistirse a la seducción de aquella voluptuosidad romana? El corazón helado de Miguel Ángel ardió ante la posibilidad de ver cumplida tamaña ambición.

—Pero, por el momento, dejaré atrás Roma —aseguró.

—Reconsidera tu decisión con calma —le aconsejó Jacopo—. Pues ¿no es el viejo Foro romano el lugar perfecto para un artista? Aquí, cada día salen a la luz columnas de mármol y arcos de triunfo sepultados. ¡Restos de la Antigüedad! ¡Estatuas! ¡Artefactos!

Miguel Ángel añadió:

—Y también capiteles deteriorados y frontones que emergen de la tierra como tumbas. Roma es una ciudad sembrada de arte entre sus ruinas, sin duda alguna, ¿qué insensato lo negaría? Pero la Ciudad Eterna me ha decepcionado, a pesar de su dimensión artística. —Y era cierto. La antaño poderosa capital se había convertido en una ciudad pequeña, sucia, provinciana—. Jacopo, en los cadalsos he visto cuerpos ahorcados, abandonados, pudriéndose a la luz del sol, devorados por las alimañas en la oscuridad de la noche. Mi estancia en Roma se ha vuelto detestable. No verán mis ojos cómo me acostumbro a la muerte y el horror.

«Quise huir de todo ello antes de acabar mi *Pietà*, pero la sola idea de regresar a casa ante mi padre y mis hermanos como un fracasado me aterrorizaba.»

Las puertas del Vaticano permanecían cerradas. Y frente a Miguel Ángel y Jacopo se alzaba una estatua colosal de mármol que representaba a la Virgen María sosteniendo el cuerpo sin vida de Cristo. La diferencia principal con otras *pietàs* residía en que Miguel Ángel no había esculpido, ni en la Madre ni el Hijo, ningún gesto de dolor o de sufrimiento, sino que había tallado una equilibrada composición triangular, con sus dos figuras sosegadas, serenas, resignadas y llenas de ternura.

9

—Uno de los debates que originará tu *Piedad* será la eterna juventud que presenta la Virgen. ¿Por qué la has esculpido de ese modo?

Miguel Ángel esbozó una sonrisa suficiente y de media luna.

—Porque las personas enamoradas de Dios no envejecen nunca —asentó—. La Madre tenía que ser joven, más joven que el Hijo, para mostrarse eternamente Virgen; mientras que el Hijo, incorporado a nuestra naturaleza humana, debía aparecer como otro hombre cualquiera en sus despojos mortales.

Sobre la cinta que ceñía el manto de la Virgen se leía una inscripción en latín, no en un lugar discreto, sino cruzando el pecho de la Madona.

MICHÆL · ANGELVS · BONAROTVS ·
FLORENT · FACIEBAT

—«Miguel Ángel Buonarroti, florentino, hizo esto» —leyó despacio Jacopo—. Grabaste tu nombre en la piedra para que no confundieran la autoría de la obra —recordó—. Algún día, tu arte hablará por ti. ¿Puedo preguntarte algo?

—Por supuesto, amigo.

—¿Cómo un hombre de tu juventud es capaz de trabajar la piedra con una pericia propia del más avezado de los maestros? Tal vez yo no llegue a comprenderlo nunca.

Miguel Ángel se sonrió con suficiencia.

—¿Me preguntas cómo puedo hacer una escultura? Simplemente retirando del bloque de mármol todo lo que no es necesario. Sí, quizá tú no llegues a entenderlo nunca, pero es la mejor manera de explicarlo.

10

Mantua, finales de enero de 1500

—¿Maestro?

Leonardo da Vinci contemplaba, totalmente obnubilado, el dibujo del *Hombre de Vitruvio*, en silencio, sin mudar aquella expresión hechizada. En el papel apreció las marcas de la punta de plata y los doce pinchazos que ejecutara con el compás en los trabajos preparatorios, de eso hacía ya diez años. Con aquel compás y una escuadra, en su día trazó en el papel un círculo y un cuadrado, y después ayudó al hombre a posarse *fácilmente* sobre ambas figuras geométricas. Como resultado, el ombligo del hombre se hallaba en el centro exacto del círculo; y sus genitales, en el del cuadrado. Leonardo da Vinci había volcado en el dibujo de aquel hombre de cuatro piernas y cuatro brazos todos sus estudios sobre anatomía y proporciones humanas para crear un cuerpo excepcional.

—Mi *Hombre de Vitruvio*... —susurró absolutamente ensimismado.

—¿Maestro?

—¿Sí, Giacomo?

Salai se levantó de la cama de un salto y se acercó raudo a la mesa de trabajo. Tras reparar en el papel, comentó:

—Se trata del dibujo al que rara vez me dejas echar un vistazo.

Leonardo cerró los ojos un instante, inspiró hondo y los volvió a abrir.

—Y es, además, mi solución gráfica a un antiguo problema matemático irresoluble, el que se conoce como «la cuadratura del círculo».

Con ojos impacientes y alegres, Salai interrogó a su maestro con aquella mirada suya, en general, de carácter pueril.

—De acuerdo, solventaré tu curiosidad —sonrió Leonardo.

11

—Remontándonos de nuevo en el tiempo, hubo un hombre que sirvió a Julio César en el ejército romano; era quien diseñaba sus máquinas de artillería. Fue también un destacado arquitecto que escribió un importante libro titulado *De Architectura*, el único de esta materia que se conserva de la Antigüedad clásica. Durante cientos y cientos de años su obra cayó en el olvido, pero a principios del siglo que este invierno dejaremos atrás, fue redescubierto por un humanista en Suiza.

—¿Cómo se llamó ese hombre?

—Sé más preciso, Giacomo. ¿Qué hombre?

—El arquitecto, maestro.

Leonardo da Vinci respondió sin apartar la vista del dibujo:

—Marco Vitruvio, ese fue su nombre. Vitruvio escribió que

se puede trazar un círculo perfecto alrededor del cuerpo humano si se toma el ombligo como centro y también que la extensión de los brazos y la altura del cuerpo traza un cuadrado. Así encontró todo tipo de proporciones matemáticas ajustadas al cuerpo humano. Fueron esas descripciones las que me llevaron, como parte de mis estudios de anatomía, a recopilar un conjunto de medidas y a idear, por consiguiente, este dibujo, centrando al hombre como la respuesta a esta aporía.

Salai carraspeó y se burló con socarronería:

—Sin ánimo de ofender, maestro, lo que yo sigo viendo en este papel es un hombre de cuatro brazos y cuatro piernas.

Leonardo se carcajeó tan inmensamente que lo invadió la extraña impresión de que hacía mucho tiempo que no reía.

—Tú y tus burlas, muchacho. Pero aprende a ver. Date cuenta de que todo está conectado. El mundo y el hombre son geometría.

Salai anunció con aires nostálgicos:

—Recuerdo... Me ha venido a la memoria la imagen de una cena en la que algunos hablabais de Vitruvio.

La sonrisa se desvaneció de golpe en el rostro de Leonardo y las arrugas se acentuaron en torno a sus ojos dorados.

De repente, su respiración se había acelerado. Su expresión adoptó un rictus que manifestaba el más desolador de los sufrimientos.

—Sé a qué cena te refieres —susurró con voz quebrada—. Antes de perfilar el dibujo que contemplas, mantuve largas y estimulantes conversaciones con buenos amigos, como Francesco di Giorgio, Giacomo Andrea o Luca Pacioli, sobre la obra y las investigaciones de Vitruvio.

»La cena a la que aludes se celebró el veinticuatro de junio de mil cuatrocientos noventa. Andrea fue el anfitrión. Y la recuerdas con nitidez porque tú eras mi ayudante desde hacía tan solo dos días. Tenías diez años por entonces.

—Sí... Me acuerdo de que en casa de Andrea rompí tres copas de cristal y derramé el vino.

—En efecto, y además cenaste por dos y te portaste mal por cuatro —añadió Leonardo con una sonrisa bailándole en los labios—. Al lado de aquellos amigos, todos creativos e ingeniosos, hubiese detenido el tiempo en aquella velada. Debatimos largas horas sobre los estudios de Vitruvio, cuando tú no nos interrumpías con tus bribonadas, claro.

—Maestro —tras esperar el gesto afirmativo de Leonardo, Salai planteó la pregunta en la que llevaba unos minutos pensando—, tenías treinta y ocho años cuando dibujaste el *Hombre de Vitruvio*, más o menos la edad que refleja el varón de ese dibujo. Y al igual que en el hombre de la imagen, tus cabellos también brillaban hermosos y rizados en esa época; y como *él*, tú tampoco lucías barba entonces. Lo recuerdo muy bien.

—Adelante, plantéame tus dudas.

—¿Es tu *Hombre de Vitruvio* tu autorretrato?

12

Leonardo movió los labios de arriba abajo, ahogó un sonido indefinido y, tras pensárselo unos segundos, optó por no responder. A su lado, Salai por fin desvió los ojos del dibujo.

—¿Qué ha sido de todos esos buenos amigos, maestro? Desde que partimos de Milán no hemos sabido de algunos de ellos.

«Andrea, pobre Andrea... Lo han asesinado y descuartizado brutalmente las tropas francesas, Salai, pero esta es una tragedia que de momento no compartiré contigo», pensó Leonardo.

—Han seguido su camino —le aseguró—. Del mismo modo que tú y yo seguiremos el nuestro. Quizá el destino nos reúna un día con ellos, en algún lugar, en otro tiempo.

»Y respondiendo finalmente a tu pregunta anterior, te diré que he dedicado toda una vida al estudio de la naturaleza y de la anatomía humana; la función del músculo es tirar, no empujar. Excepto en el caso de los genitales y la lengua. Giacomo, solo en las misteriosas proporciones del cuerpo terrenal puede hallarse alguna lógica; por ese motivo, cuando yaces conmigo entre sábanas, soy muy capaz de lograr que experimentes placeres que con otro jamás conocerías.

Leonardo enmudeció y pensó para sí: «Se trata de un instinto fiel con el cual observo a las personas de un modo más profundo; *más allá* de su aspecto externo».

Y mientras desnudaba nuevamente a su aprendiz, pensó que no había nada excepcional en que dos cuerpos extraños, iguales en género pero extraños, se fundieran el uno en el otro de manera ocasional. Se le ocurrió de pronto que Salai conocía la respuesta al enigma que su *Hombre de Vitruvio* planteaba, y que quizá por esa razón, o por cualquier otra causa igualmente válida, había adoptado cómicamente *esa* misma pose en la cama.

Miles de imágenes e ideas planeaban en la esfera de sus pensamientos. En el silencio de las sábanas y la aurora, Leonardo da Vinci quiso entonar, a través de los labios imaginarios de los amigos que habían muerto en el camino, una canción de esperanza y de paz; sin embargo, lo invadió una oleada de rabia, totalmente imprevista e inesperada, que atrajo el aspecto brutal de todas las tensiones, conflictos y dramas, y que silenció de manera rápida y dramática su canción de esperanza y de paz.

13

La breve estancia de Leonardo da Vinci en Mantua no pasó desapercibida. Recibía frecuentes visitas de Isabel de Este, con quien ya mantuviera en Milán conversaciones que giraban en torno al arte, la política y la naturaleza. Habían intercambiado incluso cartas de duelo cuando su hermana Beatriz falleció. Y ahora la marquesa le insistía, día sí y día también con sus encarecidas súplicas, en que la retratase. Por el momento, Leonardo se negaba, alegaba cualquier excusa y se alejaba a ocuparse de otros menesteres; mas había empezado a esbozar, con tiza negra, un retrato de Isabel de Este recurriendo a la técnica del pastel.

César Borgia también se hallaba en esa ciudad en aquellos primeros días de enero. Y había sido bienvenido, claro, ya que nadie deseaba enemistarse con el hijo del papa. Leonardo lo había conocido la noche en que, acompañado del rey Luis XII de Francia y una vez tomada Milán y expulsados los Sforza, acudieron juntos a contemplar su *Última cena*. En Mantua, César Borgia hizo llamar a Leonardo para que le hablara, principalmente, de sus diseños de ingeniería militar, y le advirtió de que en un futuro próximo tal vez precisara de sus servicios.

Pero el maestro de Vinci se hallaba en un instante de su vida en el que no deseaba ser partícipe en guerras y batallas. Tan lejos física y simbólicamente ya de Milán, lo que Leonardo de verdad deseaba era volar. Desde hacía años le fascinaba y obsesionaba el movimiento de los cuerpos en el aire. Había estudiado al detalle el desplazamiento de las aves, y sopesaba la posibilidad de diseñar máquinas que permitieran volar a los humanos. Acopiaba centenares de bocetos y dibujos ordenados en sus carpetas; incluso había diseñado artilugios con alas que, pensaba, algún día le posibilitarían surcar los cielos. De estos inventos le había hablado al rey Luis de Francia, quien le había regalado un anillo de piedras preciosas que representaba un pájaro. «Una vez aprendas a volar, lleva ese arte a Francia», le dijo.

Pero aún no había llegado el momento de elevarse hacia las alturas; ahora tocaba cabalgar.

—¿Hacia qué ciudad vamos, maestro? —le preguntó Salai.

—Probaremos suerte en la ciudad de los canales.

Venecia, donde la piedra se parecía al agua y los palacios tomaban el aspecto de navíos. En aquel lugar no había colinas, ni bosques, ni campos. El mar rodeaba la ciudad y penetraba en ella, y los caminos de agua reemplazaban la estabilidad de las calles de piedra. Venecia, donde el sordo chapoteo de los remos y el roce de las quillas sobre el agua sustituía el ruido de los cascos de los caballos sobre la tierra o las piedras.

14

Roma, enero de 1500

Tras despedirse de Jacopo Galli, el hombre hacia quien de un modo u otro siempre sentiría agradecimiento, y mientras se alejaba del Vaticano y sorteaba a decenas de peregrinos cubiertos por la suciedad del camino, Miguel Ángel condenó la ineptitud y la carencia de talento de algunos poderosos y de buena parte del pueblo, y se centró en su propio individualismo, que lo distanciaba día a día de la mayoría de la gente.

«Ha llegado la hora de abandonar Roma», se convenció. «Me alejaré de una ciudad célebre en estos días por su depravación, mediocridad y decadencia.»

¿Podía imaginar Miguel Ángel cómo sería su vida si no existieran todos esos sentimientos y pasiones que lo atormentaban? ¿Qué ocurriría si se encontrara de nuevo en una ciudad hermosa, hermosa por libre y por creativa, donde pudiera dedicarse en cuerpo y alma a lo que más deseaba, a aquello por lo que había nacido y por lo que, sin duda, algún día iba a morir? Y al dejar atrás el templo más solemne de la cristiandad, al mezclarse en las calles de la Ciudad Eterna con prostitutas, mendigos y ladrones, lo asaltó la impresión de que en *esa* otra ciudad se abriría un mundo nuevo ante sus ojos. Sí, en aquella ciudad ideal y terrena la sensualidad y la belleza del arte lo buscarían irremediablemente a él, y sin duda lo hallarían despierto, y allí obtendría la aprobación unánime del pueblo.

«Regreso a una ciudad con los recursos, la creatividad y la libertad suficientes para propulsarme hacia los cielos.»

Sí. Esa ciudad era otro mundo.

«Florencia.»

15

En Venecia Leonardo se ofreció como asesor militar, pues la Serenísima República temía una posible invasión turca y necesitaba reforzar sus defensas. Se le ocurrieron ideas para proteger el puerto, incluyendo una compuerta móvil de madera que, bien manipulada, facilitaría que el río Isonzo anegara de agua cualquier valle por el que tratara de cruzar un posible ejército invasor. Pero, como muchos de los proyectos visionarios que había tenido durante toda su vida, los que ideó para Venecia no se pusieron en práctica, ni siquiera una máscara submarina, un invento que permitiría a los combatientes venecianos respirar bajo el agua y hundir los barcos enemigos.

Leonardo no proporcionó una respuesta a los dirigentes venecianos, aunque sí la anotó en uno de sus cuadernos: «¿Por qué no describo mi método para permanecer bajo el agua y cómo puedo quedarme todo el tiempo en ella sin salir a respirar? No deseo publicarlo debido a la naturaleza malvada de los hombres, que podrían usarlo para cometer asesinatos en el fondo del mar».

La crueldad, la carencia de moralidad y la irreflexión humana empezaban a hacer estragos en su carácter. Leonardo sentía y sufría, allí donde fuera, el terrible peso de la guerra sobre sus hombros.

—Nos marchamos a otro lugar —les anunció a Salai y al resto de su séquito.

—¿Adónde iremos, maestro?

«¿Adónde ir?», se planteó Leonardo. «¿Hacia qué destino partir?»

Se había quedado mudo. No sabía qué responder. No tenía la más ligera idea de hacia qué camino dirigir sus pasos. Sin nada que lo pudiera evitar, su estado de ánimo una y otra vez oscilaba, como un péndulo sujeto a una balanza desequilibrada. Y él no lo podía negar, no lo podía siquiera obviar: estaba totalmente perdido en una península fragmentada, dividida en reinos, ciudades y Estados sumidos en una guerra perpetua y depravada. ¿En qué lugar se encontraba? ¿En el Infierno que Dante Alighieri había descrito en su *Divina commedia*? Lo ignoraba. ¿Acaso había muerto? No. Porque pensaba que el placer más noble era la alegría de la comprensión, y que ese entendimiento natural que él había conquistado podía explicarle su situación actual. Sus circunstancias eran el resultado indeseado de un cambio absoluto en su vida, el producto del tránsito molesto de una realidad placentera a otra todavía indeterminada; y el caos lo había atrapado en medio de su incertidumbre de una forma despiadada.

—¿A qué ciudad nos dirigiremos, maestro? —reiteró Salai.

Leonardo cerró los ojos y se hundió en un mundo imaginario. Visualizó un lugar amable y sencillo, fácil de recorrer, un mundo exento de guerras, muertes y conflictos que descansaba de la eterna búsqueda humana de respuestas a preguntas imposibles.

Pero poco a poco fue idealizando la ciudad por la que su séquito le preguntaba. Y sin más remedio fue atribuyéndole virtudes improbables, sentimientos olvidados y pasiones arrinconadas. De esa ciudad había partido hacía ya dieciocho años. ¿Y cuál fue la firme promesa que a sí mismo se formuló y se propuso cumplir?: que, al menos en esa vida, allí no regresaría.

Tenía la certeza de que su vida estaba destinada a la búsqueda de la belleza y de la verdad, y que aquella no era más que otra vieja ciudad. Pero quizá más bella, quizá más próxima a la verdad. Y de repente Leonardo da Vinci entendió que ya había vivido lo bastante para comprender que su arte sería eterno en cualquier época y en cualquier parte.

«Pero tanto más real cuanto más cerca de esta ciudad.»

—Florencia.

CAPÍTULO III

1

Región de Toscana, primavera de 1501

Todos sus sentidos se aguzaron mientras su pensamiento seguía el hilo de sus recuerdos. En el camino lo había atacado un grupo de bandoleros enmascarados, personajes indeseables. Las consecuencias de la pelea lo habían dejado con un ojo morado, un tobillo hinchado y unas ropas raídas y descosidas. Y así, en semejantes condiciones, el artista observaba la ciudad desde lo alto de una colina cercana, con demasiada quietud y un aspecto sucio y deplorable.

El curso del río Arno trazaba un suave arco a su paso y partía el núcleo urbano en dos. Los edificios blancos, amarillos y anaranjados componían un mosaico polícromo desde las alturas. Allí abajo, la catedral de Santa Maria dei Fiore destacaba entre el caserío y expresaba la rotunda imagen de la fortuna y el triunfo. Il Duomo, coronado por la cúpula sin contrafuertes más alta del mundo, simbolizaba la construcción que evidenciaba el bienestar, la libertad y la riqueza de la República.

Un sol agradable resplandecía en el cielo azul celeste, en una de esas mañanas en las que el susurro de la brisa parece arrastrar canciones de otra época y el aire está cargado de un sinfín de aromas primaverales, de una esencia que solo se aprecia en la Toscana: el olor de sus campos y sus tierras, de los cipreses, de los capullos abiertos en flor, de los olivos, las vides y los jardines bien cuidados.

Tan cerca y tan lejos de todos aquellos encantos, el artista solo podía sentir la sequedad del polvo en sus labios y el constante palpitar de su ojo ensangrentado; y los molestos pinchazos en sus costillas malheridas; y los cortes, rozaduras y llagas que ardían en sus pies tras el largo camino; y tantas cosas más, mientras la suave brisa mecía su cabello desgreñado.

Tenía la impresión de que le había llevado toda una vida regresar. Sentía, sobre todo, aflicción. Pero tan solo se trataba de una dolencia eventual; y el artista, que lo intuía, exprimía a fondo cada instante de dolor; porque el gozo de contemplar la imagen del hogar triunfaba con creces sobre cualquier tipo de padecimiento físico, que estoicamente siempre estaba dispuesto a soportar.

Durante largo rato observó la ciudad en silencio. Y cuando descendió de la colina, el artista se aproximó cojeando lastimosamente a la puerta principal de las murallas, de más de veinte codos de altura.

—Dejadme entrar. Soy florentino.

Y en el momento mismo en que las puertas se abrían, un murmullo se elevó frente a él, como un viento en la distancia, y creció hasta convertirse en un clamor de muchas voces que anunciaban extrañas nuevas en el amanecer.

2

Sí, el artista era florentino. Su retorno se había alargado más de un año. Durante todo aquel tiempo se había dicho para sus adentros con excesiva complacencia, con excesiva imprudencia, que de vuelta a su hogar natal lo recibirían convertido en una leyenda, en un mito. Se dijo que para entonces su trabajo ya habría conquistado el clamor popular que tanto ansiaba, porque su proeza en el Vaticano lo respaldaba; bastaba que la noticia se hubiese divulgado adecuadamente de sur a norte y que las gentes de la Toscana la hubieran escuchado y comprendido su hazaña. Imaginó que tras una tempestad de elogios lo amarían a él no por lo que era, sino por lo que era capaz de hacer.

Tenía la impresión, la oscura impresión, de no ser tan solo un artista, sino un hombre consagrado a un destino superior. El problema residía en que había penetrado ya en las esferas del narcisismo y el engaño, dominado por un sentimiento imprudente y desproporcionado que lo llevaba a considerarse de una naturaleza superior al resto de personas que habitaban la región. Y por esa misma razón había olvidado contemplar la posibilidad de que tras ese ideal onírico se ocultara una verdad desoladora, que muy pronto lo atormentaría en cualquier rincón de la ciudad y a cualquier hora, y que le haría reaprender que las expectativas que el hombre adelantado se crea son tanto o más desatinadas cuanto más se alejan de la realidad.

«Dejo al otro lado de las murallas el aprendizaje del artista; entro en la ciudad hecho un hombre.»

Miguel Ángel Buonarroti había vuelto a Florencia.

3

Basílica de la Santissima Annunziata, Florencia, primavera de 1501

Jóvenes alumnos y aprendices, todos lo miraban con expectación. Al fin y al cabo habían acudido a escuchar a Leonardo da Vinci hablar sobre diferentes técnicas de pintura. Sin embargo, el maestro parecía distraído. Daba la impresión de que tenía la mente puesta en otras materias y en otro lugar. Es más, llevaba varios minutos sumido en un mutismo profundo. Con las manos entrelazadas a la espalda, murmuraba palabras inconexas únicamente para sí, paseándose despistado de un lado a otro en una de las salas de la basílica de la Santissima Annunziata, en Florencia, donde residía cómodamente desde hacía un año como parte de sus honorarios por pintar el retablo de la iglesia.

Docena y media de aprendices seguían con mirada vacilante su silencioso caminar, de izquierda a derecha, y vuelta a empezar.

¿Por qué el maestro había interrumpido de pronto sus explicaciones? Era la pregunta que rondaba las cabezas de los oyentes; y, acto seguido, la incertidumbre se reveló en un murmullo prudente pero que velozmente se extendió entre los jóvenes espectadores porque, como siempre ocurría con Leonardo da Vinci, lo envolvía un halo de misterio en cada momento y a cada paso. El murmullo se acentuó; algunos trataron de llamar su atención en voz alta, provocando que Leonardo tomara conciencia de la situación y de la agudeza de todas aquellas miradas clavadas en su espalda.

Se volvió hacia su público y anunció con media sonrisa:

—Hay tres clases de personas: aquellas que ven, aquellas que ven cuando se les muestra y aquellas que no ven.

4

Un pupilo se aventuró con voz espontánea:

—Maestro, ¿tenemos que descifrar esas palabras?

Leonardo dijo:

—La pregunta que os planteo es obvia: ¿qué entendéis por «ver»? —Silencio—. O expresado este galimatías en palabras que bien podáis comprender: ¿queréis ser futuros artistas?

El pupilo se sintió repentinamente emocionado:

—¡Desde luego!

También Leonardo habló con emoción:

—¡No lograréis convertiros en artistas encerrados en esta basílica!

El pupilo preguntó, con la misma emoción:

—¿Por qué no?

Leonardo lo completó:

—Porque el cielo nos regala hoy una mañana preciosa y, sin embargo, nosotros nos encontramos aquí, en medio de esta penumbra.

Al pupilo se le iluminaron los ojos y en ese momento cayó en la cuenta del porqué.

—¿Nos vamos a otro lugar?

—Efectivamente. Seguidme; saldremos al exterior y recorreremos las calles de Florencia, donde sí podremos observar cómo se relaciona la luz con los cuerpos.

El pupilo se expresó con sorpresa evidente:

—¿Y paseando por las calles aprenderemos técnicas de pintura?

Y Leonardo finalizó con alegría:

—Muchacho, graba estas palabras a fuego en tu interior: «Todo nuestro conocimiento tiene su origen en la percepción». Y precisamente eso será lo único que hoy haremos; pasearemos por las calles y observaremos. Nadie sabe los misterios que el ojo humano es capaz de apreciar cuando a este se le da un uso excelente.

Los jóvenes recogieron apresuradamente sus bártulos y siguieron en un confuso entusiasmo hacia la salida de la iglesia a Leonardo, que estaba dispuesto a mostrarles el mayor talento del que era dueño: su agudeza como observador.

5

Miguel Ángel caminaba despacio y en soledad por las atestadas calles de Florencia. Debía presentarse ante su familia, evidentemente, pero en aquellos instantes era víctima de la necesidad, de una exigencia dominante que revestía un significado complejo y que lo instaba, en primer lugar, a que el alma, la belleza y las costumbres de la ciudad penetraran silenciosamente en él tras cuatro interminables años de ausencia.

El aspecto fortificado del Palazzo Medici siempre resultaba, a sus ojos, sorprendente; y el interior del palacio, verdaderamente fascinante. Siendo un adolescente, Miguel Ángel había estudiado escultura en los llamados «Huertos mediceos», entre el palacio de via Larga y San Marcos.

Al pasar frente a las paredes de piedra recordó el día en que por vez primera atravesó aquel umbral: las escaleras decoradas con frescos; el patio que alojaba dos de las mejores esculturas de Donatello, *David* y *Judith y Holofernes*; recordó a Sandro Botticelli en los jardines esbozando bellas muchachas en su cuaderno de notas; recordó las incontables habitaciones y antesalas del palacio y sus techos altos, y las paredes, puertas y ventanales de gran refinamiento; recordó los estudios profusamente decorados con los incontables objetos que Lorenzo de Médici compraba sin cesar, los innumerables libros, los placenteros jardines; recordó la belleza de los tapices que decoraban las habitaciones, los valiosos arcones de una incomparable factura, las pinturas y las obras maestras de la escultura; recordó las espadas de acero damasceno, la plata más exquisita, los relieves de Donatello y los cuadros de Giotto, Fra Angélico y el flamenco Petrus Christus.

Mientras a su alrededor todo estaba sumido en un bullicio ensordecedor, insoportable, Miguel Ángel Buonarroti recordaba. Tras un cambio de postura con el que no contaba, se centró en sus pensamientos y consintió que su mente volara libre en busca de sus recuerdos. Florencia se le había quedado petrificada en la memoria y en la piel tal y como la había visto y sentido por última vez. Evocar episodios troceados de su infancia facultó que ese mundo, antaño seductor, floreciera súbitamente en su conciencia.

Palazzo Medici, Florencia, año 1489

La habitación de Lorenzo de Médici era el lugar más asombroso en el que, a sus catorce años, Miguel Ángel hubiera posado los pies.

—Observa atentamente cada rincón de la sala —le sugirió Lorenzo con voz serena y amable—. Aquí acopio y escondo los objetos más valiosos de mi colección, a saber: antiguas reliquias, medallones y otras joyas exquisitas, algunas valoradas en más de quinientos florines.

El joven aprendiz se acercó a una vidriera que contenía gemas incisas, anillos y monedas. Lorenzo se colocó a su lado; cambió el rumbo de la conversación.

—Te he convocado por un motivo determinado: Miguel Ángel, veo en ti un talento excepcional, algo que dista de lo común, un ingenio similar al que años atrás distinguiera en Leonardo da Vinci. Tal vez yo debería hacer mayores esfuerzos por traer a Leonardo de vuelta a Florencia, pero ese no es el asunto que nos ocupa.

—¿Y qué asunto nos ocupa, señor?

—Dime, ¿disfrutas del trabajo con tu maestro?

—El trabajo en el taller de Bertoldo me absorbe por completo.

—La obsesión no es buena consejera, Miguel Ángel. Todos necesitamos separar recreo de trabajo. Te animo a relacionarte con otros jóvenes de tu edad, una edad, la tuya, en la que se descubren muchos placeres.

—No. Mi juventud no es sinónimo de placer. Yo *soy* diferente. *Sé* que no me parezco a los demás. Por las noches, mientras mis compañeros van a distraerse y a divertirse con mujeres, yo me encierro en un mundo de soledad.

—¿Puedo preguntarte por qué no lo evitas?

Miguel Ángel habló sin reservas, con una extraña clarividencia para ser un joven de catorce años:

—Porque soy prisionero de un sentimiento feroz: el orgullo

inconsciente del creador, que me empuja a evitar todo lo humano. La piedra, señor, es una amante mucho más celosa que las muchachas con las que mis compañeros pasan el rato.

Lorenzo de Médici se quedó fascinado ante semejante respuesta.

—Has de saber que hasta el más excelso de los dones, el don de la creación, ha de ser domado y educado —le aconsejó—. Por esa razón he decidido hablar con Lodovico, tu padre. Le he propuesto una oferta y se ha mostrado de acuerdo.

Miguel Ángel apartó la mirada de las reliquias y la fijó en aquel hombre alto, delgado y de tez morena. El encanto y la fácil conversación de Lorenzo de Médici hacían olvidar la fealdad de sus rasgos: su nariz chata, su prominente mandíbula y su voz ronca y desagradable. Lorenzo poseía, además, la habilidad política más envidiable de todas: la destreza de saber juzgar acertadamente a las personas.

—¿Has hablado con mi padre? —se extrañó el joven Buonarroti—. ¿A qué te refieres?

—Te vas a mudar a este palacio, Miguel Ángel, donde vivirás y recibirás la educación adecuada que te permitirá explotar tu capacidad. La biblioteca que antes te he mostrado guarda unos mil libros y manuscritos encuadernados en terciopelo y cuero. Sí, te rodearemos de poesía, ciencia y filosofía. En este lugar comenzarás a esbozar tus pensamientos más profundos en forma de arte, y esto lo seguirás haciendo el resto de tu vida. Absorberás las filosofías platónica y neoplatónica, que te proporcionarán el conocimiento profundo de algunos de los grandes filósofos y humanistas de la corte. ¿Qué te parece mi oferta?

Tras meditarlo unos segundos, Miguel Ángel asintió someramente. Luego señaló con el índice dos objetos que en especial habían captado su interés. A su lado, Lorenzo esgrimió una sonrisa satisfactoria.

—Justo en la diana —confesó—. Quizá los dos objetos más preciados de mi colección. En primer lugar, una *tazza*, como ves, profusamente decorada. Fue un regalo del cardenal Giovanni de

Aragón, y su valor se estima en unos cuatro mil ducados. Y esta otra reliquia, valorada en seis mil florines, es un cuerno de unicornio.

—Un... ¿cuerno de unicornio?

Lorenzo no aclaró sus dudas; en cambio, susurró con arrobo:

—Creo que no me he equivocado contigo, Miguel Ángel.

Florencia, primavera de 1501

Miguel Ángel se alejó del Palazzo Medici. Cojeaba de manera aparatosa; su ojo izquierdo sangraba; sus ropas rotas lucían asquerosas y desprendían un hedor penetrante a mugre, a sudor y a inmundicia. Presentaba, de pies a cabeza, la versión más realista de un pordiosero marginado. Pero ¿acaso le importaba?

Tomó una calle despejada. Al poco accedió renqueante a la plaza del Duomo y contempló la catedral, el baptisterio y el campanario. Se sentó a descansar en un podio y repasó mentalmente los artistas que todavía pudieran estar vivos y residiendo en Florencia: Sandro Botticelli, que había pintado *El nacimiento de Venus* y *La primavera*; «pero es pintor, no escultor»; Pietro Perugino y Davide Ghirlandaio, hermano este último del maestro de Miguel Ángel. «También pintores», como Andrea della Robbia, famoso por la delicadeza de sus esculturas en relieve en terracota azul y blanca.

«No hay nadie en Florencia capaz de competir conmigo a la hora de trabajar el mármol.»

«Sí lo hay», objetó una vocecilla aguda en su interior. «Y sabes perfectamente de quién se trata. Hace ya más de una década Lorenzo de Médici te dio su nombre.»

Junto a la iglesia de la Santissima Annunziata se alzaba el hospicio de Brunelleschi.

—En mi opinión, este es el hospital más interesante de entre los treinta de la ciudad —comentó Leonardo—. Enseguida comprobaréis el porqué.

Al lado de la entrada vieron un torno en el que había decenas de bebés abandonados, criaturas que habían sido dadas en adopción.

Leonardo y su público dejaron atrás la iglesia y el hospicio y tomaron el camino que conducía al río. Las tiendas y los puestos se exponían abarrotados de productos tentadores en las arterias centrales de Florencia, donde los ciudadanos cotilleaban, discutían, negociaban y coqueteaban. A esas horas, las calles ya abundaban en vendedores ambulantes que proclamaban su mercancía. En el mercado, los compradores aguardaban ansiosamente a que los pescadores y los verduleros terminaran de montar sus estantes; y los artesanos, reconocibles por sus gorros puntiagudos y sus blusones, preparaban su trabajo diario.

—Pero no os fijéis solamente en quienes están laborando —refutó Leonardo, pues en los portales se reunían muchachos que animadamente jugaban a las cartas, al ajedrez y a los dados.

7

Era fácil perderse entre la muchedumbre y el alboroto. Más de un aprendiz de Leonardo se despistaba y, cuando quería darse cuenta, el grupo ya se dirigía hacia otro lugar. Pero Leonardo da Vinci era alto, más alto que la mayoría y, por tanto, fácil de divisar entre la muchedumbre. Además, el maestro se vestía, a menudo, con ropajes variopintos, quizá estrafalarios. Aquella mañana llevaba una capa de satén carmesí y un sombrero rosa; sus largas barbas y cabellos castaños y veteados de gris y plata llamaban asimismo la atención.

Durante un rato el grupo se detuvo a observar una competición de *civettino*, un juego físico y amistoso en el que dos muchachos, de unos ocho o nueve años, trataban de desviar los puñetazos fingidos de su rival.

—No perdáis detalle —susurró Leonardo, procurando no distraer a los competidores.

—¿En qué debemos fijarnos, maestro?

—¡En todo, por supuesto! Contemplad la relación entre sus expresiones faciales y sus emociones. Analizad cómo rebota la luz en distintas superficies.

Minutos más tarde, en la via Tornabuoni, observaron con curiosidad a una mujer de mirada inocente que llevaba un vaporoso vestido de seda recamado en oro y un corpiño bien ajustado; y luego, a varios jovencitos bien ataviados y aseados que se pavoneaban con sus jubones de seda y sus calzas de terciopelo.

—Todo confeccionado a medida para favorecer su figura —sonrió Leonardo—. ¡Ah!, hasta los niños van a la última en esta ciudad.

Después, un aprendiz quiso saber qué otros lugares visitarían.

—Cruzaremos el Ponte Vecchio; pero antes haremos una parada en la plaza de la Señoría.

8

En las inmediaciones de la plaza de la Señoría, Miguel Ángel parecía un mendigo pidiendo limosna. De pronto tomó conciencia de su lamentable apariencia, de su ojo amoratado y de su cojera, y del fuerte hedor que desprendía, cosa lógica pues su cuerpo no había conocido el agua y jabón en semanas. No obstante, su olor lo encubrían las calles de Florencia por las que transitaba, tremendamente pestilentes a resultas de la mezcla de estiércol de caballo, polvo y paja. En el centro de Florencia, la amplitud de las calles, pavimentadas con baldosas, aceras y un canalón que conducía el agua de la lluvia hasta el Arno para mantener la ciudad limpia de fango, favorecía el flujo de mercancías y el tránsito de comerciantes y funcionarios del gobierno.

Entretanto cojeaba, Miguel Ángel pudo advertir, al pasar frente a los umbrales de unas casas de vecinos, retazos de sus vidas cotidianas: un tejedor trabajando en su telar, un carpintero tallando un mueble, un sastre midiendo un vestido de terciopelo, un barbero afeitando a un caballero bajo un pórtico...

Una vez arribó a la plaza de la Señoría, Miguel Ángel se cuidó de vigilar las pocas posesiones que guardaba en sus bolsillos, pues se hallaba en el foro más concurrido de la ciudad, el lugar ideal de reclamo para timadores y ladrones.

9

Leonardo da Vinci extendió el brazo y apuntó con el dedo índice hacia el Palazzo Vecchio. En el remate de la torre se encontraba la gran campana.

—¿Por qué la llaman la *Vacca*, maestro?

—Por su sonido grave y mugiente. Si oís su tañido, sabed que se cierne una crisis. Este lugar, la plaza de la Señoría, es el centro social de Florencia —explicó Leonardo a sus oyentes—. El león representa el símbolo heráldico de la ciudad, y sabed que hace años solían mostrarse aquí dos ejemplares enjaulados, a la vista de todos. ¿Sois capaces de imaginarlo? Más tarde trasladaron a los leones al interior del palacio. Me pregunto cuánto tiempo los mantuvieron ahí dentro... —Frente a las puertas del Palazzo Vecchio, que servía como sede al gobierno de la ciudad, se congregaba una multitud formada por ociosos y por ciudadanos que acudía a pagar sus impuestos. Era fácil diferenciar a los civiles de los funcionarios, pues los segundos vestían el *lucco*, el tradicional manto negro y rojo. A un lado de las puertas se alzaba una plataforma, una tribuna, para uso de los oradores—. Eso es la *ringhiera*.

—¿La *ringhiera*?

—El lugar de los alegatos, muchacho, donde también se conmemoran las celebraciones más importantes, se leen las proclamaciones públicas y se recibe a los dignatarios extranjeros.

—He oído que la presentación de un embajador turco causó una gran sensación —se interesó un pupilo.

—Ha pasado ya un tiempo de aquello, pero sí, ocasionó cierto impacto.

—¿Por qué, maestro? —quiso saber otro.

—Sobre todo, por el león y la jirafa que trajo consigo.

—¡Vaya! ¿De verdad?

10

Leonardo da Vinci, animado, exclamó:

—Imaginadlo: ¡Una jirafa trotando por las calles de Florencia! —Pero un instante después su rostro se ensombreció como por ensalmo—. La jirafa desconocía las características de la arquitectura florentina, por supuesto, supongo que se sintió perdida y, desgraciadamente, murió al poco.

—¿Qué le sucedió?

—Según cuentan, se partió la cabeza contra el dintel de una puerta.

Media docena de escribanos, que trabajaban para la administración del gobierno, confirmó las palabras de Leonardo al oírlas cuando pasaron a su lado. Había gente en las ventanas de las casas de la plaza conversando entre sí, o simplemente asomadas para contemplar la actividad del lugar. Leonardo explicó a su público que la Loggia, el edificio de al lado del palacio de la Señoría, se usaba para ejecutar criminales. Y añadió:

—Es también el emplazamiento donde se formalizan las declaraciones de guerra y los pactos de paz. Y allí, en el lado opuesto, se alza la sede del Tribunale della Mercanzia, el juzgado donde se dirimen todas las disputas comerciales entre mercaderes. Que no os extrañe ver esa zona de la plaza concurrida de abogados.

»Bien, ¿continuamos?

11

Por si fuera poco, Miguel Ángel apenas se había alimentado y casi no había dormido en días. Terriblemente agotado, consumido por el esfuerzo y con su ánimo por completo destrozado, su cuerpo se venció despacio, tristemente, sobre un podio de piedra de la plaza de la Señoría. Allí tirado, Miguel Ángel se sintió desfallecer; y cómo las tinieblas engullían su mundo con una premura injustificada; y cómo todos sus pensamientos iban calcinándose uno a uno y extinguiéndose en un lugar muy hondo dentro de él. Y mientras su mente fluctuaba entre los dominios del mundo onírico y del real, sus ojos, a duras penas despiertos, le enviaron una señal que lo alertó de la presencia inequívoca de una persona especial, de la aparición fortuita de aquel famoso pintor que irrumpió en la plaza, al frente de una procesión de discípulos que lo seguía en masa, por el extremo opuesto a su posición.

Haciendo acopio de las pocas fuerzas que le pudieran quedar,

Miguel Ángel Buonarroti se incorporó, tal como estaba, sus ropas apestando a la suciedad más inhumana, y arrastrando los pies como un perro mortalmente herido se dirigió cojeando hacia su próximo objetivo, un pintor pulcro y aseado, bien vestido y perfumado.

Acababa de surgir una oportunidad inesperada de transformar su destino.

«Conoces el nombre de ese famoso artista», le recordó la voz de su interior.

«Conozco su nombre: Leonardo da Vinci.»

12

Leonardo y su grupo volvieron sobre sus pasos. Las calles entre la plaza de la Señoría y el Mercado Viejo estaban repletas de tiendas y talleres.

—Esas son las llamadas *botteghe*, ya que, si bien observáis, un tipo determinado de productos tiende a agruparse en la misma zona —informó Leonardo—. He hecho cálculos y estimo que en la ciudad hay más de doscientas cincuenta *botteghe* dedicadas a la producción de lana.

Luego se adentraron en la via Calimala y varios aprendices se quedaron fascinados frente al gran número de puestos de ropa. Y más adelante, en la via Vacchereccia, disfrutaron de las tiendas de sedas y brocados. De camino al Ponte Vecchio hicieron una breve parada en Santa María, que servía de sede a banqueros y orfebres, productores de una sorprendente variedad de piezas de hermosa factura, incluyendo anillos, camafeos, objetos preciosos, piezas religiosas, cálices, cubiertas de libros y cajas de cuero.

Y cuando finalmente orientaron sus pasos hacia el Ponte Vecchio, algo inesperado sucedió. De repente se cruzó en su camino una joven montada espléndidamente sobre un caballo blanco, al frente de una procesión callejera compuesta por sirvientes, músicos y bailarines.

—¡Ah!, el singular ritual nupcial florentino —se sonrió Leonardo—. Hoy es día de boda. Bien, continuemos hacia el Ponte Vecchio.

13

Miguel Ángel apenas podía caminar debido a los pinchazos en el tobillo. Sentía, además, un dolor horroroso en todos los músculos del cuerpo. Alzó la cabeza y divisó a Leonardo da Vinci y a su público alejándose de la plaza de la Señoría. ¡Debía alcanzarlos! Se apresuró tras ellos pero los perdió de vista al doblar una esquina. De repente se encontraba frente a tiendas de cojines, colchones, arcones, mantas equinas e incluso viejas sotanas.

«Chiasso Baroncelli», pensó, un barrio, también, de vendedores de segunda mano y de casas de empeño. Sabía que en esas calles no era aconsejable realizar demasiadas preguntas acerca del origen de los objetos que se vendían, ya que se decía que muchas mercancías eran robadas.

El escultor volvió sobre sus pasos, callejeó, preguntó en la taberna del Caracol y, por fin, lo divisó. Leonardo y su grupo caminaban ligeros hacia el Ponte Vecchio. Miguel Ángel se precipitó hacia ellos con las mismas angustias y las mismas extrañas confusiones, pero un contratiempo se interpuso en su camino: una joven muchacha que cabalgaba radiante, feliz, a lomos de un corcel blanco. Los familiares de la novia se aseguraban tras ella de que en la procesión se hiciera alarde de la vajilla de plata y del ajuar que aportaba como dote de la boda. Se trataba de un enlace nupcial entre contrayentes de dos familias de la aristocracia florentina. Ella vestía una túnica de terciopelo rojo, una sobreveste de seda, un cinturón escarlata, también de seda, y un gorro con perlas engastadas. Además, el traje de bodas de la novia incluía el blasón ancestral que simbolizaba que desde aquel instante pasaba a formar parte de la familia del novio.

Miguel Ángel apretó los puños, perdió los nervios y le entraron ganas de mandarlo todo al diablo. Porque no podía avanzar, porque se había quedado descolgado, bloqueado a un lado del desfile nupcial, mientras Leonardo da Vinci, al otro lado, penetraba alegremente en el Ponte Vecchio. Tras varios minutos, la procesión partió con alegría hacia alguna iglesia entre música, palmas y cantos. Solo entonces terminó Miguel Ángel su espera y pudo reanudar su persecución, tras enviarse a sí mismo un estímulo crucial y definitivo, que lo incitó a precipitarse de manera osada al Ponte Vecchio, cojeando triste y dolorosamente desde el principio hasta el final, hacia Leonardo, hacia un nuevo destino.

14

—Reparad en los movimientos y en las expresiones de los ciudadanos —propuso Leonardo—, y en cómo el más ligero cambio provoca que sus facciones revelen emociones insospechadas.

Desde la entrada al Ponte Vecchio se veían grupos de pescadores recogiendo sus redes a orillas del Arno, en el otro extremo, en el punto más estrecho del río y donde la corriente fluía más fuerte.

Medio centenar de establecimientos, de todas las ramas, se disponía sobre el puente. Algunos forasteros canjeaban dinero con los cambistas; otras personas se probaban o compraban zapatos; un hombre esperaba a que el herrero herrara su caballo.

—Vigilad vuestros bolsillos —alertó Leonardo—, este puente es uno de los lugares favoritos de los ladrones.

Los estantes de los pescaderos y los curtidores apestaban lo suyo, pero nada comparable a los de los traficantes en pieles que vendían su género tras sumergirlo en el agua del Arno.

—Pero ¿a qué se debe ese olor hediondo? —quiso saber un discípulo.

Leonardo respondió con indiferencia:

—A que empapan las pieles en orina de caballo.

Cuando llegaron hacia la mitad del puente, divisaron un mirador. Otro pupilo preguntó:

—¿Se puede saber qué hacen esos?

Desde el hueco entre las viviendas, un grupo de hombres arrojaba desperdicios de algún tipo de alimento al río.

—Son carniceros y matarifes, quienes hoy en día ocupan gran parte de las casas colgantes sobre el puente y quienes tienen por oficio matar y descuartizar el ganado destinado al consumo. Como ves, los residuos los vierten sin miramientos al río.

—¡Qué asquerosidad!

—¿Asco? —Leonardo se burló amistosamente—. Entonces no mires si tienes planeado cenar pescado sacado de estas aguas.

15

En la entrada septentrional al Ponte Vecchio, cerca de la estatua ecuestre de Marte, siete esclavas entorpecieron el lento caminar de Miguel Ángel. Las reconoció como tales porque vestían bastos atuendos confeccionados con un paño de color gris, ya que la regulación municipal les prohibía ataviarse con mantos, vestidos, mangas u otras prendas de colores vivos. Rondando su precio los cincuenta florines en el mercado, se las veía frecuentemente ocupándose de los recados y comprando en comercios para sus señores. Cuatro de las esclavas parecían tártaras, dos de ascendencia griega y la última africana.

Miguel Ángel planteaba en secreto, para sí, objeciones a esta práctica, pero la mayoría de la gente la consideraba perfectamente aceptable; al fin y al cabo la esclavitud se regulaba en el derecho civil y canónico.

«¿Y cómo vamos a discrepar si el anterior papa, Inocencio VIII, repartió cien esclavos negros, un regalo del rey de Aragón, entre sus cardenales?»

Miguel Ángel enderezó la espalda, oteó entre el gentío y distinguió el sombrero rosa de Leonardo da Vinci hacia la mitad del puente. La temperatura aumentaba a medida que transcurría la mañana, pero una brisa agradable atenuaba la sensación de calor. Los rayos del sol resplandecían entre las nubes y a intervalos bañaban la ciudad de un color dorado. Pero a Miguel Ángel lo envolvía una sombra profunda. Por más que se esforzara, su cuerpo iba perdiendo energía y vitalidad. En su interior se llevaba a cabo una especie de mudo y encarnizado tira y afloja; la conciencia iba arrastrando poco a poco la carne hacia su territorio, donde las tinieblas perturbaban sobradamente el equilibrio original entre ambas. Pero le dio la sensación de que, a medida que se acercaba al maestro, los objetos recuperaban todos los colores a su alrededor.

Si abordar bruscamente a Leonardo da Vinci le ofrecía alguna ventaja, era que Miguel Ángel no tenía nada que perder.

16

Hacia la mitad del puente a Leonardo ya no solo lo rodeaba su grupo de jóvenes oyentes, sino también ciudadanos, de ambos géneros y de todas las edades, que se acercaban al maestro atraídos por lo extraordinario de su figura. Y es que Leonardo da Vinci despertaba la curiosidad de las masas de la ciudad de Florencia. Podría decirse que representaba la mismísima encarnación de un lema muy popular entre los florentinos, que posicionaba al hombre como la medida de todas las cosas, convirtiéndolo en un *uomo universale*.

Y Leonardo da Vinci, quien gustaba de alimentar el aura de misterio que se extendía a su alrededor, se situó con elegancia en el centro de aquel círculo de florentinos interesados en su discurso. Pidió un poco de espacio y les habló de ideas innovadoras y de ciencia, de arte y de pintura, y de la importancia que radica en la capacidad humana de observar adecuadamente. Les planteó enigmas, acertijos, adivinanzas.

—Pensad en lo siguiente —propuso en voz alta—: Suponed que un artista os va a retratar. ¿Qué preferiríais? ¿Uno mediocre que no sabe dibujar ni conoce la técnica de la pintura pero que os alaba mientras trabaja, o uno excepcional que os ignora mientras ejecuta un retrato sublime? Yo creo que lo peor sería un incompetente que os ignora mientras trabaja, aunque alabe vuestros oídos.

Les hablaba, como siempre, con palabras que a la mayoría le costaba entender. Pero nadie se atrevía a recriminarle aquella actitud, porque la opinión generalizada lo consideraba un genio dotado de una inteligencia excepcional, de unos conocimientos que se adelantaban por mucho a su época. Y eso él lo sabía muy bien.

—¡No lo olvidéis! —se aventuró Leonardo con divertimento—. La creatividad exige tiempo para que las ideas maduren y las intenciones cuajen. Los hombres de genio están, en realidad, haciendo lo más importante cuando menos trabajan, puesto que meditan y perfeccionan las ideas que luego realizan con sus manos.

—Pero ¿dónde hallar esa creatividad, maestro? —se inquietó un pupilo.

Los ciudadanos también se animaron y le plantearon dudas y cuestiones:

—¡He oído que la pintura de tu *Última cena* está empezando a descascarillarse!

—¿Qué inventos creaste para la familia Sforza?

—¡Háblanos de tus diseños científicos!

—¿Es cierto que conociste al rey de Francia?

—¿Entablaste amistad con él?

—¡Dicen que los franceses derribaron tu estatua de bronce en Milán!

—¿Es eso verdad?

Leonardo se dispuso a responder, una a una, a la serie de preguntas que la gente le formulaba sin cesar. Sin embargo, abrió la boca y, después, la cerró con descaro. Enmudeció largos instantes obviando las diversas consultas de la multitud, pues otra causa se apoderó inmediatamente de su interés: una persona cuyo semblante parecía un truco óptico. Leonardo se sintió fascinado por el modo en que las expresiones se formaban y se combinaban en aquel rostro. Él, que se enorgullecía de sus desmesuradas aptitudes de observación, jamás habría imaginado que las facciones en una persona pudieran componer un todo tan delicioso, tan misterioso. Algo en aquella persona conmovió profundamente su corazón, como si fuera una sugestión.

«Una expresión única plasmada en un rostro irrepetible; una sonrisa capaz de transportar la imaginación a otra parte.»

17

Al tiempo que Miguel Ángel se aproximaba, no dejó pasar por alto la admiración que Leonardo da Vinci ejercía sobre sus conciudadanos, similar a la que años atrás ejerciera Lorenzo de Médici. Era increíble. Todo cuanto envolvía al maestro se revelaba extraordinariamente atractivo, enigmático y lleno de encantos.

Al observarlo de cerca, a Miguel Ángel lo acometió una envidia terriblemente insana. Los movimientos de Leonardo desprendían una gracia infinita. Era elocuente y sofisticado; se trataba, sin duda alguna, de un hombre encantador y atractivo, rodeado de ciudadanos y jóvenes discípulos. Su conversación agradable ganaba todos los corazones. A Miguel Ángel lo asaltó la idea de que la belleza de

Leonardo da Vinci no se podía celebrar lo suficiente. Su buen físico, su elegancia personal y ese esplendor de su donaire levantaban cada espíritu en el puente. Vestía de manera muy vistosa. De rostro muy bello, la barba le caía hasta la mitad del pecho.

Al tenerlo por fin a tan solo unos pasos de distancia, Miguel Ángel pensó de pronto que no debía entrometerse en sus asuntos. Se trataba casi de una cuestión de educación. Pero su conciencia estaba sumergida en un profundo caos, y su cuerpo en un abismo de dolor todavía más hondo. En cualquier caso, fue incapaz de resistirse por más tiempo al impulso de abordarlo. Tal vez fuera algo descortés a plena luz del día y con tantos observadores, pero, a pesar de que lo más lógico hubiera sido retirarse y esperar, no podía evitar saciar sus aspiraciones, pues sus ambiciones brotaban en su interior con la llama devoradora que consume al hombre.

A sus ojos, el Ponte Vecchio parecía diferente. Como si todas las personas con quienes se cruzaba tuvieran algo antinatural, artificial. Mientras cojeaba, iba estudiando sus rostros, uno a uno. Se preguntó qué tipo de personas debían ser, el tipo de oficio que desarrollaban, la clase de familia que tenían y el tipo de vida que llevaban, si ellos se acostaban con otras mujeres aparte de su esposa, o ellas con otros hombres aparte de su marido, si eran conscientes de lo antinaturales y artificiales que resultaban.

—Apartad de mi camino.

18

Todo el mundo contemplaba a Leonardo da Vinci, pero Leonardo solo miraba a aquella mujer, que a su vez lo observaba a él. Se encontraban lo suficientemente cerca la una del otro para mirarse con nitidez, a pesar de que decenas de personas se interponían entre el maestro y *aquella* dama.

«¿Quién eres...?»

Ella vestía un traje de seda verdemar con bordados dorados; su cabello brillaba color castaño oscuro; su nariz, picuda, coronaba unos labios finos y delicados. Su expresión resultaba tan enigmática que más parecía etérea que real. Al analizarla, Leonardo ni siquiera se sintió capaz de atreverse a definir aquel gesto como una expresión.

«Porque nunca antes había soñado con tan maravillosa contingencia.»

Los rayos del sol se filtraron tenues a través de un acopio de nubes grises y blanquecinas, favoreciendo aquella expresión, logrando que el juego de sombras reforzara la sensación de desconcierto que producía aquella sonrisa excepcional. Mas Leonardo no supo si de veras sonreía o si, por el contrario, mostraba un gesto lleno de amargura. Semejaba un misterio que aparecía y desaparecía debido a la peculiar manera en que su ojo —el ojo de Leonardo da Vinci— procesaba las imágenes y las transformaba en ideas y luego las plasmaba en figuras.

En un primer fogonazo le vino a la memoria el recuerdo latente que había en los labios de su madre.

¿Quién era esa dama? ¿Cómo se llamaba? ¿Vivía en Florencia? ¿Qué posición social ocupaba? ¿Por qué no había reparado antes en su presencia? Y la pregunta que verdaderamente lo sedujo y lo desconcertó: ¿Podía definirse aquella expresión de algún modo? ¿Sería capaz de dibujarla?

19

Miguel Ángel se abrió paso a empujones entre la gente, todavía cojeando, todavía sintiéndose exhausto. Con paso firme penetró en el espacio de Leonardo da Vinci, dentro del círculo que decenas de jóvenes trazaban alrededor del maestro. Leonardo parecía totalmente desconcertado por la súbita irrupción de quien semejaba un mendigo, pero su turbación no la había provocado la accidentada aparición de Miguel Ángel, sino algo que iba más allá de la primera sensación de sorpresa.

En el círculo que los rodeaba, los florentinos fueron guardando silencio poco a poco, porque se percataron de que no era una situación común, sino algo realmente extraordinario.

Como ni siquiera lo miraba, el joven escultor extendió un brazo y, despacio, posó su mano sucia en el hombro del veterano pintor, hasta que este se volvió y lo miró con sus ojos dorados que no irradiaban amistad o querencia alguna, sino una aversión y una ira que parecían proceder de otro mundo.

Sucedió al reparar en la mueca que se dibujaba en el rostro de Leonardo da Vinci; Miguel Ángel supo que nunca se hallaría tan próximo a la verdadera naturaleza del odio.

20

No solo se trataba de que ella sonriera con una pureza asombrosa, sino que desprendía un magnetismo anormal, una especie de persuasión que rompía con lo ordinario.

«A nadie con una mínima noción de percepción se le pasaría por alto.»

Leonardo da Vinci comenzó a formularse una pregunta tras otra sobre la identidad de la mujer. Deseaba conocerla, deseaba ahondar en los enigmas de su rostro, deseaba retratar la versatilidad de su sonrisa.

Pero de pronto alguien invadió el espacio que los florentinos delimitaban en torno a él; una persona que se atrevió a posar, insolentemente, una mano sucia en su hombro. Y como

Leonardo reaccionó volviendo la mirada, se despistó. Bastó solo un instante, porque cuando quiso recuperar el contacto visual con aquella mujer, la multitud ya la había ocultado en algún lugar del puente. Leonardo recorrió con mirada ansiosa los comercios, las tiendas a rebosar, los portales de las casas de colores, las personas que iban y venían, las decenas que lo observaban. Dio su causa por perdida. La mujer, más próxima a una obra de arte viva que a un ser humano, había desaparecido entre la multitud.

Inspiró y espiró hondo, y sintió una rabia terriblemente desmedida creciendo en su interior, porque fuera quien fuese quien posaba la mano en su hombro le había privado de la más exquisita visión de la que sus ojos habían disfrutado en años. Y al no localizarla de nuevo, Leonardo empezó a dudar de la existencia de aquella sonrisa. Porque ¿y si tan solo había sido víctima de un espejismo fugaz pero maravilloso? La persona que aferraba su hombro le había impedido reafirmarse en aquella verdad. Y aquello era algo que Leonardo da Vinci no podía soportar.

21

—¿Quién eres?

—Miguel Ángel Buonarroti.

—¿Qué quieres?

—Soy escultor.

—Te he preguntado qué quieres, no qué eres.

—Maestro Leonardo, yo también soy artista.

—Pues más pareces un hombre recién salido del infierno.

—Que mi apariencia no te engañe...

—Tu aspecto no confunde a nadie.

—... pues he arribado de un largo viaje hará una hora.

—E irás a excusarte arguyendo que has sufrido contratiempos en el camino, ¿verdad?

—Sí.

—De ahí la repugnancia de tu aspecto.

—Hace dos noches me atacó un grupo de...

—Ahórrate el sermón. Insistiré: ¿qué quieres?

—Maestro Leonardo, me gustaría mostrarte mi trabajo.

—Repíteme tu nombre.

—Miguel Ángel Buonarroti.

—¿Buonarroti, dices? ¿Estás emparentado con Lodovico?

—Es mi padre.

—¿Y le agrada que su hijo sea un picapedrero?

—No demasiado. Es terco en la opinión de que el oficio de pintor tiene más prestigio que el de escultor, opinión de la que discrepo.

—Un criterio acertado, el de tu padre. Debe de ser un hombre sabio, y no un insensato como quien su vástago dice ser, pues tan groseramente ha interrumpido mi alegato.

22

Leonardo da Vinci tenía en frente a uno de los hombres más feos que jamás hubiera visto en su vida.

«Un hombre cuyo rostro presenta proporciones imperfectas.»

Para empezar, su cara mostraba un aspecto espantoso, ya que más parecía un cadáver bien conservado que la faz de alguien vivo. Lucía una piel cubierta de sangre seca y moratones. Tenía el cabello negro repleto de suciedad. En una mano portaba un morral de cuero desgastado para las herramientas y del hombro colgaba una cartera de bocetos. De estatura media y hombros anchos, poseía una frente cuadrada; ojos pequeños de un sucio color amarillento que proyectaban una mirada sombría y absorta; la nariz, aplastada, deformada con un extraño bulto en el medio; el labio superior era fino y el inferior grueso y prominente. El conjunto de su cabeza resultaba irregular, inarmónico, casi deforme, más simiesco que humano.

Leonardo da Vinci pensó: «Insensato, me has interrumpido mientras contemplaba a esa dama. Has provocado que la perdiera de vista. No esperes amabilidad alguna de mi parte».

Y a continuación llamó la atención de todos cuantos pasaban por el puente:

—¡Damas y caballeros, observad a este hombre! —Y señaló a Miguel Ángel—. ¡Den la bienvenida a un hombre que seguramente fue concebido en una tempestuosa noche!

La gente empezó a reírse en torno a ellos con ganas, con crueldad. Leonardo pudo ver con claridad el efecto que causaron las carcajadas en el rostro de Miguel Ángel. Al principio se quedó en silencio, sin mover un músculo. Después empezó a producirse en su cara un curioso fenómeno. Poco a poco fue enrojeciendo, pero de manera extraña. Algunas zonas se le pusieron lívidas, otras de color rosáceo, y el resto, de un extraño color cadavérico blanquecino.

Las palabras de Da Vinci trastocaron algo en el interior del escultor. Su cara parecía una amalgama de piedras borrosas en el fondo de un río, un atribulado pordiosero, un eremita retirado del mundo, un joven demente. Sin embargo, Leonardo se percató de que en la profundidad de su mirada refulgían una agudeza y una sagacidad sorprendentemente vivaces, de una perspicacia que no parecía resultado de una sabiduría adquirida, sino vinculadas a una natural inteligencia, una especie de don otorgado, quizá, por la gracia divina.

—Escuchar a los maestros es la mejor manera que tiene un alumno de aprender. De modo que ¿me guardarías rencor si te pidiera que te apartaras a un lado? —le pidió Leonardo. Miguel Ángel no se movió del sitio—. ¿No has tenido suficiente, hombre que fuiste concebido en una tempestad?

Las risas se avivaron entre los espectadores, pero Miguel Ángel, el rostro inexpresivo, lo miraba fijamente, sin exteriorizar expresión alguna. Al fin respondió:

—La función del cuerpo, en definitiva, tiene como objeto contener la mente, porque la carne no es más que un molde provisional. Además, a diferencia del tuyo, mi propósito en la vida no incluye el anhelo de encantar a la sociedad florentina. —Y cuando pronunció aquella frase, un pequeño eco de silencio locuaz se quedó flotando en el espacio que ocupaban Leonardo y él dentro del círculo.

23

Miguel Ángel trató de reconducir la conversación:

—Maestro, insisto, me gustaría enseñarte parte de mi trabajo. Sería un honor que me concedieras tu aprobación.

Leonardo inspiró y espiró profundamente.

—Veamos, irrumpes en el puente empujando a toda persona que se interpone en tu camino, molestas a mis oyentes, te personas ante mí apestando a cloaca y me pides que haga una interrupción en mi vida para servir a tus propósitos. —Miguel Ángel parecía confundido. ¿Acaso no entendía el sarcasmo? Pero en cuestión de segundos la expresión de Leonardo da Vinci se dulcificó. Daba la impresión de que había escarbado en su interior y hallado un recuerdo definitivo—. Miguel Ángel Buonarroti, ¿verdad? Disculpa que me haya demorado unos minutos en reconocerte. Ya he hecho memoria. He caído en la cuenta y sé quién eres. Tu nombre no me resulta indiferente. ¡Acercaos, ciudadanos de Florencia! ¡Conoced a un verdadero artista de leyenda! Oí hablar de su trabajo cuando vivía en Milán. Toda la corte comentaba y celebraba tus hazañas, incluso el propio duque Sforza y, después, el mismísimo rey de Francia.

Miguel Ángel, henchido de orgullo y complacencia, alzó la barbilla ligeramente hacia el cielo y esperó con calma a que estallara el momento que en su interior había guardado cauta y pacientemente en silencio. ¡Por fin se constataría un hecho cierto!: la fama de su *Piedad del Vaticano* se había extendido hasta Florencia, ahora todos los ciudadanos de todas las regiones, pueblos y Estados reconocerían su proeza, y el éxito le correspondería por derecho.

Leonardo da Vinci anunció:

—No olvidéis su nombre, ni ignoréis su obra. Este hombre es uno de los más brillantes artistas de su generación. Sus creaciones han causado en toda Italia tan gran emoción pública, tan profundo impacto, que han dado origen a numerosas y variadas conjeturas. Artista, pintor, florentino, Miguel Ángel Buonarroti, el famoso escultor de... ¡muñecos de nieve!

Palacio Medici, via Larga, Florencia,
24 de enero de 1494

Con el corazón en un puño, Miguel Ángel corría en dirección al palacio de via Larga. Tenía dieciocho años y se apresuraba expectante al haber sido convocado con toda urgencia por Piero de Médici, el hijo de Lorenzo. Florencia había aceptado la dominación de los Médici durante tres generaciones porque se imponían por su talento y sus méritos. La clave de su éxito residía en la compra del poder político, una maniobra que los miembros de la familia ejecutaban con gran sutileza, recurriendo a los enormes beneficios que obtenían de su banca, las rentas de sus inmuebles y sus negocios.

Lorenzo, muerto desde hacía dos años, había sido tan ingenioso, había manipulado tanto el sistema para conseguir sus propios fines que incluso los príncipes extranjeros lo habían tratado como si fuera el cabeza del Estado florentino. No obstante, con Piero como heredero, un hombre que no comprendía gran cosa de las artes y desdeñaba a los artistas, el prestigio de la familia, asentado sobre la pasión por la cultura y el mecenazgo de las artes, se apagaba; se atisbaba el ocaso político de aquella familia de grandes banqueros.

El sol iluminaba el horizonte del este con un lívido y frío resplandor. La nieve del mes de enero cubría las calles de Florencia. Los ciudadanos despejaban las entradas de sus casas y bandadas de chiquillos se afanaban en levantar estatuas de nieve, la mayoría en forma de león.

Puesto que su visita quedaba anunciada, los guardias facilitaron a Miguel Ángel la entrada. Si lo reclamaban con tanta precipitación solo podía deberse a que un asunto importante precisaba de la destreza de sus manos. Lo acompañaron ante el joven Médici, que observaba el exterior desde una ventana.

—¿Señor, qué trabajo se demanda de mí?

Piero, que se hacía llamar el duque, abrió la ventana, extendió el brazo y unos diminutos copos de nieve se posaron en su manga; con el pulgar señaló el patio cubierto por un manto blanco.

—Escultor, quiero que me hagas un muñeco de nieve. —El rostro de Piero no revelaba la más mínima sombra de ironía.

—¿De nieve...? —se extrañó Miguel Ángel.

—Un muñeco digno del linaje Médici. No me mires con estupefacción. Ni me burlo de ti ni deseo ofenderte. Simplemente, al ver la nieve recién caída, he considerado que sería divertido tener una estatua de hielo en el patio. Y qué mejor trabajo que encargarle al más prometedor escultor del momento.

Miguel Ángel se inclinó en una especie de reverencia y, con un susurro pesado, armándose de paciencia, declaró:

—Semejante tarea nada tiene de humillante.

—¿Y bien? ¿Podrás elaborarlo?

—Por supuesto. El gran artista es aquel que sabe ejecutar una obra bella sea cual sea el material que se pone a su disposición.

Piero de Médici bostezó sin mirarlo.

—Ya lo has oído —dijo—: un muñeco de nieve; adelante, vamos.

—Levantaré un Hércules, señor.

«Arte que se derrite con los rayos del sol», pensó enfurecido Miguel Ángel.

Su escultura de nieve perduró, gracias al frío de aquellos días, más de una semana, durante la cual los florentinos pudieron admirar el genio de su joven autor. ¡Había esculpido un Hércules con la nieve! Una representación, una alegoría del poder de Piero, aunque este no pareció reflexionar lo bastante sobre el simbolismo. Saciado aquel capricho, la estatua se derritió, fundiéndose para siempre la más efímera de las obras de Miguel Ángel.

24

Ponte Vecchio, Florencia, primavera de 1501

En la voz de Leonardo da Vinci resonaron matices de sátira e ironía:

—Muchos recordáis el muñeco de nieve que Buonarroti esculpió para Piero de Médici, ¿verdad? Una verdadera lástima no haberme encontrado en Florencia para verlo. Entretennos, picapedrero, con las gloriosas historias de tus días con el hielo. ¿Pasaste frío?

Miguel Ángel no se acobardó:

—Sí, es cierto que me han encargado trabajos curiosos. Todo artista, en algún momento de su vida, es víctima de la necedad de su mecenas. Incluso a ti, maestro, te han confiado proyectos extravagantes.

—Pero ¡jamás algo tan meritorio como hacer arte con la nieve! Te felicito, Buonarroti, por haber descubierto una forma de arte tan efímera que comienza a abandonar a su creador apenas ha acabado su obra.

Miguel Ángel guardó silencio, soportando con entereza las risitas hirientes de los ciudadanos.

—Quizá hayas oído hablar de mi *Pietà* —asentó—, que sobresale expuesta en la basílica de San Pedro, en el Vaticano. —Y aprovechando la incertidumbre y el silencio momentáneos, Miguel Ángel comenzó a narrar, no a Leonardo, sino a todos, su relato: habló de su estancia en Roma, de su viaje a Carrara a fin de elegir el mármol apropiado, de su contrato con la sede pontificia y de su trabajo. Y en el instante en que iba a describir la magnitud de su escultura, se interrumpió bruscamente porque, frente a él, Leonardo da Vinci emitió un bostezo descarado.

—No te detengas, Buonarroti, bostezar es mi manera favorita de demostrar cuánto me interesa tu historia. Sigue contándonos cuán magnífica ha resultado tu proeza. —Las palabras de Leonardo alentaron la carcajada del público—. Además, tengo entendido que algunos consideran que el autor de esa escultura es Gobbo, el artista de Milán.

Miguel Ángel estalló de ira:

—¡Falacias! No. ¡No es verdad! La *Pietà* es mía. A Gobbo se le atribuyó de manera errónea.

Leonardo estudió meticulosamente la reacción en el rostro de Miguel Ángel, en busca de la verdad, como siempre; entendió que no mentía y sentenció:

—Pobre Gobbo, pobre jorobado, ni siquiera se le puede atribuir nada aceptable. De acuerdo, admitiremos que esa *Pietà* es tuya. ¿Satisfecho? Y ahora doy nuestra conversación por concluida. Buena suerte, Buonarroti. —Leonardo se volvió para dirigirse a todas las personas que lo rodeaban, y con tono jovial preguntó—: ¿Y bien? ¿Quién quiere ver un truco de magia?

Pero los dedos mugrientos del escultor le agarraron por un brazo.

—Dímelo, dinos a todos si has visto mi *Pietà*.

Leonardo, con suma elegancia, se zafó de la mano de Miguel Ángel y se le encaró.

—No, no la he visto. Todas las veces que he ido a Roma me he preocupado por ver arte de verdad. La última vez que visité esa ciudad no tuve tiempo para contemplar tallas irrelevantes.

—Pero sí has oído hablar de ella.

Leonardo hinchó las mejillas y el pecho, y se arrostró a Miguel Ángel. Apenas los separaba la distancia de un palmo.

—Oí que tu *Pietà* es un grupo contrario a la naturaleza. María es gigantesca, más grande que su hijo Jesús y mucho más joven. Absurdo. —Dicho esto, guio al gentío en un coro de risas. Leonardo continuaba recurriendo al uso de la ironía—. ¿No sabes que las madres son más pequeñas y más viejas que sus hijos?

—La esculpí así porque fue una mujer casta que mantuvo su juventud y su belleza.

¿Vio Leonardo lágrimas de rabia en los ojos de Miguel Ángel? ¿Había llevado la burla demasiado lejos? Dado que era el más veterano y el más sabio de los dos, ¿no le correspondía como deber moral ayudarlo a preservar su dignidad? Se inclinó y le susurró:

—Sigue hablando, estás perdiendo al público.

Miguel Ángel, que no vio la trampa venir, dijo:

—El cuerpo es, a su modo, un reflejo del alma; cuanto más virtuosa es una persona, más bella la vemos.

—Gracias por probar que debo ser más virtuoso que tú —bromeó Leonardo, y las gentes rieron, gritaron y aplaudieron, y mientras posaba con delicadeza una mano sobre el hombro del escultor, dijo—: Escucha la siguiente historia: Dos hombres han permanecido encadenados a la pared de una cueva toda su vida, desde su nacimiento. No han visto otra cosa. No han imaginado otra cosa. No conocen otra existencia. Lo único que esos hombres advierten son las sombras que eventualmente se reflejan en la pared de la caverna y, de vez en cuando, algunos ruidos que proceden del mundo externo y que transforman la realidad de la cueva a partir, también, de lo que ellos van sintiendo. Pero un día, uno de los prisioneros se desencadena y accede al mundo exterior, donde conoce y aprende sobre la verdadera realidad. Transcurrido un tiempo, el hombre libre decide regresar a la caverna para liberar a su amigo, para transmitirle todo su conocimiento, pero el encadenado se niega a escucharlo, lo acusa de mentiroso y lo condena a muerte.

»Ahora, Miguel Ángel, tienes que elegir: ¿Qué tipo de hombre crees que has representado hoy en este puente?

»No he visto tu *Pietà* y no puedo juzgarla. Pero te aseguro, solo por la pinta que tienes, que ni eres un maestro ni andas cerca de serlo. Así que, por favor, hazte a un lado y escucha. Tal vez aprendas algo.

Miguel Ángel le lanzó un manotazo y absolutamente desquiciado masculló una palabra, una sola, con tal claridad que nadie en el puente pudo dudar de que no la hubiera pronunciado:

—¡Bastardo!

25

Mientras la multitud murmuraba, Leonardo respiró profundamente. Su rostro no revelaba expresión alguna. La sonrisa que esgrimía se borró de un plumazo, pero tampoco asomó en él sombra alguna de ira o enfado. Solo tenía una pequeña arruga en el entrecejo.

—Sí, es verdad. Soy un bastardo, soy hijo ilegítimo. Pero siento un agradecimiento infinito hacia mi ilegitimidad. —Miró con belicosidad los ojos oscuros de Miguel Ángel—. Porque si hubiera nacido legítimo, de una pareja legítima, con un padre legítimo, habría tenido que sufrir y soportar una educación legítima en clases legítimas, memorizando información legítima creada por hombres legítimos. Sin embargo, en su lugar, me vi obligado a aprender de la naturaleza, con mis propios ojos, con mis propios pensamientos y con mi propia experiencia, la mejor maestra posible. Soy, en verdad, un bastardo iletrado, una lástima, pero —abarcó el puente con un amplio gesto del brazo— ¿piensa alguno de los presentes que eso me convierte en un estúpido?

Se hizo el silencio. La mirada de los oyentes se perdió en cualquier otro lugar.

—No eres un estúpido —se aventuró Miguel Ángel; y escupiendo las palabras como si arrojara fieramente un cuchillo al cuello de su interlocutor, proclamó—: Eres Leonardo da Vinci: el maestro de lo inconcluso, un hombre con una gran retahíla de proyectos sin terminar. Conozco muy bien qué tipo de persona y de artista eres. Según tu sistema de valores, me comparas poco menos que con un montón de basura y piedras. Y piensas que podrías hundirme en un segundo con tal de que te lo propusieras. Pero las cosas no son tan simples. Sé muy bien qué hay debajo de esa máscara pulida que se dirige a la opinión de este público. Conozco el secreto que se esconde debajo de tu soberbia.

Leonardo da Vinci se intrigó:

—¿A qué te refieres?

—A que, en algunos artistas, existe un tipo de podredumbre, cierta tenebrosidad que se autoalimenta y que, formando un círculo vicioso, crece con celeridad. Cuando se sobrepasa cierto punto, nadie lo puede detener, ni siquiera la persona interesada.

La conversación se había descontrolado. Leonardo sintió que debía ganarse al público de nuevo.

—¡Pintores contra escultores! —bromeó, cortando la rigidez del momento—; una rivalidad antigua e intensa. Pero creo que por fin he dado con un ganador. Imagina, Miguel Ángel, que tú escalas una montaña y yo otra. Ascendemos por laderas distintas, pero contiguas. Desde mi posición, soy capaz de ver un camino que puede ayudarte a remontar mejor tu montaña, pero no porque sea más listo que tú, ni porque la haya escalado antes que tú, sino porque me encuentro en un lugar desde donde puedo ver cosas que tú jamás imaginarías.

»¿Lo entiendes?

»¡Atended todos! El pintor se sienta frente a su obra, calmado, blandiendo un delicado pincel empapado de un bello color.

Su casa luce limpia y él está bien vestido y aseado. Pero el escultor —señaló a Miguel Ángel— utiliza la fuerza bruta y su sudor se mezcla con el polvo de mármol que le cubre la cara. Tiene sobre los hombros copos de lasca, trozos de piedra invaden su casa. Y aquí termina: si lo moral es semejante a lo bello, tal y como afirma este escultor, un pintor será, por definición, más virtuoso que un picapedrero.

La nariz aplastada de Miguel Ángel se ensanchó; y él deseó, por encima de todo, contestarle con una réplica mordaz y ofensiva. Algo en su interior se lo impidió. Dio un paso al frente y sus rostros se afrontaron. Leonardo da Vinci y Miguel Ángel Buonarroti aguardaron en silencio a que la expresión del otro cambiase. Pensaron, quizá, que aquel primer encuentro se antojaba estéril para dos artistas que jamás antes se habían visto. Sin duda, tenían un sinfín de asuntos sobre los que contender. Pero, al mismo tiempo, sintieron que ya no les quedaba nada por lo que discutir sobre aquel puente.

Tras un instante que se prolongó más de lo deseado, Miguel Ángel dio media vuelta y empezó a caminar. La gente se apartaba y le ofrecía un pasillo silencioso y denigrante que el escultor tuvo que encarar cargando con la vergüenza de haber sido humillado. Cojeaba incluso más que al principio, con su cuerpo dolorido y su orgullo maltrecho, apenado también por las carcajadas que provenían de todos los lados, imaginando a la vez que en su interior, según Leonardo da Vinci lo había descrito, debía de haber algo profundamente pervertido.

Escuchó las risas y prestó oídos a los cantos de la ciudad, e intuyó lejanas, una vez ya nadie le hizo el menor atisbo de caso, las últimas palabras de Leonardo da Vinci apagándose sobre el Ponte Vecchio.

—... y recordad que un día bien aprovechado conlleva un sueño feliz.

Miguel Ángel pasó aquella noche en la casa familiar. Tuvo que soportar las preguntas de su padre, hermanos y tíos. Al fin, cuando todos se marcharon a dormir, pudo retirarse a su antigua habitación.

La oscuridad se cernía más espesa que nunca, pero él no fue capaz de conciliar el sueño hasta el alba. Tenía el rostro empapado en lágrimas. No podía dormir y, además, temía dormirse. Lo invadía la extraña sensación de que, en cuanto conciliara el sueño, sería engullido por una especie de arenas movedizas y transportado a otro mundo del que no podría regresar jamás. Sentado en el suelo de la habitación, Miguel Ángel esperó a que amaneciera bebiendo vino y pensando en la humillación de la que había sido víctima en el Ponte Vecchio. Le llevó un tiempo aceptar la realidad de aquel hecho, porque las palabras de Leonardo se habían grabado con absoluta nitidez en su cerebro.

La imponente presencia de Leonardo da Vinci perduraba en el interior de su ser igual que sombras prisioneras. Recordó el tono de sus palabras, el color de su barba y sus cabellos, recordó el aroma a perfume detrás de sus orejas, su figura alta y perfecta. Cuando empezó a rayar el sol, Miguel Ángel contempló el reflejo distorsionado de su rostro en el cristal de la ventana. «Más pareces un hombre salido del infierno», le había dicho Leonardo. Y él mismo lo sostenía y lo corroboraba: *La faccia mia ha forma di spavento.* «Mi cara tiene forma de miedo.»

Aquello era verdad, una terrible verdad.

De pronto cayó en la cuenta de que, en la historia de los dos hombres encadenados, Leonardo apuntaba a la alegoría de la caverna, la explicación metafórica que Platón planteara sobre la situación en que se encuentra el ser humano respecto del conocimiento.

Miguel Ángel estaba exhausto. Tenía la sensación de que, si cerraba los ojos, caería hacia algún oscuro abismo.

Leonardo se sentó cómodamente en una butaca. En otra de las salas de la basílica de la Santissima Annunziata, un grupo de sus aprendices entonaba un conjunto de cantos. Dejó volar sus pensamientos y recordó brevemente la maravillosa sonrisa que lo había seducido en el puente, pero enseguida apareció en su memoria la cara desfigurada y ensangrentada del escultor, a quien había ofendido con su facundia seductora.

Leonardo se balanceó en la butaca y, oyendo sin escuchar aquellos cantos ambientales casi penosos por desafinados, rememoró la conversación que había mantenido con Miguel Ángel Buonarroti. Pensó que aquel hombre tenía, o parecía tener, algo que lo distinguía de quienes lo rodeaban. Como él, Miguel Ángel también entendía el conjunto y los fenómenos de la naturaleza, y era capaz de apreciar la belleza de la que estaba dotada ese mundo. Parecía un artista paciente y perseverante, un hombre entregado a un fin superior, alguien que valoraba más sus fracasos que sus éxitos, una persona consciente de que el éxito solo dura hasta que alguien lo arruina, pero que los fracasos perduran por siempre.

En la inmensidad de la noche florentina, Leonardo da Vinci se preguntó cuántas veces habría querido Miguel Ángel rendirse y poner fin a todo aquello.

CAPÍTULO IV

1

Palazzo Vecchio, Florencia, primavera de 1501

En una pequeña estancia cerca del inmenso salón de los Quinientos, uno de los miembros del Consejo informó con voz quebrada:

—Los ejércitos de César Borgia campan a sus anchas por la Toscana; se dirigen ya hacia nuestra ciudad.

Las réplicas se propagaron al instante en forma de propuestas soliviantadas:

—¡Abastezcamos de inmediato las casas de agua y alimentos!

—¡Aseguremos los torreones y las puertas!

—¡Reforcemos ya las murallas!

—¡Preparemos la defensa!

Las lamparillas de aceite parecieron temblar y las luces de las velas parpadearon durante un momento fugaz. En medio de aquel cúmulo de proposiciones exaltadas, otro de los miembros del Consejo expuso con reservas:

—Pero... ¿cómo vamos a plantar cara a los ejércitos papales? Carecemos de tropas suficientes para proteger Florencia de una ofensiva militar de los Borgia.

Tras una acalorada discusión sobre qué medios y recursos utilizar para bloquear un asedio más que probable, las miradas de los gobernantes se volvieron hacia el secretario de la Segunda Cancillería, un funcionario de rictus irónico y ojos fruncidos, de labios delgados y mentón puntiagudo, el diplomático más joven en la lista de magistrados de la ciudad y, sin embargo, uno de los hombres a quien se le confiaban los asuntos más delicados: Nicolás Maquiavelo.

—Sí, César Borgia y sus soldados papales se aproximan —susurró con aquella mesura bien cuidada—. No obstante, antes de tomar una decisión irrevocable, debemos hacer balance del panorama geográfico, político y militar de Italia.

—¿A qué te refieres?

—Propongo que analicemos la situación de la que venimos y entendamos en qué punto nos encontramos para, en consecuencia, obrar de manera conveniente.

En tono inculpador, le recriminaron:

—¡No hay tiempo para profundas reflexiones!

—¡Debemos actuar! —chilló uno de manera patética.

Maquiavelo soportó las miradas nerviosas y acusadoras de los miembros del Consejo en un silencio absoluto.

—Nicolás, ¡la llegada de Borgia es inminente!

—Lo es —aseguró él guardando todavía la calma y las formas—, pero decisiones precipitadas comportan resultados inapropiados. Todos nosotros somos más que conscientes del belicismo que anida en el corazón de César Borgia, pero el hijo del papa sabe que la guerra ya no es una torpe y costosa carnicería como antaño. No. La guerra se ha convertido en una especie de juego en el que los participantes son hombres cualificados que han perfeccionado su técnica hasta el punto de convertirla en un arte.

Su tono levantó algunos ecos, pero nadie se aventuró a replicar y, por ende, Maquiavelo logró ahuyentar la sensación momentánea de alarma gracias a esa impresión serena y estable que produjo su voz.

El Consejo de los Diez, que se ocupaba de los asuntos exteriores, las relaciones diplomáticas y las cuestiones militares, deliberaba en uno de los despachos del Palazzo Vecchio, el edificio donde residía el gobierno de la República, sobre el devenir más inmediato de Florencia. Tras la muerte de Lorenzo de Médici en

1492, la expulsión de su hijo Piero en 1494 y la posterior ejecución pública del religioso Savonarola en 1498, la situación política de la ciudad en la primavera de 1501 se encontraba en un momento de desequilibrio y necesitado de ajustes.

—Hagamos balance —insistió Maquiavelo—. Durante el siglo pasado, ¿quiénes han gobernado los principados italianos?

—La mayoría de ellos, mercenarios, que se han vendido sin escrúpulo alguno a quienes han alquilado sus servicios.

—Exacto: mercenarios. Los *condottieri*. —Algo parecido a una sonrisa asomó en los delgados labios de Nicolás Maquiavelo—. Sin embargo, los intereses de estos profesionales de la guerra no siempre han casado con las necesidades de quienes los han financiado. Por el contrario, los condotieros han buscado, por cuenta propia, riqueza, fama y tierras para sí; y rara vez se han sentido ligados a lazos patrióticos y a la causa por la que han luchado.

—Sí, los condotieros han sido célebres por su falta de escrúpulos y de moralidad; no han dudado en cambiar de bando si encontraban un mejor postor antes o incluso durante la batalla.

—Y sabedores de su poder, en ocasiones han sido ellos los que han impuesto condiciones a sus supuestos patronos. En esas circunstancias, el condotiero, convertido en poco menos que en un tirano, se ha guardado bien de renunciar a la guerra, puesto que esta lo ha enriquecido. Pero ¿de quiénes estamos hablando? ¿Qué condotieros han gobernado los territorios de Italia? ¿Quién es el señor de Perugia?

—Baglioni.

—¿Señor de Rimini?

—Malatesta.

—¿Señor de Forlì?

—Ordelaffi.

—¿Señor de Bolonia?

—Bentivoglio.

—¿Señor de Ferrara?

—Ercole de Este.

—¿Señor de Mantua?

—Gonzaga, casado con la marquesa Isabel de Este.

—¿Quién gobierna el reino de Nápoles?

—Pronto lo hará el rey de Aragón.

—¿Quién ha gobernado el ducado de Milán?

—Primero los Visconti y luego los Sforza.

—¿Qué familia se impuso durante décadas en nuestra amada Florencia?

—Los Médici.

Maquiavelo fue asintiendo con ceremoniosidad a la lista de nombres que recitaban de memoria los miembros del Consejo. La luz del amanecer empezaba a filtrarse por las altas ventanas. Maquiavelo había pasado la noche leyendo, hecho que no comportaba novedad alguna, pues el diplomático no se contaba entre los que necesitan demasiadas horas de sueño.

—Las incesantes disputas que han trastornado Italia —dijo— tienen su razón de ser, sobre todo, en estos batalladores incontenibles, para quienes la guerra es el estado habitual. Familias poderosas, reyes, banqueros, señores, condotieros, mercenarios... —enumeró—. El paradigma de todos ellos son los Sforza. En Milán, todos se hubieran alegrado por el derrocamiento de la antipática dinastía de los Visconti si quienes los doblegaron no hubieran sido los Sforza. La familia Sforza desciende de un campesino de Cotignola quien, cansado de cultivar con sus veinte hermanos la parcela de tierra familiar, pensó en hacerse soldado. Se trata de una paradoja muy real: campesinos que han gobernado el ducado de Milán. ¿Se entiende el sentido de mis palabras? La guerra ha dejado de ser una actividad reservada a los nobles.

Sin añadir más palabra, Maquiavelo se levantó y caminó despacio a través de la estancia, siempre atento, con aquella sonrisa escéptica y perpetua, por indeleble, en sus finos labios.

El sol naciente perforaba con dedos de luz la niebla blanquecina del amanecer en Florencia. Abajo se extendía la plaza de la Señoría, aliviada su monotonía noctívaga por los ciudadanos que empezaban a poblar, poco a poco, las calles.

—Nunca la expresión «el arte de la guerra» fue más cierta que en nuestra época —murmuró—, y debemos obrar en consecuencia; pero antes debemos aprobar la estrategia propicia que adoptar para frenar la ofensiva militar de César Borgia, porque en la guerra participa ya quien quiere y quien puede.

«La mayor desidia de un consejo», pensó, «es que todos los hombres tienen la absurda creencia de que sus voces han de ser escuchadas. De momento he de arreglármelas para que no sospechen de mi plan.»

Y al abrir las ventanas, la luz del alba se derramó por la sala y proyectó su silueta en el suelo. Y allí, en silencio, bajo la atenta mirada de los dirigentes de la República, Nicolás Maquiavelo pareció, por un instante, poderoso como un rey.

2

Basílica de la Santissima Annunziata, Florencia, primavera de 1501

Salai ascendió raudo la escalera de piedra y se acercó en absoluto silencio al estudio de su maestro. Divisó la puerta entreabierta y, al otro lado, vio a Leonardo da Vinci, concentrado. Se detuvo en la antesala y procuró dominar aquel inmenso deseo de abandonarse al calor de sus brazos. Sentado frente a la espaciosa y desordenada mesa de trabajo, Leonardo estudiaba minuciosamente, ayudándose de una lupa, lo que parecía el cadáver de un pequeño animal alado.

«¿Qué diablos hace?», se extrañó el aprendiz en las sombras. «¿Acaso analiza los despojos de un murciélago?»

Las calles de Florencia, silenciosas y desiertas como el corazón de un bosque antes del amanecer, estaban repletas de suposiciones, entretanto el cielo del alba iba adquiriendo progresivamente una tonalidad lechosa. En el estudio de Leonardo da Vinci reinaba la penumbra, solo iluminada por varias velas sobre la mesa en la que el maestro trabajaba examinando el cadáver de un murciélago marrón a la luz débil de las llamas. El cuerpo del animal en descomposición olía, evidentemente, a putrefacción; aun con todo, Salai, que todavía espiaba con cautela al otro lado de la puerta, apreció en el ambiente los agradables aromas de un perfume floral con matices de hierba fresca.

Se aproximó a la entrada cuidando no hacer ruido y contempló a Leonardo extender el cuerpo del murciélago, que crujió al desplegar sus alas, revelando la expresión del maestro un asombro inesperado ante la flexibilidad del patagio, la resistente membrana de piel elástica que comenzaba en el cuello y que formaba la superficie del ala.

Sin desviar un ápice la mirada del animalillo, Leonardo pronunció en alto:

—Giacomo.

—Sí, maestro. —Y Salai, siguiendo la voz que lo convocaba, se coló en el estudio con aires risueños, nada sorprendido por que Leonardo lo hubiera descubierto fisgando, pues el aprendiz estaba acostumbrado a la afable indiferencia del maestro siempre que hacía alarde de su comportamiento infantil.

3

Casa de Buonarroti, barrio de Santa Croce, Florencia, primavera de 1501

Lodovico Buonarroti se llevó a los labios una cucharada de cuajada con pan, los restos de la cena de la noche anterior, que a menudo suponían parte de su desayuno. En la primera hora del día, las calles en torno a la basílica de la Santa Croce se sumían en un silencio insondable. Del exterior llegaba el olor a lana mojada y a madera crepitando en los hogares. Una cortina de niebla nacarada impedía que la escasa luz rosada del amanecer bañara con su alegre color primaveral la ciudad de Florencia.

A solas en la cocina, rodeado de una tenue oscuridad, el padre de Miguel Ángel tuvo la impresión de que amanecía más despacio de lo normal. Al poco oyó el primer trino de los pájaros bajo los alerones de los tejados. Sentado Lodovico a la mesa de madera, a la luz de un cirio solitario, su mano derecha temblaba cada vez que sorbía el lácteo. Eran los síntomas de una vejez prematura y repentina, que se evidenciaba en el agotamiento físico del hombre que se encuentra cerca de cumplir los sesenta años, acrecentado por la tragedia del marido que, impotente, ha visto morir a sus dos esposas.

Los primeros parpadeos del sol arrancaron reflejos escarlatas de las ventanas cuando su segundo vástago entró en la cocina. Miguel Ángel presentaba un aspecto sucio pero descansado.

4

Carta de la marquesa Isabel de Este, dirigida al fraile Pietro da Novellara:

Si Leonardo, el pintor florentino, se halla en Florencia, os rogamos, reverendo padre, que os informéis de qué vida hace y de si ha comenzado alguna obra. Vos, reverendo padre, podríais averiguar, sondeándolo como sabéis hacerlo, si se avendría a pintar un cuadro para nuestro estudio.

Respuesta del fraile Novellara, dirigida a la marquesa Isabel de Este:

Por lo que he oído, Leonardo lleva una vida muy irregular e incierta, y parece vivir al día. (La única obra de arte que tenía entre manos, informaba el fraile, era un dibujo preparatorio que acabaría siendo un gran cuadro: *Santa Ana, con la Virgen y el Niño*.) No ha hecho nada más, salvo ayudar a dos de sus aprendices, que pintan retratos a los que él a veces da algún retoque. Da prioridad a la geometría y se muestra impacientísimo con el pincel.

Carta del fraile Pietro da Novellara a la marquesa Isabel de Este:

Me he enterado de las intenciones del pintor Leonardo por medio de su discípulo Salai y de algunos otros de sus amigos, que me acompañaron a verlo el miércoles. En pocas palabras, sus experimentos lo han distraído tanto de pintar, que no puede ni sufrir el pincel.

5

Basílica de la Santissima Annunziata, Florencia, primavera de 1501

—¿Un murciélago, maestro? —preguntó Salai, sucinto.
—Y qué mejor criatura para estudiar fisiología a falta de un cuerpo humano —argumentó Leonardo mientras se aproximaba lupa en ojo al animal muerto—. ¿Sabes, Giacomo? En mi juventud, a los médicos y a los artistas se nos permitía analizar anatómicamente a los muertos.
Salai se sorprendió:
—¿Dónde, maestro?
—En muchos hospitales e iglesias.
—¿Y tú, maestro...?

—Sí, Giacomo, yo mismo diseccioné a muchos hombres. Desde que regresamos a Florencia... ¿Cuánto ha transcurrido?

—Hará, más o menos, un año.

Leonardo exclamó, con la misma sorpresa:

—¡Vaya! ¿Un año ya? —Y agregó—: Desde que volviera a la Toscana, he procurado dar con alguien que de buena fe me concediera la posibilidad de estudiar algún cadáver. Bien sabes que he visitado varios depósitos con ese propósito; pero cada cura, cada fraile, me ha negado el acceso. Dos sacerdotes incluso amenazaron con denunciarme.

Salai rememoró entre carcajadas:

—¿Y no hubo uno que intentó exorcizar un demonio de tu alma?

Leonardo hizo memoria con aires soñadores.

—Ah..., es verdad, es verdad. Pero me temo que las cosas han cambiado. Examinar a los muertos es, hoy en día, una práctica prohibida y penada, de modo que he de contentarme con murciélagos, pájaros y ranas. —Dicho esto, curvó y retorció el cuerpo del murciélago sin que se hendiera. Seguidamente comparó el peso del torso con la densidad de las alas. Luego seccionó un pedazo y utilizó nuevamente la lupa para examinarlo a la luz de la candela, y casi con ingenuidad murmuró—: Si criatura tan bulbosa es capaz de surcar los aires, el ser humano, de algún modo, bien podría aprender esa habilidad.

6

Casa de Buonarroti, barrio de Santa Croce,
Florencia, primavera de 1501

Lodovico se fijó en el rostro de su hijo, en aquella especie de expresión del hombre que se siente consagrado a la pasión artística que devora toda su vida. Y entre pensamientos masculló:

—Nunca deseé que fueras escultor.

¿Acaso no le había transmitido las consignas familiares para convertirse en un experto en comercio?

Pero el niño Miguel Ángel siempre se había mostrado rebelde en espíritu y en carne, desconfiado de todo cuanto pudiese influenciarlo.

Mientras lo veía tomar asiento a la mesa, Lodovico recordó cuántas veces lo había regañado tiempo atrás, ¡y cuántas veces lo había azotado durante meses, durante años! Y recordó, también, que aquella violencia sistemática no causó efecto alguno en el pequeño Miguel Ángel, ni lo impresionó, ni mucho menos lo disuadió de querer ser artista.

Melancólico y resignado, con la cabeza gacha y cansada, Lodovico contempló, frente a sí, la expresión adusta y soberbia de su hijo. Aunque su talento hubiera llamado la atención de familias poderosas como los Médici y de opulentos cardenales en Roma, Lodovico Buonarroti mantenía la opinión de que esculpir resultaba una labor deshonrosa.

«Ningún hijo de una familia de abolengo debería rebajarse a trabajar con las manos, ni siquiera en un estado económico de ruina.»

Que su hijo Miguel Ángel fuera escultor era algo que Lodovico Buonarroti no podía soportar.

7

Basílica de la Santissima Annunziata, Florencia, primavera de 1501

—Maestro, no quisiera importunar...

—Es sobresaliente, sin embargo, la frecuencia con la que a menudo alcanzas dicho resultado —se adelantó Leonardo con ademán jubiloso en los labios—. ¿Pero...?

—Pero has de saber que ayer oí a los frailes hablar sobre tu *Adoración de los magos*.

—¡Ahhh! Aquel fue un trabajo de mis primeros años como artista. Me lo encargaron los monjes agustinos de San Donato in Scopeto en mayo de mil cuatrocientos ochenta y uno. Por entonces nadie me consideraba un gran artista; veintiocho ducados me pagaron por ese contrato, Giacomo. Te he interrumpido, disculpa, ¿qué oíste decir a los monjes?

—Que ya han pasado veinte años de entonces, y que tu *Adoración* permanece inacabada.

—¿Inacabada?

—Como muchas de tus obras... —resolvió el aprendiz.

De algún modo, las palabras de Salai trastocaron algo en su interior que lo llevaron a pensar en los viejos mitos en los que aparece un niño abandonado. Se acordó, en concreto, de la obra de Sófocles, de su tragedia griega, de la narración en la que un pastor encuentra a Edipo siendo este un niño de pecho. Porque, como en todas esas viejas historias de niños abandonados, Leonardo da Vinci había desatendido ya muchos de sus encargos. El maestro tenía ante sí una imagen muy viva y muy real. Se encontraba de pie ante una puerta abierta y en absoluto desconocida.

—Giacomo, tengo la firme creencia de que una obra de arte nunca se termina, solo se abandona.

Pero contra su voluntad, atronó de pronto una voz disfrazada en su memoria:

«Eres el maestro de lo inconcluso.»

Las palabras que Miguel Ángel Buonarroti pronunciara días atrás en el Ponte Vecchio se le presentaron aún recientes en su memoria, como un espejo que reflejara lo exiguo de su producción artística. Muchas de sus obras esperaban impacientes a que su ojo interior despertara, pero Leonardo adivinaba que en cada una de esas escenas incompletas se ocultaba algo vital todavía por revelarse, porque sentía que nuevas imágenes aparecerían tarde o temprano delante de él para llenar los vacíos en sus obras.

«Eres el maestro de lo inconcluso.»

Leonardo da Vinci cerró los ojos y procuró apartar de sus recuerdos aquella sentencia y la terrible sensación que le transmitía, en parte viciada y en parte dolorosa; dolorosa por ser certera y por ser veraz.

8

Casa de Buonarroti, barrio de Santa Croce,
Florencia, primavera de 1501

Todavía sentado a la mesa, Lodovico habló:

—Miguel Ángel.

—Buenos días, padre. Espero que hayas descansado.

—Rara es la noche en la que, a mi edad, puedo conciliar un sueño tranquilo y reparador. ¿Te has recuperado de tus dolores?

—El tobillo prácticamente ha sanado, y ya no cojeo al caminar. —Miguel Ángel cogió un mendrugo de pan y le dio un mordisco—. El dolor en las costillas merma un poco cada día —siguió después de tragar—, y mi ojo, pese a su aspecto externo, no ha sufrido daño alguno. —En torno a la cuenca ocular se extendía una mancha primero cárdena, días atrás amoratada, luego ennegrecida y de un sucio color amarillento en aquella mañana primaveral.

—Hijo.

—¿Sí, padre?

De pronto los ojos de Lodovico ardían de reprobación, y en su voz se apreció con toda claridad la transformación de su humor en vituperio.

—Te perdiste el funeral de tu madre —le recriminó sin perderse en prefacios.

—Madrastra —corrigió Miguel Ángel olvidando asimismo cualquier delicadeza—. Y no me lo perdí; me fue imposible asistir, aunque así lo hubiera deseado, pues me encontraba trabajando en Roma, como bien sabes.

Lodovico habló con la misma franqueza:

—Nos abandonaste. —Y al decirlo, un hilillo de cuajada asomó entre sus dientes y resbaló por la comisura de sus temblorosos labios.

—No, padre, no toleraré que me eches en cara el no haber asistido al funeral de tu segunda esposa. Yo no te abandoné, ni a ti, ni a nadie. Me mudé a Roma para labrarme un futuro.

—Y tantos años después, ¿cuánto dinero has traído a casa? —preguntó Lodovico con sorna. Y casi disfrutó al ver las mejillas de su hijo encenderse víctimas de la vergüenza, mientras escuchaba en silencio cómo Miguel Ángel se afanaba en explicar con las mismas angustias, con los mismos tormentos, las adversidades a las que se había enfrentado en el camino de vuelta a Florencia.

—Los bandoleros que me robaron y agredieron no me dejaron nada, solo unas cuantas monedas que a buen recaudo oculté en mis botas, y que por suerte no se molestaron en registrar.

—¿Cuánto? —inquirió Lodovico con tono frío.

—¿Cuánto qué?

—¿Cuánto dinero te dejaron?

—Una docena de liras.

—Apenas la paga de una semana —se burló el padre bufando por la nariz—. Hasta ahí llega trabajar en Roma; hasta ahí alcanza tu ambición de convertirte en artista.

—¡Fui la víctima inocente de un robo! —rugió Miguel Ángel dominado por la cólera—. ¿¡Qué debía hacer, padre!? ¿Permitir que esos bandoleros me arrebataran la vida?

Lodovico sentenció, con idéntica firmeza:

—Si hubieras sido comerciante, y no escultor, probablemente te habrías enfrentado a esos bandidos ayudado por unos escoltas armados. Si les hubieras plantado cara como un hombre de verdad, tal vez te habrían dado muerte. Y si te hubieran matado, yo no tendría que soportar a diario la deshonra de ver a un hijo que renunció a un futuro en el comercio para convertirse en un mero y sucio picapedrero.

Miguel Ángel golpeó la mesa con tal fiereza que un cuchillo saltó por los aires y le rasgó la piel en el dorso de la mano; un hilillo de sangre empezó a manar de la herida.

Pero Lodovico ni se inmutó. Mientras desviaba despacio aquella mirada fría e insolente y la fijaba con arrobo en la última cucharada de cuajada, que aun despacio se llevó a la boca con fruición, murmuró que no había nada extraordinario en un hombre que quisiera trabajar la piedra y se mostró indiferente ante las gotas de sangre que caían sobre el suelo de la cocina y la agria expresión y la gélida mirada que su hijo le enviaba envuelto en las sombras de la aurora.

9

Basílica de la Santissima Annunziata, Florencia, primavera de 1501

Leonardo se interesó:

—¿Puedo saber qué hacías escuchando a los frailes?

Salai se encogió de hombros:

—Simplemente fisgaba, maestro.

—Entiendo. Continúa, por favor —le pidió Leonardo, cortés.

—Oí a uno acusarte de que habías partido de Florencia por miedo a acabar la *Adoración de los magos*.

«Eres el maestro de lo inconcluso», atronó la voz de Miguel Ángel en su cabeza.

Mientras Salai tomaba aire para retomar su relato, Leonardo decidió guardar silencio y responder al aprendiz, y a sí mismo, solo en sus pensamientos.

«La *Adoración de los magos*», recordó, «pintura para la que realicé numerosos dibujos y estudios preparatorios, incluyendo uno detallado en perspectiva lineal de una arquitectura clásica en ruinas que formaría el escenario de la composición.»

—Ese mismo fraile —prosiguió Salai— insistía una y otra vez en que dejaste inacabada la obra por haber viajado hacia Milán al año siguiente.

«Sí, apenas realicé aguadas de tinta para la *Adoración*.»

—Maestro, desde que regresaste a Florencia solo has esbozado un dibujo, un cartón con un niño Jesús de un año, más o menos, que está a punto de abandonar los brazos de su madre la Virgen para agarrar un corderito.

—Y a medio levantarse la Virgen del regazo de Santa Ana, que es la madre de María según la tradición cristiana. Giacomo, el cartón es un dibujo preliminar con el formato definitivo de la que será una de mis mayores obras maestras: *Santa Ana, con la Virgen y el Niño*. Por el momento, el cuadro solo aparece rematado en mi imaginario, pero combinará muchos elementos de mi genio artístico: un momento transformado en narración, movimientos físicos que expresarán emociones mentales, una representación formidable de la luz, un delicado *sfumato* y un paisaje en el que cristalizaré mis estudios de geología y de perspectiva del color —susurró Leonardo, como ajeno a lo que Salai contaba.

—Los frailes suelen alojar a artistas conocidos en este lugar, maestro, en la basílica de la Santissima Annunziata. Nos proporcionaron cinco habitaciones, para ti y para tus ayudantes, donde tan cómodamente nos hemos instalado.

—Otro elemento que quizá ha jugado a mi favor para aquí hospedarme, Giacomo, es el hecho de que mi padre ejerza de notario de esta iglesia.

—Y bien sé que esta basílica te resulta muy práctica, puesto que la biblioteca del convento alberga cinco mil volúmenes.

—Y se encuentra a solo tres calles del hospital de Santa Maria Nuova, donde antaño realicé disecciones.

—Ese fraile, maestro —perseveró Salai—, dijo que tu *Adora-*

ción de los magos fue un proyecto para el retablo de un monasterio. Y entonces distinguí la duda en sus labios, porque *Santa Ana, con la Virgen y el Niño* es la pintura que estás preparando para el retablo de esta basílica, y porque dijo que nunca acabas las obras para las iglesias. Insinuó que tal vez no crees en Dios...

«Y no creo», pensó Leonardo.

No se distinguía la expresión de su mirada ni su bello rostro. Leonardo lo contemplaba con ojos flemáticos, con esa despreocupación suya tan característica.

—No pretendo que vuelvas y acabes la *Adoración* —continuó Salai—. Solo sugiero que dediques menos tiempo a estudiar la anatomía de los murciélagos y las aves, y que prestes más atención a este retablo para esta iglesia, porque así, una vez terminada la pintura, la gente ya no dirá..., bueno, muchos dejarán de decir que nunca acabas nada.

«Eres el maestro de lo inconcluso», le recordó una vez más la voz de Miguel Ángel.

—Lo que quiero es tener un techo sobre mi cabeza —siguió Salai a lo suyo—, y si no complaces a los frailes, se tornará más que real la posibilidad de que nos expulsen de la basílica... ¿Maestro?

La expresión de su rostro ahora oscilaba entre la paciencia y la curiosidad. Por fin, Leonardo reaccionó. Posó una mirada caprichosa en el murciélago, tendido aún el animal en una bandeja de plata sobre la mesa.

Salai finalizó:

—Este sería un buen momento para compartir tus pensamientos al respecto.

Leonardo da Vinci se levantó y se paseó de lado a lado por el estudio. Cuando lo consideró oportuno, comentó:

—¿Sabías que los murciélagos no siguen ninguna ley natural a la hora de aparearse? —Y lo dijo con tal indiferencia que Salai no pudo sino mirarlo boquiabierto—. ¿Sabías, Giacomo, que las hembras se acercan a las hembras, los machos a los machos, las hembras a los machos, mientras intentan encajar? ¿Sabes lo que verdaderamente pienso acerca de todo este asunto? Creo, sinceramente, que el murciélago es el mejor modelo del que disponemos. Y te preguntarás: «¿Para qué?». Para volar, Giacomo, para volar.

10

Casa de Buonarroti, barrio de Santa Croce, Florencia, primavera de 1501

La sangre manaba a intervalos de la palma de su mano y teñía de un color rojizo oscuro, gota a gota, el suelo de la cocina. Ante la impasibilidad de su padre, Miguel Ángel se tragó el orgullo y suspiró con resignación. ¿Qué otra alternativa le quedaba? ¿Qué otra cosa podía hacer? ¿Acaso debía mostrar algún tipo de agradecimiento por un reencuentro familiar que solo había sido en parte frío y en parte banal? ¿Podría llegar a existir un mundo en el que su padre y sus hermanos se hicieran eco de su talento y su trabajo?

—Ahora que has regresado —habló su padre—, ha llegado la hora de que contraigas matrimonio y de que tengas hijos. Sí, un buen casamiento será beneficioso para ti y para la familia.

La mano derecha de Lodovico volvió a temblar cuando apartó a un lado el recipiente vacío de la cuajada. Miguel Ángel reparó en aquellas leves convulsiones y en la crispación en el rostro de su padre; nunca antes lo había visto temblar.

Lo único que sintió fue una decepción muy pronunciada.

—Te casarás e intentarás trabajar para el gobierno de la República.

—No, no lo haré.

—Sí, sí lo harás.

Miguel Ángel negó con un movimiento impulsivo de cabeza.

—A la sociedad florentina —dijo— le interesa que yo trabaje en el puesto que mejor provecho puede sacar mi capacidad: por tanto trabajaré, como siempre, en el arte.

—Trabajarás para el Gobierno —reiteró Lodovico sin mirarlo siquiera.

¿Llegaría a abandonar algún día su padre las quejas y la obstinación?, ¿aquella defensa excesivamente firme de una idea poco acertada sin tener en cuenta otras opiniones?

—No pienso trabajar para el Gobierno.

—Tengo cinco hijos —gruñó Lodovico—, ¡y sigo haciéndolo todo yo! ¿Quién se ocupa de la casa? ¿Quién friega los platos? ¿Quién repara las paredes y el tejado? Diablos, ¡hasta horneo mi propio pan! Dado que tu hermano mayor está en la iglesia —continuó mascullando—, debes tomar el testigo; Miguel Ángel, ocuparás el puesto de hermano mayor y nos mantendrás a todos.

—Y lo haré...

—Desempeñando un oficio digno...

—... con mi arte...

—... como funcionario del Gobierno, como un caballero...

—... como escultor...

—¡Insensato! ¿Cómo piensas encontrar trabajo en Florencia? ¿Acaso no le conceden a ese tal Leonardo da Vinci todos los encargos importantes de la ciudad?

Oír aquel nombre provocó que su cuerpo entero se sacudiera. Miguel Ángel rememoró, completamente aturdido, algunas de las palabras que el maestro le dijera días atrás en el Ponte Vecchio: «Me encuentro en un lugar desde donde puedo ver cosas que tú jamás imaginarías».

—Leonardo da Vinci —asentó el padre—, he ahí un artista que sí merece consideración. Al menos se ha labrado una reputación, y es pintor, profesión que sí merece cierto respeto, y no un picapedrero.

—Hace años, a los pintores se los despreciaba tanto como a los escultores —explicó Miguel Ángel—, pues ambos son trabajos artesanales. El arte de Leonardo es la causa por la que los pintores han conseguido ser respetados. Ese es, sin duda alguna, el mayor de sus logros. ¿No ves que quiero conseguir lo mismo para los escultores?

Lodovico se enfureció:

—¡No! Tu fantasía termina aquí y termina hoy; por mi bien y por el de todos nosotros; mi hijo no tendrá ya más las manos de un artesano cualquiera.

—Siempre he sido escultor...

—¡Te prohíbo que vuelvas a trabajar el mármol!

—... y siempre lo seré.

Lodovico golpeó la mesa con el puño.

—¡Basta! ¿Necesito sacarte a palos esas tonterías de la cabeza otra vez?

Y entonces Miguel Ángel enmudeció, y una oleada de rabia absolutamente desproporcionada engulló su paciencia, la misma ira con la que en ese instante contemplaba a su padre, que se había convertido, a sus ojos, en un viudo triste y resentido. No había en aquel hombre canciones de armonía o bondad, tan solo el silencio de un rostro enlutado por la muerte, que esperaba, sí, a la muerte, en una oscura cocina que se abría a una angosta callejuela carente de aire limpio.

Miguel Ángel replicó:

—Los golpes que antaño me propinaras no lograron doblegar mi voluntad; tampoco lo conseguirán ahora.

—¡Ya veo que no hay razonamiento en los azares y las vicisitudes de cabeza del «artista»! —estalló Lodovico entre carcajadas—. ¿No comprendes que solo en el comercio encontrarás una prosperidad tranquila, una posición sólida y una vida respetada?

—Ninguna lección debo aprender de ti, un padre vacío y austero; un padre incapaz. —Miguel Ángel hizo una brevísima pausa y finalmente escupió—: Tú, un hombre que ha fracasado estrepitosamente en el intento de mantener la posición social de nuestra familia.

Y ese hombre ofendido se levantó de la mesa con tal rapidez, con tal vigorosidad y energía, que apenas Miguel Ángel parpadeó se lo encontró cara a cara, frente a sí, a palmo y medio de distancia.

Lodovico contempló la expresión enfurecida de su vástago, y cómo este lo agarraba de las ropas y tiraba con fuerza hacia sí, más que dispuesto a golpearlo con todas sus fuerzas.

—Hijo mío, no te atreverás...

Sí se atrevería.

Porque ya no entendía a razones, y porque todos los mensajes de concordia se calcinaban a una velocidad endiablada en su interior. Solo había una manera de poner fin a aquel hombre que lo engendró, al padre que lo estaba incitando a la violencia.

Convento de San Marcos, Jardín de los Dioses, Florencia, verano de 1489

En medio del jardín crecía un gran cedro de ramas y hojas esplendorosas. Aquel no se trataba de un jardín convencional, allí no crecían más árboles, porque era un jardín de mármol, un parterre colmado de esculturas griegas y romanas donde el joven Miguel Ángel encontraba esa intimidad que se negaba, por el momento, a compartir con los hombres. Puesto que el palacio de los Médici se había quedado pequeño y no podía albergar la totalidad de los innumerables objetos que Lorenzo adquiría sin cesar, y puesto que el convento dependía financieramente de los Médici, a los dominicos no les importaba demasiado ver su claustro invadido por aquellas figuras de mármol.

Allí, a solas y a la intemperie, Miguel Ángel terminaba un trabajo cuando vio un rostro alargado que se acercaba y una fea nariz que destacaba sobre la tez grisácea. Se puso en pie tratando de no hacer visibles sus nervios. ¿Quién no conocía en Florencia a aquel rey sin corona que dirigía el mayor banco italiano, con sucursales en casi toda Europa, y que controlaba la política de la ciudad?

—¿Sabes quién soy? —le preguntó aquel hombre.

Miguel Ángel asintió.

—Dime, ¿has tallado tú esta obra?

Sacudió la cabeza de nuevo.

No era frecuente que Lorenzo de Médici mostrara interés por los trabajos de los alumnos de Bertoldo en el jardín de los mármoles.

—El fauno que acabas de esculpir es viejo —observó—, y le has dejado todas las piezas dentales. ¿Acaso no sabes que, con la edad, los dientes se caen?

Al día siguiente, cuando Lorenzo regresó, Miguel Ángel le enseñó la máscara del fauno. Ahora le faltaba un diente. El joven escultor había retocado la encía con tanta habilidad que parecía que la pieza acabara de caer por sí sola de su alvéolo.

«La imagen del fauno es de un realismo sobrecogedor», reflexionó Lorenzo. «Solo a un hombre que cuidadosa e inteligentemente ha observado la naturaleza le sería posible reproducir con tan perfecta exactitud los detalles.»

Observó con agradable sorpresa la fuerza de la obra, su audacia, su autenticidad, su expresión, y luego contempló con asombro al muchacho que la había realizado.

—¿Cómo te llamas?

—Miguel Ángel Buonarroti, señor.

Lorenzo reprimió los elogios que le subían a los labios y le pidió:

—Dile a tu padre que venga a verme. Quiero hablar con él.

Lodovico se quedó a solas en el salón, contemplando el fuego de la chimenea, muy sorprendido después de que su hijo le contara la conversación que había mantenido con Lorenzo el Magnífico.

El señor de Florencia solo se relacionaba con príncipes, grandes financieros, embajadores y artistas célebres; que se hubiese dignado a dirigir la palabra a su hijo suponía, por tanto, una cierta consideración por Miguel Ángel, el aprendiz de escultor.

«Una vocación que hasta ahora he intentado desbaratar por todos los medios.»

Lodovico empleó toda clase de objeciones antes de ceder a su hijo:

—Los Buonarroti Simoni hemos figurado entre los ciudadanos más distinguidos de Florencia; hemos descollado en el comercio desde hace varias generaciones.

—Que en esta ciudad constituye la base de su aristocracia —asintió Lorenzo—. Continúa, por favor.

—En muchas ocasiones hemos sido miembros de los consejos municipales, delegados prudentes y escuchados, administradores de los bienes públicos y de nuestra propia fortuna, respetuosos con los grandes de la ciudad.

—Es decir, de la banca y el gran comercio.

—Sí, señor. Somos una familia con una reputación de mercaderes honestos que goza de la consideración de los burgueses. Por esta razón, yo me he contentado con ejercer, con justa y sabia moderación, las funciones de *podestà* en las pequeñas villas y ciudades a las que la Señoría de Florencia me ha enviado como administrador.

»Señor de Médici, Miguel Ángel debe honrar y respetar la tradición familiar de los Buonarroti, entre quienes jamás ha habido artistas; todos nosotros hemos sido, desde siempre, honorables comerciantes, pues no hay profesión más noble y hermosa que la del mundo de los negocios.

Lorenzo de Médici sacudió despacio la cabeza, lo miró con reflexión y cautela, y con elegancia y cortesía, aseguró:

—Te doy mi palabra de que tu hijo no llevará una vida bohemia. Se alojará en mi propio palacio, compartirá mi mesa y lo trataré como a mis propios hijos.

—Hay decenas de mocosos, de aprendices, ¿por qué fijarse en Miguel Ángel?

Lorenzo midió la magnitud de sus palabras:

—Lodovico, ¿alguna vez has contemplado el cielo de madrugada? Es en el silencio de la noche cuando la naturaleza nos regala uno de sus espectáculos más maravillosos, allí arriba, donde titilan millares de puntos luminosos. Quiero creer que se trata de un reflejo de nuestras vidas cotidianas y que, mientras dormimos, nuestras almas flotan tranquilas en el cielo nocturno. Pero si todos somos almas noctívagas en un universo oscuro, el cielo nocturno se transforma, irremediablemente, y por hermoso que se presente, es una imagen corriente. ¿Por qué? Por ser repetitiva y por ser usual. Pero en momentos puntuales algo parpadea y rompe la oscuridad, a nuestro lado. Se trata de un instante efímero, pero basta que su luz nos encoja los corazones y por un instante nos haga suspirar. Sí, de vez en cuando aparece a nuestro lado un cuerpo celeste en movimiento: una estrella fugaz. Y aunque no comprendamos su sino, es nuestra responsabilidad cuidar de esa luz que solitariamente atraviesa el firmamento, darle un sentido y facilitarle un camino hacia el destino para el que sin duda ha nacido, para que no sea fugaz, para que su luz no muera con nuestro suspiro, para que nos ilumine perpetuamente, por toda la eternidad.

»Nuestro cielo nocturno es una imagen tenaz y perseverante, Lodovico, como nuestro mundo, y en ocasiones aparece frente a nosotros una persona capaz de trastocar lo más profundo de nuestras vidas. Alguien que, sin proponérselo siquiera, altera con su luz algo en lo más hondo de nuestro ser, de nuestra esencia.

»Lodovico, tengo el presentimiento de que tu hijo Miguel Ángel es la encarnación de esa estrella fugaz, de esa luz excepcional. Y si nosotros no nos esforzamos por comprenderlo y cuidarlo, nadie lo hará.

Finalmente, Lodovico cedió. Y no contento con acoger a su hijo, Lorenzo le ofreció una compensación:

—Pídeme lo que quieras.

Lodovico Buonarroti, sin demasiadas ambiciones ni avidez

ansiosa de poder, solicitó un modesto empleo como secretario del director de las aduanas. Ante semejante petición, Lorenzo, acostumbrado a toparse con personas que intentaban sacar el máximo provecho de una oferta como aquella, se asombró de la moderación de que hacía gala aquel honesto burgués.

—Jamás serás un hombre rico, amigo mío. —Lo que, en boca de uno de los hombres más poderosos de Europa, bien podía significar tanto un reproche como un cumplido—. Lodovico, no es extraño que los hombres de negocios no aprecien el talento en otras doctrinas, por hallarse estos constantemente encerrados en sus laberintos de cuentas y dineros. Llegará un momento, quizá, en que olvides estas palabras: tu hijo Miguel Ángel tiene un talento especial para la escultura, un insólito ingenio para sacar el espíritu de la figura que esculpe, para extraer intuitivamente lo que hay oculto. No es nada habitual, y me parecería una lástima desperdiciar semejante caudal de talento. Algún día, Miguel Ángel nos iluminará con su luz especial. Procura recordarlo, Lodovico.

—Procuraré recordarlo, señor.

Casa de Buonarroti, barrio de Santa Croce, Florencia, primavera de 1501

Su hijo lo agarraba de las ropas con fuerza y tiraba con agresividad hacia sí, con la expresión de su rostro desencajada por la ira, atento solamente a la voz de su propia cólera y a sus impulsos más abisales.

—No lo hagas, Miguel Ángel... No me lastimes.

Parecía reacio a toda orden y a toda súplica, conducido el artista por un demonio de sonrisa ladina, ávido de violencia y crueldad.

—Hijo mío, no me hagas daño.

—Dame un motivo.

Y de pronto acudieron a la mente de Lodovico las palabras que tiempo atrás cruzara con Lorenzo el Magnífico: «Algún día, Miguel Ángel nos iluminará con su luz especial». Y forzosamente recordó asimismo la respuesta que él le había ofrecido: «Procuraré recordarlo, señor». Los Médici habían sido repudiados y expulsados de Florencia siete años atrás. «Pero a nosotros nos salvaron de la ruina. Ha llegado el momento de que le atribuya ese mérito no solo a Lorenzo, sino también a mi hijo y a su arte.»

—¡Dame un motivo! —reiteró Miguel Ángel, con expresión furibunda.

—Tenías razón —titubeó Lodovico, acoquinado como un animal mortalmente herido.

Miguel Ángel guardó silencio. ¿Eran ciertas las palabras que oía brotar de esos labios que temblaban sin cesar?

—¿Tenía... razón? ¿Yo tenía razón? —balbució Miguel Ángel.

—Siempre la has tenido, hijo.

Miguel Ángel relajó la postura y lo soltó. Tras suspirar profundamente, tomó asiento a la mesa, presto a escuchar los argumentos de su padre.

—Explícate.

11

Basílica de la Santissima Annunziata, Florencia, primavera de 1501

A Salai se le ocurrió de pronto una idea que, veloz, se ocupó de exponer sin reservas:

—Maestro...

—¿Sí?

—¿Por qué no esbozas un dibujo para «la piedra de Duccio»?

Leonardo da Vinci no le respondió y siguió a lo suyo:

—Giacomo, los animales, como este murciélago que me ves

estudiar, sienten alegría y dolor. ¿Quieres saber mi opinión? Considero que sienten más incluso que los seres humanos. ¿Por qué? Por hallarse en una armonía más cercana a la naturaleza. ¡Ah, los animales, qué seres tan honestos y genuinos!, ¿no te parece?

Salai emitió un bufido y negó con resignación, moviendo la cabeza de lado a lado, visiblemente impacientado, mientras Leonardo lo miraba ahora con esos aires suyos tan conmovedores, con ese divertimento tan encantador.

—No te sulfures, muchacho. Solo bromeaba —dijo sumando a su tono dejes de disculpa y bondad—. Supongo que llevas razón. ¿«La piedra de Duccio», dices, Giacomo? Ese sí sería un encargo extraordinario.

Salai se emocionó:

—¿Lo harás, maestro?

—¿Quieres saber si trabajaré esa magnífica piedra? Por supuesto. Piero Soderini ya me la ha prometido.

—Pero Soderini no ocupa ningún puesto en el Gobierno —objetó Salai, preocupado.

—Cierto. Y, además, ese bloque de mármol no pertenece a la ciudad. Es propiedad de la obra del Duomo.

De repente se desprendió de la voz de Salai la idea de que quizá lo habían vencido la inquietud y las ansias.

—Tal vez... Tal vez he sido presa del nerviosismo y la precipitación —murmuró en un balbuceo que daba a entender que estaba dispuesto a animar a Leonardo a enfrentarse a cualquier tipo de encargo, por complejo que pudiera resultar, con tal de que se pusiera a trabajar de una vez—. Olvida mi sugerencia, maestro, pues he recordado que algunos afirman que sobre «la piedra de Duccio» se invocó una maldición y que la desgracia caerá con toda su crudeza sobre el artista que ose trabajarla, cosa que yo jamás desearía para ti.

Entre sílabas, recurriendo a su don como observador, Leonardo da Vinci percibió un temor sincero en las palabras de Salai, y en silencio saboreó el misterio que durante unos segundos invadió la habitación.

—Soderini me conseguirá «la piedra de Duccio» —inquirió con voz firme y serena.

—Aunque así fuera —se inquietó Salai—, ningún artista que se precie ha conseguido plantear un proyecto con éxito.

—Pero si tomáramos como referencia lo que otros no han sido capaces de lograr, no viviríamos la emoción de lanzarnos a intentar realizar algo extraordinario. —Leonardo se encogió de hombros con total indiferencia y, luego, con un gesto amable y seductor, le indicó a su aprendiz que tomara asiento frente a él—. Sé que me despisto con facilidad, y que en mis distracciones estriba el hecho mismo de que no finalice muchos de los proyectos que emprendo. Agradezco tus palabras y la preocupación que por mi futuro profesas; pero has de hacer un esfuerzo, Giacomo, y tratar de comprender que en mi mente se desarrollan al mismo tiempo una multitud de ideas, proyectos y diseños.

—Lo sé. Ninguna otra persona podría soportar todos esos pensamientos —dijo Salai.

—Espero no pecar de falta de modestia. Ten por seguro, Giacomo, que de ese bloque de mármol con el que nadie se ha atrevido, extraeré la más bella escultura jamás antes vista por el ser humano. —Leonardo hizo una breve pausa, sonrió y acarició a su aprendiz con aquel gesto tan afable y confiado.

12

Casa de Buonarroti, barrio de Santa Croce,
Florencia, primavera de 1501

Lodovico se explicó con voz débil:

—Apenas tenías un año cuando yo fui relevado de mi cargo de *podestà* y me reclamaron en Florencia. Tu madre, Francesca, estaba de nuevo encinta, pero débil y enferma. Tuvimos que entregarte a una nodriza, en cuya casa esa buena mujer te amamantó y te trató con solicitud de madre.

Miguel Ángel apenas lo recordaba.

Cuando, ya criado, regresó a la casa paterna, todo le pareció estrecho y gris. Las oscuras callejuelas serpenteaban entre los altos y severos muros de los palacios. La ciudad se apretujaba entre sus murallas como dentro de un puño. Y, además, en aquella casa no había una madre. Francesca acababa de morir. Allí quedaban sus cuatro hermanos, con los que jamás había vivido, y un viudo taciturno que lo miraba disgustado, porque de Miguel Ángel habían hecho poco más que un campesino que había adquirido las maneras y el lenguaje de los aprendices de canteros, un niño que todavía tenía polvo de mármol en las uñas, que hablaba de esculpir y dibujar.

—La decadencia económica de los Buonarroti empezó con tu abuelo, y yo, como bien has apuntado, fracasé en el intento de mantener la posición social de la familia. Tenías razón. —Lodovico sumergió con lástima la cabeza entre sus manos—. Tenías razón, Miguel Ángel. Y ahora yo me retracto: tú no naciste para ser comerciante, y por eso de niño te llevé ante el maestro Domenico Ghirlandaio, uno de los más famosos pintores del momento. Tú poseías todas las cualidades de los buenos alumnos e infinitamente más dotes que el resto de tus condiscípulos. Pero tus bocetos eran dibujos de escultor. Necesitabas otro maestro, un artista que dominase el cincel y el mazo, no el suave pincel y los dóciles colores.

Miguel Ángel, más calmado, recordó con nostalgia:

—Siempre que podía, me escapaba y corría junto a mi amigo Granacci para curiosear en el taller de Bertoldo.

—Porque Bertoldo sí era escultor.

—En su taller había polvo de mármol y ruidos de mazo.

—Y poco más tarde, Lorenzo de Médici vio algo en ti. Eres escultor, hijo mío, y siempre lo serás. Tenías razón y te ofrezco mis disculpas.

Miguel Ángel asintió complacido. Seguidamente, Lodovico soltó una retahíla sobre todo lo que había cambiado en la ciudad en los cuatro años de la ausencia de Miguel Ángel. Describió el repugnante episodio de la quema del hereje fray Savonarola en la hoguera, la invasión de las tierras toscanas por el ejército papal de César Borgia y cómo el ineficaz gobierno florentino intentaba, a la desesperada, aferrarse a la República.

Mientras escuchaba aquel discurso, Miguel Ángel cayó en la cuenta de que había estado muy solo en Roma.

Su padre volvió a llamar su atención:

—Hijo, ahora sé por qué has vuelto a Florencia.

Miguel Ángel se sorprendió:

—¿Por qué?

—El reto de «la piedra de Duccio», por supuesto.

13

Basílica de la Santissima Annunziata, Florencia,
primavera de 1501

Leonardo explicó:

—«La piedra de Duccio» es el bloque de mármol más notable de nuestra época. ¿Conoces su historia, Giacomo?

—Tan solo cuanto he oído en las calles.

Leonardo sonrió.

—Dime, ¿qué has oído?

—Que hace más de cuatro décadas formó parte de un proyecto escultórico.

—El más ambicioso y costoso que se recuerda desde los tiempos del Imperio romano —precisó Leonardo—; nada menos que doce colosales estatuas de los profetas del Antiguo Testamento, que decorarían los contrafuertes del Duomo. El departamento de Trabajos Catedralicios, que conocemos como «La Oficina», adquirió un único bloque de mármol de dimensiones colosales. Era un monolito de las canteras de Carrara que medía más de diez codos de alto, casi tres veces la estatura de un hombre, y que, desde los tiempos antiguos, sería la estatua más grande esculpida de una sola pieza. Cuenta una leyenda que desde el momento en que fue extraído se observaron en ese bloque propiedades extraordinarias, ya que lo trasladaron a Florencia sin que sufriera una sola fisura, a pesar del largo y difícil camino a través de las montañas y por el cauce del río Arno. Se trataba de un prístino bloque de piedra maciza que rezumaba vida. Quien lo contemplaba decía que era el bloque más blanco y más bello que jamás hubiera salido de una cantera. Cuando los ancianos de la catedral vieron aquella piedra, afirmaron que ese mármol se convertiría en una estatua del rey David, que orgullosamente representaría la grandeza, el valor y la fidelidad de la ciudad de Florencia. Todo cuanto tenían que hacer era encontrar un artista digno de tallarla.

Salai, envuelto en el silencio y la penumbra de las conjeturas, se interesó:

—¿Y lo encontraron?

—Desde luego, sí dieron con alguien.

—¿En quién recayó tamaña responsabilidad?

Leonardo enmudeció unos instantes, alimentando la expectación de Salai.

—Había un artista, sí... —murmuró atenuando la voz con media sonrisa—, el primero en ser capaz de igualar a los grandes escultores de la Antigüedad, el más influyente del siglo pasado, que desarrolló innovaciones que revolucionaron la técnica del relieve. Un artista de una pericia y un talento únicos.

—¿De quién se trataba, maestro?

Leonardo da Vinci bajó lentamente los párpados a la luz de la candela y, tras una larga espera, los abrió con aires nostálgicos.

—De entre todos aquellos maestros, había un artista capaz de trabajar «la piedra de Duccio». Sí, uno solo: Donato di Niccolò di Betto Bardi.

—Donatello —susurró Salai.

Leonardo asintió satisfecho.

—Sí, Donatello, el artista que sin duda ayudó a sacar a la escultura de la Edad Oscura y a llevarla a una nueva era atendiendo a los preceptos del magnífico estilo de las antiguas Grecia y Roma. Además, Donatello ya había creado dos estatuas de David, incluida la versión más querida por la ciudad.

—La escultura en bronce que muestra al joven pastor con el pie sobre la cabeza cercenada de Goliat, ¿verdad?

—En efecto. Lo importante, Giacomo, es que Donatello comprendió que cuanto más pequeño fuera su David, más significante sería su victoria sobre Goliat, el soldado gigante de la ciudad de Gat. Por tanto, parecía lo más apropiado que aquel gran sabio recibiese el encargo de esculpir un nuevo pero colosal David de mármol. —Leonardo se atusó las barbas con gracia, sin dejar de sonreír—. Pero Donatello tenía más de setenta años, su vista perdía agudeza y sus manos temblaban a causa de la edad. Consciente de su vejez, aconsejó a «la Oficina» que contratara a Agostino di Duccio. Y sí, el encargo oficial recayó en él, aunque todo el mundo sabía que Donatello trabajaría en el proyecto desde la sombra. Sin embargo, poco tiempo después de que se firmara el contrato, Donatello falleció. Duccio siguió en el proyecto, pero el discípulo no contaba con la destreza de su maestro.

Salai atendía la historia acodado en la mesa, con las manos apoyadas en la barbilla.

—¿Y qué ocurrió?

Leonardo sacudió la cabeza y cerró los ojos con lástima.

—La primera incisión de Duccio en el bloque fue torpe —respondió—; pero la segunda fue todavía peor. Y un día, ya desesperado por hacer algo drástico, Duccio abrió un ancho hueco en el bloque de mármol. Luego dejó caer su martillo y su cincel y declaró que era imposible modelar aquella roca. Se rumorea que Agostino di Duccio, en su lecho de muerte, completamente desolado, murmuró entre delirios que la piedra lo había rechazado como si él no fuera el señor de la misma.

—¿Qué sucedió tras el fracaso de Duccio?

—Como bien has apuntado antes, otros escultores henchidos de ambición intentaron recuperar el bloque, claro.

—Pero ninguno lo consiguió...

—No, ninguno lo consiguió. Y la llamada «piedra de Duccio» quedó abandonada en un terreno de la Opera del Duomo, relegada también en el recuerdo colectivo de Florencia. Y el proyecto para decorar la catedral con gigantescas estatuas de mármol de los profetas llegó a un final ignominioso para la ciudad.

Leonardo concluyó la explicación y con dulzura observó la profundidad de los ojos angelicales de Salai.

—¿Y tú vas a recuperar ese bloque de una vez por todas? —preguntó el aprendiz casi con ironía.

Leonardo asintió con los labios cerrados, con una sonrisa que podía interpretarse de múltiples maneras.

15

Casa de Buonarroti, barrio de Santa Croce, Florencia, primavera de 1501

—¿Qué pasa con «la piedra de Duccio»?

—«La Oficina» está buscando un artista que le dé forma —respondió su padre—. He dado por seguro que lo habrías oído.

No, Miguel Ángel no sabía nada. Negó con la cabeza y entonces sintió una ligera punzada en el pecho, un tipo de dolor especial que hacía mucho tiempo que no experimentaba. Su mirada se tornó muy seria, en unos ojos que ansiaban la piedra. Pero no se trataba de codicia, ambición o deseo. Más bien algo había entrado a través de un pequeño resquicio en su interior e intentaba llenar un vacío. Tenía esa sensación. Ese hueco no lo había creado la mención a «la piedra de Duccio», ni el hecho de que volviera a estar disponible. Pero al imaginarse a sí mismo esculpiendo aquel maravilloso bloque de mármol, la magnitud del estremecimiento que sentía se acrecentó.

¿«La Oficina» estaba resucitando «la piedra de Duccio»?, ¿el bloque de mármol más famoso de la historia?, ¿una roca que había tocado el mismísimo Donatello?

Lodovico murmuró:

—Dicen que la fortuna abandonó a Donatello en sus últimos días, que a causa de una enfermedad paralizante no pudo moverse de la cama, ni trabajar, y que a su muerte todavía le quedaba por pagar una deuda de treinta y cuatro florines por el alquiler de su casa.

Su padre parecía dudar sobre el estado real de pobreza de Donatello. Pero Miguel Ángel sabía que la cuestión se relacionaba, más bien, con la indiferencia total que el artista demostró tener, durante toda su vida, en asuntos financieros. Miguel Ángel había oído muchas anécdotas que daban testimonio de esa actitud, como cuando, en el momento de su mayor apogeo de trabajo, solía colgar en su taller una cesta llena de dinero del que sus ayudantes podían aprovecharse libremente, según consideraran oportuno. Además, los honorarios que Donatello recibió por su trabajo le habían asegurado grandes ganancias y, por otra parte, Cosme de Médici, el abuelo de Lorenzo, le había concedido una paga semanal hasta el fin de su vida.

—¿Debería haber guardado silencio, hijo? —se inquietó Lodovico—. No debería haber nombrado «la piedra de Duccio», ¿verdad?

¿Acaso había oído bien? ¿Andaba su padre pidiéndole consejo, tratándolo como a un igual, buscando su perdón?

—Por supuesto que debías decírmelo —aseguró Miguel Ángel con una sonrisa que le ocupó la cara entera—. Esa piedra está destinada a mis manos. Ese trabajo es mío.

—Hijo —musitó Lodovico con un hilo de voz—, por eso no quería nombrar la piedra, porque nunca te harás con ella.

—¿Por qué? —se alarmó Miguel Ángel.

—Porque «la Oficina» ya le ha confiado la labor a otro artista.

—¿A quién?

—A Leonardo da Vinci.

16

¿«La Oficina» le había prometido «la piedra de Duccio» a Leonardo?

Miguel Ángel guardó silencio. Y de repente tuvo la impresión de que el maestro se hallaba a su lado, mirándolo de soslayo con una sonrisa lobuna y alargada. Y aquella impresión se transformó, por un instante, en realidad. Leonardo da Vinci y Miguel Ángel se miraron a los ojos desde la distancia que los separaba. Realmente, solo fue un instante. O quizá así lo acogió el escultor en su imaginación. Tal vez fuera solo la desnuda expresión de sorpresa y vaciedad propia del momento en que, impulsado por un anhelo de esculpir «la piedra de Duccio», sintió que perdía el equilibrio.

Fuera lo que fuese, Miguel Ángel supo de manera intuitiva y con toda certeza que todavía le quedaban muchas batallas por librar y que, en el terreno del arte, en la búsqueda de la belleza, Leonardo da Vinci se estaba convirtiendo, ineludiblemente, en su antagonista principal.

—Lucharé contra Leonardo por ese encargo. —La osadía volvía a resurgir en su interior con una fuerza desmedida.

Se levantó y se dirigió hacia la escalera. Pero antes de subir a su habitación, ya bajo el umbral de la puerta de la cocina, se volvió despacio, casi midiendo el ritmo, y se detuvo a escuchar la voz de su padre, quien murmuró en las sombras:

—Cuando naciste... te llevamos a la iglesia y te bautizamos con el nombre de Michelangelo. Miguel Ángel. El ángel Miguel.

—El que arrojó a los demonios a lo más profundo del averno.

—Te apoyaré, hijo. Te apoyaré hasta el final de mi vida.

Allí, tristemente sentado, Lodovico adoptaba la imagen de un anciano en decadencia. Miguel Ángel se acercó a él y le ofreció su mano, la que estaba ensangrentada, por supuesto. Y su padre la aceptó y la estrechó entre las suyas con cariño y, quizá por vez primera, con orgullo y amor paternal.

17

Basílica de la Santissima Annunziata, Florencia, primavera de 1501

—Maestro, tengo mis dudas.

—Plantéamelas.

—Si os han prometido ese encargo, si la cuestión ha quedado tan clara, ¿por qué van a reunirse para decidir a quién le otorgarán el honor de esculpir «la piedra de Duccio»? Me pregunto si algún otro no querrá participar en el concurso público.

—¿Otro? ¿A quién te refieres?

—A ese escultor florentino que ha trabajado en el Vaticano...

—¿Miguel Ángel?

—Estoy seguro de que acaba los encargos. Cuentan de él que es tenaz y perseverante, muy perfeccionista. Maestro, muchos afirman que las manos de Miguel Ángel poseen un don especial.

El tono que adoptó la voz de Salai provocó que una tormenta de ansiedad se apoderara de Leonardo.

—Parece un hombre apasionado, sí —comentó, somero.

Leonardo no añadió más palabras. Permaneció en silencio observando de reojo a Salai, preguntándose en su fuero interno si su aprendiz lo consideraba realmente atractivo o si simplemente lo veía como un padre de repuesto que andaba siempre dispuesto a comprarle ropas a la última y a dejarse sisar dinero de los cajones. ¿No era más lógico que se interesara por un hombre más próximo a su edad? ¿No era más lógico que prefiriese a un escultor cuyo trabajo empezaba a despertar encendidos elogios desde Roma hasta Florencia?

18

Salai enmudeció de golpe y entendió que no debía seguir hablando, porque de pronto tomó conciencia de la confusión que invadía a su maestro desde primera hora de la mañana. Se levantó de la mesa, se acercó a Leonardo, le desató el cordón de la túnica turquesa y le dio a entender que iba a seguir desatando cuantas prendas hiciera falta. Pero Leonardo da Vinci no respondió ante aquella insinuación. Parecía haber mandado su cuerpo y su mente a recorrer otro mundo. No se resistía, pero tampoco lo ayudaba. Salai lo desnudaba y él permanecía mientras tanto casi inmóvil. Cuando lo besó, los labios del maestro no respondieron al contacto de los suyos. Y entonces el aprendiz sintió que solamente su miembro estaba debidamente excitado; y ante la falta de respuesta sexual de Leonardo, se asustó.

Recordó que, durante una parte del primer año, gritaba cuando el maestro de Vinci le hacía el amor, eran los gritos de la inocencia perdida que pretendían cegar y ensordecer todos los sentidos. Más tarde, acostumbrado, ya gritaba menos, pero su alma empezaba a estar ciega de amor y le impedía ver nada. Solo cuando Salai se acostaba con otras personas, la ausencia de amor de Leonardo permitía que su alma viese con claridad.

El resplandor de lo increíble que envolvía la figura de Leonardo da Vinci provocaba que Salai nunca encontrara, en aquel hermoso cuerpo, la trivialidad. Y eso lo entusiasmaba. Pero por primera vez Leonardo da Vinci lo miraba desinteresado, sin pasión, y todo lo que tenía de personal, de único, de inimitable, se puso de manifiesto ante sus ojos, en aquella habitación y tan solo durante un breve instante.

19

Palazzo Vecchio, Florencia, mediada
la primavera de 1501

La mañana en Florencia acariciaba ya el mediodía. La niebla se había disipado horas atrás y en aquel instante un hermoso sol primaveral caldeaba con una sedosa calidez los palacios, las iglesias, los puentes y los comercios callejeros. Mientras tanto, en un despacho frío y desangelado del palacio de la Señoría, el Consejo de los Diez continuaba deliberando apasionadamente sobre el futuro de Florencia.

—Descendientes o no de campesinos, los Sforza han sido expulsados de Milán. ¿Hará cuánto..., un año?

—Más de un año —corrigió Maquiavelo sin elevar el tono—. La fecha exacta en la que los franceses se instalaron en Milán es el once de septiembre de mil cuatrocientos noventa y nueve. El rey Luis de Francia ha forjado alianzas con la república de Venecia y con el papa, es decir, con los Borgia. Y Ludovico Sforza huyó de Milán. Pero meses más tarde, en abril del pasado año, el ejército francés arribó a las puertas de Novara, donde el Moro se encontraba, y asedió la ciudad.

—Bajo el mando de Luis II de la Trémoille. —Uno de los miembros del Consejo, que parecía adormilado con las manos entrelazadas por encima de la barba, recordó con aires somnolientos—: El ejército francés lo componían, en su mayoría, mercenarios suizos, ¿verdad?

—Quienes también formaban parte del ejército de los Sforza. Quizá por esa razón —prosiguió Maquiavelo—, los suizos al servicio de Ludovico, rehusando luchar contra sus compatriotas del lado francés, llegaron a un acuerdo con estos y entregaron la ciudad de Novara a cambio de la satisfacción de sus pagas atrasadas. El Moro intentó escapar, pero fue arrestado por los franceses.

—¿Han matado a Ludovico Sforza? —replicó el adormilado con voz áspera.

—No, pero lo han enviado prisionero al castillo de Loches, en Francia.

En ese punto intervino uno de los miembros que prácticamente había guardado silencio durante toda la mañana.

—Muchas voces dicen que el Moro se vistió de soldado y que se ocultó entre un grupo de gentes de a pie.

—Y algunos mensajeros afirman que, en un intento desesperado por escapar, se disfrazó de religioso —se burló otro.

—Quizá el Moro olvidó que es demasiado conocido para poder pasar desapercibido durante mucho tiempo —susurró un tercero—. Sí, lo identificaron y lo hicieron prisionero.

Cayó un pesado silencio que Maquiavelo aprovechó para recorrer la sala en busca de rostros decididos y confiados, pero solo encontró expresiones neutras y hurañas. Hasta que de pronto uno de los miembros estalló:

—¿Por qué nos hablas de los Sforza, Nicolás? ¡Son los ejércitos de César Borgia los que amenazan nuestra ciudad!

Maquiavelo le aguantó la mirada con calma, y argumentó:

—Porque considero que todo guarda, de algún modo, relación. —El corazón le revoloteaba como una mariposa en el pecho. «Paciencia», se recordó. Debía esperar, y solo pronunciar las palabras precisas en el momento oportuno. Porque, en primer lugar, tenía que manipular el debate e introducir en la cabeza de los miembros del Consejo el germen de una idea firme y clara; y lo más complicado de todo: hacerles creer que tomarían una decisión por consenso y voluntad propia, y no a través de la conducción deliberada de sus frases y palabras—. No tan rápido, amigo —sonrió—. No precipitemos acontecimientos. La pregunta que primero debemos plantearnos es la siguiente: ¿cuáles son los temas que hoy en día más preocupan a los condotieros?

—El ahorro...

—... la eficacia...

—... y el rendimiento —respondieron.

—Es decir, que los señores de la guerra cuidan del material y de los hombres, porque tanto los unos como los otros resultan costosos, y no es cuestión, una vez acabada la guerra, de que el balance arroje déficit. Tampoco olvidemos que cada señor de la guerra, cada condotiero, ha aspirado, de una forma más o menos abierta, a la hegemonía sobre toda Italia, mientras las repúblicas comerciantes, como Venecia y nuestra Florencia, lo han hecho por el control de la banca y el comercio; Milán, hasta hace poco, por la ambición desmesurada de los Sforza, que se apropiaron por la fuerza del poder que antes ostentaban los Visconti; Nápoles, a punto de caer en manos del rey de Aragón, por el poder que le da este vínculo con España; y Roma, por ser el centro espiritual del mundo cristiano. Y en tanto que soberano, el papa Alejandro Borgia ejerce más como un monarca llamado a hacer la guerra que como un pastor de almas.

—Y en esas nos encontramos —gruñó uno—. Las ambiciones desmedidas del hijo del papa no le dan tregua a nadie.

—Estoy de acuerdo. Las violentas rivalidades de César Borgia estallan a menudo en forma de asedios violentos y frenéticos saqueos.

—Y de violaciones y asesinatos en masa.

—César Borgia ya ha conquistado Imola, Forlì y Pesaro.

—Y también Faenza, Rímini y Cesena.

—Y ha puesto los ojos en Florencia.

—Sus ejércitos se acercan.

—Nuestras arcas están prácticamente vacías.

—Y carecemos de tropas para defender la ciudad.

Nicolás Maquiavelo se puso en pie muy despacio, haciendo caso omiso a la punzante voz interior que lo instaba a precipitar el objetivo que pretendía alcanzar. «Elocuencia, discreción, cautela, temple y sosiego», se dijo. Los miembros del Consejo no podían, ni por un instante, sospechar de su intención.

—No es un secreto que los Borgia aspiran a la hegemonía total de Italia —dijo con voz prudente—, y, además, están trabajando arduamente en ello. César Borgia es joven, un hombre de veinticinco años, y muchos ven en él a un simple aventurero que altera Italia por la sola ambición y la impaciencia de obtener un reino.

—Sí, es un conquistador cuyos intereses sobre la Romaña son perjudiciales para nosotros. Y, en efecto, se ha asociado con los franceses.

—El joven Borgia es una fiera lanzada a la arena política con inmensos apetitos y una energía indomable. Pero no es más que un debutante. ¿Por qué tanto miedo? —planteó uno.

—Porque no lo conocemos bien —replicó Maquiavelo—. No lo hemos observado de cerca. No sabemos de César Borgia otra cosa que lo que algunos interesados cuentan.

—Sabemos que desprecia Florencia.

—Como desprecia todas las democracias.

—Desdeña a nuestros banqueros.

—Y también a nuestros comerciantes de lana y seda.

—¡Por su culpa, por su propia culpa!, por considerarse todos ellos, cuando no lo son, hombres de Estado.

Se acercaba el momento decisivo. Maquiavelo lo percibía en el ambiente. Tomó las riendas del asunto con sensatez y manifestó:

—Es indudable que entre nuestra ciudad y César Borgia existe una hostilidad casi imposible de apaciguar. De entrada, porque nosotros nos hemos empeñado en mantener el *statu quo*, mientras que Borgia ansía trastornar y reorganizar toda Italia; y porque desde Florencia hemos pretendido obstaculizar su carrera y no obedecer las órdenes de este condotiero vaticano que posee, sin duda alguna, el más intenso anhelo de una monarquía absolutista. No hay lugar a las dudas: César Borgia tiene madera de rey. Y piensa como tal. O actuamos, o nos someterá.

Un silencio repleto de pánico y miedo dominó con sus terribles suposiciones el despacho del Palazzo Vecchio. Poco a poco, los miembros del Consejo fueron retomando la palabra.

—¿Y bien? ¿Qué hacemos?

—No podemos quedarnos de brazos cruzados, evidentemente.

—Pero ¿cómo saber cuál es la elección más conveniente?

—¿Qué decidiremos?

Maquiavelo aguardó paciente hasta que se produjo la pausa que esperaba, y entonces se dijo con audacia: «Ahora». Y, midiendo el tono de su voz, expuso:

—Todos los medios son buenos con tal de defender la patria; si se trata de deliberar sobre la suerte de Florencia, no hay que detenerse ante ninguna consideración de justicia o injusticia, de humanidad o crueldad, de vergüenza o de gloria; el punto esencial que debe primar sobre todos los demás es asegurar nuestra salvación y libertad.

—No podría estar más de acuerdo. Llegados a este punto, y dada la situación, si alguien tiene alguna idea, cualquier propuesta por disparatada que parezca, deberíamos acogerla con buenos ojos.

Los miembros del Consejo ya eran suyos. Maquiavelo tomó aire hondamente, siempre pendiente de que no se advirtieran ni en su expresión ni en su voz sus verdaderos intereses.

—Ofrezcamos un trato a César Borgia —sugirió—. Obviamente no podemos enfrentarnos a él, de modo que, si el fin justifica los medios, la mejor opción de la que disponemos para garantizar la paz de Florencia es pagarle la cantidad económica que considere adecuada.

El Consejo debatió largo y tendido sobre la cuantía propicia. Tras largos y enrevesados juicios y disentimientos, se llegó a la conclusión de que la Señoría podría afrontar un desembolso de treinta y seis mil ducados durante tres años.

—Aun con todo —dijeron—, un diplomático deberá negociar en persona los términos con Borgia.

Maquiavelo guardó silencio.

—Nicolás, tú ya has tomado parte en complejas misiones diplomáticas. Has tratado, entre otros, con los franceses y con Catalina Sforza.

«Dilo despacio y que no te tiemble la voz», pensó Maquiavelo. «Ahora es cuando me propones para esta nueva misión, creyendo erróneamente que tú solo has pensado esta idea.»

—Sugiero que sea Nicolás quien asuma la responsabilidad de tratar con César Borgia.

«Perfecto.»

—Sí, aunque Nicolás es joven, no podemos pasar por alto su experiencia.

El resto de los miembros se mostró de acuerdo.

Maquiavelo asintió.

—Si esa es la última voluntad de los representantes de la Señoría, la aceptaré. —Y sonrió amplia y satisfactoriamente por dentro.

Su plan se estaba desarrollando tal y como previamente lo había diseñado. Porque el encuentro con César Borgia habría de suponer el momento más decisivo en su vida, ya que lo iba a situar frente a frente con el hombre al que mayor interés tenía en conocer. En su interior vibraba algo inmaculado y altanero. Sintió cómo la fuerza palpitante de una nueva misión se transmitía igual que un relámpago entre las yemas de sus dedos. El gesto irónico en sus labios cambió, y en su rostro apareció una expresión extrañamente cándida.

«Cuando llegue el momento, partiré de Florencia y me encontraré con César Borgia», pensó.

—Cualquiera diría que conocer al hijo del papa es lo que has deseado desde un principio, Nicolás.

«Por supuesto.»

—De ser así, no lo reconocería en voz alta, ¿cierto?

Se rieron.

«A menos que intuyera que no creeríais la verdad aunque os la confesara.»

20

Casa de Buonarroti, barrio de Santa Croce, Florencia, mediada la primavera de 1501

Aquel atardecer Miguel Ángel se sentó cruzado de piernas en el suelo de su antigua habitación. El círculo de la luna resplandecía muy blanco a través de las ventanas. Cerró los ojos, y mientras le hablaba al Creador celestial, empatizó con su padre y entendió, en la medida de lo posible, sus dilemas. Lodovico solo quería que su hijo fuera feliz, aunque no comprendiera que trabajar la piedra para hacer esculturas pudiera satisfacer a nadie. Su padre era mayor y se anclaba a sus costumbres. Probablemente no cambiaría jamás, pero estaba haciendo un esfuerzo considerable por aceptarlo.

Miguel Ángel centró sus reflexiones en «la piedra de Duccio» y rezó una oración:

—«Espero al Señor, lo espero con toda el alma; en su palabra he puesto mi esperanza.»

Salmos, capítulo 130, versículo 5.

Pero Dios no respondió a sus súplicas. Seguía mudo en actos y palabras.

El rostro malicioso de Leonardo irrumpió en sus pensamientos.

«Si me quedo en Florencia, tendré que enfrentarme a él para conseguir trabajos y encargos.»

¿No sería más fácil y productivo abandonar la ciudad y buscar algún lugar donde no tuviera que entablar batalla con un artista famoso, mucho más famoso que él? Siempre podía volver a Siena y centrarse en el retablo para el cardenal. O pedirle a Dios que lo guiara hasta una nueva ciudad. En lugar de eso, oró por que le concediera fuerzas para quedarse. No permitiría que aquel pintor lo expulsase de su hogar. Leonardo da Vinci había recibido su educación en Florencia, pero también Miguel Ángel.

«También es mi ciudad.»

¿Por qué no iba a ser capaz de competir por «la piedra de Duccio»? Leonardo ni siquiera era escultor.

El deseo de tallar el mármol crecía cada vez con más fuerza y deseo en su interior. Si Miguel Ángel seguía la senda de su arte, ¿no podría él, de algún modo, elevar el nombre de los Buonarroti? Necesitaba alguna forma de conseguir dinero. Necesitaba aquel encargo.

«Soy un experimentado tallista. Mi nombre empieza a conocerse. ¿Por qué iba a apartarme? ¿Solo para que un pintor se apropie del legendario bloque de mármol? Puede que Leonardo sea un gran maestro, pero está envejeciendo y sus diseños quedan anticuados. Yo, por el contrario, soy joven y entusiasta. Y mi carrera no ha hecho más que comenzar.»

Otra oración brotó de pronto en sus labios:

—«Al de carácter firme lo guardarás en perfecta paz, porque en ti confía.»

Isaías, capítulo 26, versículo 3.

No abandonaría Florencia. Se quedaría y no se conformaría con un aburrido puesto en el Gobierno.

«Me propondré a mí mismo para tallar "la piedra de Duccio", y no solo competiré por el encargo, lo conseguiré. Tiempo atrás dejé esa edad en la que se es joven. Y ahora, una nueva época se abre definitivamente a mi destino.»

Con los dientes apretados y una expresión adusta y concentrada se dijo a sí mismo: «Ha llegado el instante decisivo: olvida al aprendiz, conviértete en maestro».

Ensimismado, mirando hacia la ventana, con la luz de la luna blanca brillándole en los ojos, Miguel Ángel susurró de nuevo a los cielos:

—Dios mío, haz que yo siempre pueda desear más de lo que puedo lograr. Te espero, Señor, te espero con toda el alma; en Tu palabra he puesto mi esperanza.

De momento se había reconciliado con su padre; le quedaba hacer las paces con Dios.

21

Basílica de la Santissima Annunziata, Florencia, mediada la primavera de 1501

Aquel atardecer, Leonardo le pidió a Salai que se marchara a dormir a otra habitación. Una vez se quedó a solas, abrió las ventanas y, con los ojos cerrados, prestó oídos a los sonidos nocturnos de la ciudad.

Media docena de velas iluminaba con su luz ambarina la estancia. El silencio que caía en todas las dependencias de la basílica era sepulcral. Por fin, Leonardo se decidió a abrir los ojos y miró al frente. Pero no distinguió nada en Florencia que captara su interés, porque los albores de «la piedra de Duccio» aún resplandecían extraordinariamente en su memoria.

«De la roca más bella extraeré la más bella escultura; crearé algo a lo que generaciones posteriores no darán crédito, por más y más veces que se les cuente.»

En primer lugar, Leonardo miró hacia el norte de la ciudad. Vio las murallas de Florencia que brillaban bajo un cielo cristal azulado, con los muros cada vez más fríos y sombríos a medida que el recuerdo del calor primaveral de ese día era más y más lejano.

Y entonces Leonardo da Vinci miró más allá de Florencia, más allá de las colinas de la Toscana, más allá de los bosques interminables cubiertos de hojas verdes y ramas ocres, más allá de las orillas florecidas y los grandes ríos de Europa, más allá de las estepas asoladas en las que nada podía crecer ni vivir. Leonardo miró hacia el norte, y más al norte, y más al norte, hacia el telón de luz que colgaba al final del mundo, y más allá del telón. Y entonces, solo entonces, volvió la mirada hacia lo más profundo de su corazón, y en aquel preciso instante dejó escapar un grito de euforia, y el calor de las lágrimas le abrasó las mejillas, porque ya se perfilaba en su mente la escultura que iba a crear, y la forma definitiva que adoptaría.

22

Casa de Giocondo, Florencia,
finales de primavera de 1501

Él avanzaba despacio hacia el interior de sus muslos rosados, en un instinto primitivo que no tenía razón de ser, en un arrebato impensado, y con una lengua cálida y húmeda acariciaba largo tiempo el calor alojado entre las piernas abiertas de su mujer. Mona Lisa yacía en la cama desnuda, totalmente entregada al deseo y a la lujuria, concentrándose en ella toda sensación de placer. Muy excitada, temblaba cada vez que su marido recorría su cuerpo caliente con aquellos labios ardientes, resueltos y decididos.

Ella se abandonaba al gozo de la maravillosa sensación que tan intensamente la invadía, a aquella pasión desmedida, a aquel magnetismo animal que los conectaba, y tras una sucesión de jadeos lograba suspirar:

—Francesco, entra en mí...

Mona Lisa fijaba una mirada penetrante en los ojos de su ma-

rido, quería transmitirle la idea de que algo realmente maravilloso estaba a punto de sucederles.

—Entra ya en mí...

23

Pero él no obedecía, él esperaba, él decidía perderse durante
más tiempo en los recovecos que el cuerpo desvestido de Lisa le
ofrecía. Besaba y lamía desenfrenadamente cada porción de su pecho, mordisqueaba y relamía los pezones endurecidos de su mujer, con aquella firme voluntad y delirio, con semejante determinación que la habitación más parecía pertenecer a un mundo en el
que exclusivamente primara el apetito carnal.

Francesco di Giocondo se perdió después en el cuello y en los
lóbulos de las orejas de ella, hasta que sus labios se encontraron y
se besaron. Y cuando ninguno de los dos pudo soportarlo más,
Lisa lo abrazó con las piernas y lo atrajo con delicadeza hacia sí,
y entonces él introdujo su miembro erecto en ella con suavidad y
firmeza. Pero la penetró despacio, muy despacio, casi irritablemente despacio, hasta que al fin su duro órgano sexual se alojó
completamente entero en lo más secreto de su mujer.

Sus cuerpos ardían, sudaban y se agitaban lentamente, el uno
encima del otro, a la luz crepuscular de un hermoso atardecer de
junio. Y en una acción que combinaba movimientos rítmicos y
acelerados, encerrados en un mundo que no atendía ni a la lógica
ni a la razón, ellos, plenamente entregados, alcanzaron al unísono el punto culminante de mayor satisfacción, temblando sus
cuerpos descontrolados instantes después, siempre unidos y abra-
zados. Él se fundía en ella y ella se fundía en él, en un único ser; y
solo entonces a Francesco lo invadió una paz absoluta, aflorando
en los labios de Lisa una mueca distinta, apenas definida, aunque

daba la impresión de que sonreía. De ser así, se trataba de una sonrisa absolutamente extraordinaria, quizá el compendio de la más feliz satisfacción carnal.

Él seguía abrazado a ella cuando susurró:

—Me encantaría retratarte.

Ella se envolvía en los brazos de él cuando se burló:

—Tú no sabes dibujar.

Mona Lisa volvió su cuerpo en la cama y le ofreció un beso largo y dulce a aquel hombre, viudo de dos esposas, que la doblaba en edad, pero que siempre la había tratado con respeto y amabilidad.

—Encontraré al pintor apropiado y le encargaré un retrato —dijo él.

—¿Estás pensando en alguien en concreto? —se interesó ella.

—¿No se ha mudado a Florencia ese famoso artista que tantos años trabajó para los Sforza en Milán?

—Sé a quién te refieres; hace unos días me crucé con él en el Ponte Vecchio.

—Daré con ese pintor, y así tu rostro quedará plasmado en un lienzo para siempre.

Mona Lisa, aún sonriente, se ocultó los pezones y el pecho con las sábanas de lino. Y un tanto ruborizada, murmuró:

—¿Deseas que Leonardo da Vinci me retrate para toda la eternidad?

CAPÍTULO V

1

Casa de Buonarroti, barrio de Santa Croce, Florencia, comienzos de agosto de 1501

Las llamas rojas y azuladas murmuraban delicadamente en la chimenea del hogar, donde se cocía un pedazo de carnero en un puchero. Miguel Ángel apreció vagamente el olor dulzón de la resina ardiendo y se quedó unos minutos observando el fuego con aquella mirada fría y perdida. Luego extrajo de una carpeta los bocetos que había diseñado durante meses y se acercó a la ventana. No se apreciaba en su rostro ninguna expresión aparente, entretanto ojeaba los bocetos que había dibujado en las últimas semanas. Tras observar exhaustivamente los papeles, ahogó un grito de euforia cuando dio con la cuartilla que ansiaba encontrar, y suspiró:

—El genio es paciencia eterna. Pero me he hartado de esperar.

Lo acometía un oscuro pensamiento: el de la enorme injusticia y necedad que supondría que el encargo de esculpir «la piedra de Duccio» no se destinara a sus manos.

2

Alrededores de la basílica de la Santissima Annunziata, Florencia, comienzos de agosto de 1501

La incertidumbre dominaba por entero a Leonardo da Vinci. Débiles llegaban a sus oídos los rumores de toda Florencia: las canciones que se entonaban en las tabernas y las conversaciones aisladas en los callejones; los cascos de los caballos retumbando en el suelo y el susurro del fuego en los hogares. El cielo seguía encapotado en el oeste; a lo lejos retumbaba el trueno y los relámpagos parpadeaban entre las cimas de las colinas invisibles de la Toscana.

Leonardo caminaba despacio hacia la iglesia mirando las estrellas en aquel cielo estival y despejado hacia el norte. Un amago de dudas, en absoluto desconocido, irrumpió súbitamente en sus pensamientos: ¿Y si había ido demasiado lejos en sus diseños preparatorios para «la piedra de Duccio»? Y se recriminó: «Siempre acabo yendo demasiado lejos».

Una ráfaga de viento le silbó en los oídos y la túnica que vestía se sacudió en un sordo frufrú. Eran noches cálidas, aquellas de agosto en Florencia, pero de pronto resopló en su interior un aliento helado que le hizo rememorar con gran nitidez, en un primer pensamiento claro, igual que un relámpago de fuego blanco, la silueta de Buonarroti.

A sus oídos había llegado la noticia de que Miguel Ángel participaría en el concurso público para la adjudicación del más famoso de los bloques de mármol.

«Es el escultor más adelantado de la ciudad», reconoció. «¿Y si llegara a arrebatarme el encargo? ¿Y si todo se desmorona para mí y ante mis ojos?»

«Tal vez Miguel Ángel sea más avezado que tú trabajando la roca», replicó una voz interior e independiente. «Pero la Oficina de Trabajos Catedralicios te ha prometido "la piedra de Duccio". Y olvidas algo esencial: tú eres Leonardo da Vinci.»

3

Casa de Buonarroti, barrio de Santa Croce,
Florencia, mediados de agosto de 1501

Su hermano Giovan Simone entró en el salón, se le acercó y le deseó una buena noche y un sueño profundo.

Miguel Ángel le devolvió el saludo sin apartar la vista de los bocetos.

—¿Todavía sigues con esas, hermano? —Y en un movimiento rápido e inesperado, Giovan Simone le arrebató los dibujos de las manos.

—¡No los acerques al fuego! —bramó Miguel Ángel enloquecido en un ataque de pánico.

Su hermano, cuatro años menor que él, contestó con suma tranquilidad:

—No te enfurezcas. No voy a quemarlos. Aunque quizá debería, por tu bien, pues no acabo de entender tu obstinación por conseguir ese dichoso pedrusco. —Y siguió curioseando con ojos vivos los dibujos.

Miguel Ángel gruñó:

—No es necesario que tú lo entiendas.

—Padre comentó que ese encargo recaerá en manos de otro artista, de un artista de verdad.

—«La Oficina» todavía no ha decidido quién se hará cargo de la talla de ese bloque.

—Le otorgarán el pedrusco a Leonardo da Vinci, ¿me equivoco?

—El asunto se resolverá este próximo dieciséis de agosto.

Su hermano perseveró:

—Pero, aunque falten pocos días, parece que ya se ha dictado sentencia sobre el destino del pedrusco.

—No de manera oficial.

—No logro seguir la lógica que lleva a tu empecinamiento.

¿Por qué te obcecas en presentarte a un concurso público en el que participa Leonardo da Vinci?

—No pronuncies su nombre.

—¿Qué sucede? ¿Te asusta oírlo?

—Cállate.

—Leonardo da Vinci —canturreó Giovan Simone con sorna; luego, su gesto burlón cambió a uno de completa seriedad—. Me voy a dormir. Oraré para que no desesperes en tu intento, hermano, para que tus esperanzas no se consuman como la leña en el fuego.

Miguel Ángel, que aún contemplaba las llamas arder en la chimenea, abrió la boca y, tras pensárselo dos segundos, la cerró.

«Leonardo da Vinci.»

Prefirió no comentar nada y guardarse sus inquietudes, pues todavía desconocía cómo se había originado aquella rivalidad y bajo qué principios funcionaba. No tenía ni idea de qué iba a ocurrir a partir de entonces. Pero no le importaba. No debía sentir miedo. Independientemente de lo que lo aguardase, consiguiera o no vencer a Leonardo da Vinci en la disputa por el bloque de mármol, sobreviviría en aquel mundo y en aquella ciudad, y encontraría su camino, jamás se rendiría ni perdería el ánimo, siempre y cuando no perdiera de vista el motivo para el que había nacido, ni olvidara cuál era su destino.

4

Basílica de la Santissima Annunziata, Florencia,
mediados de agosto de 1501

Aquella noche de agosto, Leonardo da Vinci se acostó entre dos de sus aprendices.

Ya fuera en Milán o en Florencia, desde hacía años nunca faltaba compañía en su cama. Siempre andaba rodeado de amigos, de admiradores y de discípulos, pero, a medida que se acercaba el día de la concesión de «la piedra de Duccio», en su fuero interno se sentía cada vez más solo; quizá porque nadie a su alrededor entendía verdaderamente la magnitud de recibir aquel maravilloso encargo, tal vez porque en menos de un año cumpliría los cincuenta y aquella cifra le enviaba, a todas luces, el convincente mensaje de que una etapa de su vida concluiría y de que otra, absolutamente desconocida, nacería ante sus ojos.

Tras regresar a la basílica de la Santissima Annunziata, Leonardo recorrió todas las estancias con el único fin de encontrar a Salai y de hacerle el amor hasta el amanecer, buscando, quizá, un refugio carnal que lo alejara de aquel devorador sentimiento de soledad. Y lo encontró. Salai, «el Diablillo», yacía entre sábanas con un joven hermoso de ojos verdes y cabello oscuro, otro aprendiz de su edad; veinte años. Leonardo sonrió al verlos desnudos ejerciendo lo que él denominaba *l'amore masculino*. Les pidió que se vistieran y lo acompañaran a otra habitación.

Una vez bloqueada la puerta, los dos aprendices se abalanzaron sobre el maestro y con anhelo comenzaron a desvestirlo de arriba abajo. Leonardo se dejó llevar y sonrió solo por dentro, porque, aunque se sentía cansado, muy cansado, no impidió que lo arrastraran a los dominios de una hermosa y enérgica juventud que en su vida resultaba, cada día que transcurría, más y más lejana.

5

Casa de Buonarroti, barrio de Santa Croce, Florencia, mediados de agosto de 1501

Cuando subió a la habitación, su hermano Giovan Simone lo esperaba, y se disculpó:

—No quería que en el salón mis palabras sonaran de forma grosera.

—No te guardo rencor.

Giovan Simone se llevó un dedo reflexivo a los labios y reconoció:

—Hace meses os oí discutir a padre y a ti. —Y al decirlo, dio la sensación de que había permanecido largo tiempo en silencio, esperando el momento oportuno—. Tal vez no os dierais cuenta, pero yo escuchaba sentado en la escalera.

—¿Y bien?

—Considero que, en cierto modo, padre llevaba razón.

—¿En qué parte? —preguntó Miguel Ángel casi con ansias.

—En la parte en que te aconsejó contraer matrimonio. Y estoy de acuerdo: deberías casarte, Miguel Ángel. Ahora, en esta casa, eres el mayor de todos los hermanos y, por tanto, mayor es tu responsabilidad. Una buena boda sería beneficiosa para ti y para todos nosotros. No pretendo imponerte el modo en que has de obrar, solo considéralo. —Miguel Ángel se quedó mirándolo sin expresar ni decir nada—. Dejaré que descanses. Buenas noches. —Su hermano se despidió y salió de la habitación tras enviarle una sonrisa tímida aunque cariñosa.

No, Miguel Ángel nunca había tenido en mente la posibilidad de casarse porque, para empezar, no era el sexo de las mujeres el que deseaba. Además, siempre había ignorado los placeres físicos, en los que se dignaba a participar, reprimido, sin duda alguna, por una insuperable timidez que a menudo era la contrapartida del sentimiento de superioridad que lo embargaba.

Se había creado una imagen concreta de lo que las personas debían ser para que se las pudiese amar, y no les perdonaba que no se pareciesen a ese ideal, aun sabedor de que un ideal es aquello que no se puede alcanzar. Porque el amor, para él, se convertía en lucha y en motivo de derrota o de triunfo. Y no quería fracasar, y aún menos despertar la ira de Dios en caso de que compartiera su intimidad con otros hombres, por lo que reprimía sus impulsos más carnales.

Siempre había soportado la soledad con orgullo, pero no sin sufrir por ella. A diferencia de Leonardo da Vinci, a quien veía por las calles de Florencia seguido de cerca por decenas de incondicionales, Miguel Ángel había encontrado en la soledad un motivo de satisfacción, una fuerza.

Una voz interior le susurró:

«Leonardo da Vinci siempre va acompañado; tú, en cambio, estás solo, como el verdugo.»

6

Basílica de la Santissima Annunziata, Florencia, mediados de agosto de 1501

Una vez consumado y saciado su deseo sexual, Leonardo se vistió y se sentó a la mesa frente a sus cuadernos de notas. Salai y el otro joven, de nombre Vittore, permanecían tumbados y desnudos sobre la cama. Hablaban con tranquilidad, sin cesar. Su conversación resultaba, cuanto menos, superflua. Aunque se hallaban a escasos pasos de la mesa de trabajo, las voces de los jóvenes llegaban distantes y amortiguadas a los oídos de Leonardo.

El maestro ya no sentía deseo alguno, y sus aprendices tampoco parecían tener muchas ganas de volver a hacer el amor; solamente recorrían sus cuerpos con las manos, murmurando en voz baja, a intervalos, sonrientes bajo el efecto incandescente que emitía la luz y el calor de las velas sobre la habitación.

De pronto, Vittore, el joven de cabello moreno y ojos verdes, se asustó:

—¿Y si los monjes que nos dan alojamiento nos descubren así?

—Nos recordarán que el pecado contra natura es perseguido y penado —intervino Salai de manera irónica.

—¡Exacto! Si nos sorprenden, si nos señalan por mantener relaciones anales entre nosotros, podrían entregarnos a los *ufficiali di notte*.

Leonardo levantó una mirada curiosa de los cuadernos, se atusó las barbas y observó al joven con cierta peculiaridad.

—En ese caso —dijo—, no habría forma posible de saber la identidad del delator que nos denunciara.

Vittore, con el rostro totalmente crispado, quiso saber la razón; Leonardo se lo explicó:

—Porque las acusaciones por sodomía se realizan de forma anónima, muchacho.

—Y se depositan en los *tamburos* —añadió Salai desde la cama con sonrisa diabólica—, las urnas que se distribuyen con ese propósito por la ciudad y que hacen las veces de receptáculo de esas denuncias.

—Además —siguió Leonardo—, te interesará saber que la mayoría de los denunciados resultan ser, como tú, menores de treinta años; jóvenes que, por otra parte, suelen optar por el rol pasivo entre sábanas. —Aquellas palabras no parecieron calmar demasiado a Vittore, todo lo contrario, lo intranquilizaron. Se incorporó de un salto y empezó a vestirse con rapidez, alarmado, visiblemente consternado, mientras Salai se carcajeaba en silencio, aún desnudo en el camastro—. Ve a descansar y no temas —le aconsejó Leonardo—. Nadie te ha visto entrar aquí, nadie dirá nada. Tienes mi palabra. Yo te protegeré.

—¿Me protegerás de los *ufficiali di notte*, maestro? —balbució Vittore bastante asustado.

—Muy a mi pesar, los «vigilantes de la noche» persiguen la práctica clandestina del placer del que acabamos de disfrutar, sí, pero mantén la calma, ya que no se distinguen por su crueldad.

—¿Ah, no?

—No. Verás, pese a su labor represora y punitiva, suponen, de hecho, un avance respecto a las sanciones que en épocas anteriores se ejecutaban en Florencia.

—Aun así, ¿castigan a muchos? ¿Es elevada la cifra de denunciados?

—El promedio ronda los cuatrocientos hombres por año —respondió Leonardo con total indiferencia.

Vittore palideció de miedo.

—¡Qué barbaridad! Maestro... —tembló su voz—. Pero... si me descubriesen... ¿qué me podría pasar?

—¿En el peor de los casos?

—En el más trágico de ellos.

Leonardo reflexionó unos instantes y dijo:

—Bien, ser un «rompezapatos» constituye un delito, y entre las penas establecidas por sodomía, crimen que acabas de cometer, y además por partida doble, todavía permanecen vigentes sentencias tales como la castración y la muerte en la hoguera. Se rumorea que la forma favorita de extraer una confesión es el *strappado*, un castigo en el que los brazos del condenado se atan a su espalda y se sacuden violentamente una y otra vez hasta que se rasgan los cartílagos y las articulaciones se descoyuntan. —Dicho esto, Leonardo enmudeció; la expresión de Vittore se tornó fantasmal. Daba la impresión de que había enfermado en cuestión de segundos. Se apresuró a terminar de vestirse y, sin despedirse siquiera, salió corriendo como alma que lleva el diablo de la habitación—. ¡Qué prisas! —exclamó Leonardo, divertido—. No me ha dejado terminar, Giacomo; precisamente cuando iba a aclararle que la mayoría de las condenas por sodomía se sancionan con una simple multa.

Salai continuó desternillándose de risa en la cama; era aquella combinación de hilaridad e insolencia lo que fundamentaba su pasión por Salai, porque Leonardo amaba a aquellos capaces de sonreír en medio de los problemas, a quienes pueden tomar fuerzas de la angustia y crecer valientemente por la reflexión.

—La facultad que más admiro en ti, maestro, es la confianza que demuestras tener en ti mismo. —Salai se incorporó y empezó a vestirse lentamente, y lo hizo de ese modo, despacio, porque le satisfacía prolongar la irresistible sensación de ver a Leonardo da Vinci devorándole el cuerpo con la mirada. Un cuerpo en el que Leonardo, rindiendo culto a Platón, idealizaba el amor erótico hacia los jóvenes hermosos. Y objetó:

—No se trata de confiar en uno mismo, Giacomo, sino de intentar proyectar una visión de absoluta normalidad sobre los acontecimientos.

—Quizá tu perspectiva de las cosas alcance más amplitud que la nuestra, pero la mayoría de la gente se abochorna cuando salen a relucir ciertos temas.

Leonardo asintió.

—Adelante, desarrolla esa idea.

Salai, ya vestido, tomó aire y dijo:

—Maestro, yo creo entender, en la medida de lo posible, la percepción que tienes del mundo, pues he vivido a tu lado casi desde que tengo memoria, y algo he aprendido al verte obrar. Pero no culpes al joven que acaba de salir corriendo por esa puerta —Salai la señaló con un gesto vago de la cabeza— por tener una concepción distinta de lo correcto y lo incorrecto, de lo ético y lo moral, de si el castigo por practicar la sodomía es justo o injusto. Hay muchos, como Vittore, que nunca llegarán a plantearse ese tipo de cuestiones, ya que la moral cristiana ejerce una influencia y un dominio total sobre sus conciencias y acucia la frecuencia con la que se manifiesta la sensación más absoluta de culpabilidad: el remordimiento. Por tanto, si la sodomía se considera un crimen, los jóvenes como él, y también muchos viejos, nunca se plantearán el porqué, simplemente lo aceptarán, para así evitar que los invada un sentimiento de culpa, y procurarán no hablar, en este caso, de su pene y aún menos del uso que hacen de él.

Leonardo le envió una sonrisa cargada de satisfacción y dulzura.

—Me conmueves, Giacomo. Empiezas a reflexionar como un hombre culto, como un filósofo. —Seguidamente, se burló con simpatía—. ¡Lástima que tu afán por las fechorías entorpezca a menudo tu camino hacia la sabiduría! Aun con todo, me parece curioso que la gente se avergüence a menudo del pene y que a los hombres les dé reparo hablar del tema. Pues del miembro masculino se ha discutido enérgicamente y desde tiempos pretéritos. —Y se explicó—: En la mitología griega, el pene gigante del dios Príapo se asociaba con las buenas cosechas y la prosperidad económica. O recuerda algunas de las costumbres de los antiguos romanos, quienes usaban amuletos fálicos contra el mal de ojo. Encontrarás muchos ejemplos más acerca del pene, Giacomo. Por tanto, me parece un error que el hombre se avergüence de mencionarlo, cuando no de enseñarlo, porque el pene siempre cubre o esconde algo que debería adornarse y exhibirse con toda solemnidad.

Leonardo guardó silencio y, mientras le aguantaba una mirada pasional a Salai, dejó volar sus pensamientos: «A un nivel más profundo, mi pecado contra natura parece haberse manifestado en el hecho de sentirme distinto a los demás; soy alguien que no acabada de encajar en este mundo. Sin embargo, al igual que con muchos otros artistas antes que yo, esto ha resultado ser, a lo largo de mi vida, más un estímulo que un obstáculo».

Después de que Salai cayera profundamente dormido, Leonardo fue apagando las velas de la estancia con las yemas de los dedos. Todas salvo una, la que utilizó para iluminar sus cuadernos mientras anotaba pausadamente algunos comentarios. La conversación en torno al género había estimulado, cosa extraña, su genio, y en una sección de sus hojas tituló *De la verga*, y de esta escribió: «A veces demuestra pensar por su cuenta y, aunque la voluntad del hombre quiera estimularla, sigue, obstinada, su propio camino, y en ocasiones actúa por cuenta propia, sin permiso ni conocimiento del hombre. Tanto despierta como dormida, hace lo que quiere. A menudo, el hombre está dormido y la verga despierta, y, otras veces, el hombre se encuentra despierto y ella dormida. En ocasiones, el hombre quiere utilizarla y ella no. Y de vez en cuando es ella la que quiere y el hombre se lo prohíbe. Así pues, parece que esta bestia posee un alma y una inteligencia independientes al hombre».

8

Casa de Buonarroti, barrio de Santa Croce,
Florencia, 16 de agosto de 1501

Miguel Ángel se contemplaba desnudo y en silencio frente a un espejo roto y polvoriento. ¿La razón? En la imagen y su reflejo descubría la representación de una nítida simbología, una alegoría, porque el espejo estaba destrozado, igual que cualquier sospecha de belleza en su rostro, y sucio, como la totalidad de su cuerpo. A su vez, su talento se encontraba desvestido, al descubierto, ante el juicio inminente de quienes no poseen ingenio alguno pero deciden con frecuencia sobre el futuro del artista. Aquella era una terrible verdad. ¿Por qué? Porque durante largas jornadas, desde el alba al ocaso, Miguel Ángel había trabajado en el diseño original de una estatua digna de convertirse en parte de la historia de Florencia. ¡Cuántos meses había pasado estudiando la historia de la escultura en las bibliotecas de las iglesias!, ¡y a cuántos florentinos había analizado y bosquejado en los rincones más emblemáticos de la ciudad!, en la plaza del Duomo, en el Ponte Vecchio, en la plaza de la Señoría... Por tanto, tras meses de un esfuerzo considerable, se había alcanzado el punto en el que otros decidirían arbitrariamente si su trabajo sería o no meritorio de recibir el encargo de tallar «la piedra de Duccio».

«Un jurado compuesto por miembros con conocimientos insuficientes de arte va a determinar mi porvenir.»
Sí, aquella era la terrible verdad.

9

Basílica de la Santissima Annunziata, Florencia,
16 de agosto de 1501

La imagen que resplandecía en el espejo poseía una belleza y una gracia infinitas, un cuerpo atlético y proporcionado dotado de unas cualidades extraordinarias, de un atractivo incalculable, el esplendor de una figura que no se podía describir con la exactitud conveniente. Leonardo da Vinci, completamente desnudo frente al espejo, utilizaba un cepillo para peinarse con suma delicadeza las ondulaciones de sus barbas y cabellos.

Se hallaba frente a una pincelada del destino, a escasos instantes de resolverse el concurso público y de alcanzar el cénit de su profesión, la consumación de su carrera, en el mismo lugar en que comenzara unos treinta años atrás: en el taller exterior de la plaza del Duomo, cuando fuera aprendiz y diseñara una grúa que ayudó a su maestro Verrocchio a rematar el tejado cónico de la catedral de Santa Maria dei Fiore.

En primer lugar, Leonardo se lavó despacio el cuerpo con agua y jabón y después lo perfumó con una fresca fragancia que recordaba al olor de las lilas abiertas en flor. Luego se vistió con su mejor túnica violácea de satén, adornada con una capa plateada, medias a cuadros y zapatos verdemar, y sonriente suspiró:

—«La piedra de Duccio» me otorgará un éxito legendario.

Con el apoyo financiero de Florencia, pasaría el resto de sus días estudiando matemáticas, biología, filosofía, artes plásticas y diseño, ingeniería, anatomía, óptica, geografía y, por supuesto, la doctrina que más a fondo ansiaba investigar: todo lo relativo y perteneciente al vuelo.

Aquella era una hermosa verdad.

10

Casa de Buonarroti, barrio de Santa Croce, Florencia, 16 de agosto de 1501

«¿Cuándo fue la última vez que me bañé?»

El escultor hizo cálculos en vano; estimó un plazo de, aproximadamente, diez o doce días. Y le parecieron pocos, pues Miguel Ángel sostenía la firme creencia de que debía transcurrir, al menos, un mes antes de que una persona se diera un baño. Frotarse con agua fría no solo provocaba que las gentes enfermaran con mayor asiduidad, también era un sacrilegio desprenderse de la mugre que Dios les proporcionaba. Pero aquel día estaba dispuesto a romper las normas, porque Leonardo da Vinci se personaría en la plaza del Duomo, sin duda alguna, inmaculadamente acicalado y oliendo a perfume floral.

Después del aseo, Miguel Ángel se vistió con una túnica negra mientras oía en la distancia repicar las campanas de la catedral. Aún tenía tiempo suficiente. La casa parecía vacía. Sin embargo, al acceder al rellano, su padre surgió de pronto de entre las sombras.

—Vas a hacerlo —murmuró Lodovico en tono neutro—. Te diriges a competir contra Leonardo da Vinci.

Su expresión revelaba un deje de exasperación y conflicto.

—Padre, recuerda las palabras que te dijera Lorenzo de Médici —murmuró Miguel Ángel—. Recuérdalo.

Sus manos sujetaban el morral que contenía sus bocetos y sus herramientas. En su rostro, con la nariz rota y desfigurada, se marcaba la impronta de una serenidad desconocida. Caminaba bajo un cielo turquesa al amparo de un cálido día de verano; caminaba en la paz momentánea de Dios; caminaba con una expresión muy seria, altiva y orgullosa hacia la catedral de Florencia.

11

Plaza de la catedral de Santa Maria dei Fiore,
Florencia, 16 de agosto de 1501

En las inmediaciones de la catedral de Santa Maria dei Fiore se levantaba un inmenso pabellón con aforo para doscientas personas. En el interior se habían dispuesto bancos de madera para artistas, mercaderes, representantes de los gremios, sacerdotes, miembros del Consejo de la ciudad y supervisores de la Oficina de Trabajos Catedralicios. Todos acudían al lugar para ser testigos de la concesión y aceptación del famoso encargo.

Cerca de la entrada a la carpa, vigilando sus palabras, Nicolás Maquiavelo conversaba con Piero Soderini, un reputado político con un poder económico considerable, de cabellos negros y escasos y facciones de ave rapaz.

—Tu ideal de una Italia unificada es un sinsentido, Nicolás —dijo Soderini—. La aguda controversia que azota las regiones es incorregible. La Toscana se halla en medio de numerosas guerras: los ejércitos franceses se afianzan en el norte; la Corona de Aragón ambiciona los dominios del sur; César Borgia y Piero de Médici amenazan y conspiran contra nuestra ciudad. En medio de este panorama tan poco alentador, no me extraña que el gobierno de Florencia renueve sus dirigentes cada noventa días.

Maquiavelo siguió con intuición y cautela los indicios de una oportunidad; con tono calmado sondeó a Soderini:

—Hay voces que claman por elegir un *gonfaloniere* permanente, un alférez con la capacidad suficiente para consolidar la estabilidad política en la República.

Soderini sonrió con aires carismáticos.

—¿Insinúas, Nicolás, que deberían ofrecerme ese puesto?

—No se trata de una insinuación, señor, sino de una opinión abierta.

—Bien sabes que soy uno de los contendientes mejor posicionados para obtener dicho cargo. —La expresión de burla de Soderini cambió a una grave y adusta—. Pero, de darse el caso, ¿cómo puede un hombre saber con certeza que gobierna con mano sabia? Nicolás, ¿por dónde se empieza a construir una nueva y mejor ordenanza? Desconozco la respuesta.

Maquiavelo realizó una pausa oportuna antes de responder.

—En mi humilde opinión —dijo—, el primer método para estimar la inteligencia de un gobernante es observar a los hombres que tiene a su alrededor. Ahora bien, no hay nada más difícil de planificar, más incierto en su éxito, ni más peligroso de gestionar, que un nuevo sistema político. Porque el recién llegado tendrá como enemigos a aquellos que prosperaron y se beneficiaron a costa de la vieja estructura social, y solo como tibios defensores a los que puedan beneficiarse y sacar provecho de la nueva.

Guardaron silencio y contemplaron largos segundos la plaza de la catedral, abarrotada de gente en el momento en que el sol del verano alcanzaba el mediodía. Más y más personas entraban en la carpa. A lo lejos se oían las voces de los comerciantes que proclamaban su mercancía; y mucho más cerca el rumor de los ciudadanos que en el interior del pabellón esperaban la llegada de los artistas participantes.

Soderini murmuró con reservas:

—Nicolás, tienes mi palabra de que, si algún día me nombran *gonfaloniere* vitalicio, bajo mis órdenes servirás a Florencia como embajador.

—Ahí llega Leonardo da Vinci —evidenció Soderini al ver al maestro acceder a la plaza seguido de un nutrido grupo de discípulos y admiradores.

—Sin duda, un hombre cuya presencia no pasa desapercibida —añadió Maquiavelo—. Pero intuyo que no le resultará sencillo obtener «la piedra de Duccio». Miguel Ángel también participa en el concurso.

—Te creía indiferente respecto a los asuntos que atañen al arte —dijo Soderini.

—En efecto, el arte no se cuenta entre mis aficiones predilectas —reconoció Maquiavelo, entrelazando las manos a la espalda—. Pero sí soy un enamorado de la competición y sus dilemas, creo firmemente que el conflicto genera creatividad y, según cuentan, Buonarroti podría plantarle cara a Da Vinci e incluso hacerle sombra en pocos años.

Soderini ahogó una carcajada. Ante la mirada escéptica que Maquiavelo le brindaba, esclareció brevemente los hechos:

—Miguel Ángel no tiene oportunidad alguna de ganar —sentenció.

Maquiavelo se sorprendió:

—¿A qué os referís? Muchos afirman que sus manos son prodigiosas.

—No lo dudo. Pero, a través de mis influencias sobre los supervisores de la Oficina de Trabajos Catedralicios, ya se ha aceptado, extraoficialmente, conceder a Leonardo da Vinci el encargo. Solo ha de presentar y defender sus ideas formalmente y «la piedra de Duccio» le pertenecerá. —Soderini enmudeció unos instantes para observar con atención a Leonardo, que en medio de la plaza realizaba trucos de magia frente a unos chiquillos que se le habían acercado cautivados por su carisma y el esplendor de su figura. Soderini prosiguió—: «La Oficina», con la ayuda de los gremios de la ciudad y de la lana, ha acordado pagarle a Leonardo un salario generoso. Se acomodará en un nuevo y lujoso estudio y no tendrá que hacer frente a los gastos del mismo, ni a los que genere el grupo de asistentes que se le proporcionará. Ni siquiera tendrá que tallar la piedra él mismo: podrá desarrollar el proyecto y utilizar a sus ayudantes para que realicen el trabajo más duro.

Leonardo se despidió de la gente en la plaza y enfiló con su magnífico caminar la recta que conducía al pabellón del concurso. Al acercarse al enorme entoldado, del rostro de Maquiavelo desapareció todo asomo de conjura y sospecha.

—Buenos días, señores —los saludó el maestro con franca amabilidad al pasar a su lado, con una sonrisa tan amplia, confiada y seductora que durante un breve instante los dejó sin habla.

Transcurrido un minuto, Soderini apuntó con el mentón hacia el este:

—Y ahí comparece Buonarroti.

Miguel Ángel arribó solo a la plaza y allí empezó a actuar de manera extraña. Se comportaba de un modo distinto a los demás. Nadie le prestaba atención, pero, al mismo tiempo, él parecía ser consciente de todos los estímulos externos que producían la plaza y sus gentes, y de que los iba absorbiendo, poco a poco, por medio de alguno de los sentidos.

Durante un rato se cruzó de piernas en el suelo y observó los acontecimientos. Al poco se incorporó y se acercó a presentar sus respetos a Botticelli, con quien intercambió palabras cordiales. Por fin se dirigió a la carpa y, al aproximarse a la entrada, Soderini llamó su atención. El escultor se situó a unos pasos de ellos, pero sin mirarlos a la cara ni saludarlos.

—Miguel Ángel, te aconsejo que abandones. Todos los artistas de la ciudad se han hecho a un lado en favor de Leonardo, un maestro en todas las artes —susurró Soderini con discreción planeada, sin perderse en preámbulos, con una sonrisa indulgente que lo hizo parecer totalmente sincero e hipócrita a la vez. Maquiavelo ni intervino ni exteriorizó nada, y Miguel Ángel permaneció tal y como estaba, sin mudar aquella expresión severa, con los ojos fijos en un punto que nada tenía de especial. Soderini finalizó—: Incluso los artistas más prominentes han tenido la gentileza de retirarse en deferencia a Leonardo.

Y todavía sin mirarlos, Miguel Ángel alzó soberbiamente la vista hacia el cielo y, antes de penetrar con ínfulas en el pabellón, respondió:

—Pobres necios, ¿qué escultor en su sano juicio no competiría contra Leonardo cuando es bien sabido que ni siquiera trabaja el mármol?

12

Se habían clavado cuerdas y estacas cada pocos pasos para soportar el gigantesco toldo que hacía las veces de pabellón. Se había abierto una entrada especial para el acceso y se habían instalado unos escalones anchos y gradas para la comodidad del gentío. La carpa se elevaba tan alta que un árbol tendría cabida en el terreno interior sin que su copa lamiera el techo.

Miguel Ángel se sentó a solas observando las idas y venidas constantes de los florentinos, que conversaban apaciblemente sobre negocios y sobre los eventos sociales de la ciudad. Entre las primeras filas de la multitud distinguió, ya sentados, a los artistas de renombre que habitaban en Florencia.

Todos ellos, observó Miguel Ángel, le sacaban al menos veinte años: el extravagante Andrea della Robbia, cuyas obras abundaban en iglesias y palacios de la Toscana, un maestro en la técnica de la cerámica polícroma y la terracota vidriada, tenía sesenta y cinco años; el reconocido arquitecto Giuliano da Sangallo, quien bajo la protección de Lorenzo de Médici había diseñado la villa Medicea de Poggio a Caiano y la basílica de Santa Maria delle Carceri, en Prato, tenía cincuenta y cinco; el pintor Pietro Perugino, líder de la escuela umbra, pasaba de los cincuenta, y se rumoreaba que uno de sus jóvenes alumnos, de nombre Rafael, empezaba a ensombrecer su prestigio; Filippino Lippi tenía cuarenta y cuatro años; Davide Ghirlandaio, cuarenta y nueve; Sandro Botticelli, cincuenta y seis; Leonardo da Vinci, que conversaba de pie frente a ellos, captando todas las atenciones, pronto cumpliría los cincuenta; en aquel verano del año del Señor de 1501, Miguel Ángel tenía veintiséis años.

«Todos me superan tanto en edad como en experiencia», reflexionó. «Mi gran ventaja radica en que ninguno es escultor.»

13

Cuando las campanas dejaron de sonar, los supervisores de «la Oficina» llamaron al orden y en el pabellón se hizo el silencio; solo se escuchaba el chasquido de las ruedas de los carros y los cascos de los caballos en la lejanía.

Miguel Ángel alzó la vista y se mordió el labio. ¡Qué expectación! Se concentró y trató de estimar el número de personas que habían acudido al evento, pero su vista se emborronó al encontrarse frente a sí tantos rostros vigilantes. Calculó: ¿ciento cincuenta personas?, ¿ciento ochenta?, ¿doscientas?

Tomó la palabra uno de los cónsules del *Arte della Lana*, que eran los propietarios del bloque de mármol a adjudicar:

—El asunto que nos ocupa en la mañana de este día dieciséis de agosto del año mil quinientos uno es la adjudicación de la llamada «piedra de Duccio». Se ha presupuestado una cantidad para un proyecto de dos años de trabajo. Aquel en quien recaiga la responsabilidad de esculpir este mármol tallará una obra digna de convertirse en un símbolo de la grandeza, del orgullo y de la prosperidad de Florencia. —Cedió cortésmente la palabra a uno de los supervisores de «la Oficina».

—Tres candidatos han sido seleccionados para optar a este encargo —dijo el supervisor con voz alta y clara—; a saber: Andrea dal Monte Sansovino, Leonardo di ser Piero da Vinci y Michelan-gelo di Lodovico Buonarroti Simoni. Solicito a los tres aspirantes que presenten sus proyectos.

El primero fue Sansovino, que quedó rápidamente descartado.

La elección se redujo, por tanto, a los otros dos pretendientes.

El gentío bramaba y discutía acaloradamente con todo tipo de opiniones en las gradas. Frente a todos ellos, en medio de la carpa, en silencio, Leonardo y Miguel Ángel parecían seres absolutamente antagónicos: la belleza y la pulcritud frente a la dureza y el desaliño, la delicadeza contra la hosquedad, la finura frente a la rusticidad, la celebridad en contraposición a la promesa, la experiencia que se opone a la mocedad, el inmenso caballo de terracota que Leonardo había esculpido para los Sforza en Milán frente a la soberbia *Pietà* que Miguel había tallado en el Vaticano.

El supervisor de «la Oficina» alzó las manos y anunció:

—Leonardo di ser Piero da Vinci, tienes la palabra; defiende tu proyecto.

14

Los ayudantes de Leonardo, encabezados por el travieso Salai, se adelantaron con vistosos andares y dispusieron frente al público una docena de caballetes cubiertos por telas opacas, provocando que la expectación en las gradas se incrementara ante semejante despliegue de bocetos.

Leonardo volvió el cuello y cruzó una mirada desafiante con Miguel Ángel. No halló en aquel rostro desfigurado, en aquella expresión austera y torcida, signo alguno de belleza. Le sonrió abiertamente y, una vez sus aprendices se situaron cada uno a un lado de los dibujos aún tapados, dio varios pasos al frente. Transmitía la sensación de que iba a comenzar manifestando algo muy importante, pero en el último instante pareció cambiar de opinión y empezó a pasearse de lado a lado, frente a los bancos. Los ciudadanos no pudieron reprimir la curiosidad y rompieron el silencio, comenzaron a inquietarse y a formular preguntas en voz baja.

Cuando Leonardo da Vinci se detuvo y alzó nuevamente aquella mirada de brillos dorados, todos los presentes enmudecieron como por arte de magia y solo entonces el maestro se dirigió al público alzando la voz:

—Veo la inquietud en vuestros ojos —dijo—, la misma duda que alberga mi corazón; y tiene sentido, porque son muchos los peligros que amenazan la integridad de Florencia. Tiempos convulsos se abren ante nosotros, una era de incertidumbre y desequilibrio. Y precisamente esa inquietud es la causa de todos los movimientos. —Todo el mundo permanecía inmóvil, atento—. La responsabilidad del artista —Leonardo se inclinó en una reverencia formal— radica, entre otras cosas, en ofrecerle a su gente un motivo de esperanza y de lucha. Yo no puedo combatir al enemigo que se acerca, mis brazos no poseen la fuerza del capitán experimentado. No soy un avezado soldado ni pretendo serlo a mi edad. Pero sí soy muy capaz de transmitir, con mi arte, aquello que los ciudadanos de Florencia más necesitan cuando la tragedia se aproxima a sus puertas, a saber: valentía, orgullo y moral. —Leonardo da Vinci suspendió unos segundos su alegato, sabedor de que nada fortalece tanto la autoridad como la expectativa que provoca el silencio—. Crearé para Florencia un símbolo inmortal que inspire el pundonor y la audacia, la eterna encarnación del orgullo florentino, una escultura que levantará el ánimo y el honor de los ciudadanos cuando el miedo y la fragilidad parezcan imponerse sobre la esperanza en los tiempos más oscuros.

Sobre las gradas abarrotadas que se extendían ante sus ojos se cernía un silencio absoluto, como un velo espeso que separara el pabellón del mundo circundante.

—Y ahora, ciudadanos de Florencia, contemplad la obra que

realizaré con «la piedra de Duccio». —Dio una leve orden a sus aprendices y estos retiraron las telas de los caballetes para mostrar sus bocetos. Las láminas al descubierto mostraron, en diferentes ángulos, el dibujo de un impresionante león, feroz y despierto, dispuesto a enfrentarse con valor a cualquier peligro, rugiendo, de pie sobre sus patas traseras y amenazando con las delanteras a un enemigo invisible.

Los espectadores bulleron de emoción ante el proyecto de Leonardo, porque el león representaba el símbolo heráldico de Florencia, capaz de hacer pedazos al águila, la insignia del poder imperial de Pisa, la ciudad rival.

15

Maquiavelo inclinó el cuerpo hacia delante y prestó oídos a la reacción generalizada del público. La carpa pronto se colmó de aplausos prolongados y ruidosos que aprobaban de manera unánime la actitud de Leonardo y su proyecto, porque, en los dibujos que el maestro presentaba, el león no solo se alzaba grandioso, valeroso y enérgico, sino que, además, lo había dotado de dos enormes alas que nacían con hermosura y esplendor de la espalda del animal. ¡Un feroz león alado! Una criatura majestuosa que parecía a punto de cobrar vida y emprender el vuelo hacia el horizonte, hacia el cielo.

A medida que la gente tomó conciencia del boceto, Maquiavelo oyó cómo a su alrededor se intensificaba la aclamación hasta el punto de ser ensordecedora; gritos espontáneos irrumpían en las gradas conducidos por el sonido armónico de laúdes, pitos, flautas y silbatos.

Sin embargo, la respuesta entre los miembros que componían el jurado resultó ser muy distinta.

—¿Un león alado? —preguntó desconcertado uno de los funcionarios de «la Oficina». Se volvió e intercambió miradas escépticas con el resto.

El público seguía inmerso en aplausos, vítores, silbidos, gritos de asombro y murmullos emocionados; y frente a todos, Leonardo da Vinci sonreía francamente, inclinándose ante ellos con elegantes reverencias.

—¡Un león alado! —bramó Soderini—. ¡Sensacional! ¡Extraordinario! Observadlo atentamente: no se trata de un león cualquiera, ¡sino de un león que se alzará poderoso sobre sus patas traseras!

Pero los responsables de adjudicar el bloque de mármol se mostraron vacilantes.

—Tengo mis dudas.

—Yo también.

—El proyecto de Leonardo plantea varios dilemas.

—Y el objetivo que pretende alcanzar es una cuestión discutible.

—¿De qué medios dispondría para llevar a cabo esta idea?

—¿Acaso otro león de mármol es lo que precisa Florencia?

—Atendamos a los hechos y a la lógica.

—Y no a los propios sentimientos o sensaciones.

—Veamos el proyecto de Buonarroti.

Piero Soderini, completamente ajeno al recelo del jurado, anunció henchido de orgullo:

—¡Bien! Ha llegado el momento de pasar a la votación final.

Maquiavelo replicó a su lado con media sonrisa:

—Miguel Ángel todavía no ha defendido su diseño.

—¿Acaso hace falta? Libremos a ese pobre diablo de sufrir la ofensa de ser rechazado, pues ningún esbozo podría rivalizar con el león alado de Leonardo. ¡Votemos ya!

—Soderini, no te corresponde a ti decidir sobre la piedra —se interpuso un supervisor con la cabeza ladeada, esbozando un gesto de enfado—. Seré yo quien determine cuándo ha llegado el momento. —Se incorporó alzando nuevamente los brazos y proclamó—: Michelangelo di Lodovico Buonarroti Simoni, tu turno. Muéstranos lo que has diseñado para el bloque de mármol.

16

Miguel Ángel comenzó a sentirse intranquilo; su anhelo de conquistar el mármol le parecía, ahora, un camino demasiado escabroso, repleto de obstáculos y dificultades. De pie, en el centro de la carpa, estudiaba los rostros alborozados de los florentinos y pensaba si tendría alguna oportunidad real de ganar el concurso por la piedra. Probablemente no. Su proyecto no alcanzaría los requisitos exigidos. Su sueño terminaba. Tal vez lo más sensato fuera claudicar y regresar con pasos amargos al lugar que le correspondía. Solo tenía que salir del pabellón y sumergirse de nuevo en aquel universo suyo tan atribulado, en el que se sentía realmente cómodo, por el que se había acostumbrado a vagabundear, casi siempre en soledad, desde donde observaba los episodios del mundo con acritud y reservas.

Inspiró y espiró hondo; decidió recoger sus cosas y se dispuso a abandonar la carpa. Pero antes de que realizara un solo movimiento, Leonardo se le acercó y lo cogió de un brazo, en un gesto prácticamente inapreciable, y al oído, de espaldas al público, le susurró:

—No renuncies.

Miguel Ángel le aguantó la mirada e indagó en la profundidad de aquellos ojos dorados. Buscó algún indicio de farsa, una prueba que manifestara que Leonardo había expuesto esas palabras de un modo tan hábil que pudieran parecer verdaderas.

—¿Cómo has dicho? —habló el escultor en un tono casi inaudible.

—Sé que estás a un paso de renunciar al concurso; pero yo te animo a que resistas.

Miguel Ángel lo miró de arriba abajo con desconfianza.

—¿Cómo puedes saber que yo...?

—Tengo cierta habilidad para la observación —lo interrumpió Leonardo con gesto muy severo, y le soltó el brazo—. Me he fijado en la expresión que tu rostro ha adoptado cuando he presentado mi proyecto y el público ha hablado. No renuncies, pues a quién le adjudiquen «la piedra de Duccio» importa menos que la vergüenza que sentirías inmediatamente después de salir por esa puerta. La gente permanece a la espera; desean ver tus bocetos. Observa a tu alrededor, nadie se ha movido de su sitio. Ha llegado tu turno. Adelante.

¿Estaba Leonardo tendiéndole una trampa para que siguiera concursando hasta el final, para que, de ese modo, cuando todo terminara, pudiera ridiculizarlo palmariamente? Miguel Ángel meditó unos segundos y, al final de una reflexión que se le antojó eterna, murmuró:

—Agradezco tus palabras, supongo.

Leonardo asintió con el rostro totalmente serio. Luego indicó a sus discípulos que movieran los caballetes a un lado.

Una leve y extraña sonrisa comenzó a cosquillearle a Miguel Ángel en los labios y, por fin, nació en él un sentimiento de superioridad que consideraba absolutamente normal. Leonardo llevaba razón: los espectadores aguardaban pacientes y en silencio, y Miguel Ángel los miraba ahora con cierta indulgencia. Se adelantó unos pasos y habló. Su discurso fue lacónico, mucho más breve que el de Leonardo, y consistió en tres palabras incuestionables que sonaron rotundas y definitivas:

—Yo soy escultor.

Leonardo se apartó con elegancia y, a escasa distancia, analizó los dibujos de su contrincante. Observó la parte superior de la primera hoja y suspiró profundamente, porque aquel no era, en absoluto, el diseño de un primerizo.

«Miguel Ángel ha sido capaz de reproducir la esencia misma de la vida.»

Leonardo da Vinci observaba el dibujo de un hombre vivo que respiraba, dotado de una musculatura prominente y bien definida. La espalda era ancha sin ser tosca; los pectorales firmes diferenciaban perfectamente su abdomen; el cabello, lacio y largo, llegaba hasta su espalda baja. La composición era dinámica; la silueta, sinuosa, parecía salirse del papel. Las sombras estaban esbozadas con unos pocos trazos maestros. Y el rostro del hombre lucía una expresión diferente según el ángulo desde el que se contemplase, con unos labios delgados, de un pálido color, que formaban una sonrisa pícara y misteriosa sobre una nariz delgada y perfilada, bajo unos ojos rasgados y adornados por gruesas y abundantes pestañas, sobre unas cejas semipobladas que dotaban de un mayor énfasis a la mirada celeste mediante la cual el hombre parecía persuadir, engañar y atrapar al más asombrado de los mortales.

El silencio en el pabellón se tornó sepulcral, pero expectante. El concurso había llegado por fin a la meta última de una rivalidad inusitada. El desafío de dos gigantes. El desafío de Florencia.

Miguel Ángel saboreó el silencio del público y anunció:

—«La piedra de Duccio» contiene dentro de sí un ser misterioso y complejo a la vez: mi escultura. Ahí dentro reside una figura que siempre estará en busca de nuevas e intensas emociones que la hagan sentir viva. Mi hombre nacido de ese mármol será tranquilo, y no despertará de su letargo mientras no lo molesten, pero cuando lo inciten, podrá ser cruel y muchas veces hasta arrogante, se enfurecerá y será demasiado directo, audaz y perspicaz, pero siempre se mostrará caballeroso, respetuoso y honesto con el pueblo de Florencia, al que protegerá por toda la eternidad.

Mientras las gentes titubeaban en el graderío, alguien comenzó a entonar una alegre melodía y unas voces entusiastas se alzaron en coro. La canción terminó y hubo una explosión de reconocimientos y aplausos. Y al tiempo que el gentío estallaba en una oleada de júbilo y euforia, el escultor se dio la vuelta y se aproximó sonriendo al pintor.

18

Buonarroti le explicó a Da Vinci:

—Mi boceto es un Hércules. —Y lo dijo con una sonrisa tan amplia que más parecía provenir de otro mundo—. Hace meses me acerqué a ti en el Ponte Vecchio con intención de mostrarte respetuosamente mi trabajo. Y tú, lo quisieras o no, me humillaste: le recordaste a todo el mundo el Hércules de nieve que Piero de Médici me obligó a levantar en el patio de su palacio. Pero este no será de nieve, sino de mármol. —Miguel Ángel agrandó todavía más la sonrisa y sentenció—: Tu león alado no puede derrotar al hijo de Júpiter. —A continuación, se volvió hacia el público y, alzando la voz a los cielos, proclamó—: «La piedra de Duccio» se convertirá en un Hércules, una estatua que simbolizará que Florencia es la verdadera heredera del poder y la cultura de Roma.

Siguió un largo silencio; ni un grito, ni un rumor llegó como respuesta desde las gradas. Y a través del conocimiento, de las interminables horas que había pasado en las bibliotecas de las iglesias, Miguel Ángel alcanzó un fin, una imagen que resplandeció en su memoria. Y entonces cayó en la cuenta de que ese detalle podría decantar el concurso en su favor. Y no dudó en aprovechar su ventaja.

—¡Hoy se os han ofrecido un Hércules y un león! —vociferó hacia el público—. Los bocetos de Leonardo da Vinci son hermosos, eso nadie lo puede dudar. El león es un símbolo de Florencia. Además, la representación de Marcos el Evangelista en forma de león alado es uno de los elementos más conocidos de la iconografía cristiana. Todo un acierto por parte del maestro, pero tal vez Leonardo, en sus trabajos preparatorios, olvidó algo de suma importancia: los leones de nuestra ciudad no tienen alas. ¿Por qué? Porque el león alado de San Marcos es el símbolo tradicional de Venecia, no de Florencia.

Y con una satisfacción más inmensa de lo que hubiese podido imaginar, Miguel Ángel Buonarroti se retiró a un lado, observando con ojos aviesos el acalorado debate que retumbaba en las gradas, la reacción enfurecida de un público que lo situaba más y más cerca de lograr su objetivo.

Leonardo da Vinci permanecía inmóvil y contrariado a escasa distancia, pero a pesar de la desfavorable revelación, su perfil era el de un hombre que, aun confuso, se alzaba siempre espléndido y majestuoso.

El portavoz del jurado anunció que se realizaría un receso de una hora. Muchos de los asistentes aprovecharon para salir a la plaza de la catedral para estirar las piernas y conversar, y otros acudieron a las calles adyacentes al Duomo a llenarse el estómago con la comida del almuerzo, que en verano se componía de fiambres, pasta de *zucchini* y fresca compota de verduras.

19

Piero Soderini se tomó la libertad de iniciar la deliberación:
—Bien, no creo que exista duda alguna sobre la decisión que se debe tomar, ¿verdad?

—Soderini, te recuerdo que tú no votas —objetó un supervisor de «la Oficina» con mirada adusta.

—Lo sé, lo sé —canturreó el político.

—Entonces ¿cuáles son tus intenciones?

—¿Cómo dices? ¿No será cierto lo que oigo? ¿Insinúas que albergo pretensiones fulleras en este concurso público? ¡No, por favor! No se me ocurriría interferir en los asuntos de la ciudad que se salen de mis competencias. —Dicho esto, intercambió breves miradas cómplices con los cónsules del *Arte della Lana*, a quienes previamente había presionado en favor de Leonardo da Vinci.

—¿Podemos saber a qué se debe tanta insistencia por tu parte?

—No quisiera transmitiros una actitud de terquedad, ni mucho menos; solo procuro colaborar con mi humilde opinión.

Un representante del gremio de la lana se mostró de acuerdo:

—Cuantas más voces críticas se sumen al debate, mejor, pues me da la impresión de que no resultará sencillo atribuir el bloque de mármol a un candidato. Las capacidades de ambos son excelentes.

—Está bien, está bien. Adelante, Soderini, te escuchamos. Danos tu opinión.

—¿Por dónde empezar? Todos estamos encantados de tener un artista tan animoso entre nosotros como el joven escultor Buonarroti —dijo—, pero ¿no creeréis, en verdad, que Miguel Ángel está en disposición de competir contra Leonardo da Vinci? Ni siquiera dispone de un estudio.

—En ese preciso detalle encontramos una ventaja, pues Buonarroti trabajaría por mucho menos dinero —arguyó un funcionario de «la Oficina».

—¿Por cuánto menos? —se interesaron varios.

—Como mínimo una décima parte, pero intuyo que, quizá, el margen económico podría arrojar diferencias todavía más amplias, pues Miguel Ángel afirma que es capaz de trabajar esa piedra con sus solas manos, sin ayuda de nadie, y que, por tanto, no habría que proporcionarle asistente alguno.

—Teniendo eso en cuenta, la pregunta a formular es obvia: ¿alguna vez ha esculpido Leonardo una estatua de mármol él solo? Varias voces negaron en un murmullo.

—Y según se comenta por ahí, si quieres que un encargo se ejecute a tiempo, y según lo presupuestado, no se lo confíes al maestro Da Vinci.

—¡Esperad, esperad! —protestó Soderini—. Tal vez halléis lógica en esos argumentos, pero no decidáis sin tener en cuenta la situación política que nos ocupa: la Señoría ha capitulado y ha aceptado pagarle a César Borgia treinta y seis mil florines anuales a cambio de su protección y de permitir que sus ejércitos, que han marchado contra Siena, crucen libremente nuestras tierras, pero ¡no podemos fiarnos! Y Piero de Médici no hace más que conspirar. ¡Por el amor de Dios!, en medio de estos peligros, ¿quién mejor que el prestigioso Leonardo da Vinci para crear un símbolo que una a toda Florencia?

—Estamos deliberando, Soderini. No hay nada seguro.

20

En el círculo que el grupo formaba en medio de la carpa se produjo un silencio tenso y prolongado, rasgado solo superficialmente por el rumor de las conversaciones de los florentinos que llegaban del exterior del pabellón. Los miembros del jurado se quedaron pensativos, ceñudos y silentes, hasta que uno reinició el debate.

—Miguel Ángel tiene coraje, no hay duda.

—Desde luego, no le falta pasión.

—Y un único coloso sería impresionante.

—Pero extraer un gigante de esa piedra resultará una labor prácticamente imposible de ejecutar.

—Yo he contemplado la *Pietà* que ha esculpido en el Vaticano, y es toda una proeza digna de admirar. Miguel Ángel será capaz de enfrentarse él solo a «la piedra de Duccio»; no tengo la menor duda.

—Pero ¿y si fracasa?

Nicolás Maquiavelo, que aún no había emitido su opinión, echó más leña al fuego:

—Considerad que en las arcas públicas de Florencia no anida la abundancia. En ese caso, si Miguel Ángel fracasa, sería un error más barato que si lo hiciera Leonardo.

Hubo muchas preguntas y discusiones acerca de cada una de las ventajas y desventajas de elegir a uno u otro candidato. Maquiavelo descubrió, sorprendido, que el jurado estaba considerando seriamente la posibilidad de que Miguel Ángel triunfara sobre Leonardo. El diplomático se sentía cansado pero ligero, y la cabeza parecía habérsele despejado. Desde hacía tiempo no le turbaban la mente leves problemas. Conocía todas las argucias de la negociación y no prestaba oídos suficientes a cuestiones que consideraba menores, ya que en ese instante únicamente meditaba sobre su próximo encuentro con César Borgia.

Todos guardaron silencio cuando vieron acercarse la alargada silueta de Leonardo da Vinci. El maestro tarareaba una canción entre dientes, parecía contento y relajado y, de alguna manera misteriosa, gracias a una magnífica combinación de esplendor y confianza, y a una extraordinaria desenvoltura para afrontar los conflictos, su sola presencia provocó que los miembros del jurado enmudecieran rápida y fríamente. En los ojos de Leonardo resplandecía una luz que era como un fuego, pálido pero ardiente. Los miró por turnos sin borrar aquella sonrisa infalible que le bailaba en la cara, y dijo:

—Estoy convencido de que un jurado que atiende a la lógica y la razón no cambiaría mi experiencia y reputación por el dudoso talento de un hombre descarado que ni es un maestro ni se encuentra cerca de serlo. Y menos aún por un puñado de monedas.

21

Miguel Ángel, despierto y atento a cualquier alteración durante el receso, siguió con pasos cautelosos a Leonardo, a quien oyó dirigirse a los miembros del jurado.

Pero algo había cambiado definitivamente. La popularidad y notoriedad del maestro Da Vinci ya no le parecían a Miguel Ángel ni peligrosas ni temibles, ni poseedoras de un poder especial. De modo que se hizo un hueco en el círculo y, henchido de valor, replicó:

—Todavía no he alcanzado el grado de maestro, eso es cierto. —Todas las miradas se volcaron en él—. Pero no hay mejor escultor que yo en esta ciudad, y tampoco lo hallaréis en otras, por más que os empeñarais en buscar. Mi trabajo es mi aval. En Florencia he esculpido el *Crucifijo del Santo Spirito* y *La batalla de los centauros*. En Bolonia trabajé en el *Arca de Santo Domingo*, sobre todo en las imágenes de san Petronio, san Próculo y un ángel portacandelabro. He tallado un *Eros* y un *Baco*. Yo he esculpido la *Piedad del Vaticano.* —Miró a Leonardo con suficiencia—. Yo sí soy escultor. Y he labrado otras obras que ahora no tengo tiempo de mencionar. La excelencia de mis manos es la garantía de mi trabajo y la sólida defensa de mi candidatura.

Leonardo se burló con ironía:

—Una historia absolutamente conmovedora.

—Y os doy mi palabra —continuó Miguel Ángel lanzándole una mirada recriminadora— de que no tendréis que facilitarme un taller, ni pagar un estudio por mis servicios, porque no lo necesito.

Leonardo se le enfrentó, con la misma ironía.

—¿Ah, no? ¿Y dónde tallarías la estatua? ¿Ahí afuera, a la intemperie?

Soderini se carcajeó en voz alta y algunos de los miembros sonrieron, pero enseguida se acobardaron al ser testigos de la mirada iracunda que Miguel Ángel proyectaba sobre ellos.

—Si es necesario trabajar al aire libre, lo haré —se enorgulleció—. No me desagrada la intemperie, de modo que no necesito un estudio. Vivo con mi familia, por tanto no preciso una vivienda. Fabrico mis propias herramientas, de manera que no es necesario que las paguéis. Y tengo entendido que el bloque es enorme, así que tampoco precisaré más mármol.

—¡Falacias! —rugió Leonardo—. No hay persona en el mundo capaz de modelar esa gigantesca piedra sin la ayuda de al menos diez asistentes.

—¿He de repetirte el listado de mis obras? ¡Mi *Eros*, mi *Baco*, mi *Pietà*! Tú ni siquiera eres escultor; y después de haber visto cómo presentabas tan alegremente tu proyecto, dudo mucho que sientas respeto alguno por la roca y por lo que significa trabajarla. Además, soy el único de los aquí presentes que ha esculpido un coloso de un solo bloque de mármol, y tened por seguro que ya sea en Florencia, o en cualquier otra ciudad, lo volveré a hacer.

No se equivocaba.

22

Leonardo sintió que sus ojos se abrían incrédulos.

—¿He oído bien? ¿Un coloso? ¿Quieres decir que pretendes tallar una estatua colosal usando «la piedra de Duccio» sin añadirle más mármol?

—Por supuesto.

—Señores, he ahí una afirmación temeraria, imprudente e irrespetuosa.

—No lo es —se defendió Miguel Ángel.

—Desde luego que lo es —insistió Leonardo.

—Ya lo he hecho anteriormente.

—Con piezas de menor calibre, quizá. Y sorpréndenos, ¿cuál es la altura que le has previsto a tu coloso?

Miguel Ángel expulsó aire entre carcajadas.

—¿Bromeas? Mi gigante será tan alto como la piedra misma, claro.

Un murmullo recorrió el círculo que los rodeaba; también algunos ciudadanos se habían acercado con ánimo de cotillear.

—¿Acaso conoces las dimensiones del bloque? —inquirió Leonardo.

—No, y no me hace falta; me basta con imaginarlo.

—Su altura es de nueve codos. ¿Visualizas una estatua de semejantes dimensiones?

—La altura de tres hombres —contestó Miguel Ángel—. Sí, es perfecto.

—Insensato, desde el Imperio romano, desde hace más de mil años, ningún escultor ha tallado una estatua de semejante tamaño y de una sola pieza de mármol. Los que se han enfrentado a un reto así, han fracasado.

—Donde otros fracasaron, yo triunfaré.

—¡Te estás sobreestimando deliberadamente! —bramó Leonardo.

—¡En cada bloque de mármol —clamó Miguel Ángel dirigiéndose a los miembros del jurado— veo una estatua tan clara como si ya estuviera delante de mí, en forma y acabado! Me basta con eliminar la piedra que sobra para extraer la figura que habita dentro. —Concentró toda su indignación en Leonardo y le dijo—: Dudo que tú puedas afirmar algo parecido.

Pero el maestro de Vinci lo amonestó:

—Ni siquiera conoces «la piedra de Duccio»; ¿me equivoco?

—Eso es cierto.

Leonardo alargó aquella sonrisa astuta y, abarcando todos los planos, les preguntó a los miembros del jurado con retórica:

—¿Vais a considerar seriamente la propuesta de un hombre que desconoce el material que habría de trabajar? —Silencio. Nadie respondió—. No olvidéis una cosa: yo soy Leonardo da Vinci. Tengo casi cincuenta años; a lo largo de mi vida ya he visto a decenas de artistas jóvenes y arrogantes ir y venir sin conseguir gran cosa, y como este picapedrero orgulloso y soberbio no será otra cosa, permitid que sea yo quien le enseñe cómo tallar el mármol que ilusamente creyó poder arrebatarme.

Y así, pintor y escultor se encaminaron juntos hacia el exterior de la carpa. Dos perfiles antagónicos que en aquel instante desconocían las incruentas batallas que todavía les quedaban por librar.

23

Salieron del pabellón discutiendo, contradiciéndose, negándole el uno al otro la validez de cualquier idea por magnífica que esta fuera, pero de repente recordaron el motivo que los había llevado a ausentarse de la carpa, y aquella cargante disputa verbal finalizó.

Miguel Ángel preguntó con agresividad:

—Y bien, ¿dónde se halla «la piedra de Duccio»?

Leonardo no le respondió; con un simple gesto le ordenó que siguiera la dirección en la que apuntaba su brazo.

Miguel Ángel observaba las losas de mármol en la explanada de la catedral; buscaba con mirada ansiosa una piedra mastodóntica, nívea, de una luminosidad indescriptible, pero ninguna de ellas se parecía a «la piedra de Duccio» que había imaginado.

Leonardo dio varios pasos al frente y señaló un lugar concreto con el índice. Se inclinó y, con la mano izquierda, la mano con la que pintaba, acarició la superficie de una roca sucia, gris y larga, tendida de manera lamentable en un charco asqueroso de podredumbre y légamo.

24

—¿Esto es «la piedra de Duccio»? —se sorprendió el escultor. Leonardo se lo confirmó con una irónica sonrisa.

Cuando Miguel Ángel examinó aquel fragmento de roca carcomido por el viento y la humedad, su corazón se detuvo.

Leonardo murmuró a su lado:

—Sí, es desolador que una pieza tan bella extraída de la cantera de Fantiscritti, en Carrara, permanezca en este estado, tirada, olvidada, con las malas hierbas devorándola. Fíjate bien, la piedra es demasiado estrecha: el coloso que planteas esculpir no se tendrá en pie.

—El bloque presenta una profunda grieta a un lado y un extraño bulto nudoso saliendo del otro —añadió Miguel Ángel, totalmente obnubilado—. La superficie se ha desgastado tras décadas de exposición a los rayos del sol, el hielo y la lluvia. Cuanto más tiempo pase abandonado a los elementos, tanto más frágil se volverá. Y da la impresión de que se romperá en mil pedazos en cuanto se le dé el primer golpe de cincel. Ni siquiera parece mármol —se lamentó en un suspiro.

—¿Disculpa?

—El mármol recién extraído es blanco y dúctil —explicó Miguel Ángel—, y, si lo escuchas, parece capaz de cantar himnos corales; pero esta piedra es gris y está privada de vida.

Miguel Ángel se arrodilló. Cerró los ojos y rezó una oración. Luego palpó con las yemas de sus dedos la superficie de la roca en busca de cualquier hálito. No sintió nada. Pero supo que su gigante estaba allí.

Leonardo declaró:

—Parece que los trabajos previos de desbastado fueron demasiado lejos; sería una locura intentar extraer una única estatua del bloque.

Miguel comprendió de pronto la razón por la que otros artistas habían abandonado el concurso o, simplemente, ni habían barajado la posibilidad de presentarse. Habían considerado que era tarea imposible tallar nada que mereciese la pena con ese bloque echado a perder.

—¿Lo entiendes ahora? —preguntó Leonardo—. Prefieren verme fracasar antes que intentarlo y fracasar ellos mismos.

Miguel Ángel se estremeció.

—¿Y qué pretendes hacer con *esto*? —preguntó.

—Le añadiré más mármol —repuso Leonardo, condescendiente—. Un nuevo bloque para la cabeza del león, más para las patas y otros dos para las alas. Es la única solución posible.

—Lo harás siempre y cuando no me concedan a mí el encargo —se burló Miguel Ángel.

Leonardo sonrió con suficiencia y dijo:

—Entremos, Florencia nos espera a ambos.

26

En todo el graderío imperaba un ambiente de excitada emoción, porque el público había alcanzado los últimos límites de la curiosidad e intercambiaba opiniones con vehemencia y gestos apasionados.

Miguel Ángel no había visto ni imaginado nunca una expectación semejante en un concurso público sobre una obra de arte, y el hecho de encontrarse al lado de Leonardo da Vinci, frente a tanta gente respetada y próspera de Florencia, lo sorprendió y abrumó a la vez. Aunque tenía una corazonada y contaba con la garantía de sus trabajos previos, se sintió muy pequeño y bastante fuera de lugar; pero esa impresión se desvaneció rápidamente cuando Leonardo, una vez reinó el silencio en el pabellón, anunció en voz alta:

—Ha llegado la hora de decidir. Por lo pronto, considerad si lo más apropiado es conceder el encargo a un hombre —señaló a Miguel Ángel— que no es que descuide la higiene personal, sino que más parece cubrirse de inmundicia de manera intencionada. ¡Y encima se vanagloria de ello!

Muchos se carcajearon y patalearon como fieras sobre los bancos de madera, pero Miguel Ángel reparó en que la actitud de más de la mitad de los espectadores fue prudente y reservada. Valientemente, tomó la palabra:

—Considerad, también, si lo apropiado es concederle el encargo a Leonardo, un artista que ha esculpido una cabeza de Medusa que arranca gritos de horror a quienes visitan su taller. Además, por si no lo sabíais, su caballo de Milán fue destruido. El ducado entró en guerra con Francia y, para poder fabricar cañones y munición, fundieron todo el bronce que Leonardo había apartado para su obra. ¿Y esto qué da a entender? Que quizá, tanto los unos como los otros, consideraron que su única escultura era prescindible, burda e innecesaria.

Miguel Ángel pensó que aquellas palabras suponían un golpe bajo en el orgullo del pintor. Pero olvidaba que Leonardo da Vinci era un artista misterioso, cuyo extraño y multiforme genio sorprendía y asombraba a los florentinos.

—Todo eso es verdad —pronunció con una distinguida confianza—. Pero no es menos cierto que sé manejarme en todas las artes: me ocupo de estudiar hidráulica y balística, he inventado aparatos voladores, he participado en la construcción de fortificaciones, interpreto mis propias composiciones en una lira que yo mismo he fabricado. Yo he pintado *La última cena* en Milán. Ninguna obra de arte resulta imposible para mí. Con «la piedra de Duccio» crearé un león, una obra mucho más impresionante que otra estatua más de otro hombre más.

La gente y los miembros del jurado atendían en silencio el crispado debate que los dos artistas mantenían en medio de la carpa. Miguel Ángel alzó la cabeza bruscamente y objetó:

—¿Que un león es más impresionante que un hombre, dices? Ignorante, nada es más bello que el ser humano, pues somos la más excelsa creación de Dios. Su misma imagen. Honrando al ser humano, honramos a Dios.

—Pero el Hércules que deseas tallar es un semidiós, ¿verdad?, un héroe pagano —replicó Leonardo con sonrisa de media luna—. ¡Sí, pagano! A mi juicio, se trata de una escultura poco apropiada para exhibirse frente a una catedral. Además, mi león no será una estatua inerte: se moverá.

Miguel Ángel se escandalizó.

—¿Cómo que se moverá? ¡Eso es imposible!

—No taches de labor imposible para otros lo que tus manos son incapaces de crear. —En esta ocasión la gente sí rio con ganas—. La escultura no es una ciencia, es arte mecánico. Ya he diseñado el mecanismo que habilitará el movimiento del león durante siglos. Utilizaré un sistema parecido al de los relojes.

Miguel Ángel, enrojecido por una oleada de rabia, lo contradijo:

—La mecánica es lo de menos. La piedra no es lo suficientemente fuerte para el tipo de movimientos que planteas, porque el mármol es demasiado frágil y se quebrará. Se nota que no has trabajado apropiadamente este material, pues un maestro de verdad no desconocería ese dato. Ciudadanos de Florencia, venimos de ver esa roca, y es muy quebradiza tras cincuenta años de haber estado expuesta a los elementos y tras docenas de intentos fallidos para esculpirla.

—Exactamente. Por ese motivo, la única solución es añadirle

más material. Lo que tú sugieres, un coloso singular que no acepte más mármol, es una propuesta loable, pero inútil.

—¡Para mí no lo es!

—¡He declarado que es una proposición infructuosa! —bramó Leonardo.

—¡No hay nada que un artista pueda concebir que no exista ya dentro de un bloque de mármol! —aulló Miguel Ángel—. La piedra me susurrará qué vive ahí dentro. Todo lo que tengo que hacer es retirar cuanto sobra y esperar. No hay ninguna idea que no pueda expresarse en el mármol. Y lo realizaré yo solo.

—Por muchas razones, digo y confirmo que trabajar en compañía es mucho mejor que hacerlo solo. Y es responsabilidad de la ciudad asumir dicho gasto.

—Yo puedo vivir con unas pocas monedas al mes —concluyó Miguel Ángel.

—Lo que paguéis será lo que obtendréis —terminó Leonardo.

Tan grande era el silencio que reinaba en el pabellón que incluso el más mínimo ruido externo parecía producir altos y amplios ecos. Podía verse con toda claridad una mística marca impresa en los rostros de los florentinos, en aquel pabellón sumido en un juego cargado de intrigas y suposiciones.

27

Llegó el momento. El telón tenía que levantarse ante los ojos de los dos artistas.

Un supervisor de «la Oficina» se puso en pie y acaparó todas las miradas.

—Maestro Leonardo —dijo—, ¿estarías dispuesto a reducir tus honorarios para competir por el encargo?

Leonardo da Vinci dio unos pasos al frente y su figura reveló la totalidad de su atractivo. Todo el mundo lo miraba con tenso interés, con reverencial admiración. Levantó el mentón y sonrió con suficiencia.

—Jamás —respondió con un gesto helado en los labios—. Crear arte es el único privilegio que el virtuoso posee sobre todos los demás organismos, su último resquicio de libertad, y si el artista se conforma con trabajar por menos de lo que su genio merece, no será capaz de sacar el mejor partido a su talento. La pregunta que formulas esconde un fin traicionero: la vergüenza de animar a que el artista se fuerce a ser desleal con su arte. No, no rebajaré mis honorarios para satisfacer el ahorro que persigue un jurado. Soy un creador libre con una voluntad independiente. No renunciaré a mi libertad.

El supervisor se atusó la ropa y le envió una mirada escéptica desde las gradas.

—De acuerdo. Ya hemos escuchado todos los argumentos. Leonardo da Vinci o Miguel Ángel Buonarroti; votemos —proclamó.

28

Transcurrieron instantes eternos.

—Que levanten la mano aquellos que voten a favor de conferir el encargo a Leonardo da Vinci.

Tan solo lo hizo Piero Soderini, entusiasmado.

—Agradecemos tus consejos y opiniones, Piero, pero vuelvo a recordarte que tú no tienes voto.

»Los que estén a favor de Miguel Ángel Buonarroti.

Todos los integrantes de «la Oficina», de la Señoría y del gremio de la lana levantaron la mano.

—Hecho. Que la luz divina ilumine tu camino y te guíe hacia la inspiración, para que seas capaz de crear tú solo una bella estatua que decore la fachada de nuestra catedral. El Duomo confía en tus manos. Michelangelo di Lodovico Buonarroti Simoni, «la piedra de Duccio» te pertenece.

29

Dos argumentos decantaron la elección a favor del proyecto de Miguel Ángel: el ahorro económico y la seguridad mostrada por Buonarroti de que con aquel bloque sería capaz de esculpir un coloso sin añadir más mármol.

—Y lo tallaré *ex uno lapide*, de una sola pieza, un estilo reservado solo para obras maestras.

Leonardo continuó recriminándole aquella actitud, que abiertamente consideraba inmodesta:

—Eso es imposible —manifestó una vez más—. Un único fallo provocará que el trabajo se deseche y que el bloque se declare inservible.

Miguel Ángel, que ya se sentía vencedor, le devolvió sus propias palabras:

—No taches de labor imposible para otros lo que tus manos son incapaces de trabajar.

E inmediatamente después sintió que, sobre las gradas, se oía el sonido de unas canciones que inundaban el pabellón como la dulce lluvia las hojas verdes.

Pisando con orgullo, dejó atrás a Leonardo, quien ya se había convertido en su rival eterno. Con el mismo orgullo contemplaba a la gente, que lo saludaba profiriendo gritos de alabanza, rindiéndole honores y muestras de amistad.

Miguel Ángel pensó que todos los que concurrían en la plaza del Duomo volverían felices a sus hogares y que, de ahora en adelante, en la ciudad habría muchas manos dispuestas a ayudarlo en su labor, para que él pudiese tallar un coloso, y de ese modo borrar todas las cicatrices y todos los recuerdos de las sombras de la guerra. Pensaba también que el humo de su consagración como artista sublime ascendería muy alto en el cielo y sería visto por muchos ojos atentos, desde todos los lugares que quisiera imaginar. Estaba tan feliz que no encontraba palabras para agradecer la distinción que acababa de recibir de la ciudad de Florencia.

Así terminó el concurso público para la adjudicación de «la piedra de Duccio». Sin embargo, para sorpresa de Miguel Ángel, los vítores y los elogios se atenuaron rápidamente. Porque otra persona acaparaba de pronto todas las atenciones.

30

Leonardo da Vinci los miraba desde el centro de la carpa con una frialdad inimaginable. Dio unos pasos en dirección a los bancos y alzó los brazos. Solo habló cuando todos callaron.

—Hoy habéis probado que, realmente, el hombre es el rey de las bestias; hoy, miro a mi alrededor con aires de tristeza, preguntándome, ¿cuándo perdió Florencia la lógica y la razón en favor de la demencia? No lo alcanzo a comprender. Acabáis de demostrar que la simplicidad es la última sofisticación. Se os ha concedido una oportunidad, solo una, de poner de manifiesto la sabiduría de esta ciudad, y la habéis desaprovechado. No veréis mañana las consecuencias de vuestra decisión, y quizá tampoco en semanas, pero dentro de dos años, cuando echéis la vista atrás, una mirada retrospectiva, y rememoréis este día y la oportunidad a la que hoy habéis renunciado de forma voluntaria, entonces, solo entonces, lo lamentaréis profundamente. Recordad que las decepciones más grandes que el hombre sufre se deben a sus propias decisiones. Ojalá me equivoque y vuestras más grandes estupideces puedan llegar a ser muy sensatas. No tengo nada más que decir.

A continuación, en medio de un silencio helador, Leonardo se dio la vuelta y se acercó con pasos firmes hacia Miguel Ángel, que lo observaba con el ceño fruncido y la boca entreabierta.

—Enhorabuena, Buonarroti; te felicito. Confío en que obres un milagro. Te deseo toda la suerte que puedas merecer. —Y con una amplia y sincera sonrisa le ofreció amablemente una mano que Miguel Ángel no dudó en estrechar.

31

Leonardo abandonó el pabellón y recorrió sin rumbo aparente las calles de Florencia, preguntándose cuán grande sería el impacto de su derrota y si podría sobrellevarlo antes de echarse a dormir aquella noche.

Empezaba a sospechar que la cara desfigurada de Miguel Ángel ocultaba unos negros designios, y que aquel hombre se volvía más y más fuerte cuanto más y más fuertes eran a su alrededor las tinieblas y la soledad.

Leonardo todavía no podía perder el ánimo, no mientras no lo pusieran en una situación desesperada, no mientras hubiera tantos proyectos por desarrollar.

De pronto tomó conciencia de que sus discípulos no lo acompañaban en su caminar, y se sintió abandonado y aislado del mundo.

32

*Casa de Buonarroti, barrio de Santa Croce,
Florencia, 16 de agosto de 1501*

Tras soportar estoicamente todas las felicitaciones, Miguel Ángel por fin se sentía libre al regresar a su hogar. Imaginó la expresión de sorpresa que invadiría el rostro de su padre y sus hermanos, y la alegría que sentirían al verlo triunfar, pero después recordó que los asuntos del arte a ellos les importaban más bien poco.

En la plaza de la iglesia franciscana de Santa Croce, la segunda más grande de Florencia, se representaba en aquellos precisos momentos una obra sobre las hazañas y los triunfos de los antiguos. Recordó que una vez su padre le contó que el objetivo residía en mantener a la ciudad en estado de abundancia, con el pueblo unido y la nobleza contenta. Se fijó, también, en que una docena de operarios acondicionaba el lugar para el torneo de justa que se celebraría por la tarde.

Dejó atrás todos aquellos asuntos y se cruzó con un grupo de curtidores que marchaba hacia el río cargado de pieles para su lavado.

Al fin arribó a su hogar. Antes de abrir la puerta y cruzar el umbral, alzó la cabeza hacia el cielo.

«Señor, todavía no me has perdonado.»

Ignoraba el motivo; lo más desesperanzador era que Miguel Ángel desconocía la razón del enfado de Dios.

Confiando en que el Creador hubiese contemplado su victoria desde lo alto, le susurró:

—Cuando en mí la angustia iba en aumento, tu consuelo llenaba mi alma de alegría.

Salmos, capítulo 94, versículo 19.

33

Lodovico lo esperaba en la cocina con las manos envolviendo su cabeza.

Al verlo entrar, levantó la vista y lo interrogó con un gesto expectante. Miguel Ángel asintió una sola vez, sin mudar la expresión.

—Sí, padre, he vencido a Leonardo da Vinci.

A partir de ese instante, su vida, toda su vida, independientemente de lo que pudiera acontecer, ya no sería una eterna lucha irracional, ni carecería de comprensión, sino que en todos y en cada uno de sus movimientos, ya fuese en Florencia o en cualquier otra ciudad, alguien proclamaría orgullosamente su nombre.

Todo lo que había realizado hasta ese momento no era más que una preparación que lo aproximaba a un nuevo objetivo. Todas las discordias que sufrían su cuerpo y su alma se armonizaron. Todas las fuerzas que durante tanto tiempo lo habían dividido, como a todo hombre y a toda mujer, entre el bien y el mal, entre el cielo y la tierra, entre la carne y el espíritu, se encauzaban ahora hacia un mismo destino.

Y por primera vez sintió que ninguna angustia del corazón ni del alma, ningún doloroso tormento, podría turbar ese sueño. Desde aquel momento, Miguel Ángel poseería el sentido indudable del bien y de la justicia, y la presunción de que él era el dueño, el único dueño, de un genio y un arte que perdurarían por toda la eternidad.

34

Bosque de la Toscana, cerca de Florencia,
septiembre de 1501

Un mes más tarde del fallo del jurado, Leonardo seguía sin salir de su asombro. La ciudad de la libertad y la creatividad había confiado a Miguel Ángel, y no a él, el reto más apasionante para cualquier artista. Por la determinación con que Miguel Ángel se había mostrado, Leonardo sabía que su rival lograría liberar con éxito al gigante del mármol que lo aprisionaba y que la obra que iba a crear permanecería por siempre en el acervo de la humanidad.

Había transcurrido un mes desde que Miguel Ángel lo derrotara. Leonardo se encontraba sentado sobre una roca, en un claro hermoso y silencioso de un bosque de la Toscana, rodeado por árboles frondosos. Florencia se encontraba lejos, a más de dos horas de camino hacia el oeste, aunque parecía que todo su esplendor y su belleza, los colores ocres, naranjas y rojos de las fachadas de las casas y los palacios, se extendieran no hasta el claro, sino hasta los confines del mundo.

En ese espacio del bosque penetró un chorro de luz sugerente que a Leonardo le hizo pensar en el atardecer, un crepúsculo tierno y nostálgico al final de un estío muy largo. Diminutos fragmentos de una desconocida materia parecían flotar en gran número dentro de esa luz. Pero solo era una fina lluvia de finales de verano.

Al cabo de poco tiempo la lluvia se intensificó y fue empapando a Leonardo da Vinci, desde el cabello a las barbas, de la cabeza a los pies. Hubo un salpique de lluvia y un charco reflejó la hermosa imagen de su rostro. Parecía una imagen sin vida, sin alma, en la que reinaba un profundo silencio, una imagen tan solitaria y fría que ni siquiera bastaría decir, para describirla, que era la esencia de la desolación. Esa última cota de sacrificio había sido sobradamente alcanzada. Ni siquiera la muerte debía de ser tan atroz. Le había llevado cincuenta años saber quién se ocultaba al otro lado de aquellos ojos dorados y fulgentes.

Pero Leonardo da Vinci no estaba vencido; trataría de recuperarse, se esforzaría en renovar su coraje. Primero imaginó cómo sería, en un futuro cercano, la nueva imagen que reflectaba aquel charco de agua. Y se prometió que conservaría, a lo largo de los años, el mismo corazón sencillo y entusiasta de su niñez, y que reuniría a su alrededor a más y más discípulos, y haría brillar los ojos de todos ellos al contarles sus anécdotas, sus creaciones y recuerdos, y les transmitiría las pequeñas tristezas y las grandes alegrías del alma, y sonreiría ante la ingenuidad de la juventud, recordando su propia infancia y los días posteriores en los que su arte se erigió sempiterno.

¡Qué infortunio el suyo, y también qué bárbara y absurda incomprensión! ¡Qué lástima haber perdido el concurso!

Sin embargo, Leonardo ya no sufría por no tener en sus manos «la piedra de Duccio», ni se preocupaba por ello, sino que había llegado la hora de afrontar un nuevo e inescrutable destino.

Porque aquí comenzaba otra historia, la necesidad de renovación de un artista, la transformación de un hombre excepcional, el tránsito de una realidad a otra que se antojaba totalmente desconocida.

Leonardo da Vinci aún no lo sabía, pero se acercaba el encargo más crucial, el nuevo y aún más prodigioso reto que lo situaría frente a frente a su gran rival, la más sublime batalla de la historia del arte, el encargo que lo conduciría a trabajar en el mismo espacio que Miguel Ángel.

Se dijo que, a partir de ese instante, regresaría a Florencia y hallaría el modo de levantar su ánimo, y superaría cualquier signo de adversidad. Y con su genio, tan solo recurriendo a su genio, sería capaz de vencer todos los males.

«Y con mi genio, tan solo recurriendo a mi genio, seré capaz de vencer todos los males.»

No, al menos en ese mundo, Miguel Ángel no volvería a derrotarlo jamás.

CAPÍTULO VI

1

Alrededores de la iglesia de Orsanmichele, Florencia,
finales de septiembre de 1501

La luz azafranada del atardecer se extendía sobre la ciudad y
arrancaba reflejos del color de la plata y el cobre de las vidrieras
de las iglesias y los palacios, hacia el final de una jornada cálida y
soleada de los últimos días de septiembre.

Un corro de estudiantes debatía acaloradamente en el centro
de Florencia, en una zona confinante con la plaza de la Señoría. El
grado de alfabetismo en la ciudad era muy elevado y los jóvenes
gustaban de aquellos debates públicos debido a que muchos dedi-
caban buena parte de su tiempo y formación a aprender latín, especialmente con los textos de Ovidio y Plutarco. Además, aunque
el invento de Gutenberg todavía se consideraba una novedad, desde hacía tres décadas se editaban libros en Florencia, en la imprenta de via Calimala y en la del convento de San Jacopo di Ripoli, a
las afueras. Gracias a la imprenta se empezaban a difundir muchos
textos en Florencia, como los de Platón traducidos del griego al latín. Por tanto, no resultaba extraño ver a estudiantes leyendo y
practicando la oratoria en las calles.

El grupo que debatía en torno a la iglesia de Orsanmichele lo
formaban jóvenes de entre quince y diecisiete años que cursaban
diversas materias. Tres de ellos asistían a clases de derecho civil, la
disciplina que claramente imperaba sobre las demás ramas del

aprendizaje en las escuelas de Florencia. Cuatro de ellos estudiaban retórica y poesía, y el resto, derecho canónico, gramática y medicina. Y conversaban:

—¿Es verdad que el escritor Giovanni Boccaccio añadió el adjetivo «divina» a la *Commedia* de Dante?

—Sí, es cierto, lo incorporó en la etapa en la que se encargaba de leerla y comentarla públicamente por diferentes ciudades.

—Y lo inscribió por ser esa obra, también, un poema, una epopeya que canta a la cristiandad.

El más joven de todos manifestó, casi exaltado:

—¡Yo afirmo que el más famoso de los textos de Dante Alighieri es una tragedia!

Todos se enfadaron con el chico en cuestión.

—¡Qué disparate!

—¡Menuda insensatez!

—¡Te equivocas estrepitosamente!

—¡No! ¡Acierto notablemente!

—Piénsalo bien, si tuvieras razón, ¿por qué el autor iba a llamar a su libro, sencillamente, *Commedia*?

—Además, si atendemos al esquema clásico, no puede ser una tragedia, ya que su final es feliz —argumentó otro.

El más joven se mantuvo inmutable en su actitud:

—No me importa cómo os pongáis, yo sigo considerando que la *Divina Commedia* se trata de una tragedia. —Y aunque su opinión distaba de ser acertada, su mérito residía en que no se arredraba ante el rechazo de los demás—. Si no, pensad en lo siguiente: la literatura cristiana abunda en descripciones de ultratumba, ¿cierto? —recordó. Y el resto se lo confirmó—. Decidme, entonces, ¿con qué propósito?

—Para producir espanto en las personas, evidentemente.

—Y con la intención principal de advertir sobre los peligros que conlleva el pecado.

—Sí, en la literatura cristiana muchas veces se detallan los castigos terribles que esperan a las almas condenadas en los horrores del Infierno.

—¡Exacto! —se animó el más joven—. ¡Y ahora recordad que Dante también escribió sobre el Infierno, el Purgatorio y el Paraíso! Por otro lado, ¿acaso no presenta, en sus versos, a la pantera como el animal que simboliza la lujuria, la sagacidad, la sensualidad y la cautela? ¿Y no atribuye al león, el rey de la selva, el orgullo, la imagen del poder, la soberbia y el dominio? ¿Y la loba? Dante encarna en ella la avaricia, un hambre que nunca se sacia, la idea de la ambición. ¡Por todo ello y más, defiendo que la obra es una tragedia!

—¡Pero estás cruzando y mezclando géneros! —le recriminaron—, pues la *Divina Commedia* nada tiene que ver con los bestiarios medievales, y aún menos con las descripciones de ultratumba que la literatura cristiana reseña.

Los jóvenes siguieron discutiendo largo rato con opiniones contrapuestas sobre algunos de los pasajes que Dante desarrollaba en la *Divina Commedia*; al no lograrse una clara conformidad en los pareceres, uno de los estudiantes de retórica propuso:

—¿Y si le preguntamos a él? Quizá aclare nuestras dudas.

Sin embargo, varios titubearon:

—¿Deberíamos?

—No, no lo molestemos.

—Llevas razón, no pequemos de importunar a una de las figuras más egregias de la ciudad.

—Además, seguro que tiene asuntos más importantes que atender.

—Cierto, no nos entrometamos.

Pero el más joven, que también resultaba ser el más desvergonzado, lo llamó a gritos:

—¡Eh, maestro Leonardo!

Leonardo da Vinci paseaba despreocupadamente por los alrededores de la iglesia de Orsanmichele, que en el dialecto toscano significaba «huerto de san Miguel». La zona hervía de gente en la hora próxima al crepúsculo; fundamentalmente confluían en las calles los mercaderes de los gremios cuyas sedes ocupaban los hermosos palacios situados en torno a la iglesia.

—¡Eh, maestro Leonardo!

Uno de los mayores le reconvino semejante conducta:

—Shhh, no seas maleducado.

El más joven se giró y le dijo:

—Calla, imbécil. —Y volvió a gritar—: ¡Maestro Leonardo!, ¿nos atenderías unos segundos? ¡Urgimos tu opinión!

Leonardo da Vinci, que vestía una de sus inconfundibles túnicas rosadas, se acercó con aires benévolos al grupo de estudiantes que a voces lo reclamaba. Ya frente a todos, atendió en silencio los argumentos, gritos más que argumentos, que los estudiantes empleaban con el fin de apoyar sus tesis.

Pero Leonardo enseguida entendió que aquella no era una discusión amistosa, sino una lucha desesperada en la que, al menos esa impresión le causó a él, los jóvenes vociferaban con el único fin, quizá, de fascinarlo y, a su vez, de silenciar la opinión de su interlocutor. Poco a poco se fueron uniendo más y más voces, más y más estudiantes, y el ruidoso debate se fue apoderando del resto de los sonidos de la calle, hasta que Leonardo consideró que, al alcanzarse cierto punto, se perdía todo atisbo de lógica en los juicios de los estudiantes, de modo que levantó despacio una mano e inmediatamente todos enmudecieron; ahora se mostraban expectantes, casi nerviosos por lo que el maestro pudiese decir.

—La ciega ignorancia nos engaña —pronunció con gracia y alegría—. ¡Oh desdichados mortales, abrid los ojos! —Y como nadie entendió una sola palabra, el silencio se hizo más profundo—. En primer lugar —continuó Leonardo casi en un susurro—, no alcéis tanto la voz; sabed que cuando aparecen los gritos desaparece el conocimiento verdadero; quien realmente sabe lo que está diciendo, no tiene razones para subir el tono.

3

Los muchachos se disculparon, algunos cabizbajos.

—Maestro, discutíamos acerca de la obra de Dante.

—Qué interesante —asintió Leonardo—. Siempre he considerado que aprender nunca cansa la mente. —Aquella era una de las circunstancias que más le agradaba de Florencia: el aprecio que sus gentes mostraban hacia el arte de la retórica, pues muchos florentinos todavía sentían admiración por la hazaña de Giannozzo Manetti, un filólogo y humanista que dedicó un discurso en latín de dos horas de duración al rey Alfonso de Aragón, quien, según contaban, prestó tal atención a la perorata que ni siquiera se dio cuenta de que tenía una mosca posada en la punta de la nariz—. De modo que hablabais sobre la *Divina Commedia* —sonrió Leonardo—, pues sabed que la literatura latina también compuso relatos de viajes al inframundo.

—¿Ah, sí?

—¡Por supuesto! Recordad, por ejemplo, los viajes de Eneas por el Mediterráneo y su descenso al Hades, en el sexto canto de la *Eneida*.

—¡Vaya!

—Desde luego; y los antiguos griegos también trataron los encuentros con seres sobrenaturales —añadió Leonardo.

—¿En qué obras, maestro?

—En algunas epopeyas, como las aventuras de Ulises en la *Odisea*.

El más joven intervino con descaro:

—Pero, maestro, no debatíamos sobre épicas travesías por el inframundo.

Leonardo, amistosamente, lo alentó:

—¿Y sobre qué discutíais?

—Sobre en qué género literario encajar la obra de Dante.

—Entiendo. Más interesante aún; pero una cuestión difícil de resolver de manera esclarecedora, me temo. —Leonardo se atusó los bigotes y las barbas con el índice y el pulgar. Y como no añadió más palabra y se quedó distraído con la mirada perdida y hechizada en el suelo varios minutos, los jóvenes tuvieron que requerir su atención:

—¿Maestro Leonardo?

—¿Sí? ¿Qué? ¡Ahhh! Disculpad. No, no os contaré mi opinión, mas prefiero que sigáis intercambiando juicios constructivos entre vosotros, y os preguntaréis: «¿Para qué?». Para favorecer que las ideas circulen, muchachos. Sabed, eso sí, que la historia narrada en la *Divina Commedia* puede interpretarse en un sentido literal y en un sentido alegórico. Por otra parte, ¿y si le preguntáis a él? —Y, alzando el brazo, señaló a Miguel Ángel Buonarroti, que acababa de aparecer en la calle.

4

Miguel Ángel se aproximó despacio, con cautela. En su expresión se mezclaba la animosidad con la desconfianza irreflexiva. El escultor, que vestía una túnica parda ordinaria, llevaba el cabello revuelto tras un largo día de trabajo. A la luz del crepúsculo, su nariz parecía más torcida que nunca. Y esforzándose por mostrar la mayor cordialidad posible hacia los estudiantes que a gritos lo llamaban, dijo:

—¿Qué?

Varios de los jóvenes hablaron al mismo tiempo provocando que Miguel Ángel se crispara ante lo que él consideraba una conducta irreverente. Aun con todo, permitió que discutieran un par de minutos; cuando se hartó de escuchar, los interrumpió.

—Ya basta —gruñó. De pronto empezó a carcajearse con ironía, esbozó una sonrisa taimada y los amonestó—: ¿La *Divina Commedia*? Estúpidos, ¿para qué os proporcionó el Señor dos ojos? ¿Acaso no veis dónde os encontráis?

Los jóvenes miraron en rededor, bastante desconcertados. Los comercios y las tiendas comenzaban a cerrar al caer la tarde. Por las calles transitaban muchos mercaderes con prisas, como hormigas, alrededor de la iglesia sin prestar atención a nada. Algunos viandantes se dirigían a sus hogares y varios grupos conversaban a las puertas de las tabernas. Una mujer de moral distraída, una prostituta, cruzaba la calle orgullosamente vestida con guantes y sandalias de tacón; su cutis brillaba pálido, a la moda, un efecto que se conseguía mediante la aplicación de azufre en la piel. Unos veinte segundos más tarde sonó el agudo tañido de una campanilla que anunciaba la llegada de un mendigo pidiendo limosna.

—Yo no veo nada fuera de lo común —dijo el estudiante más joven.

Miguel Ángel perdió la paciencia y sacudió la cabeza de lado a lado, e ironizó:

—No hay daño tan grande como el del tiempo perdido, ¿verdad?

5

—Necios, dejad de mirar las calles con desconcierto y observad a vuestra espalda. —Los jóvenes se fueron volviendo uno a uno y contemplaron la iglesia con el mismo desconcierto.

—Sigo sin apreciar nada extraordinario —comentó el joven al poco.

Miguel Ángel se explicó:

—¿Habláis de Dante cuando tenéis a escasos pasos una de las más sobresalientes obras de arte de Florencia? Fijaos bien, la fachada exterior de la iglesia de Orsanmichele conserva catorce nichos que se han llenado con esculturas grandiosas. —Las pupilas de Miguel Ángel lanzaban los destellos propios de la audaz resolución que anima a aquellos que se disponen a aprender algo nuevo. Se restregó rudamente el polvo de mármol de las palmas de las manos, se volvió hacia Leonardo y, con mirada severa, le indicó que colaborase en la descripción.

Con una expresión completamente seria, Leonardo da Vinci asintió.

—Muchachos —anunció con tono alegre—, las catorce esculturas que decoran las cuatro fachadas de Orsanmichele se encargaron tiempo atrás por muchos de los gremios de la ciudad como forma de promoción social; *La Virgen y el niño*, por los boticarios y los médicos.

—El *San Marcos* de Donatello —siguió Miguel Ángel—, por los trabajadores del hilo.

—*San Felipe*, por los zapateros.

—*Los cuatro santos coronados*, por los trabajadores de canteras y de madereras.

—*San Lucas*, por los notarios y los magistrados.

—*Cristo y Santo Tomás*, por los comerciantes.

—*San Pedro*, por los carniceros.

—*San Juan el Bautista*, por los comerciantes de lana.

—*San Eligio*, por los herreros.

—*Santiago*, por los peleteros.

—*San Esteban*, por los fabricantes de lana.

—*San Mateo*, por los banqueros.

—*San Juan Evangelista*, por los comerciantes de seda.

Miguel Ángel finalizó:

—Y la escultura que tenéis frente a vosotros es el *San Jorge* de Donatello, un trabajo que encargaron los fabricantes de armaduras. Observad su gesto meditabundo; es increíblemente realista, y viste la armadura al completo entretanto apunta con la lanza a los viandantes.

Los estudiantes se tomaron su tiempo para analizar, una a una, alrededor de la iglesia, todas las esculturas.

—De acuerdo, son obras de un refinamiento y un gusto maravilloso —reconoció el joven minutos más tarde—. Pero nos hemos desviado del tema que nos ocupaba. Y hoy me gustaría irme a dormir sabiendo si la *Divina Commedia* podría considerarse una tragedia. Sin ánimo de ofender, hablábamos de literatura, maestro Miguel Ángel.

Leonardo se escandalizó graciosamente:

—¡No, por favor! No te equivoques, muchacho, pues largo es el camino que a Miguel Ángel todavía le queda por recorrer antes de alcanzar la maestría. —Leonardo dio un paso al frente, con aquella sonrisa encantadora que siempre esbozaba frente a los jóvenes de la ciudad que mostraran interés por la cultura y el arte. Se volvió hacia Miguel Ángel y le confesó—: Por eso te he llamado; he pensado que podrías explicarles el simbolismo latente de la *Divina Commedia*.

Miguel Ángel, acostumbrado a oír la ironía en los labios de Leonardo, estimó que en aquellas palabras emergía una más de las ofensas del maestro, cuando en realidad no lo era, y consideró seriamente que se estaba mofando de él. Una burla como el intenso frío invernal que abrasa la piel.

—Explícaselo tú —objetó, enojado—, que en Milán hiciste un modelo de caballo para fundirlo en bronce, no pudiste fundirlo y, para tu vergüenza, lo dejaste correr y acabó siendo destruido por los soldados del rey de Francia.

6

—Es cierto, muchachos —admitió Leonardo despreocupadamente—, el monumento ecuestre que creé para los Sforza se des-
truyó.

—¿Y esos *caponi* milaneses creyeron en ti? —satirizó Miguel
Ángel con un cinismo rancio y deliberado.

—Sí, esos «cabezotas» confiaron en mí durante dieciocho
años. —A través de la observación en la actitud de Miguel Ángel,
el escultor se comportaba de pronto con suficiencia y brusquedad, Leonardo percibió que se sentía, a saber por qué, humillado.
Pero Leonardo ya había sobrepasado los límites de la cordialidad
hacia él; y notó que, al responderle, tal y como sucediera en su primer encuentro en el Ponte Vecchio, no dominaba suficientemente su voz, una inflexión que empezaba a irritarse ligeramente al
menor signo de enfado. Sus ojos dorados brillaron de un modo
imposible de ocultar. Se dirigió a los chicos y les previno—: Desde que amanece el día podéis pensar: «Hoy quizá me encuentre
con un indiscreto, un ingrato, un insolente, un envidioso y un
egoísta». —A continuación señaló descaradamente a Miguel Ángel con el dedo índice y agregó—: La mayor desgracia que descu-
briréis en la vida adulta será que, en ocasiones, se cruzará en vuestro camino una persona que reunirá todos esos calificativos
despectivos.

Los jóvenes ahogaron un grito de asombro y sorpresa; aunque hubiesen querido comentar algo, no habrían sabido qué decir. Pero Miguel Ángel, predispuesto desde un principio a rebatir
cualquier palabra hiriente que Leonardo pudiese pronunciar, no
se acoquinó:

—Muchachos, la envidia es un sentimiento terriblemente per-
nicioso, y, por cierto, uno de los pecados capitales que Dante describe en la parte del Purgatorio. No hagáis caso al «maestro», pues
desde agosto lo domina la envidia de no poseer el bloque de mármol que a mis manos se ha destinado.

Leonardo replicó:

—Alejaos asimismo de la soberbia, otro de los pecados capitales del Purgatorio. —Miró al escultor con desprecio y le advirtió—: Sospecho, Miguel Ángel, que tienes la necesidad de sentirte superior a los demás con tu arte porque te sientes inferior en todo lo referente a las diversiones de la vida mundana. ¿En qué te convierte eso?

—¿En qué me convierte? —sonrió Miguel Ángel—. De momento, en el artista que tallará el bloque de mármol más memorable de siempre. ¿En qué te convierte a ti el hecho de haberlo perdido en mi favor?

—¡Ah, qué sería de la vida sin la oportunidad de que un jurado tomase estúpidas decisiones! —ironizó Leonardo, recordándole que el concurso por «la piedra de Duccio» no dejaba de ser una concesión arbitraria—. ¿Quieres saber la verdad? No me siento desgraciado o disgustado. No me siento bien o mal. No siento nada.

—No seas arrogante.

—La arrogancia se tiene que ganar.

Miguel Ángel observó con gesto repulsivo a Leonardo; amplió aquella sonrisa malévola y apuntilló:

—La humildad es una cualidad mucho más importante, especialmente si te equivocas a menudo.

—No comprendo tu cambio de actitud —se sinceró Leonardo—. No me burlaba de ti, Miguel Ángel. Al menos no esta tarde. Pero si te empeñas en actuar como un idiota, yo insistiré en tratarte como si lo fueses. —Abrió los brazos en abanico y enunció—: ¡Muchachos!, los ojos pueden engañar y la sonrisa mentir, pero los zapatos siempre dicen la verdad. —Los alumnos observaron los pies de Leonardo, vestidos con unos botines de cuero, limpios y elegantes, con la puntera roma; y luego miraron a Miguel Ángel, que llevaba calzado de piel de perro.

7

Los estudiantes ya habían alcanzado los últimos límites del entusiasmo, y seguían con gesto alegre la discusión entre Miguel Ángel y Leonardo. En todos ellos prevalecía un ambiente de revuelta emoción, porque pocas cosas satisfacían más a los jóvenes florentinos, y también a los adultos, que una conversación animada en la que descollara el ácido sentido del humor de la Toscana. Uno de ellos susurró en voz baja la expresión que definía aquello de manera acertada: «Si tratas con un toscano, como seas tuerto andas listo».

En ese momento salió de una casa cercana un florentino que sujetaba un farol con una vela encendida en su interior; todavía no era de noche, apenas había comenzado a extenderse la penumbra, y por eso el cirio del candelabro no irradiaba luz a su alrededor, sino que parecía pender entre la tierra y el cielo como una lágrima roja y amarilla que ni ascendía ni descendía; había en aquella solitaria imagen una sensación de repentina melancolía.

8

Leonardo da Vinci y Miguel Ángel intercambiaban discursos sobre asuntos que ya no venían a cuento. Empezaron a discutir sobre la existencia de Dios, la finitud y la infinitud, la postura de los antiguos respecto a la religión, la pintura y la escultura, y otras muchas cosas más. No se pusieron de acuerdo en nada. Al final, los jóvenes incluso parecían lamentar el haber avivado una relación fatal que ya se intuía incorregible.

Y los dos artistas, cuanto más crispado y hosco era el ambiente que creaban en torno a la iglesia de Orsanmichele, cuanto más se cernía la oscuridad haciendo de ellos una isla abandonada, cuanto más airados se mostraban, menos conscientes eran de que la gente ya no los rodeaba; y al poco se quedaron definitivamente a solas en aquella vía sombreada de Florencia, tan solo acompañados de cerca por aquel hombre que portaba un farol y que los miraba y escuchaba sin comprender nada, mientras ellos, encerrados en una especie de esfera de luz, dentro de la cual seguían perorando, no apreciaban el silencio que reinaba a su alrededor y que recordaba a la profundidad de las frías aguas del río Arno.

Parecía la interpretación de una escena extraída del poema de Dante Alighieri.

9

Taller de Miguel Ángel, Florencia,
comienzos de octubre de 1501

Durante agosto y septiembre, en las semanas que siguieron a la concesión de «la piedra de Duccio», Miguel Ángel trabajó arduamente junto con los obreros de la catedral para levantar y enderezar el bloque de mármol. Más de doce hombres tomaron parte en la labor, y fueron precisos al menos tres ensayos para manipular de manera adecuada aquella roca sobre la que Miguel Ángel empezaba a considerar que tal vez se hubiera invocado una maldición.

A resultas de los intentos desesperados de Agostino di Duccio por desbastar la parte sobrante, una deformidad de tamaño considerable provocaba que el bloque se inclinara hacia un costado. De modo que a Miguel Ángel no le había quedado más remedio que construir un cobertizo de ladrillo en torno a la piedra para estabilizarla y, también, para proteger su intimidad y poder trabajarla de arriba abajo fácilmente.

Desde el alba al ocaso estudiaba la forma, tomaba notas sobre su altura, anchura y profundidad, sobre la magnitud de los cortes y las excrecencias en la piel del mármol. La piedra, espigada y delgada, parecía el tronco de un viejo árbol consumido por los elementos, con todas sus ramas truncadas tras décadas de tormentas y adversidades, una pieza a la que tan solo le quedara algún nudo y algún hueco allí donde la vida hubiera florecido antaño.

Miguel Ángel imaginaba la manera en que, en su cabeza, germinara el diseño milagroso de una escultura que encajase en aquella piedra mordida, sucia y poco profunda; pero cuanto más la analizaba, nuevos y mayores óbices encontraba, porque en caso de tallar una figura lo bastante esbelta y en concordancia con la superficie del bloque, quizá la obra resultara demasiado estática, y si creaba una escultura maestra lo suficientemente dinámica, tal vez no cupiera en tan poco espacio.

Sea como fuere, Miguel Ángel se atormentaba ante la idea de ser incapaz de esculpir una estatua digna del Duomo. Lo más desolador era que empezaba a sentir, con toda su crudeza, el dolor que produce la obsesión de sentirse derrotado porque no se puede plasmar en la realidad la imagen que se ha imaginado.

10

Basílica de la Santissima Annunziata, Florencia, comienzos de octubre de 1501

Leonardo oía a las gentes comentar en las calles la victoria de Miguel Ángel en el concurso público por «la piedra de Duccio», o dicho de otra manera, su derrota en la contienda. Escuchaba a los florentinos expresarse cada vez con mayor interés, y cómo depositaban, en sus comentarios sobre el símbolo que Miguel Ángel crearía en su escultura, toda la esperanza natural de una ciudad sometida contra su voluntad a la guerra.

«No es más que una piedra, una simple piedra.»

Solo que la idea volvía una y otra vez a la mente de Leonardo y lo obligaba a pensar en el motivo por el que su proyecto no había triunfado. Todos sus pensamientos, sus múltiples y variados pensamientos, acababan virando de manera cíclica e irremediable hacia aquel escultor que lo había llevado a probar el amargo sabor de la derrota.

Días después de la disputa dialéctica con Miguel Ángel en torno a la iglesia de Orsanmichele, Leonardo ascendía las escaleras de la Santissima Annunziata reflexionando sobre en qué otros asuntos podría centrar su atención. En aquel momento, se imaginó al lado de sus discípulos y ayudantes y sintió de repente una sensación dulce, tan curiosamente dulce que le entraron ganas de reír.

De idéntica curiosa manera, en aquella mañana de otoño de 1501 Leonardo se encontró a Salai y a otros dos discípulos en su estudio. Se fijó en que los tres mantenían, en un silencio absoluto, la misma y extraña pose frente al espejo, con su mano derecha haciendo el gesto de la bendición latina y con la palma de la izquierda abierta fingiendo sostener algún objeto.

—La necesidad es maestra de la naturaleza, ¿verdad? —los sobresaltó Leonardo con tono jovial.

11

—¡Maestro! —se sorprendieron al verlo en la puerta.

—Dejadme adivinar: ¿estáis representando mi *Salvator Mundi* frente al espejo?

Ninguno respondió de inmediato, aunque los tres enrojecieron de vergüenza y enseguida se disculparon en un susurro, alegando que no tenían como intención fisgar entre sus pertenencias.

—¿Ah, no? —se rio Leonardo, e ironizó—: Si no era vuestra voluntad, me pregunto entonces qué forzoso motivo os ha empujado a allanar el estudio privado de vuestro maestro. —Y demandó una respuesta—: ¿Giacomo?

Salai dio un paso al frente y se explicó:

—Es verdad, maestro, nos hemos colado en tu habitación sin permiso alguno; no hay argumento que excuse nuestra actitud.

—¿De veras? ¿Por qué no lo intentáis? Os animo a probar, a construir una buena retórica que, de un modo aceptable, bien pudiera justificar la conducta poco ejemplar de tres discípulos que, aun siendo su trabajo aceptable, no deberían encontrarse aquí.

Los tres manifestaron su falta de entendimiento con la siguiente pregunta:

—¿Qué?

Y Leonardo da Vinci, divertido, resolvió:

—Contadme qué os ha traído a mi habitación.

12

—Maestro, andábamos debatiendo en otra sala sobre tu *Salvator Mundi*, y unas palabras llevaron a otras, y finalmente terminamos apostando sobre cuál de nosotros tres sería capaz de realizar la mejor copia de tu pintura. He ahí la razón por la cual hemos entrado en tu estancia, para analizar el lienzo antes de empezar a reproducirlo.

Leonardo da Vinci cerró la puerta de la habitación y se acercó al cuadro, que los aprendices habían colocado en posición vertical justo al lado del espejo frente al que, hasta hacía un instante, posaban con gracia.

—Cristo como salvador del mundo —murmuró—, un tema que se está volviendo muy popular a principios de este siglo.

—Sobre todo entre los pintores del norte de Europa, ¿verdad? —preguntó uno de los pupilos.

—Verdad. Observad la mano derecha de Cristo, lo represento ejecutando la bendición latina, con sus dedos índice y corazón ligeramente cruzados, mientras en la palma de la mano izquierda sostiene el *globus cruciger*.

—¿El *globus cruciger*?

—La esfera transparente que simboliza la totalidad del cosmos —respondió Salai—, aunque, en otras versiones que he visto, Jesús aparece sujetando el globo terráqueo rematado con una cruz.

Uno de los otros dos aprendices añadió:

—Pero, maestro, más allá de la esfera, tu cuadro contiene algunas características que lo diferencian de otras pinturas.

—Os escucho.

—Bien, para empezar, tu representación de Cristo reconforta e inquieta al mismo tiempo, sobre eso discutíamos.

—Exacto, pues tu *Salvador del mundo* nos ofrece unas emociones que cambian a cada instante.

Leonardo les planteó:

—¿Os referís a sus labios? ¿Esboza Cristo un atisbo de sonrisa? Miradlo otra vez: ¿Jesús de Nazaret dirige la vista hacia nosotros o hacia la lejanía?

—Creemos que esa cuestión es imposible de resolver. ¿Cómo estar seguros? —se preguntaron—. No obstante, el misterio que más despierta nuestro interés lo encontramos en sus labios, sí; una sonrisa difícil de interpretar, ambigua, que parece cambiar un poco cada vez que la contemplamos.

Leonardo da Vinci había pintado un Jesucristo de mirada directa, con sus cabellos rizados cayendo en cascada sobre sus hombros, más nítidos y menos difuminados a la altura del pecho, envuelto el Salvador en un aura brumosa con los contornos borrosos, un efecto que se alcanzaba al haber aplicado el maestro la técnica del *sfumato*.

—¿Y por qué los objetos que se encuentran más cerca de nosotros se aprecian con mayor claridad? —quisieron saber.

Leonardo les respondió:

—Porque he dedicado una buena parte de mi tiempo al estudio de la óptica y la refracción de la luz y, por tanto, sé crear la ilusión de la profundidad tridimensional en una pintura, procurando que los elementos situados en un primer plano parezcan más nítidos.

Entretanto Leonardo peroraba, sus discípulos iban tomando anotaciones, esforzándose por no perder detalle. Parecían amanuenses decididamente entregados a su labor.

13

Taller de Miguel Ángel, Florencia, mediados de octubre de 1501

A medida que iba transcurriendo el otoño, Miguel Ángel se desvivía por dibujar decenas y decenas de bocetos; para ejecutar algunos se basaba en modelos de tipos florentinos a los que pagaba con las últimas monedas que le quedaban; para otros se inspiraba en los extraños que veía en las calles de Florencia; para los demás recurría a su propia imaginación.

A veces perfilaba figuras enteras y en otras ocasiones solo esbozaba miembros: un brazo, una pierna, una cabeza, un torso, un pie. Pero, dibujara lo que dibujase, siempre terminaba carbonizando todos aquellos bocetos en un caldero de metal que había tomado prestado de la cocina de su padre.

Cada noche alimentaba las llamas con las hojas, porque no quería dejar evidencia alguna de su desesperación y su lucha, porque quería que las futuras generaciones creyesen que su Hércules había surgido en su imaginario de forma inmediata en un singular brote de genialidad.

Tan solo si pudiera sentir ese brote un efímero instante...

14

Catedral de Santa Maria dei Fiore, Florencia,
mediados de octubre de 1501

Una mañana agradable, a mediados del mes de octubre, Leonardo da Vinci esbozaba sobre una lámina de papel la cúpula de Brunelleschi, la culminación de la catedral. A su alrededor, un buen número de florentinos se congregaba en grupos frente al Duomo para cotillear tras la *passegiata*, el paseo matutino. Leonardo dibujaba las líneas del orbe de cobre dorado que remataba el edificio cuando advirtió que Salai se acercaba, dominado el aprendiz por una especie de turbación.

—Giacomo —lo llamó Leonardo—, observa a aquellos florentinos: son gentes supersticiosas; cada vez que un rayo impacta en la cúpula, lo que sucede con frecuencia, consideran que se debe a que la altura alcanzada por la catedral ha incitado la cólera divina.

—Maestro... —pronunció Salai con voz timorata, apenas sin escucharlo.

Leonardo lo interrumpió alzando una mano:

—Si has venido a decirme que los frailes de la Santissima Annunziata andan buscándome, ya lo sé. Llevan semanas presionándome para que trabaje en su retablo. Hazles saber que la pintura por la cual me contrataron llegará pronto.

Salai se quedó atrapado entre la mirada de Leonardo y su comentario. Parecía sentirse totalmente confuso, un desorden emocional que manifestó extendiendo un brazo que temblaba ligeramente.

—¿Qué me traes, Giacomo? ¿Una carta?

Leonardo da Vinci cogió la misiva y le echó un primer vistazo; y ya con aquella primera y rápida ojeada entendió que el hijo del papa se dirigía a él, exclusivamente a él, describiéndole en aquella carta sus ambiciosos planes para dominar toda Italia y más allá, motivo por el cual solicitaba sus servicios, afirmando que le pagaría un salario generoso y le concedería el título de Jefe Militar de Ingenieros en el ejército pontificio si se unía a su causa.

—Entiendo —murmuró Leonardo—. No quiere arrestarme; César Borgia quiere contratarme.

Y ante la inmensa sonrisa que ampliamente se apoderó de sus labios, Salai por fin reaccionó:

—No, maestro, por favor... No puedes trabajar para César Borgia. Una cosa es abandonar Milán y a la familia Sforza, pero otra, muy distinta, es traicionar a Florencia.

—Parece una oportunidad digna de ser valorada.

—Pero maestro...

—El deseo natural de los hombres de bien es la búsqueda del conocimiento —lo cortó Leonardo—, y no lo podemos negar: nuestra vida está hecha por la muerte de otros. Esto es algo que César Borgia sabe muy bien. Tomaré su oferta con precaución.

Durante más de veinte años, Salai había visto en su maestro a un ser paternal que defendía la libertad. Esa idea estaba demasiado arraigada en él como para que pudiera librarse de ella tras leer una simple carta. Mientras tanto, Leonardo da Vinci pensaba: «¿Tan descabellada decisión sería trabajar para César Borgia?».

Incluso en el caso de que pudiera explicar aquella reflexión apelando a su curiosidad excesivamente intensa, quedaba en pie el hecho de que esa misma curiosidad no solo guardaba relación con las desesperadas ansias que Leonardo sentía por vivir en el mundo exterior a Florencia, sino que también le interesaba conocer, de una forma espontánea, la ética y la moral que practicaba el hijo del papa, y su idea de una Italia unificada, aquella indisoluble creencia en la posibilidad de que lo imposible pudiera transformarse en realidad.

15

Basílica de la Santissima Annunziata, Florencia, mediados de octubre de 1501

Mona Lisa preguntó:
—¿A dónde vamos, Francesco?
—A la basílica de la Santissima Annunziata, lugar donde reside Leonardo da Vinci —respondió su marido—. He indagado y descubierto sus grandes méritos en el campo del arte; sí, es el maestro adecuado a quien encargarle tu retrato.

Tras recibirlos Leonardo en su estudio con su habitual amabilidad y simpatía, Francesco del Giocondo le contó que, después de haberse convertido en el proveedor de sedas de los Médici, su prosperidad iba en aumento gracias a los encargos de clientes de toda Europa.

—Además, tu padre, Piero, ha sido durante mucho tiempo mi notario y me ha representado en litigios en varias ocasiones. Yo acudo a misa a esta basílica y presto dinero a la orden, pero dada mi naturaleza de comerciante astuto y, reconozcámoslo, a veces conflictivo, me he enzarzado en pleitos que a Piero le ha tocado resolver.

—Veo que nuestras familias comparten una estrecha relación con esta iglesia —sonrió Leonardo—, pues mi padre es, asimismo, el notario de la misma.

—Y ahora, al vivir tú en la Santissima Annunziata, permite

que te diga que no solo compartimos un hogar espiritual, maestro, sino también el amor por el arte.

Tras las formalidades oportunas, Francesco del Giocondo manifestó su intención de contratarlo como retratista de su mujer; y Leonardo, que observaba a aquella hermosa joven con arrobo, le pidió cordialmente a Francesco que expusiera sus propósitos en una carta, de manera oficial y formal. Y le aseguró:

—Una vez se me entregue tu carta y llegado el momento, aceptaré trabajar para ti como pintor.

16

Taller de Miguel Ángel, Florencia,
finales de octubre de 1501

Boceto, fuego, boceto, fuego... Día tras día, semana tras semana, Miguel Ángel pugnaba con su cartera de dibujos, con el clarión, con el carboncillo, con la piedra, consigo mismo. Luchaba contra todos los elementos bajo la atenta mirada del público florentino, porque a su alrededor, en la plaza del Duomo, decenas de hombres se hacían cargo de las interminables reparaciones de la catedral: carpinteros y picapedreros que colocaban nuevas tejas, que reparaban el mármol en mal estado, que limpiaban el exterior, en su eterna batalla contra el deterioro.

Toda aquella ruidosa actividad no le desagradaba, pero sí empezaba a lamentar no haber pedido a la ciudad un espacio privado. Y aquella terca actitud, Miguel Ángel se la recriminaba: «Has sido orgulloso, vanidoso e imprudente».

Los florentinos empezaron a llamar a la piedra «el Gigante», y no solo por sus enormes dimensiones físicas, también por sus problemas de tamaño. Muchos se sentaban frente a él con hogazas de pan de centeno y frascas de Chianti para verlo trabajar, incluso pactaban apuestas sobre si Miguel Ángel sería capaz de terminar la obra él solo.

Su familia odiaba aquel espectáculo público tanto como él; sus hermanos recelaban y lo animaban a abandonar el trabajo; y su padre ya casi ni le dirigía la palabra, y cuando lo hacía, cuando le hablaba, sus oraciones se envolvían en una atmósfera de bruscas amenazas.

—Si no acabas con esta locura, te juro que os destruiré a ti y a tu maldita roca antes de que nos destruyáis a todos.

Pero aún más irritante que la disconformidad familiar resultaban los artistas que pasaban por allí para ofrecerle consejos que él no había pedido.

—Inclina el bloque a la derecha y podrás empezar a esculpir —le aconsejaba Botticelli con los brazos apoyados en la valla de madera que daba al taller de la catedral.

—No, a la izquierda —lo confundía Leonardo da Vinci—. O ponla boca abajo, o boca arriba, te va a dar igual. Creía que habías dicho que eras un escultor experimentado. ¿No se suponía que de tus dedos surgían milagros?

Incluso después de que Leonardo se marchara, sus palabras reverberaban de manera hiriente y provocaban que Miguel Ángel ardiese de ira.

17

A medida que el tiempo iba empeorando y llegaban los olores otoñales a humo, pino y lluvia, Miguel Ángel seguía adelante con sus interminables bocetos, con sus estudios desde todos los ángulos, pasando las manos por cada rugosidad de la piedra. Lo más lastimoso era que apenas se alimentaba con mendrugos de pan, y solo volvía a Santa Croce con paso fatigoso en la hora ulterior al crepúsculo. Muchas noches se echaba a dormir en el suelo del salón, encogido como un perro frente al fuego, cerca de las ventanas, para así poder despertarse previamente a que amaneciera, coger un trozo de pan duro y regresar al trabajo antes de que su familia despertase para atormentarlo.

Le dedicaba a la piedra todas sus energías, pero el mármol permanecía en silencio. Nunca antes se había enfrentado a un bloque mudo. Cada piedra que había tallado le había hablado. Algunas susurraban, otras gritaban; todas tenían algo que decir. Incluso a los quince años, cuando esculpiera un bajorrelieve de la Virgen y el Niño sentados a la escalera del cielo, había oído un susurro leve. El bloque que acabó convirtiéndose en la *Pietà* le gritaba a todas horas, de día y de noche. «La piedra de Duccio», sin embargo, no emitía un solo sonido.

Miguel Ángel sentía que a diario perdía la plena posesión de su sentido del deber.

«Sí, ya me falta poco para cruzar los límites de lo imposible y hundirme en la desesperación.»

18

Exteriores de la basílica de la Santissima Annunziata, Florencia, finales de noviembre de 1501

La pura y embriagadora figura de Leonardo tenía cautivados a todos los demás discípulos. Pero Salai había empezado a sentirse, de un tiempo a esa parte, agobiado por la impresión que Leonardo transmitía al llevar aquella vida tan ociosa. Su maestro prácticamente no pintaba, y de su trabajo para los frailes de la basílica dependía su hospedaje.

Salai había procurado hablar con Leonardo sobre aquella situación que, de no corregirse, podría llevarlos a una posición incómoda. Sin embargo, Leonardo, o bien mostraba una indolencia alarmante hacia sus responsabilidades o bien lo ignoraba e iba a distraerse con otras cuestiones, ya que seguía empeñado en investigar el vuelo de las aves y en estudiar matemáticas, ingeniería y anatomía humana.

Su aversión a coger el pincel parecía una declaración de intenciones. Había jornadas en las que se ausentaba antes del alba y no regresaba a la iglesia hasta el anochecer. Lo más inquietante de todo era que, al menos una vez al día, Salai lo veía repasar la misiva de César Borgia a escondidas, cuando creía que nadie lo observaba. No, aquello no era lo más desconcertante, más bien la expresión de arrebatada emoción que colmaba su rostro cada vez que comenzaba y terminaba la carta.

19

Una niebla blanca y gris amortajaba el sol del amanecer a finales del mes de noviembre. La ciudad permanecía silenciosa y vacía de gentes en la hora que precede al inicio de la actividad matinal. La elegante figura de Leonardo da Vinci perforaba con su caminar aquella densa bruma, alejándose de la Santissima Annunziata; pero apenas el maestro había dado unos pocos pasos cuando se percató de que una silueta lo seguía a través de la niebla. Se detuvo, volvió la mirada y esperó a que su aprendiz lo alcanzara; enseguida advirtió una especie de histerismo en la voz y la expresión de Salai.

—Maestro, disculpa la interrupción, pero me he alarmado al no verte entre las sábanas. ¿Puedo preguntar adónde te diriges aún de madrugada?

—A diseccionar un cadáver, por supuesto; o a intentarlo, al

menos. —Leonardo le respondió con una tranquilidad tan exagerada, con aquella despreocupación suya tan frecuente y confiada, que una palidez más blanca que aquella niebla cubrió por completo la cara de Salai, quien balbució:

—Ni siquiera sé qué decir, maestro.

—Vuelve a la cama, Giacomo.

Pero Salai no obedeció; se le enfrentó con decisión:

—No... No puedo dejar que lo hagas.

—¿Disculpa?

—Diseccionar cadáveres es una práctica prohibida y penada, maestro; tú mismo lo afirmaste hace un tiempo. En el hospital de Santa Maria Nuova no te permitirán el acceso.

Leonardo sonrió con indulgencia.

—Por suerte no me dirijo a Santa Maria Nuova.

—Entonces... ¿a dónde te diriges?

—A la iglesia del Santo Spirito. Con qué propósito, te preguntarás, y yo te respondo: con la intención manifiesta de sobornar sin tapujos a un fraile para que me permita analizar los cadáveres que en esa basílica conservan.

El sonido resolutivo y estable que la voz de Leonardo difundía atrapó a Salai, dejándolo inmóvil, sin réplica alguna, con un rostro sospechosamente descolorido entre la niebla.

20

—No quiero que te arresten... —murmuró el joven con lástima.

—Me halaga tu preocupación, Giacomo. Pero no has de angustiarte, pues me he asegurado un aval que me evitará contratiempos.

El aprendiz se sorprendió:

—¿A qué te refieres?

—Tengo una especie de garantía para que los frailes no me acusen de incumplir la ley. —Leonardo se llevó un dedo reflexivo a los labios y evocó—: ¿Recuerdas haber oído sobre las actividades libidinosas de Fra Filippo Lippi?

—¿El pintor? Falleció hará unas tres décadas, ¿no?

—Así es. Verás, Lippi, además de un artista, fue también un hombre de Dios que llegó a ostentar el cargo de capellán. Pero el eclesiástico era poco amigo de la vida claustral y un día se fugó con Lucrezia Buti, una de las monjas. Para evitar sus aventuras amorosas, Cosme de Médici encerró a Lippi en su palacio, pero el imaginativo artista fabricó unas cuerdas con las sábanas y las utilizó para escabullirse por una ventana. Y, una vez libre, ¿sabes qué hizo?, pues se marchó de juerga. Cosme de Médici, resignado, se dio por vencido y le devolvió la libertad; y entonces Lippi le correspondió ejecutando algunas de sus mejores obras.

Salai, que no salía de su asombro, interpeló:

—¿Y esta anécdota del pasado guarda relación contigo y con un monje de la basílica del Santo Spirito?

—Bastante relación, sí, porque la semana pasada descubrí a ese fraile rompiendo sus votos de castidad, tal y como en su día hiciera Fra Filippo Lippi. No me mires así, Giacomo, no vayas a pensar ahora que el monje me invitó a contemplar en primicia sus placeres impúdicos, mas lo sorprendí manteniendo una sugerente conversación con la mujer de un campesino sobre la intimidad de la que acababan de disfrutar a espaldas del marido de ella. Te sorprendería la frecuencia con la que se desarrollan este tipo de actos, Giacomo, basta con saber observar adecuadamente. Muchos conventos son «casas de tolerancia», locales en los que se ejerce activamente la prostitución con carácter habitual, aunque la Iglesia, por supuesto, trata de convencernos de que estos incidentes son la excepción y no la norma, una postura que, en mi opinión, resulta cada vez menos creíble. Recuerda sino las palabras del escritor Masuccio Salernitano, quien, tras abandonar sus estudios eclesiásticos, de algunos frailes refirió: «Incurren en fullerías, roban y fornican, y cuando se quedan sin blanca, se las dan de santos y se ponen a hacer milagros».

»¿Cómo procederé yo con el fraile al que he sorprendido? Depende de él. Aunque, tras largas negociaciones, razón por la cual me habrás visto ausentarme largas jornadas de mi estudio, me da que hoy llegaremos a un acuerdo, porque al igual que el coraje pone en peligro la vida, el miedo la protege; y precisamente en el temor del fraile a perder la pureza de su nombre lograré su dispensa. De este modo, siempre y cuando él acepte mi soborno y me permita examinar algún cadáver, yo guardaré su secreto. Parece un buen trato, ¿no te parece?

21

Salai miraba a Leonardo a través de la niebla y se daba cuenta de que no sabía si sentía histeria, amor o admiración. Pero también sintió lástima al pensar que cualquier otro artista ya hubiera reaccionado y se habría puesto a trabajar en el retablo que a Leonardo le encargaran casi dos años atrás.

—Maestro, preferiría no oír más acerca de prácticas ilegales. Solo te diré, si me lo permites, que los monjes de la basílica llevan semanas persiguiéndote como una plaga. Y yo los oigo susurrar. Se muestran impacientes, amenazan con llamar al notario y expulsarnos de la iglesia donde vivimos.

Leonardo alzó la mano en señal de silencio:

—Diles que he salido a comprar pigmentos, que la pintura pronto llegará a su retablo, que *Santa Ana, con la Virgen y el Niño* se convertirá, antes de lo que suponen, en una obra maestra.

¿Y si no lo conseguía? En su fuero interno, esa posibilidad lo inquietaba. Y aunque Leonardo le hablara a Salai, y al resto del mundo, con tono firme y confiado, la magnitud de las dudas ya lo consumía por dentro: «Así como el hierro se oxida por falta de uso y el agua estancada se vuelve putrefacta, la inactividad destruye el intelecto. Yo, por el momento, soy incapaz de trabajar; entre otras cosas, me he olvidado de pintar».

22

Taberna en el barrio de Santa Croce, Florencia, finales de noviembre de 1501

«Soy incapaz de trabajar; me he olvidado de esculpir.»

Aquel mismo neblinoso atardecer de finales de noviembre, Miguel Ángel sintió la certera impresión de que su realidad empezaba a ser desesperante. Bebía en una taberna atestada de numerosos grupos de muchachos que reclamaban en voz muy alta que les sirvieran vino y licores.

A medida que iba subiendo lentamente el nivel de alcohol, en Miguel Ángel empezó a manifestarse su apremiante necesidad de ser visto y reconocido. Pero el ambiente en la taberna cambiaba rápidamente; una banda tocaba melodías en un rincón y los muchachos se tambaleaban entre las mesas y se gritaban unos a otros.

Miguel Ángel se sorprendió a sí mismo dejando de concentrarse en su arte y observando con odio evidente las caras de los mozos. Al ver todos aquellos rostros escupiendo alrededor de sí, ostentosa y teatralmente, alegría y despreocupación, volvió a sentir su antiguo rencor hacia la edad de la inmadurez; le pareció que no veía a su alrededor más que actores cubiertos por máscaras, todos cantando tonadas obscenas dirigidas a Eros, el travieso y licencioso dios del amor, y a Baco, el dios del vino.

«¿Qué haces analizando a los demás? ¿No deberías plantearte por qué no trabajas?»

La pregunta fue tan directa, de un carácter tan práctico, que su corazón reaccionó de manera patética y violenta. Luego, en un instante, todo cuanto sentía se transformó en dolor, un dolor verdaderamente genuino y brutal, la angustia del orgullo herido, porque Miguel Ángel lo acababa de aceptar. Era incapaz de afrontar el proyecto él solo; necesitaba ayuda, quizá el consejo de un maestro que ya hubiera recorrido con éxito los dédalos de la desesperanza y el miedo artístico. Apuró el vino de un trago y visualizó el semblante de ese maestro. Había un hombre en Florencia, uno solo, al que podía recurrir.

Miguel Ángel salió de la taberna y encaró, bastante ruborizado, el camino que llevaba al estudio de Leonardo da Vinci.

23

*Basílica de la Santissima Annunziata, Florencia,
finales de noviembre de 1501*

Leonardo da Vinci observaba con ojos vacíos a través de la ventana. Los jirones de niebla blanca parecían dedos largos que surgieran del río hacia el aire de la noche florentina. El estudio quedaba sumido en la penumbra, escasamente iluminado por cuatro cirios de mecha corta. La totalidad de las estancias de la basílica permanecía en silencio. Las sombras que reinaban en las facciones de Leonardo parecían más oscuras de lo habitual. En unos minutos recorrería las calles sombrías de Florencia en dirección al Santo Spirito donde, tras llegar a un acuerdo con aquel fraile libidinoso, diseccionaría un cadáver de madrugada.

Sin embargo se presentó en su estudio una visita inesperada. Miguel Ángel Buonarroti llamó a la puerta y, una vez dentro, lo saludó con una amabilidad poco frecuente en él; le aclaró que los monjes de la Santissima Annunziata le habían permitido el acceso al recinto porque, tiempo atrás, siendo un aprendiz, había trabajado entre aquellas paredes. Su rostro lucía la expresión habitual, con huellas de sufrimiento, de angustia y de duda. Leonardo le ofreció algo de beber y, tras intercambiar palabras formales, le preguntó:

—Bien, ¿a qué se debe lo inesperado de tu visita nocturna? —Y se fijó en que en la cara de Miguel Ángel nacía un nuevo gesto de resuelta vergüenza.

El escultor, entre dientes, en un susurro leve, respondió:

—Vengo a pedirte consejo.

Leonardo cerró los ojos un segundo, sacudió la cabeza de forma irreflexiva y con agudeza ironizó:

—Disculpa, me he quedado sordo por un instante, ¿podrías repetirlo?

—Leonardo da Vinci, necesito tu consejo.

—Increíble —balbució el pintor ahora con los ojos bien abiertos.

—Aconséjame —insistió Miguel Ángel—. Llevo meses estudiando la roca, pero el mármol de Duccio no me murmura una sola palabra.

—Y para ti eso resulta extraño porque normalmente sueles hablar con las piedras.

—Ya no sé qué hacer.

Leonardo guardó silencio unos instantes. Su mente se hizo enseguida a la idea de que Miguel Ángel precisaba ayuda de verdad. Su rostro exhibía visos de amargura y resignación. Parecía haber aceptado que existía una larga distancia entre el propósito del creador y su finalidad, y que la soledad y la soberbia no resultaban, en ningún caso, agradables compañeras para transitar tan dificultoso camino.

—Qué situación más curiosa —dijo Leonardo—. Te lo advertí hace meses: para un artista, es mucho mejor trabajar en compañía, pues la relación causal entre la voluntad inicial y el arte final a crear se encuentra, muchas veces, más allá de nuestras posibilidades individuales.

Miguel Ángel, con su acostumbrada terquedad, perseveró:

—¿Me ayudarás a visualizar mi escultura?

—Lo intentaré, siempre y cuando la aspiración de tu proyecto no sobrepase el límite de las capacidades humanas. Siempre y cuando no olvides las palabras de Aristóteles, quien nos decía: «Así como los ojos de los murciélagos se ofuscan a la luz del día, de la misma manera a la inteligencia de nuestra alma la ofuscan las cosas evidentes».

Miguel Ángel reflexionó sobre aquellas palabras, pues el platonismo florentino era violentamente antiaristotélico; había oído a algún humanista de Florencia incluso exclamar: «¡Aquel bestia de Aristóteles!». Se revolvió el cabello oscuro con una mano y añadió:

—Es precisamente de la obcecación que en el trabajo me domina de lo que intento desprenderme. Sí, lo he comprendido: la meta de los sabios no es asegurar el placer, sino evitar el dolor. También lo dijo Aristóteles. Y aunque soy muy consciente de que en el sufrimiento se origina el auténtico aprendizaje, no deseo seguir padeciendo el doloroso silencio del mármol. Necesito oír, o jamás seré capaz de esculpir esa piedra. Ayúdame, maestro Leonardo, a escuchar algo.

24

Leonardo observó aquellos ojos amarillentos de grave expresión, unas pupilas en las que descubría, en cada examen, una determinación jamás antes vista. De pronto nació en Leonardo el deseo, el horrible y ahogado deseo, de querer cambiarse por Miguel Ángel. No se trataba de envidia o idolatría, sino de una inexplicable admiración hacia la pasión que aquel hombre sentía o parecía sentir hacia cualquier asunto, por nimio que fuera, relacionado con su arte.

—Descuida, en tu caso no reside nada extraordinario; no se

trata de una situación irreversible, ya que, en algún momento de su vida, todo artista se ha sentido impedido.

—Pero a mí no debería sucederme —bufó Miguel Ángel—. ¿Todavía no te has dado cuenta? Yo no soy como los demás.

—Para vencer la inactividad y avivar el ingenio bloqueado —continuó Leonardo enviándole una mirada recriminatoria ante la inmodestia de su último comentario—, los artistas han recurrido, desde siempre, a dos métodos: uno se fundamenta en el estudio y el conocimiento; el otro, en la fe y la ayuda divina. Personalmente, soy de los que se inclina a pensar que el entendimiento resulta esencial para el artista. Es decir, como el Hércules que pretendes esculpir adoptará una forma humana, para representarlo de manera adecuada has de comprender, primero, su interior.

—¿Cómo?

—Verás, hay algo que aprendí de Leon Battista Alberti, mi precursor. —Leonardo da Vinci se acercó a la mesa del estudio y durante varios minutos removió papeles y cuadernos hasta dar con una nota que tiempo atrás escribiera en sus páginas sobre naturaleza humana. Y leyó—: «Es preciso que el pintor conozca la anatomía de los nervios, los huesos, los músculos y los tendones». —Luego alzó la vista del cartapacio y se centró en Miguel Ángel—. Siendo yo un aprendiz de Verrocchio, aquí, en Florencia, observé al pintor Antonio Pollaiuolo desollar a muchos hombres muertos con el propósito de ver qué se escondía bajo la piel. Más tarde, cuando me mudé a Milán, descubrí que allí el estudio anatómico no solo lo realizaban los estudiosos de la medicina, sino también los artistas. Sí, la cultura milanesa constituye un gran centro de investigación médica, y no tardaron en orientarme, primero prestándome libros y, después, enseñándome a diseccionar. Y así comencé a practicar la anatomía como una actividad científica y, a la vez, artística, ya que siempre he considerado que ambas disciplinas son dependientes. Lo que intento decirte, Miguel Ángel, es que tu escultura, tu arte, exige un conocimiento profundo de la anatomía humana.

Y Miguel Ángel lo completó:

—Para que esta se vea favorecida a su vez por una comprensión de la belleza de la naturaleza, ¿verdad?

—Efectivamente.

Miguel Ángel se aproximó a Leonardo y observó con cierta irritación el desorden patente en la mesa del maestro.

25

—Has declarado que existen dos medios a los que el artista puede recurrir para sortear la ociosidad.

—Así es —aseveró Leonardo—. El primero, ya comentado, lo hallamos en el aprendizaje; el segundo lo encontramos en rendir culto a determinadas deidades.

Miguel Ángel se extrañó:

—¿En los dioses?

Leonardo se lo detalló:

—Más bien en las divinidades inspiradoras de las Artes.

Miguel Ángel lo interpretó:

—En las musas de la mitología griega.

—Exacto. En la Antigua Grecia, muchos poetas eran sinceros en su invocación a las musas, y realmente se creían inspirados por ellas. Más tarde, con la imposición del cristianismo en los Tiempos Medios, la adoración de las musas, y de todas las deidades, hubo de abandonarse bajo pena de muerte o destierro.

—Porque se asociaban con las llamadas artes liberales, ya. Cada una de ellas se relacionaba con ramas artísticas y del conocimiento. Pero hay un problema —refutó Miguel Ángel con media sonrisa triste—; Hesíodo fue el primero en dar nombre a las nueve musas, ¿recuerdas?, pero ninguna de ellas protegía o inspiraba el arte de la pintura o la escultura.

Durante unos instantes, ambos guardaron silencio ante el sinfín de papeles esparcidos por toda la mesa. Cada uno estaba sumido en sus propios pensamientos. El tiempo, alrededor de Miguel Ángel y Leonardo, parecía transcurrir por canales distintos.

—Como tu Hércules de mármol será humano —declaró al fin el maestro—, esa práctica deberá construirse sobre una buena base teórica, de la cual la perspectiva es la guía y la puerta, por supuesto, porque sin esta nada se ejecuta bien. —Leonardo enmudeció unos segundos y luego expuso—: Buena noticia: creo que sí podré ayudarte; mala noticia: la actividad que pretendo enseñarte no es del todo legal; buena noticia: nadie nos acusará de incurrir en prácticas ilícitas; mala noticia: habremos de proceder esta noche.

—Ve al grano —reconvino el escultor—. ¿Adónde quieres ir a parar?

—Conocimiento anatómico o culto a las musas, he ahí la cuestión —sonrió el pintor.

Miguel Ángel, cuidando las palabras y ciertamente consternado, murmuró:

—Para que «la piedra de Duccio» me hable, ¿insinúas que vamos a invocar a las nueve musas de la antigua mitología griega?

Leonardo lo miró con sorpresa y, con aquella misma indiferencia, objetó:

—Qué disparate. No, hombre, no. Insinúo que, para que encuentres la inspiración que dé forma a tu escultura, vamos a diseccionar un cadáver.

26

Basílica del Santo Spirito, Florencia,
finales de noviembre de 1501

Al tiempo que salían juntos de la basílica de la Santissima Annunziata, cerca de la medianoche, Leonardo le contó a Miguel

Ángel cómo había descubierto a un monje del Santo Spirito incumpliendo sus votos de castidad y la presión que sobre él había ejercido con el fin de sacar algún provecho de sus actos impúdicos.

—Esta misma mañana ese monje ha accedido a que yo estudie un cadáver que conservan en el hospital de la iglesia.

—¿En la basílica del Santo Spirito, dices? Entonces tenemos que cruzar al otro lado del río. Tras la muerte de Lorenzo de Médici, fui huésped de este convento a la edad de diecisiete años —recordó Miguel Ángel—. Los monjes me permitieron realizar estudios anatómicos, aunque superficiales, de los muertos a cambio de esculpir para ellos un crucifijo.

Para no captar las atenciones, Leonardo prescindió de coger un farol. Tendrían que apañárselas en la oscuridad y seguir, con suerte, la luz de las velas de otros florentinos que sí portaran candelabros en su caminar. Hacía frío en la noche de Florencia a fines del mes de noviembre, pero nada que no se pudiera soportar, ya que, por suerte, el viento no soplaba. La niebla seguía invadiendo cada rincón de las calles, iluminada tenuemente por el fulgor blanquecino de la luna.

Tras el toque de queda de la campana del palacio de la Señoría, en Florencia surgía una especie humana muy distinta a la que poblaba la ciudad por la mañana. Miguel Ángel y Leonardo sabían que debían evitar algunos barrios poco edificantes.

Sin contratiempo arribaron a la zona céntrica de la ciudad, donde se oía el canto alegre de los florentinos en las tabernas más populares, muchas de las cuales también ejercían como burdeles y cuyos nombres dejaban poco a la imaginación. En las zonas comerciales en torno al Mercado Viejo y a los baños públicos de San Michele Berteldi, pasaron de largo y en silencio frente a algunos de los prostíbulos: *Chiassolino*, que significaba «pequeño prostíbulo», y donde los cocineros actuaban, también, como proxenetas y chaperos; *Malvagia*, que aludía, al mismo tiempo, a «mujer malvada» y «puta fea»; *Bertuccie* y *Fico*, cuyos nombres significaban «mono» e «higo» respectivamente, pero que suponían una referencia metafórica al bajo vientre de la mujer.

—¿No te parece irónico —susurró Leonardo— que muchos de estos lupanares se concentren próximos al palacio del arzobispo?

—Me consta que el gobierno de Florencia ha intentado solucionar el problema de la prostitución —añadió Miguel Ángel, también en un murmullo—, pero el fracaso de sus medidas ha resultado, por el momento, absoluto.

Minutos antes, los dos artistas habían visto a los tejedores flamencos y alemanes beber en la puerta de la Faenza y ahora atravesaban la sórdida área que se abría al sur de la plaza de la Señoría. Las orillas del Arno también bullían de antros en los que se bebía con soltura y en los que se jugaba a las cartas y a los dados.

Por fin llegaron al río y, envueltos en un hondo silencio, atravesaron con prudente caminar el Santa Trinidad, el puente en arco elíptico más antiguo del mundo; apenas cinco minutos más tarde se presentaron frente a las puertas del Santo Spirito.

Una figura encapuchada, solitaria y sombría los esperaba.

27

El monje que los recibió tenía las cuencas de los ojos muy hundidas y las mejillas extrañamente marcadas. Al retirar la capucha del hábito hacia atrás, su calva y sus ojos del color del ámbar despuntaron en la oscuridad. El fraile habló con voz severa y pastosa:

—Nuestro acuerdo no incluía a una segunda persona.

Miguel Ángel, que se dio por aludido, refutó:

—Os doy mi palabra de que no hay hombre más discreto que yo. Además, quizá me recuerdes: hace años tallé para vosotros el crucifijo que pende sobre el altar.

El monje lo miró de arriba abajo, despacio, examinándolo palmo a palmo hasta cada pulgada de su cuerpo. Luego asintió levemente.

—Miguel Ángel —musitó—; he oído que tu talento ha dado mucho que hablar en Roma.

El fraile sacudió nuevamente la cabeza y con gesto lacónico les indicó que lo siguieran hacia el interior de la iglesia, donde se apreciaban los efluvios latentes del incienso y el vino. Leonardo se adelantó y caminó hasta el altar para examinar los pormenores de la obra de Miguel Ángel. Luego se volvió con media sonrisa y las cejas arqueadas.

—¿Algo que decir? —susurró.

Miguel Ángel suspiró frente a la obra más patética que jamás hubiese ejecutado; describió:

—Las facciones de Jesús no tienen nada de especial. La cabeza que tallé es demasiado grande para su cuerpo delgado y fibroso, unos músculos que no definí apropiadamente. Sí, mi Cristo, demasiado enjuto para ser un hombre de treinta años, resulta extraño, no desprende ninguna emoción.

»Pero no te atrevas a juzgarme por esta obra, por entonces yo tan solo era un joven aprendiz.

El fraile, que los escuchaba a unos pasos, les pidió pacientemente que guardaran silencio.

—Ya sabes a qué hemos venido —le recordó Leonardo.

28

Con aquella seriedad tan poco alentadora y aquella voz desconfiada, el monje bisbisó:

—Muchos os acusarían de estar convocando el Infierno de Dante si obráis como pretendéis.

—Bueno, nunca ha sido una práctica que se viera con buenos ojos —intervino Leonardo.

—Pero ahora es mucho más peligrosa.

—Sí, las autoridades no son tan indulgentes como antaño. No temas, procederemos cuidadosamente —aseguró Miguel Ángel.

El eclesiástico aceptó con paciencia y conformidad la adversidad que le planteaban, sabedor de que su situación se intuía en tanto en cuanto igualmente perjudicial, de modo que se sometió a la petición de los dos artistas y los guio a través de un pasadizo tenebroso, gélido y húmedo que solamente se iluminaba a intervalos debido al fuego tembloroso de la antorcha que el fraile sostenía.

29

La oscuridad en la galería se cernía demasiado inmensa, excesivamente real, tanto que casi podían palparla con las manos. La ausencia de luz más parecía un monumento erigido en medio de la noche, creado solo para ellos. Un sonido seco retumbaba en el suelo a cada paso que daban, como si recorrieran el fondo de un pozo; un eco diferente ceñía los sentidos, cortado solo por el leve rumor de algún animalillo, quizá el susurro de las ratas, tal vez el de los insectos.

Más allá de la antorcha y su fuego no se podía distinguir absolutamente ninguna forma y, como consecuencia, Leonardo da Vinci se sintió como un etéreo espectro en medio de aquella espesa tiniebla; entretanto, Miguel Ángel pensaba que lo físico se había disuelto en la oscuridad. Trataron de acostumbrar los ojos a la opacidad, pero fue en vano. No era una penumbra a la que uno pudiera acostumbrarse, sino la oscuridad absoluta, una negrura densa y sin resquicios a la que alguien hubiera aplicado capas y más capas de pigmento negro. Tenían la impresión de que, si salían de la protección de la luz de la antorcha, la tenebrosidad los devoraría.

En aquel pasadizo no existía frontera alguna entre las tinieblas físicas del exterior y las tinieblas interiores del alma, ambas se entremezclaban. Además, olía a moho, a papel viejo y húmedo, el olor de un hálito procedente de un abismo pretérito.

30

Cuando llegaron al final del pasillo, el fraile se detuvo frente a una pesada puerta de madera.

—Quizá durante el camino habéis reconsiderado las cosas —murmuró—. Nunca es tarde para echarse atrás.

Miguel Ángel sintió que a sus pulmones no llegaba suficiente oxígeno. Recordaba aquella puerta, solo que no había vuelto a recorrer aquel lóbrego pasillo desde que cumpliera diecisiete años, y por aquel entonces su juventud le impidió entender las consecuencias de sus actos. La última vez que se había personado en aquel lugar, se prometió que no habría de regresar jamás. Pero ahora se encontraba allí de nuevo, rompiendo las reglas de la Iglesia y las leyes humanas.

—Si alguien os descubriera —siguió el fraile—, os arrestarían, exiliarían o incluso ejecutarían.

—Entonces será mejor que nadie se entere —zanjó Leonardo.

El monje asintió con un gruñido; sus labios se contrajeron dejando al descubierto unos dientes amarillentos. Extrajo una pesada llave de metal de la faltriquera y la introdujo despacio en el ojo de la cerradura; la puerta chirrió tenuemente cuando la empujaron. Un segundo después, se desprendió de la estancia un hedor putrefacto que provocó leves arcadas tanto al fraile como al escultor y al pintor. El monje encendió dos candiles con la antorcha y se los entregó con una mano agitada por los espasmos.

—Maestro Leonardo, confío en que nuestro acuerdo quede

saldado. Por favor, os ruego que no perturbéis en exceso a los espíritus. —Y recolocándose la amplia capucha sobre la calva, regresó lentamente por el pasillo, y su silueta se fundió en la oscuridad.

31

Las tinieblas que se agarraban a la habitación eran tanto o más densas que aquellas que invadían el pasillo. Y aquel insufrible hedor... Leonardo y Miguel Ángel soportaron estoicamente las náuseas y encendieron otros cinco candiles; el habitáculo, despaciosamente, fue materializándose ante sus ojos.

Se encontraban en el interior de una pequeña estancia de paredes de ladrillo con una única ventana orientada a un patio. Frente a ellos divisaron cinco mesas de piedra; cuatro permanecían vacías, pero sobre la última yacía un bulto cubierto por un sudario. Los artistas se acercaron y, con manos temblorosas, palparon las extremidades del cuerpo sobre la sábana. Primero una pierna, a continuación un brazo, finalmente un cráneo.

—Por dónde empezar, es lo de menos —susurró Miguel Ángel con valentía—. Si nos esmeramos, es probable que hayamos diseccionado el cuerpo antes de que amanezca.

En la iglesia reinaba un silencio tan profundo como la oscuridad, y se presentían fantasmas en cada sombra. Inmediatamente después de sacar las herramientas que Leonardo había cogido de su estudio, ambos sintieron un escalofrío, porque ya no había marcha atrás.

—Es probable que tengamos pesadillas por un tiempo, pero el terror es parte de todo este proceso —recordó Leonardo.

Miguel Ángel bajó los párpados y oró:

—Señor, dame fuerzas para hacer lo que debo hacer.

Juntos, tiraron de la mortaja que envolvía al cadáver.

El conjunto del cuerpo brillaba con la tonalidad descolorida de la muerte recién estrenada. La piel se sentía tersa y fría. Resultaba obvio que el fallecido era un joven muchacho de unos doce o trece años. Leonardo explicó que, después de haberse encontrado el cuerpo en la orilla del río, nadie había reclamado sus restos. Se desconocía la causa de la muerte, aunque todo apuntaba a que el chico, que seguramente no sabía nadar, se había ahogado.

—No parece un cadáver —observó Miguel Ángel—, tan solo un joven que ha quedado profundamente dormido.

—Según una versión que oí en Milán —comentó Leonardo—, los antiguos romanos escribían en sus sepulturas la inscripción *caro data vermibus*, que significa «carne dada a los gusanos», y de cuyas primeras sílabas de cada palabra podemos extraer y componer el término «cadáver».

Miguel Ángel sacudió la cabeza, con su rostro crispado en actitud de asombro o enojo, y masculló:

—¿Consideras que ese comentario es oportuno en este momento?

—Lo ignoro —respondió Leonardo—, pero, si es posible, debe hacerse reír hasta a los muertos. Porque este muchacho no está dormido, Miguel Ángel. Como decimos los toscanos: «Ya se adentra en el gran mar».

33

Una vez comenzaron a examinar el cuerpo, Miguel Ángel apostilló:

—Tal vez hubiera sido recomendable reclamar ayuda de un médico.

Leonardo, que analizaba la superficie de la cabeza con un escalpelo, objetó:

—Dudo que uno solo de los más de setenta médicos que hay registrados en esta ciudad hubiera aceptado embarcarse en semejante imprudencia. Aunque hay algo en la medicina de la Toscana que capta mi atención, y es que existe un consenso general de que el interior y el exterior del cuerpo están estrechamente relacionados.

Miguel Ángel apartó el flequillo del joven fallecido a un lado y comentó:

—Sí, he oído a algunos médicos afirmar que los cuatro humores fundamentales, a saber, colérico, estólido, melancólico y optimista, ejercen una gran influencia sobre la salud, y que por eso se consideran la piedra angular de la ciencia médica.

Ninguno de los dos elegía al azar la parte del cuerpo a investigar, ya que ambos daban ligeras muestras de sentir temor ante la posibilidad de que el joven pudiera abrir los ojos en cualquier instante. Tras estudiar el cráneo, se centraron con cierto alivio en las extremidades inferiores.

Miguel Ángel separó los dedos con un instrumento de metal y formuló:

—¿Qué espíritu tan vacío y ciego no reconocería el hecho de que el pie es más noble que el zapato y la piel, más hermosa que la prenda con la que se viste?

Leonardo coincidió con aquella opinión:

—Sin duda alguna, el pie humano es una obra maestra de la ingeniería, y un trabajo de arte.

34

Un instinto oculto les exigía a ambos buscar la verdad y la belleza en el cuerpo humano. Pasaban las horas y ellos continuaban su labor inspeccionando el cuerpo en silencio, tan concentrados que prácticamente no intercambiaban palabra. En los movimientos y la expresión de Miguel Ángel se mezclaban todas aquellas presiones y sufrimientos a menudo tan contradictorios que lo llevaban a un grado de intensidad casi único, mientras en el rostro de Leonardo se podía leer el testimonio de una ensoñación alegre y desengañada, y aquel poderoso gesto de optimismo y reflexión.

Poco antes del amanecer, dieron por terminado el análisis anatómico.

—He ido apuntando cuanto decías en un cuaderno —reconoció Miguel Ángel.

—Sí, te he visto garabatear. Puesto que son mis palabras las que has escrito, ¿te importaría leérmelas?

—¿Para qué?

—Para asegurarme de que no has cometido errores de anotación.

Miguel Ángel se tomó con resignación aquella burla y repasó en voz alta sus apuntes:

—«La distancia que hay entre el arranque de la nariz y la punta de la barbilla es igual a dos tercios de la cara. El ancho de la cara es igual al espacio entre la boca y las raíces del cabello y es una décima parte de la altura total. La distancia que hay entre la parte superior de la oreja y la coronilla es igual a la distancia desde el ángulo de la barbilla hasta el de la mandíbula. El pómulo se encuentra a medio camino entre la punta de la nariz y el extremo superior del maxilar. El dedo gordo del pie es la sexta parte del pie, medido de perfil. De la articulación de un hombro a otro hay la longitud de dos caras. Desde el ombligo a los genitales hay la longitud de una cara.»

Miguel Ángel siguió leyendo durante varios minutos una lista de medidas aún más amplia. Parecía haber estado midiendo el cuerpo una y otra vez, incansablemente. Sus cuadernos recogían más de un centenar de cálculos.

Leonardo levantó una ceja y le reconoció su trabajo.

—Proporciones y medidas; excelente. No obstante, si quieres esculpir un Hércules digno de Florencia has de conocer también el crecimiento completo del cuerpo, la naturaleza de su contextura, color y fisiología, cómo el cuerpo se compone de venas, tendones, músculos y huesos. No olvides esbozar actitudes y movimientos. Y deberás tener presente, aunque esto tú ya lo sabes, las emociones.

35

Tal y como habían accedido a la basílica, salieron juntos del Santo Spirito. Decidieron no pensar en lo que suponía haber descompuesto un cadáver, y tampoco en lo que sucedería con el cuerpo a partir de entonces. Les parecía que, más adelante, ya llegaría el tiempo de meditar sobre aquellas acciones. Cada uno había avanzado en sus propios estudios y, por el momento, aquello se les antojaba suficiente. Lo primero, de vuelta al mundo terrenal, residía en tratar de recuperar el equilibrio perdido en la oscuridad.

Mientras regresaban, la niebla seguía cubriendo extensamente las calles de la ciudad, estremecedoramente vacías y silenciosas a aquellas horas de la madrugada.

Cerca de la plaza de la Señoría, se despidieron.

—¿Estás seguro de que el fraile no dirá nada? —se inquietó Miguel Ángel.

—Completamente seguro, porque le conviene tener la boca cerrada. Además, todo el mundo guarda secretos por una razón: funciona. Es lo que permite que la sociedad siga adelante, lo que separa al hombre de la bestia.

—Contra todo pronóstico, hoy me has sido de gran ayuda —reconoció Miguel Ángel—. ¿Tienes algún último consejo?

Leonardo alzó la vista hacia el cielo nocturno.

—¿Has oído hablar de mi *Última cena*?

—Sí, como todo el mundo.

—Bien, atiende lo siguiente: a veces me quedaba mirando la pintura durante toda una jornada sin hacer otra cosa. Cuando concluía el día, daba una sola pincelada y me iba. Por otra parte, no te encierres en ti mismo, ni rechaces el mundo exterior. Si escuchas entre líneas estas palabras, sí, tal vez pueda considerarse un consejo.

Miguel Ángel asintió en señal de agradecimiento.

—Gracias, maestro, por recordarme esta noche la importancia del estudio anatómico y su vinculación con nuestro arte.

Leonardo suspiró.

—No te equivoques, no lo he hecho por ti. Adiós, Buonarroti.

Miguel Ángel se quedó a solas en medio de la calle contemplando cómo se alejaba entre la bruma la alta y esbelta figura de Leonardo. De pronto se le ocurrió que, a pesar de sus discrepancias, lo consideraba un hombre excepcional, un testigo, quizá el primer testigo, de toda aquella generación que pugnaba por contribuir con más y más obras al momento más excelso de la historia del arte. Segundos más tarde, la silueta de Leonardo da Vinci pasó a ser un borrón oscuro, hasta que la niebla lo engulló por completo.

Miguel Ángel regresó a su casa en el barrio Santa Croce a paso lento. Los más madrugadores despertaban en los hogares. Las aves empezaban a trinar en los árboles. Algunas mujeres se dirigían a la primera misa del día. Los campesinos conducían sus mulas cargadas con productos para el mercado. Los panaderos sacaban el pan recién horneado. El sol se adivinaba en el este y pugnaba por vencer a la niebla para bañar con su luz las colinas de la Toscana, anunciando los albores de un nuevo día en Florencia.

*Taberna del Caracol, Florencia, principios
de diciembre de 1501*

Tras humedecerse los labios con vino, Leonardo da Vinci curioseó:

—¿Qué puedes contarme de Nicolás Maquiavelo?

El maestro mantenía un discreta reunión con Piero Soderini, el hombre que meses atrás le prometiera «la piedra de Duccio» en vano. Fingiendo despreocupación, ambos bebían al caer el día en la taberna del Caracol, una de las cantinas más antiguas, cerca del mercado, que todas las noches se atestaba de gente entregada al jolgorio y a sus vicios.

Soderini, sintiéndose en parte responsable de que la propuesta de Leonardo no hubiese fructificado en el concurso por el bloque de mármol, tenía la impresión de que le debía un favor, de modo que aceptó pasarle información sin interpelar los motivos de aquel nuevo interés.

—Nicolás es un diplomático que, día a día, se abre camino en la Cancillería.

—Cuéntame, ¿hasta dónde alcanza su reputación?

—Bueno, el Gobierno de Florencia, y yo también, lo considera un «buen funcionario» que no muestra ambiciones personales, un hombre que trabaja con inteligencia y devoción, que no pertenece a ningún partido ni favorece ninguna facción.

—¿Y sus competencias?

—En los inicios de su carrera, Nicolás se contentaba con llevar a cabo los modestos empleos que se le confiaban, pero, con el tiempo, la Señoría ha comprendido que está destinado a encargarse de misiones más complicadas de resolver que meras labores funcionariales.

Leonardo apuntó:

—Aunque la Señoría tenga a bien valorarlo, no parece un hombre con demasiado poder de decisión.

Soderini sacudió la cabeza con garbo.

—Te equivocas —dijo—. En realidad, las cuestiones fundamentales de la política florentina pasan por sus manos.

Los músicos, emplazados en el centro de la taberna, repetían
sin cesar, en las melodías que interpretaban, cuentos y canciones
populares que aludían a la cultura palaciega y a la vida campesina,
en todo un conjunto de música cálida e infatigable que facilitaba
que la conversación de Leonardo y Soderini pasara desapercibida entre los cánticos y acordes.

—Nicolás es lúcido y curioso, un hombre de proverbial discreción —siguió Soderini—, un servidor entregado a la patria,
pero libre, capaz de observar de forma independiente el mundo y
a sus protagonistas tanto en lo político como en lo personal.

Soderini también le contó que en Maquiavelo recayó la responsabilidad de negociar, en su día, con Catalina Sforza y le rela-
tó, sin perderse en menudencias, el viaje que emprendió a Francia para convenir con los franceses.

Leonardo, claro está, había indagado por su cuenta y sabía que
en esos momentos Maquiavelo era el encargado de conducir las
negociaciones de paz con César Borgia. Se había interesado de
manera tan intensa en la labor del diplomático porque, días después de haber estudiado el cadáver de aquel joven en el Santo Spirito, Leonardo no hacía otra cosa que darle más y más vueltas a la
oferta que Borgia le proponía en su carta.

—Parece que el futuro de Florencia y de la Toscana descansa
en las manos de Maquiavelo.

—Algo así —confesó Soderini.

Leonardo no se terminaba de fiar, pero, tal y como Salai le
recriminaba casi a diario, seguía sin trabajar y su situación económica empezaba a presentirse casi desesperada. Si quería sobrevivir en Florencia, no le quedaba más remedio que tratar de conseguir algún otro trabajo. Y para ello, caviló, debía recurrir al
diplomático y, por tanto, al arte de la manipulación.

—Piero, amigo, conciértame una reunión con Nicolás Maquiavelo.

Calles de Florencia, mediados de diciembre de 1501

Miguel Ángel recorría las calles con la esperanza de que en cualquier instante su genio resurgiera del abismo en el que parecía haberse anegado. Cuando ante sus ojos aparecía lo que él consideraba una apreciable expresión, se detenía y escrutaba los gestos y movimientos de los florentinos, que charlaban tranquilamente en los rincones de la ciudad. Bastaban unos pocos minutos de conversación para apreciar que estaban absolutamente obsesionados con la política, e incluso parecían incapaces de hablar de otro asunto.

La incursión nocturna en la basílica del Santo Spirito, pensó Miguel Ángel, y la posterior disección del cadáver no habían resultado un trabajo en vano; decenas de datos, proporciones y cálculos, de los que en adelante se podía servir, aguardaban anotados con precisión en su cuaderno. Pero no era suficiente; Miguel Ángel necesitaba algo más, porque el bloque de mármol seguía mudo en sonidos y palabras.

Dejó atrás la iglesia de la Santa Trinidad, a escasa distancia del río, tomó la via Tornabuoni y se detuvo unos minutos frente al palacio Strozzi, el edificio que Filippo quisiera convertir en el más esplendoroso de Florencia. Frente a sus muros, Miguel Ángel oyó a cuatro viejos mercaderes del gremio de la lana recordar entre carcajadas una simpática anécdota, aquella en la que, décadas atrás, un grupo de jóvenes revoltosos bombardeara las ventanas de Marietta Strozzi con bolas de nieve.

—Uno llegó a darle a la doncella en toda la cara —rieron.

—Pero la enérgica Marietta logró desquitarse, ¿recordáis?, con tanta habilidad y descaro que todos los presentes coincidieron en atribuirle la victoria.

Durante el primer tercio del siglo anterior, los miembros de la familia Strozzi habían generado, con mucho, la fortuna más cuantiosa de Florencia. Como banqueros, también jugaron un papel importante en la política, solo rivalizados por los Médici, quienes, con el paso del tiempo, tomaron definitivamente el control del gobierno y, por tanto, el poder político y financiero de Florencia.

Pero, por más y más anécdotas, por más y más recuerdos e historias, Miguel Ángel era incapaz de avivar su genio. Incluso había empezado a sentirse molesto con Dios. Eran los efectos del drama en estado puro, el resultado de una turbación tempestuosa, la violenta caída del artista hacia un abismo inesperado.

38

Palazzo Vecchio, Florencia,
mediados de diciembre de 1501

Un guardia escoltaba a Leonardo por los interiores del palacio de la Señoría. Ya en el piso superior, lo condujo hasta una pequeña y saturada oficina de la Cancillería en la que se amontonaban, sobre el escritorio y por todas las estanterías, mapas, cartas y tratados. Medallas, cerámicas y pendones exóticos traídos, probablemente, de países extranjeros, colgaban de las paredes. Varias columnas inestables de libros se apilaban por todas partes, sobre las mesas, las sillas y en el suelo.

Al otro lado de un sinfín de papeles, Maquiavelo observó la aparición de Leonardo da Vinci. Con un sencillo parpadeo, el diplomático excusó al guardia, que salió de inmediato. Le tendió una mano a Leonardo y con voz impasible y distante manifestó:

—Maestro, creo que nunca he tenido el honor de recibirte en mi despacho.

39

Calles de Florencia, mediados de diciembre de 1501

Miguel Ángel mantenía una actitud firme y constante en su manera de obrar: paseaba y esbozaba. Todos los elementos que lo rodeaban le daban razones suficientes para corregir aquella terca postura que, sin duda, no favorecía su avidez por trabajar; pero él deambulaba y bosquejaba, y vuelta a empezar.

Faltaban pocas jornadas para la Navidad, y en las calles ya se apreciaba un ambiente festivo. El frío diurno de mediados de diciembre era soportable, casi agradable cuando brillaba el sol. Las gentes concurrían y abarrotaban las calles hasta el atardecer, momento en que la temperatura descendía bruscamente.

Miguel Ángel, cuaderno de dibujos en mano, prestaba oídos a dos grupos de tamborileros y trompeteros que callejeaban y entonaban madrigales y canciones de amor, y que también interpretaban los dos géneros que más furor causaban entre los florentinos, los llamados *rispetti* y *strambotti*.

En la plaza de San Martino el escultor observaba a pobres y ricos cantar al unísono y olvidar sus diferencias por un rato.

Tan obcecado se hallaba en estudiar y dibujar los cuerpos y sus movimientos, que no vio venir la mano que aferró su hombro y apenas escuchó la voz que al oído le susurró:

—¿Eres Miguel Ángel Buonarroti?

40

Palazzo Vecchio, Florencia, mediados de diciembre de 1501

Maquiavelo se incorporó despacio y, con amabilidad, le ofreció a Leonardo tomar asiento. El diplomático lucía una expresión cansada que disimulaba de manera natural. Vestía ropas negras y sencillas que evocaban el recuerdo de una sotana religiosa; no obstante, en su dedo angular brillaba un anillo de rubí que dejaba al descubierto sus gustos más mundanos.

—Me honra que la mente más preclara de Florencia se persone en mi despacho —declaró—. Dime, ¿a qué debo semejante honor?

—Señor Maquiavelo, sé que eres un hombre muy ocupado. Por tanto, agradezco el tiempo que generosamente empleas en recibirme. Pero me temo que mi visita no sugiere un motivo grato y aún menos esperanzador, pues traigo noticias inquietantes. —El tiempo corría en su contra, de modo que, sin entretenerse en preámbulos, Leonardo le contó que había recibido una carta de Borgia. Y le advirtió—: César reclama mis servicios. El peligro reside en que el hijo del papa conoce algunos de mis diseños militares, ya que coincidimos en Milán y también en Mantua.

Maquiavelo cerró los ojos, los abrió y entornó los párpados, realizando aquella serie de gestos con una lentitud irritante.

—¿Hay alguna sugerencia de tu parte que sea digna de valorarse? —consultó.

Leonardo, con voz firme, resolvió:

—Ignoro si César Borgia es capaz de poner en marcha mis proyectos, o si dispone de hombres inteligentes y habilidosos que satisfactoriamente pudieran desarrollarlos. Sin embargo, en la misiva que Borgia me envía se detallan algunas de sus intenciones militares; esa es una información que nuestra ciudad necesita. Considero, humildemente, que soy el hombre idóneo para diseñar las armas de guerra que Florencia precisa para defenderse y contraatacar. Con mis servicios, el ejército dispondría de las armas más ingeniosas que se puedan construir. Incluso crearía naves que permitirían a los ejércitos de Florencia volar. Imagina poder sobrevolar territorio enemigo y lanzar fuego desde los cielos.

Maquiavelo le sostuvo una mirada fría, pero no comentó nada.

Ni siquiera reaccionó. Pasados unos segundos tendió lentamente la mano en una petición silenciosa. Pero Leonardo aferró el papel y con sonrisa de media luna objetó:

—No pecaré de ingenuidad, señor Maquiavelo; no le proporcionaré la carta a la Señoría tan rápido. —Y pensó: «Porque mientras la tenga conmigo, mantendré la autoridad».

—Maestro, estoy abierto a escuchar proposiciones.

—Te entregaré la carta si me ofreces colaboración: ayúdame a convencer al gobierno de la ciudad para que me contrate en calidad de ingeniero militar. Florencia necesita protección y bien sabes que no existe hombre más capaz que yo para ese puesto.

Maquiavelo desvió los ojos y contempló el suelo. Leonardo, pese a su capacidad de observación, no detectó, en el tiempo que duraba la reunión, ni un solo cambio en la voz o la expresión del diplomático. Era algo asombroso. Maquiavelo volvió a alzar la mirada y de pronto realizó un gesto, casi un asentimiento.

—Y ahora la carta, por favor —solicitó.

¿Habían llegado a un acuerdo?

41

Calles de Florencia, mediados de diciembre de 1501

—¿Eres Miguel Ángel Buonarroti?

El artista, cosa lógica, se sobresaltó; oír aquella voz en forma de susurro cercano le produjo el mismo efecto que si lo golpearan con un mazo en la espalda. Como consecuencia, su mano realizó un movimiento brusco e involuntario y trazó una línea errante sobre su último esbozo.

—No me importunes —le reprendió al joven que lo llamaba—. ¿No ves que estoy trabajando?

—Vengo de parte de la Señoría. —El muchacho, aunque asustadizo, no se arredró; le mostró un sello que acreditaba su posición oficial. Miguel Ángel aceptó con resignación que lo interrumpiera y arrancó del cuaderno el boceto echado a perder.

—¿Qué quiere el gobierno de mí? —dijo.

—Se te ha convocado en el palacio de la Señoría.

—¿Para qué?

—Para enmendar los términos de tu contrato; es cuanto sé.

Seguramente a eso se debía: había llegado el momento de claudicar. Los trompetistas y tamborileros continuaban entreteniendo con su música y cantos al pueblo, que acompañaba a los músicos por las callejuelas, cantando y tocando palmas.

Sintiéndose desdichado, Miguel Ángel miraba en rededor; a pesar de que la razón lo confundiese, aunque un sentimiento devorador le mintiese, su alma no lo engañaba porque la honestidad de su espíritu se imponía a la de su cuerpo terrenal, y a voces le gritaba que el gobierno lo iba a sancionar por trabajar demasiado despacio.

«Pero no tengo dinero; no podré pagar.»

¿Era probable, entonces, que lo arrestasen y torturasen en un lugar que nada tenía que envidiar al Averno: las mazmorras del Bargello? ¿Quemarían su cuerpo, y también su alma, en la hoguera por traición? Se levantó del suelo, recogió su morral de cuero y sus carpetas y anunció:

—Me presentaré ante los miembros del gobierno y acataré las consecuencias de mi irresponsabilidad. Pero, primero, me cambiaré de ropa y me asearé. —Evidentemente, la idea que planeaba tenía como fin último escapar. Quizá podría regresar a Roma, o vivir en Siena, o esconderse cual ermitaño en una cueva de las montañas hasta que la ciudad se olvidase de él y de la piedra silenciosa.

El joven funcionario negó con la cabeza.

—No hay tiempo. He recibido órdenes: he de escoltarte ahora mismo.

Miguel Ángel valoró seriamente la posibilidad de romperle los dientes de un puñetazo y salir corriendo. Pero si le propinaba una paliza al joven y después huía, la Señoría se las arreglaría para castigar a su familia por sus delitos. Además, su carácter no soportaba la idea de abandonar, ni de rendirse a la adversidad; se enfrentaría a los cargos en persona. Asintió con gravedad y siguió al joven funcionario en pos de su destino.

42

Palazzo Vecchio, Florencia,
mediados de diciembre de 1501

Maquiavelo se presionaba las sienes con la yema de los dedos. Daba la impresión, por sus párpados cerrados, de que se había quedado adormilado. De vez en cuando sus pestañas se movían de arriba abajo y sus labios finos temblaban ligeramente. Al poco empezó a golpear, de manera impaciente, la mesa con los dedos.

Leonardo barajó la posibilidad de presionarlo con el objetivo evidente de obtener un compromiso verbal, pero no deseaba que el diplomático pensase que no conocía las sutiles señales de la alta diplomacia. Finalmente, le entregó la carta. Maquiavelo la recogió con sus dedos largos y huesudos, rasgó el sobre y se tomó su tiempo para leer la misiva. Cuando finalizó, miró al vacío unos segundos sin pronunciar una sola palabra. Luego se levantó de la silla y entrelazó las manos a la espalda. Miraba desde la ventana, sin el menor interés, como si todo lo aburriera. Su fría actitud prendía el interés de Leonardo, porque aquella fuerza de voluntad que revelaban los labios del diplomático, de expresión levemente irónica, resultaba impresionante. Cuando Maquiavelo se dio la vuelta, asentó:

—Los príncipes y los gobiernos son los elementos más peligrosos para la sociedad, porque la voluntad de todo hombre se conduce principalmente por dos impulsos: o por amor o por miedo. Pero no es amor ni miedo lo que revelan las palabras de César Borgia. Maestro, mostrarás el contenido de esta carta al Consejo de la ciudad. —Y se la devolvió introducida en el sobre.

—Y tú convencerás a sus miembros para que me contraten.

—Leonardo da Vinci, la ciudad te necesita. Organizaré una reunión con los hombres oportunos que aprobarán tu contrato; y luego me reuniré personalmente contigo y te prestaré ayuda en la presentación. Juntos, prevaleceremos. Por ti, por mí, por Florencia. ¿Estás de acuerdo?

Leonardo da Vinci estrechó la mano de Nicolás Maquiavelo.

—Estamos de acuerdo.

43

Los interiores del palacio de la Señoría albergaban una apabullante y suntuosa acumulación de arte. Algunas de las salas se habían decorado recientemente con frescos de políticos romanos, pinturas de Domenico Ghirlandaio y con *Los trabajos de Hércules* de los hermanos Antonio y Piero del Pollaiuolo. Miguel Ángel no recordaba tanta decoración en paredes y techos, con decenas de cuadros, esculturas, muebles y demás enseres que jalonaban cada sala.

En uno de aquellos espléndidos salones lo esperaban varios de los representantes de la Señoría y miembros de «la Oficina» y del gremio de la lana. Ni una sola expresión amable lucía en sus rostros. Intercambiaban palabras entre ellos en voz baja y seria, el eco de unos murmullos que resonaba pesadamente en la estancia. Al verlo comparecer, pronunciaron:

—Michelangelo di Lodovico Buonarroti Simoni.

«Mal comienzo», pensó él, pues, si apelaban a su nombre completo, nada bueno podía esperar de aquella citación.

—Te hemos convocado porque el Gobierno de Florencia, la obra del Duomo, los representantes de la ciudad, la Oficina de Trabajos Catedralicios y el gremio de la lana, por una vez nos hemos puesto de acuerdo en algo.

—Señores, os escucho atentamente —dijo Miguel Ángel.

—No queremos tu Hércules —anunciaron ellos sin dilación.

44

Miguel Ángel no reaccionó para armar una defensa en favor de sus intereses. Afloró una sobria y grave expresión en su rostro, y se le cerró la garganta. No era la timidez lo que retenía su palabra, solamente la impetuosa convicción de que su fracaso en aquel trabajo no merecía indulgencia ni resarcimiento. Todo lo que podía hacer, todo lo que su sentido de la justicia le permitía hacer, era asentir.

Sintiéndose observado por una congregación de frías miradas, se quedó de pie, callado. Pero notó de pronto la revelación de una idea, y solo entonces comprendió la razón por la cual aún no había sido capaz de esculpir: la aversión que sentía por el paganismo, que le impedía representar uno de aquellos personajes que anteriormente lo tentaran: un Atlas, un Perseo y, por supuesto, un Hércules.

No, su gigante no podía ser un Hércules pagano. Debía ser un héroe; pero no un héroe fabuloso, sino un héroe cristiano. Miguel Ángel no se atrevió a proclamar su hallazgo porque no quería herir su orgullo y amor propio abiertamente. Además, ya era demasiado tarde.

«Sí, mi revelación llega demasiado tarde.»

—No —ratificaron—, no queremos un Hércules.

«Me van a arrebatar el encargo.»

—La ciudad no necesita un Hércules.

«Le concederán el bloque a Leonardo da Vinci para que talle su león alado.»

—Tras reflexionar largamente sobre el asunto, hemos considerado que no podemos admitir que una efigie pagana adorne nuestra catedral.

—En su lugar, aprobaremos la creación de un personaje bíblico tradicional.

—Todos hemos valorado positivamente que ha llegado el momento de que Florencia cuente con un nuevo héroe.

¿Un nuevo héroe? Sobrevino un silencio tan denso que Miguel Ángel sintió un miedo horroroso a lo que pudiera venir a continuación. Uno de los representantes del gobierno alzó los brazos y tomó la palabra y, con una voz que parecía no pertenecerle, refirió:

—Metiendo su mano en la bolsa, cogió una piedra, la lanzó con la honda e hirió al filisteo en la frente; el guijarro lo golpeó y Goliat cayó a tierra sobre su rostro.

«*Samuel*, capítulo diecisiete, versículo cuarenta y nueve», recordó Miguel Ángel.

No pensó nada más, no era necesario añadir nada más. Había comprendido la voluntad de la Señoría perfectamente.

—No, escultor, no tallarás un Hércules. Crearás un David.

45

Al observar los rostros serios de aquellos hombres, Miguel Ángel se dio cuenta de que no bromeaban.

—Dos de los mayores maestros de la historia del arte ya esculpieron dos de las estatuas más famosas de David, y Florencia las exhibe —replicó.

—Pues ahora queremos otra.

La voz de Miguel Ángel Buonarroti se alzó enérgica y confiada en la inmensidad del salón:

—Bien sabéis que es imposible superar el *David* de Donatello, o el de Verrocchio.

Los representantes insistieron:

—Un personaje bíblico traerá nuevos tiempos de ventura a la República y complacerá a Dios.

—Yo también quiero complacer al Señor —asentó Miguel Ángel. «Y que por fin me conceda su absolución»—. Pero al Creador no le agradan los niños. ¿No sería más apropiado buscar un punto medio, un personaje bíblico diferente?

—No.

—Os lo ruego, señores, pensad en un gran héroe que de mejor manera recuerde las esculturas de los antiguos. ¿Qué os parece san Jorge, o san Mateo, o Moisés?

—No.

—Puedo esculpir cualquier hombre adulto. David, el joven pastor, era un mocoso. ¡Un niño!

—Así lo hemos decidido.

—He pasado años en Roma y jamás he visto una estatua heroica de un infante.

—Buonarroti, tienes que esculpir un David.

Lo invadió una oleada de rabia contra sí mismo, contra la ineptitud de los gobernantes y representantes, contra la estúpida idea de que un niño de mármol pudiese incitar en Florencia un orgullo demasiado grande como para que sus enemigos no se atreviesen a atacar la ciudad.

—Os mostraré algo —gruñó Miguel Ángel—, acompañadme.

46

Ascendieron a paso rápido un tramo de escaleras que daba a un patio del palacio de la Señoría. Por todos lados se desplazaba con prisas un buen número de funcionarios, de unos despachos a otros. En el centro del patio, Miguel Ángel señaló con el índice la estatua de bronce de un niño desnudo.

—El *David* de Donatello.

«Largo tiempo ha transcurrido desde la última vez que lo contemplé», pensó.

La escultura se alzaba, sobre un pedestal, más pequeña de lo que recordaba: no se elevaba más alta que un niño y era igual de delgada.

Miguel Ángel posó una mano cuidadosa sobre el pie del muchacho y acarició el bronce suavemente. Todos lo miraban en silencio, expectantes; y él les explicó:

—Hace cincuenta años, cuando Donatello creó esta obra, se convirtió en la primera estatua al desnudo y sin apoyos desde el tiempo de los romanos. Sin duda alguna concibió un nuevo estilo inspirado en la escultura clásica. Observadlo bien, este *David* tan solo viste unas botas de cuero y un sombrero de pastor de ala ancha; empuña una larga espada que apunta al suelo, con su pie izquierdo sobre la cabeza cercenada de Goliat, mientras en la suavidad de los bucles de su cabello hallamos el marco de un gesto apacible. Contemplad su serena sonrisa de triunfo, demasiado turbadora, y su cuerpo, demasiado seductor.

—Confiamos en tus manos, Buonarroti. Tu obra superará con creces a la de Donatello.

Miguel Ángel apretó los dientes, exasperado.

—Necio... —susurró sin volverse—. Presta atención y obsérvalo adecuadamente. ¿No te das cuenta de que, al igual que un Cristo triunfante sobre Satán, el *David* de Donatello representa la mejor y más idealizada visión del hombre victorioso sobre las fuerzas del mal? Siendo yo un joven, la estatua decoraba el palacio de los Médici, donde pasé horas y más horas dibujándola a sus pies. Es la mezcla de realismo y elegancia que desprende lo que trastocó por completo mi visión de la belleza. ¿Y ahora se me pide que supere la obra maestra de Donatello, la escultura que me hizo reconsiderar mi concepción sobre el arte? Imposible.

Había, además, otra cuestión que Miguel Ángel no quería desembrollar ni afrontar: el *David* de Verrocchio, que presentaba a un niño de pelo rizado, espada en mano y con su pie, también, sobre la cabeza escindida de Goliat. Un *David* que sí se mostraba vestido y cuyo rostro exhibía unas facciones bien definidas que reflejaban la luz, con aquella nariz recta y los pómulos marcados.

Pero si el *David* de Andrea Verrocchio no era tan famoso ni tan innovador ni tan querido como el de Donatello, ¿por qué entonces Miguel Ángel sentía aún más miedo de enfrentarse a él? Porque una gran mayoría en Florencia sabía a qué aprendiz utilizó Verrocchio como modelo: a Leonardo da Vinci, el hombre que en esos precisos instantes apareció en el patio acompañado de Nicolás Maquiavelo.

47

La imponente figura de Leonardo provocó que algunos se inquietaran en el patio. Con palabras cordiales, el maestro anunció:

—Buonarroti, te presento al canciller Nicolás Maquiavelo.

A oídos de Miguel Ángel habían llegado comentarios discretos acerca del talento que ostentaba el diplomático para las argucias políticas, un hombre que fue elegido para ocupar un puesto en la Señoría a la edad de veintinueve años y cuya habilidad para la mediación y la manipulación comenzaba a ser legendaria. Miguel Ángel le estrechó la mano y declaró:

—Me pregunto qué motivo oculto trae a un diplomático a interferir en mi proyecto.

—¿Disculpa?

—¿Tú no deberías encontrarte en Francia negociando con el rey Luis?

Los representantes del gobierno condenaron semejante actitud, prorrumpiendo en exclamaciones de reprobación.

—Conozco el temperamento de este tipo de hombres —los calmó Maquiavelo—, en quienes el odio nace generalmente del temor o de la envidia. —Y posó una mirada negra y aceitosa en Miguel Ángel—. Precisamente, el maestro Leonardo y yo comentábamos tu proyecto hace escasos instantes.

—Pero Leonardo perdió la oportunidad de ganar «la piedra de Duccio», y nada tiene que ver con mi estatua, me temo.

Maquiavelo alzó una mano autoritaria.

—Tan solo comentábamos —prosiguió— que los anteriores encargados del bloque de mármol, tanto Agostino di Duccio como Donatello, tenían en mente concebir un David. Creemos que su destino no debería ser alterado, si te ves capaz, por supuesto, si no, siempre podemos contar con otro artista que se muestre dispuesto a desarrollar el encargo. —Guardó silencio en una pausa precisa y luego se dirigió a todos los asistentes—. No olvidemos, señores, que la demora nos roba a menudo nuestras fuerzas y que un cambio siempre deja la puerta abierta para el establecimiento de otra oportunidad. —Y se centró de nuevo en el escultor—. Miguel Ángel, el artista prudente siempre debería seguir el camino transitado por los grandes hombres e imitar a los más excelentes, para que de este modo, si no alcanza su grandeza, al menos reciba algo de ella.

Miguel Ángel percibió las miradas de satisfacción que de repente intercambiaron varios de los presentes y de inmediato comprendió que todo aquello se trataba de una farsa, de una trampa: no iban a prescindir de sus servicios; le habían concedido el trabajo meses atrás, sí, pero ahora, en las sombras, indirectamente lo forzaban a renunciar por iniciativa propia, porque no querían que aquello se convirtiera en un escándalo público, porque si él, Miguel Ángel, se apartaba con voluntad y discreción, ellos tendrían libertad suficiente para adjudicarle el bloque a otro artista.

Pero el temperamento de Miguel Ángel jamás le permitiría abandonar. Y entonces, sabedor de que sus siguientes palabras serían definitivas, sonrió con una complacencia aún más inmensa, porque frente a todas aquellas miradas tramposas, igual que si se tratara de una revelación divina, rememoró uno de los versículos que también se escribía en el *Primer Libro de Samuel* y, tal y como minutos antes recitara uno de los gobernantes, él refirió:

—«Dijo luego el filisteo al niño: Ven a mí, y daré tu carne a las aves del cielo y a las bestias del campo.» —Miguel Ángel observó con cierto desprecio, uno a uno, los rostros de los hombres que lo forzaban a abandonar. Alzó el mentón orgullosamente y finalizó—: Veré al héroe en el mármol y esculpiré hasta concederle la libertad. Jamás volveréis a dudar de mí: Florencia tendrá un nuevo *David*.

48

Palazzo Vecchio, Florencia,
finales de enero de 1502

Entre el año que acababa y el que comenzaba, Leonardo da Vinci y Nicolás Maquiavelo se reunieron semanalmente para elaborar la presentación que juntos expondrían ante el Consejo de la ciudad. El canciller sopesaba maniobras políticas del mismo modo que el maestro ponderaba los misterios del universo y, cuanto más tiempo pasaba el artista con el diplomático, más confianza le proporcionaba su agilidad mental. Sin embargo, lo más inquietante en la actitud de Maquiavelo se infería del hecho de que, dijera lo que dijese, siempre parecía guardar un secreto.

El día de la presentación, a finales de enero de 1502, el Consejo de la ciudad, Leonardo y Maquiavelo se reunieron en un despacho del palacio de la Señoría. El confaloniero de Justicia, que ocupaba el cargo desde hacía tan solo unos días, aún parecía incómodo vistiendo el poder, lo que, desde el punto de vista de Leonardo, suponía un buen presagio, ya que el diplomático podría manipular fácilmente al terrateniente.

Maquiavelo expuso las palabras introductorias y seguidamente desplegó un enorme mapa de Florencia, de la Toscana y de las tierras circundantes, que incluía los territorios de la Romaña, donde el hijo del papa desarrollaba su ofensiva militar. A medida que daba cuenta de las amenazas de César Borgia, Maquiavelo iba rebajando magistralmente el tono de su voz con el único propósito de que todos en la sala se vieran obligados a inclinarse para escuchar cuanto él planteaba. Una vez concluida su parte, intervino Leonardo:

—He desarrollado varios planes que nos permitirán combatir las incursiones de Borgia.

—¿Incursiones? —se extrañó el confaloniero—. Maestro, César no está batiendo la Romaña; ese territorio ya le pertenece.

Leonardo no fue capaz de reprimir su desconcierto; aquella información lo descolocó por completo. Buscó con mirada comedida una reacción sorpresiva en Maquiavelo, esperando advertir en él una muesca de asombro. Pero el diplomático se mostraba calmado, como siempre.

—Hace dos semanas —aclaró Maquiavelo—, el papa concedió a César un nuevo título. Además de duque de Valentinois y comandante de los ejércitos papales, ahora también es duque de la Romaña. Por tanto, es el gobernante legítimo de esas tierras, no su invasor.

49

Aquellas noticias suponían un mazazo terrible para Florencia, porque la dominación de la Romaña aumentaba el poder, la riqueza y la autoridad de César Borgia. Sin embargo, todo aquello respaldaba las pretensiones de Leonardo. Ahora más que nunca Florencia necesitaba protección. No obstante, sintió el destello de una aguda incertidumbre que se fundamentaba en el hecho mismo de que Maquiavelo conociera la noticia, posiblemente, desde hacía semanas.

Como resultado de aquella nueva inquietud, la pregunta que atormentó a Leonardo fue bastante clara: ¿Por qué Maquiavelo no había compartido la primicia con él, habiendo tenido numerosas ocasiones? En su lugar había permitido que quedara como un auténtico desconocedor de la actualidad bélica ante el Consejo de la ciudad. Bien era cierto que la cuestión en sí aportaba un considerable toque de dramatismo a las circunstancias, porque a juzgar por los murmullos de preocupación de los integrantes del Consejo, el plan de Maquiavelo constituía un triunfo previamente calculado.

—Es cierto —manifestó Leonardo—, los ejércitos de César Borgia rodean la ciudad. Florencia se enfrenta a un grave peligro, ya que somos vulnerables por todos los flancos: en el este, no disponemos de suficientes torres vigías; en el norte, la muralla se ha deteriorado; en el lado sur, somos vulnerables a un posible fuego de artillería que descargara desde las colinas más cercanas. —Mientras hablaba, iba señalando estratégicamente los puntos débiles en el mapa—. Y la puerta oeste suele permanecer abierta para acoger a los mercenarios que luchan en favor de Florencia y cualquiera, por tanto, puede infiltrarse. Eso sin mencionar el Arno, que divide la ciudad en dos y, por consiguiente, nos deja expuestos a todo tipo de ataques.

En sus reuniones privadas, Maquiavelo le había aconsejado enumerar aquella serie de amenazas con sumo detalle. Según había extraído de las palabras del diplomático, en el miedo residía la manera más eficaz de convencer a la gente de adoptar medidas extremas.

«Cuando el pueblo sufre intimidación y miedo, cede su dinero, su tierra, e incluso su libertad, todo con el último fin de sentirse a salvo, algo que, irónicamente, nunca puede garantizarse con seguridad.»

Maquiavelo intercambió una mirada breve y cómplice con Leonardo, y tal y como habían planeado, preguntó:

—Llegados a este punto, solo queda una cuestión por plantear: Leonardo da Vinci, ¿podrás asegurar la salvación de Florencia?

50

Ayudándose de mapas y bocetos, Leonardo describió sus proyectos, que incluían, entre otros, la construcción de puntos de vigilancia en las colinas circundantes, la extracción de piedra de las montañas, con el objetivo de almacenar material para la defensa, o el desvío del río Arno para privar a Pisa de agua y de una salida al mar. Esta última idea en concreto provocó que las cejas del confaloniero se alzasen con escepticismo. Tanto él como otros miembros de la Señoría insistieron en que Leonardo les explicara el funcionamiento de semejante propuesta.

Leonardo les comunicó lo justo para espolear su interés, y añadió que tendrían que contratarlo para conocer el resto. Y siguió adelante: les enseñó dibujos de vehículos acorazados y equipados con cañones, puentes portátiles para superar fosos enemigos, un traje especial que permitiría a los soldados florentinos respirar bajo el agua para que pudiesen sorprender al enemigo que acampara junto a un río y, por supuesto, les mostró el diseño de varias máquinas voladoras.

—Borgia y sus hombres conocen el prototipo de algunos de mis artefactos, pero si intentan desarrollarlos, fracasarán, porque los diseños que vieron no estaban completados. Señores, siempre he sentido que es mi destino construir una máquina que permita al hombre volar. Con vuestra financiación, estoy convencido de poder conquistar los cielos, así como derrotar al ejército de Borgia.

Solicitó al Consejo el tiempo suficiente y los recursos necesarios para llevar a buen término sus ideas. Siguiendo las recomendaciones de Maquiavelo, exageró los costes, ya que las ciudades siempre regateaban el precio de los contratistas; Leonardo debía pedir más de lo que necesitaba para que, cuando le ofrecieran una cantidad menor, aún resultara suficiente.

—Con estos proyectos —concluyó—, no solo protegeré Florencia de un enemigo rico y poderoso, también alteraré el arte mismo de la guerra; cambiaré el curso de la historia. Y pensad: ¿Por qué querría César Borgia contratar mis servicios si no esperara hacer uso de mis conocimientos contra las defensas de Florencia?

El confaloniero de Justicia se dirigió a Maquiavelo con gesto de alarma:

—Nicolás, tenías razón.

El diplomático asintió con gravedad y declaró:

—La última vez que me reuní con César Borgia, me advirtió: «Aut Caesar, aut nihil. O César o nada. Florencia está conmigo o contra mí. Si me descartáis como amigo, me tendréis como enemigo».

—De acuerdo, no nos queda más alternativa. —Y entonces, para contrariedad de Leonardo, los miembros del gobierno asentaron—: Tal y como se acordó en un principio, capitularemos y pagaremos a Borgia treinta y seis mil florines anuales.

En la indiferencia que el Consejo manifestó hacia sus planteamientos, Leonardo vio aproximarse la tragedia.

—Me necesitáis para defender Florencia —se angustió.

—En las arcas no hay dinero suficiente para sufragar ambos gastos —replicó el confaloniero—. Si hacemos balance, la opción que Nicolás planteó tiempo atrás resulta, a todas luces, mucho más barata, y también menos sangrienta que tus propuestas, maestro Leonardo. Y cambiar el curso de los ríos, ¡qué locura! —Negó con la cabeza de lado a lado—. La Señoría no se hará responsable de un proyecto de tal magnitud y, en mi opinión, un tanto descabellado. Ahora bien, si nos quitamos a Borgia de encima, podremos centrarnos exclusivamente en la guerra con Pisa.

Sin más preámbulos, el Consejo pasó a examinar en profundidad los mapas. En un instante, Leonardo se sintió, ciertamente, ignorado. Toda la cólera que de pronto lo invadía la concentró en la mirada irascible que enfocó en Maquiavelo, cuyas intenciones, ahora Leonardo lo comprendía perfectamente, nunca habían tenido como objeto ayudarlo: tan solo lo había utilizado para afianzar sus propósitos de citarse nuevamente con César Borgia.

—Puedo ayudar con Pisa —espetó Leonardo, tratando de hallar un modo de salvaguardar su candidatura para aquel trabajo.

Los representantes del Gobierno, sin preocuparse lo más mínimo en levantar la vista de los mapas, le respondieron:

—No, maestro, no puedes ayudar, porque todos tus planes consisten en rechazar una invasión. Y Pisa no nos invade. La verdad, la estamos invadiendo nosotros.

51

Maquiavelo se excusó:

—Señores, disculpadme un momento. —Se levantó y se acercó con gesto compungido, un gesto sin duda fingido, a Leonardo, quien en apariencia se veía traicionado. Lo acompañó hasta la puerta del despacho y, asegurándose de que a su espalda el resto no escuchaba, le confesó—: Parece que la reunión no ha progresado como la planificamos, ¿verdad? Una lástima. No obstante, a mi juicio, lo importante es que cuando gana la paz, ganamos todos. Y eso pretendemos conseguir. ¿Y acaso no es lo que en Florencia deseamos? Maestro Da Vinci, la ciudad y la Señoría agradecen sinceramente la colaboración que hoy les has proporcionado. Tu saber contribuirá a que se evite la guerra.

—¡Me has utilizado! —se enfureció Leonardo entre dientes.

—Recuerda que yo no te prometí un trabajo para la ciudad, solo te ofrecí asistencia. Pero, tarde o temprano, todo llegará. Confía en mí, amigo.

Leonardo ladeó la cabeza. Con desagrado, le recriminó:

—Nicolás, hay quien diría que de tu actitud se desprende la idea de que has concebido un modo de vida a través de la hipocresía y la mentira.

Maquiavelo suspiró, cerró los ojos y finalizó:

—Leonardo, te aseguro que, pienses lo que pienses, no soy ningún hipócrita. Ahora bien, ¿me tachas de mentiroso? Eso quizá no lo pueda negar, y tampoco afirmar, ten en cuenta que yo nunca digo lo que creo, ni creo nunca lo que digo, y si de vez en cuando se me escapa alguna palabra sincera, la escondo entre mentiras con habilidad, y por tanto es difícil tarea saber si cuanto digo es una falacia o una verdad.

Y para sí mismo, Maquiavelo reflexionó: «La promesa dada fue una necesidad del pasado; la palabra rota es una necesidad del presente». La trampa que había hilado estaba tan bien construida que su víctima, Leonardo, no hubiera podido sospechar ni por un segundo de su plan, una confabulación que le concertaría una nueva entrevista con el hombre a quien más profundamente deseaba seguir conociendo: César Borgia.

Y envuelto en los aires de un nuevo engaño, Maquiavelo esbozó una sonrisa traicionera al tiempo que con descaro cerraba la puerta del despacho, dejando a Leonardo da Vinci plantado, solo, al otro lado.

Taller de Miguel Ángel, Florencia,
finales de enero de 1502

—Es verdad: no eres un Hércules.

El mármol guardaba en su interior un *David* de proporciones colosales, impenetrable a la luz, incapaz de moverse, pero con una fuerza tan inmensa que atraía todos los sentidos del escultor.

Miguel Ángel se posicionó a escasa distancia de la piedra. Acarició la superficie tierna y largamente y después adhirió una oreja al mármol. Pero David le negaba categóricamente la revelación de cualquier sonido. Hasta donde Miguel Ángel conocía, la materia interior de la piedra era todo oscuridad y suposiciones, elementos contra los que había luchado toda su vida. En el silencio del cobertizo se oyó el crujido de sus nudillos y su propia voz interior, que ascendía violentamente desde el abismo. La desesperación se imponía a su voluntad. Su incapacidad despertaba el llamamiento de un nuevo desengaño, que despacio empezaba a desgarrar su luz y esperanza.

El escultor cerró los ojos e improvisó el fragmento de un poema:

> *Caigo, Señor,*
> *y soy consciente de mi caída.*
> *Soy como un hombre que se abrasa,*
> *que lleva en sí el fuego,*
> *en quien el dolor aumenta a medida*
> *que disminuye la razón,*
> *ya casi vencida por su martirio.*

Abrió los ojos y besó con sus labios la piedra.

—No me lleves a la desesperación. —Y, desmoralizado, suplicó—: David, este sería un buen momento para que empezaras a hablar.

Basílica de la Santissima Annunziata, Florencia,
finales de enero de 1502

Lo que repentinamente enfureció a Leonardo da Vinci no fue la traición de Maquiavelo en sí, sino el método usado y la frialdad a la hora de ejecutarlo. Sí, podía afirmar que la política era una disciplina traicionada, una doctrina que solo encontraría su legitimidad cuando sus perseguidores cesaran de ambicionarla.

Ahora, Leonardo trataba de evocar con la mayor intensidad posible el recuerdo de sus reuniones con Maquiavelo. Era en vano. La sensación de disgusto se hacía más fuerte y le impedía recordar claramente. Pero no podía dudar: el diplomático le había planteado a la Señoría una propuesta y después había encarecido la de Leonardo para que, al compararlas, la suya pareciese la deseable.

Leonardo abandonó el palacio de la Señoría para encontrarse con Salai, que lo esperaba en la plaza con un gesto enorme de ilusión en la cara. El maestro negó con la cabeza para impedir cualquier pregunta.

—No hay trabajo. Nunca lo ha habido. Nunca lo habrá.

Salai dejó caer los hombros en señal de derrota. Los dos caminaron en silencio hacia la basílica de la Santissima Annunziata: Salai cavilando sobre las furiosas emociones que en aquellos instantes avasallaban a Leonardo; Leonardo pensando en que Florencia lo odiaba, en que siempre lo había odiado, a él, el residente más célebre de una ciudad que rechazaba una y otra vez sus servicios y capacidad.

El viento silbaba y el olor de la lluvia se apreciaba en el ambiente. Un manto oscuro cubría el cielo de la Toscana. Poco antes de que estallara la tormenta, llegaron a las puertas de la basílica, donde un hombre entrado en años los esperaba: el notario de la Santissima Annunziata, el padre de Leonardo da Vinci.

—Déjanos a solas —le ordenó a Salai con bastante brusquedad. Una vez el aprendiz se marchó, Leonardo se volvió y saludó con toda la cortesía de la que fue capaz—. Buenas tardes, padre.

Su padre, el notario, asintió y repitió aquellas mismas palabras con idéntico desafecto. Vestía una túnica impoluta y llevaba el cabello meticulosamente peinado.

—He venido a verte a petición de los frailes. Lo lamento, Leonardo.

—¿Qué lamentas?

—Ser quien tenga que comunicarte la noticia. —Los extremos de los párpados de su padre temblaban, ya fuese por las decepciones, por la tristeza o por la edad—. Leonardo, tu trabajo para la Santissima Annunziata ha terminado.

—Pareces, en realidad, encantado de encontrarte aquí. Una túnica hermosa, ¿es de nueva confección?

Su padre negó hieráticamente con la cabeza.

—No te comportes de esa manera, Leonardo; no restes importancia a mis palabras, ni desacredites mi labor. Los frailes han sido más que generosos manteniéndote alrededor de dos años. Me alegra que hayan tenido contigo tanta paciencia cristiana. Pero afirman que todavía no has puesto una gota de pintura en el retablo y que no puedes seguir viviendo aquí. Y yo no puedo dar la cara por ti.

—Podrías intentarlo.

—No, no puedo.

—Esta iglesia es mi casa.

—Eres inteligente, encontrarás otro lugar en el que residir.

—Vivo entre estas paredes.

—Lo lamento.

—Mi estudio, todo mi arte, se encuentra aquí.

Su padre fue incapaz de seguir discutiendo, ni siquiera le sostuvo la mirada, así que la desvió, quizá fruto de la vergüenza que le producía no el hecho de expulsar a su hijo ilegítimo de la basílica, sino la irresponsabilidad de sus actos.

Leonardo se le acercó con una expresión que mezclaba tristeza y rabia a partes iguales.

—No me hagas esto. Padre, no tengo a dónde ir.

Ante la pertinaz negativa del hombre que lo engendró, Leonardo no hizo hincapié en su perseverancia. Más bien, no quiso perseverar, porque no lo consideraba un buen padre, ni un ser humano honesto, sino un aprovechado y un depredador sexual. Leonardo lo despreciaba.

55

Taller de Miguel Ángel, Florencia, finales de enero de 1502

En el mismo instante en que la lluvia empezó a caer sobre Florencia, Miguel Ángel se incorporó y le gritó al bloque de mármol con una voz desesperada, verdaderamente desesperada, porque suponía la última fuerza que le quedaba tras largos meses de una gran extenuación. Se aferró con ambas manos a la piedra y le suplicó misericordia.

En el fondo de su corazón, una desesperanza aún más radical que por su misma naturaleza le produjo un tormento todavía más desolador: era probable que nunca llegara a esculpir la piedra. Tan solo era cuestión de tiempo, y entonces sería testigo de un desenlace indeseado, la llegada de un golpe imposible de esquivar o, dicho de otra manera, una sensación de angustia todavía más dominante, porque el Gobierno acabaría cediéndole la legendaria piedra a Leonardo.

Sí, en el interior de Miguel Ángel todo se resumía a una batalla irracional: David o Leonardo; Leonardo o David.

Absolutamente desquiciado, Miguel Ángel alzó la cabeza hacia el cielo y rezó:

—«Escucha, Señor, mi oración; atiende a mi súplica. Por tu fidelidad y tu justicia, respóndeme.»

Salmos, capítulo 143, versículo 1.

Pero nadie le respondió. Ni Dios ni la piedra dijeron nada. Y Miguel Ángel no pudo soportarlo más, hincó las rodillas lastimosamente en el suelo y se dejó arrastrar a los terrenos de la desesperanza y el miedo.

—¡Háblame! —prorrumpió en gritos encolerizados desde un lugar en el que reinaba la oscuridad—. ¡Di algo! ¡Maldita sea! *David*, háblame!

56

De vuelta al estudio lo esperaba una carta que Salai le entregó en mano. Leonardo, nuevamente, le ordenó que lo dejara a solas en la habitación. Una vez se cerró la puerta, encendió media docena de velas y leyó la carta que Francesco del Giocondo le enviaba. Tal y como en su primer encuentro trataran, el mercader de sedas demandaba formalmente un trabajo privado: el encargo de retratar a su mujer, Lisa del Giocondo.

Leonardo reflexionó, tomó aire hondamente y lo expulsó. Decidió apartar la carta a un lado, porque el encargo llegaba tarde, demasiado tarde; ya había tomado una decisión previa que tan solo tenía que reafirmar.

Tomó asiento frente a las ventanas del estudio y entonces la tormenta estalló. Un relámpago desgarró en la lejanía el corazón de las tinieblas y su pálido resplandor iluminó fugazmente todos los rincones de la ciudad, desde las profundidades del río Arno hasta la cúpula inconmensurable de la catedral. La lluvia empapaba la inmensidad de la Toscana sin contemplaciones, y Florencia se hallaba en el núcleo mismo de la tempestad.

Junto a la carta de Francesco del Giocondo, Leonardo recogió la misiva que César Borgia le enviara semanas atrás. Y al releer por enésima vez su oferta, un estremecimiento recorrió de arriba abajo su cuerpo. Se sintió transmutado en una criatura de piedra y acero, inmune a todas las argucias de la desesperación y la fatiga, a quien ni las incontables muertes de la guerra podían amilanar.

«Mi decisión está tomada.»

57

La voluntad de Leonardo, lenta y debilitada, no pudo contenerse a aquella inmensa curiosidad: ¿tan descabellado sería trabajar para César Borgia en calidad de ingeniero militar? Cerró los ojos y visualizó desde las alturas, con una mezcla de terror y espanto, un territorio abominable, un mundo fragmentado en mil pedazos, porque entre Leonardo y el ideal universal que anhelaba, y alrededor de él, de norte a sur y más allá, todo parecía muerto y destruido, un precipicio frío y desangelado.

Pero en Leonardo todo permanecía seco y silencioso. Y de pronto, y no había nada que lo pudiese remediar, sintió en su interior la destrucción de cualquier melodía de unión y amistad, la devastación de cualquier atisbo de fraternidad y concordia. Y en un juicio involuntario, en un último pensamiento desesperado, Leonardo se prometió que a partir de ese instante, fueran cuales fuesen las transformaciones que en su vida tuviese que soportar, las afrontaría todas ellas, restándoles gravedad, porque ya no temería jamás la posibilidad de que la blanca luz no volviera a iluminar su destino.

Contempló por última vez su reflejo en el cristal, gris y distorsionado. En la oscuridad de la que ya no era su habitación, la totalidad de su semblante temblaba, a causa sin duda de una oleada de agotamiento, impotencia y rabia. Y pensó: «Aquellos cuya consciencia apruebe su conducta, perseguirán sus principios hasta la muerte. El camino al otro lado de Florencia será abrupto y sinuoso, repleto de contingencias y adversidades».

A sí mismo se recordó:

—*E se tu sarai solo, tu sarai tutto tuo.*

«Y si estás solo, serás todo tuyo.»

Florencia lo había abandonado y empujado hacia un futuro incierto, peligroso y tal vez mortal. La guerra solicitaba sus servicios; César Borgia lo convocaba. Se avecinaba una tormenta real, una amenaza mucho mayor de lo que pudiese imaginar. Todos los azares y las vicisitudes de su vida convergían de manera dramática hacia un instante definitivo: el del esfuerzo final, el último aliento, los fulgores moribundos de la esperanza y la paz, el comienzo de una nueva oscuridad.

Leonardo da Vinci iría a la guerra.

CAPÍTULO VII

1

Basílica de la Santissima Annunziata, Florencia,
finales de invierno de 1502

—Maestro, por favor, no eludas mis preocupaciones y advertencias; te lo suplico, ¡no vayas a la guerra!

Leonardo da Vinci no contestó, ni reaccionó. Largo rato se mantuvo inmóvil con la vista fija en la enorme luna que flotaba en aquel cielo de nubes y estrellas.

—Siempre he pensado que una gran capa de agua cubre la superficie lunar —comentó con expresión relajada, contemplando el firmamento a través del cristal. Al poco, tal vez por el solo motivo de haberse entregado en vida y alma a la guerra, y por contradictorio que esto pudiese parecer, una sonrisa de inmenso alivio empezó a dibujarse en su cara.

Salai yacía recostado en la cama sobre el lado izquierdo y con la mano sujetándose la cabeza.

—Siento que es mi deber disuadirte, maestro —perseveró con el rostro crispado en las sombras.

Leonardo le contestó con tono calmado:

—En ese caso, nunca te culparía por seguir el destello de tus sentimientos.

Salai, tratando de hallar desesperadamente la manera definitiva de convencerlo, continuó en su empeño:

—El Consejo de la ciudad recapacitará su decisión. Estoy totalmente convencido de que todavía no han estudiado tus propuestas con la exigencia requerida. Pero rectificarán. ¡Lo intuyo! Ya verás, maestro, tarde o temprano, Florencia te empleará.

—No, los miembros del Consejo no cambiarán de opinión.

—Pero, maestro...

Leonardo lo interrumpió alzando un brazo.

—Basta, Giacomo. Por esta noche es suficiente. La decisión del Consejo ya fue tomada, y así se mantendrá. No me contratarán, porque soy plenamente consciente de que, al no ser un hombre de letras, ciertas personas presuntuosas pueden pensar que tienen motivos para reprochar mi falta de conocimiento.

—¡Necios! —exclamó Salai golpeando la almohada con el puño cerrado—. La verdad, no logro comprender su negativa.

Leonardo sonrió cándidamente frente a aquella expresión de pronto enfurecida.

—Es fácil de entender —le aseguró—, pues aquellos que a menudo se engalanan con los triunfos ajenos, rara vez reúnen el valor necesario para poner en marcha el funcionamiento de iniciativas propias. El Consejo se excusa en la tesis de que, al no haber aprendido yo en libros, no soy capaz de expresar lo que quiero tratar, pero no se dan cuenta de que la exposición de mis temas exige experiencia más bien que palabras ajenas. Ante semejante disyuntiva, sí, Giacomo, iré a la guerra.

—¿Nada puedo hacer para que cambies de opinión?

—Me temo que no.

—Maestro, un miedo horroroso penetra en mí con solo pensar lo que podría sucederte sin la protección de las murallas de Florencia.

—¿Miedo? Giacomo, yo no soy un simple peón. Descuida, no combatiré en la vanguardia de las batallas, ni veré que mi vida corra peligro en medio de una gran amenaza. Ten presente que yo no iría con César Borgia si no lo deseara.

Solo cuando Salai se marchó de la habitación, Leonardo da Vinci comenzó a presentir que, si verdaderamente acudía a la guerra, ocurriría algo irreparable. Desde que tomara la decisión y le enviara la confirmación a César Borgia mediante un mensajero, cada noche lo acometía un sueño horrible y recurrente: caminaba por un desierto y se caía dentro de un profundo pozo. Allí, en el fondo, Leonardo se iba congelando rápidamente, solo, sin que nadie lo pudiera oír y aún menos encontrar. Confinado en el hielo, fijaba la mirada en las alturas. Su consciencia se mantenía lúcida, pero su cuerpo no respondía a los estímulos mentales. Era una sensación terriblemente extraña porque, además, se daba cuenta de que, segundo a segundo, el presente desaparecía y él iba convirtiéndose en pasado; dentro de aquel pozo no había futuro alguno para él.

Leonardo sacudió la cabeza con el propósito de alejar de su mente aquella imagen pertinaz. Despacio, posó la vista nuevamente en el cielo. La refulgencia lunar bañaba con el color de la plata la silenciosa extensión de Florencia. La luna llena pareció enviarle un guiño descarado allí arriba, en el lejano y misterioso universo; y él, desde la faz de la tierra, quiso devolverle aquel gesto articulando una mueca afectuosa. Pero ni siquiera podía reaccionar; en la soledad y la penumbra de la habitación, fue incapaz de sonreír.

«A decir verdad, sí tengo miedo», pensó. «Tengo muchísimo miedo.»

2

A medida que el invierno de 1502 concluía y las temperaturas se suavizaban anunciando la inminente primavera, Leonardo elaboró una lista del material que incluiría en su equipaje. En la primera página de un cuaderno de bolsillo apuntó el conjunto de ropas e instrumentos de su propiedad que llevaría durante su periplo con César Borgia. Entre otros enseres personales, anotó: «Un cinturón para la espada, un cuaderno de papel blanco para dibujar, un sombrero ligero, un par de compases, un cinturón para nadar y un chaleco de cuero».

—Maestro... —se interesó Salai, fisgando como de costumbre y de aquella manera tan exasperante y natural entre sus cosas.

—¿Sí?

—¿Un «cinturón para nadar»?

—No puedo siquiera sospechar lo que podría sorprenderme ahí afuera, de modo que sí, tal vez llegue el momento de darle uso.

—Pero ¿qué es este utensilio exactamente?

—¿Mi cinturón para nadar? Su último fin reside en que, de ser preciso, me ayude a flotar en el agua. Verás, para ello se necesita este chaleco de cuero, cuyo grosor es el doble en el pecho y con un dobladillo a cada lado. Si me veo en la situación de saltar al mar o a un ancho río, solo tendré que hinchar previamente el dobladillo a través de los faldones del chaleco. Sí... —meditó observando la prenda con minuciosidad—, creo que de ese modo podré flotar.

Salai no parecía en absoluto convencido. Se puso pálido y se echó a temblar. No quería creerlo y todavía menos dejarlo marchar. En las últimas semanas, sus emociones habían transitado un mundo de enormes martirios.

—Maestro, por favor, quédate conmigo.

—Ya lo hemos hablado, y no una, ni dos, sino infinidad de veces. La verdad, empieza a resultarme molesta tu manera de perseverar en una causa que ya te advertí que sería perdida. —Y aunque era cierto que la terquedad de Salai distaba de ser agradable, Leonardo no se olvidó de enviarle una sonrisa de amistad.

El aprendiz, finalmente, claudicó en su empeño. Tras largas semanas de conjurar la infinidad de peligros a los que Leonardo se tendría que enfrentar, por más y más métodos y artimañas mediante los cuales había pretendido trocar su viaje, aquella tarde de abril cayó en los dominios de la resignación.

—De acuerdo, me rindo. No obstante, maestro, me gustaría despedirme de ti debidamente.

—Esta noche descansaré a solas, Giacomo. Podremos decirnos adiós con tiempo suficiente al amanecer. Tienes mi palabra.

Pero Leonardo le estaba mintiendo deliberadamente, porque su plan consistía en partir hacia la guerra aquella misma noche, y, por tanto, cuando Salai despertó a la mañana siguiente, no encontró a su maestro en su habitación, tan solo quedaba allí flotando un silencio aciago e indeseado, un lugar vacío en el que todavía se sentía la huella y el calor de Leonardo.

César Borgia se encontraba al este de Florencia, en la ciudad de Urbino. Sin embargo, Leonardo da Vinci debía seguir las órdenes que recibiera por carta días atrás: cabalgó en primer lugar al suroeste, hacia Piombino, una ciudad costera ocupada por el ejército pontificio, ya que las instrucciones de Borgia lo instaban a emprender un viaje de reconocimiento de las fortalezas que en aquella zona controlaba.

Leonardo cabalgó toda la noche, en una continua alternancia de llanuras, colinas y extensos valles, acompañado solamente por el susurro y las suposiciones de la brisa nocturna y la oscuridad. Horas más tarde divisó, entre pinares, acantilados y playas, al pintar el sol el horizonte a su espalda, la vasta extensión del mar Mediterráneo. Aquello era real, su decisión de participar en la guerra era real. No podía cometer el descuido de perderse de vista a sí mismo ni por un instante, porque si seguía al pie de la letra las obediencias de César Borgia, tal vez corriera el riesgo de convertirse en un individuo sin personalidad, en un pedazo de carne sin conciencia a la sombra de un autócrata. Si la guerra lo atrapaba, si la crueldad le hacía olvidar su genio y su arte, no podría volar a través de los continentes y los océanos, ni siquiera se enteraría de que aún vivía en la Tierra.

No importaban los horrores que a partir de ese instante sus ojos pudieran contemplar, todo lo que Leonardo tenía que hacer se basaba en recordar. Por el momento recordó, de pronto y frente al mar, que aquella mañana del 19 de abril de 1502 era el quincuagésimo aniversario de su nacimiento.

Pensó que quizá, cuando todo terminara, dejaría de pertenecer a ese mundo y accedería a otro completamente distinto. Un *mundus novus* en el que, aun con todo, Miguel Ángel lo estaría esperando con un cincel en Florencia, porque Leonardo tenía la certeza de que, una vez regresara a la ciudad, aquella rivalidad volvería a iniciarse casi desde un principio.

3

Plaza del Duomo, Florencia, primavera de 1502

Miguel Ángel dio pruebas de que la noticia le parecía un escándalo:

—¿¡Que Leonardo trabaja para quién!?

Su desconocimiento de la actualidad produjo cierta sorpresa en Sandro Botticelli.

—¿No lo sabías?

—No, pues durante las últimas semanas he permanecido aislado de todo contacto y novedad; nada se me ha comunicado.

Ambos artistas se habían encontrado casualmente en la plaza de la catedral, donde una muchedumbre de florentinos esperaba el inicio de la procesión de Semana Santa. Aquella era la primera tarde, desde hacía más de un mes, que Miguel Ángel se tomaba un respiro y se alejaba de su piedra silenciosa. Su odiada piedra silenciosa.

—Sandro, tal vez en Leonardo da Vinci encontremos a un hombre estrafalario, un artista insufrible, en mi opinión, cuya extraña apariencia e impredecible forma de pensar capta la atención de las masas, pero eso no implica que sea un traidor.

Botticelli lo cogió con suavidad de un brazo y se apartaron a un lado para conversar con discreción y para tener, asimismo, una mejor perspectiva de las puertas de la catedral.

—Cuando Florencia no dio su conformidad para contratarlo —dijo—, aceptó la oferta del enemigo. Confía en mi palabra, Miguel Ángel, todo el mundo lo sabe: Leonardo da Vinci es el nuevo ingeniero militar de César Borgia.

Durante los días que duraba la Pascua, Florencia se impregnaba de los fragantes aromas que desprenden el incienso quemado en las ceremonias litúrgicas, el pan recién horneado en las tahonas y la carne asada en los puestos de comida callejeros. En todas las iglesias se entonaban cantos religiosos que aludían a la resurrección de Cristo; elementos y símbolos, todos ellos, que despertaban en mucha gente la esperanza. Pero aquella Pascua no suponía, para Miguel Ángel, motivo alguno de celebración. A su lado, Botticelli se mostraba tranquilo. El año anterior había pretendido fundar una gaceta satírica llamada *Beceri* para criticar los enfrentamientos entre los nobles, y en octubre, a sus cincuenta y siete años, alguien lo había acusado de sodomía ante los *ufficiali di notte*.

Miguel Ángel divisó a su familia entre la multitud congregada en la plaza del Duomo, disfrutando de las festividades sin él. Sin embargo, aquello no resultaba lo más doloroso; el sentimiento más desolador procedía del silencio inflexible que a diario recibía del mármol y el temor que se derivaba de la posibilidad de que jamás fuera a despertar.

—¿Por qué te extraña tanto? —quiso saber Botticelli.

La expresión de Miguel Ángel mantenía la incredulidad.

—No esperaba que Leonardo abandonase la ciudad, sinceramente. No lo sé, pero no consigo salir de mi asombro porque, cuando regresó de Milán, oí que Florencia lo acogió con fiestas y alabanzas tras dieciocho años de ausencia. Hay algo en su comportamiento que no encaja. Me sorprende que traicione a la ciudad que le ofreció su hospitalidad y reconocimiento.

Botticelli se encogió de hombros con gesto vivaracho y ágil.

—En mi opinión, y no soy el único que lo piensa, Leonardo

ha decidido vengarse del Consejo por desestimar sus servicios. Lo más sabio, seguramente, habría sido procurarle una paga semanal.

—¿Te refieres a unos honorarios vitalicios?

—Tal vez, con el objetivo de garantizar la lealtad de Leonardo, obviamente.

Miguel Ángel resopló con fastidio y, entre dientes, rebatió:

—Florencia jamás debería poner precio a la lealtad.

Desenfadado el pintor hasta rozar la indiferencia, alegó:

—¿Por qué no? Ya se retribuye a otros para que nos protejan, y al mismísimo Borgia se le ha concedido una ingente cantidad anual de dinero con el único propósito de que no invada la ciudad.

—¿Cómo dices? ¿La Señoría está sobornando a César Borgia para obtener su favor?

—Más bien Borgia presiona a nuestro gobierno para sacar provecho. Piénsalo fríamente, Miguel Ángel.

—Somos una ciudad de artistas, no de guerreros —dedujo hábilmente.

—Exacto. De este modo, ¿qué otra alternativa le queda a Florencia? No le recrimino a la ciudad que secunde el arte, pero mientras los florentinos nos refugiamos a este lado de las murallas para crear obras hermosas, asalariamos a los mercenarios que combaten en nuestras guerras. Siendo así, el único recurso del que disponemos para contener la amenaza de un tirano es, sin duda alguna, el dinero.

Miguel Ángel y Botticelli guardaron silencio y observaron a los miembros de la familia Strozzi, todos ellos vestidos con prendas de una confección insuperable, acceder a la plaza y dar comienzo a la procesión. Pero Miguel Ángel apenas prestaba atención a nada; en su interior, todos sus razonamientos ardían a resultas de la impotencia y la rabia.

«En Roma grabé con orgullo mi origen florentino en el mármol de mi *Pietà*, una escultura que me ha otorgado un reconocimiento considerable. Pero ¿permanecí en las tierras del sur y ofrecí mi talento a la Ciudad Eterna? No. Volví a casa, regresé a la Toscana, porque mi corazón y mi alma, mi talento y mi arte, son puramente florentinos.»

—Aunque Florencia me decepcionara —le aseguró a Botticelli en un susurro—, jamás podría traicionarla. —Del mismo modo que no podría traicionarse a sí mismo—. Pero Leonardo, que es posiblemente el ciudadano más reconocible de la ciudad, no ha dudado en venderse al enemigo, al hombre que nos desafía y cuyos largos dedos aminoran día sí y día también nuestro erario. ¿Y por qué?, ¿solo porque César Borgia lo remunera bien?, ¿porque le ha concedido un título, prestigio y poder? Todo el mundo sabe que Leonardo descuidó sus lealtades a Milán y los Sforza, pero... ¿traicionar a Florencia?

Después de lo que pareció un silencio largo y embarazoso, Botticelli sonrió ante lo que consideraba un arrebato de lozana ingenuidad; luego puso la mano en su hombro y, dando el tema por zanjado, murmuró:

—Va a empezar el sermón.

El arzobispo de Florencia se posicionó delante de la fachada de la catedral, abrió su Biblia y comenzó la lectura del relato de la Resurrección. Hombres de voz potente repetían las escrituras a los florentinos situados tras de sí y, detrás de estos, otros las repetían a su vez. El relevo de voces se extendía por todos los confines de la plaza hacia las vías circundantes a Santa Maria dei Fiore. Merced a la repetición, aquellos que no concurrían en la plaza podían escuchar en las calles aledañas la proeza religiosa cristiana según la cual, después de haber sido condenado a muerte, Cristo resucitó de entre los muertos.

Cuando el arzobispo proclamó «Jesús ha resucitado», soltaron la paloma blanca que todos los años planeaba, siguiendo el mismo patrón, sobre las cabezas de las masas; y fue entonces cuando do la gente se quedó en silencio, meditando sobre la victoria que suponía la Resurrección.

«Acuérdate de Jesucristo, que resucitó y que era descendiente del rey David, según el evangelio que yo anuncio.»

Timoteo, capítulo 2, versículo 8.

De pronto, al rememorar aquel versículo de una de las epístolas de san Pablo, Miguel Ángel sintió un gran alborozo dentro de sí. Cerró los ojos y sonrió ampliamente. Se trataba de una sonrisa distinta, la maravillosa expresión de inmensa complacencia que invade al creador cuando su ingenio por fin ha encontrado la manera perfecta de darle forma a una idea. Una idea que su genio se encargó de ir transformando, poco a poco, en realidad.

Sí, lo recordaba: Jesucristo descendía de David. Todas las piezas empezaban a encajar esperanzadoramente. Miguel Ángel lo había comprendido a la perfección, había encontrado el nexo que le permitiría comenzar a esculpir su obra para obtener después, quizá, el ansiado perdón de Dios.

«No solo es deber de mis manos liberar a mi obra de su prisión de mármol, también debo resucitar a David, del mismo modo que Cristo, su descendiente, resucitó.»

Ni siquiera se despidió de Botticelli. Se abrió paso a zancadas entre la multitud y corrió en dirección al cobertizo. Cuanto más se alejara del pueblo, cuanta más rienda suelta le diera a su ingenio, más cerca se hallaría de alcanzar la excelencia. De la lejanía parecía provenir un susurro extraño. O quizá solo era el viento de su imparable estro, que soplaba en su interior. Se tratara de un sonido real o imaginario, la intuición del escultor no andaba desencaminada. No erraba. La piedra no estaba muerta, ¡sino viva, muy viva! Miguel Ángel se encerró a solas con el mármol, que de repente se había convertido en su amado mármol, acarició la superficie y se concentró para escuchar su historia.

Aquella misma noche, su *David* le habló.

4

Taller de Miguel Ángel, Florencia, primavera de 1502

Miguel Ángel le susurró a la piedra:

—Otros artistas te han representado antes en forma de niño, como un pastor tierno, cándido y delicado, aunque triunfal tras vencer a Goliat. Pero ahora yo lo sé con certeza: tú, mi *David*, tienes una historia muy distinta que contar.

Miguel Ángel estaba absolutamente convencido de que su *David* aún no había obtenido la victoria. En aquel preciso detalle residiría lo extraordinario de su idea, porque su héroe se hallaría a escasos instantes de precipitarse al campo de batalla, concentrado, preparado para enfrentarse al gigante soldado de la ciudad de Gat. Aquella imagen se dibujó con una nitidez asombrosa en su imaginación.

A su alrededor, y en el mundo que existía al otro lado del cobertizo, Miguel Ángel era incapaz de escuchar nada más, porque la totalidad de su percepción, toda su sensibilidad y discernimiento, se habían consagrado misteriosamente a la piedra. Y haciendo acopio de las pocas esperanzas que le pudiesen quedar, adhirió la oreja a la superficie rugosa y, por primera vez en mucho tiempo, habló con seguridad:

—Adelante: cuéntame tu historia.

Y el interior del mármol rugió, porque su corazón despertaba y latía. Escuchó el sonido de un rumor prodigioso: el canto del rey David, la voz del joven pastor transformada en la de un hombre inmortal:

—«Me esculpirás de una sola pieza. Mi brazo derecho parecerá en forma y aspecto descansado, pero su mano aferrará en secreto un guijarro. Porque en la mano del otro brazo tallarás la honda. Mi cabeza oteará a la izquierda y mis ojos observarán a Goliat, mi eterno enemigo, que se hace más grande a medida que se acerca desde el horizonte.»

No era la primera vez que un encargo le susurraba, pero siempre le maravillaba lo cómodo que se sentía y la naturalidad con la que aceptaba las posibilidades del momento.

—«Yo, David, transmitiré una sensación de impacto, y nadie sabrá si mi destino es ganar o morir en la batalla, pero me mostrarás orgulloso, dispuesto a combatir. Y seré mitad confianza y mitad incertidumbre, parte relajación y parte agarrotamiento.»

Miguel Ángel se entregó a aquella historia como si viviera dentro de él.

—«Harás que mis hombros sean anchos y mis bíceps definidos y formados; mi torso y mi vientre transmitirán una sensación poderosa; y mi frente aparecerá fruncida por la dificultad que se avecina.»

—¿Y tus manos...?

—«Muchos no lo entenderán: pero mis manos serán un poco más grandes en relación con el resto del cuerpo, porque simbolizarán el medio más importante de mi victoria.»

Aquel no era el registro agudo de un niño, sino la voz imponente de un hombre adulto.

—«Sí, me esculpirás como a un adulto, porque el valor para enfrentarse a Goliat nunca cabría en el cuerpo de un niño. Y no habrá en mí necesidad ni espacio para cascos, armaduras o capas: me esculpirás totalmente seguro en mi desnudez.»

Miguel Ángel asintió, con los ojos fuertemente cerrados desde el principio hasta el final.

—«No me rodearán las ovejas del pastor, ni empuñaré una espada.»

Conquistado por la resonancia de la voz, Miguel Ángel memorizaba sus deseos.

—«Me convertirás en un hombre musculoso, en un héroe formidable. Esta es mi voluntad: me convertirás en un rey.»

Miguel Ángel lo ratificó:

—Sea así tu voluntad como la mía. Yo te liberaré.

Y con el rostro completamente desencajado por la euforia del creador, Miguel Ángel colocó con enorme felicidad y entusiasmo el cincel sobre el mármol.

Si alguien estuviera contemplando la escena desde la distancia, habría de juzgar que se trataba de un estallido de absoluta genialidad, la génesis de una obra maestra tras meses de soportar un cansancio y una impotencia inimaginables. Pero aquella misma noche concluía la espera. Miguel Ángel rezó una oración, y después guardó silencio y cerró los ojos, y después los abrió, y seguidamente besó con sus labios la piedra: había llegado el momento de transformar su sueño más perfecto en realidad.

5

Palacio Ducal, Urbino, verano de 1502

César Borgia lo saludó con entusiasmo:
—Maestro Leonardo, amigo, por fin nos reencontramos.
—César...
Casi tres años después de que lo conociera en Milán, Leonardo da Vinci volvía a estrechar la mano del condotiero más sanguinario de la época.
—Desde hace días aguardábamos impacientemente tu llegada —aseguró Borgia con mirada aviesa, una forma de mirar que a Leonardo le recordaba cierta expresión de Nicolás Maquiavelo—. Ojalá no hayas encontrado contratiempos en el camino —siguió el condotiero—. Doy por hecho que sentirás una gran extenuación, tanto en los músculos como en el cerebro. Dejaré, por tanto, que esta noche descanses. No obstante, si lo consideras conveniente, me gustaría intercambiar algunas palabras y tratar varios asuntos ahora, antes de retirarnos a nuestros respectivos aposentos.

Era imposible que aquella amable fachada no escondiera trampas, mentiras y secretos. Todo cuanto rodeaba a César Borgia se adivinaba oscuro, retorcido. Pasaban de las doce de la noche, y la ciudad de Urbino se sumía en un silencio absoluto. Leonardo siguió el conjunto de formalidades y cortesías que regía un acto tal como presentarse ante el hijo del papa, y luego le contó parte de su periplo por la península Italiana y le informó de que había comprobado las fortificaciones que en el oeste ocupaba.

—... además, compaginando la ingeniería práctica con la mera curiosidad científica, he analizado el modo de drenar las marismas, y también he realizado un estudio del movimiento y los flujos de las olas de las mareas.

—¿Por qué?

—Nunca se sabe —respondió Leonardo—, incluso el mar podría resultarnos de utilidad. Después, partí de Piombino y atravesé los Apeninos en dirección a Urbino. Durante el camino he recopilado datos topográficos para planos y he tomado notas de paisajes y puentes.

César Borgia lo observaba, asentía y empleaba monosílabos para interrumpir el alegato de Leonardo cuando buenamente le apetecía. Incluso en el tono de voz, en la expresión de los ojos y en la inclinación de la cabeza, Leonardo apreciaba similitudes con la gestualidad de Maquiavelo. No resultaban, ni mucho menos, iguales, pero sí existían suficientes paralelismos, bastantes ecos para suponer que la impronta de César Borgia había dejado algún tipo de rastro en los movimientos corporales del diplomático.

Leonardo y César Borgia conversaban en el patio, bajo las estrellas. El Palacio Ducal era un enorme edificio de ladrillo con varias torres flanqueando la galería de terrazas. Amplios ventanales y numerosas estancias y salones conformaban un interior majestuoso.

—Mi turno —sonrió el condotiero—. Como ya te habrás percatado, en estos días me he instalado en este palacio, una magnífica construcción, sin duda, que alberga cantidad de tesoros artísticos.

Leonardo añadió:

—Un palacio digno de la corte que asombró a toda Europa durante el pasado siglo.

César Borgia se lo confirmó:

—Sí, hace unas décadas, la ciudad de Urbino brilló como pocas, una urbe que forma parte de mis dominios desde hace poco más de una semana. Verás, maestro, en un primer momento le prometí al duque de Urbino «Tienes mi palabra, no te atacaré», pero luego, evidentemente, ocupé la ciudad por sorpresa, y me da la sensación de que he puesto a toda Italia bajo alerta.

Fue entonces cuando Leonardo recordó la advertencia de Nicolás Maquiavelo: «La ambición de los Borgia no tiene límites».

César Borgia llamó a uno de sus súbditos y le ordenó acompañar a Leonardo a su aposento. Mientras veía caminar al hijo del papa por los sombríos pasillos del Palacio Ducal, Leonardo pensó que aquel hombre de veintisiete años llamaba poderosamente la atención. De complexión fuerte y atlética, su magnetismo personal quedaba todavía más reforzado por aquella imponente presencia física. Sus cabellos caían largos y castaños sobre poderosos hombros y en su tez morena destacaban unos ojos profundos y oscuros.

«No caigas en los dominios de la seducción», se recordó Leonardo. «No olvides que, más allá de su aspecto físico, César Borgia es el paradigma de un tiempo inmerso en guerras y venenos.»

6

Al día siguiente Leonardo invirtió la mañana en dibujar las grandiosas escaleras de la entrada al palacio, parte de la fachada, un palomar y, en el hermoso patio de la noche anterior, esbozó con gran pericia aquellas arquerías que rivalizaban con las del palacio de la Cancillería de Roma por ser las más delicadas de la época.

Por la tarde se reunió con César Borgia en uno de los salones privados y realizó un bosquejo a sanguina del condotiero. El hijo del papa se mostraba pensativo y apagado. La barba le cubría un rostro curtido por los años y las guerras. En la oscuridad de la noche previa, Leonardo no había podido observar aquel detalle con claridad, pero ahora sí contemplaba con la luz necesaria las erupciones que brillaban en la cara de César Borgia: unas manchas de color rojizo, enfermizo, la manifestación de una infección provocada, quizá, por la sífilis.

Al analizar aquel rostro con discreción, Leonardo pensó: «Ya no estamos ante el hombre más bello de Italia, como de César dijeran en una ocasión».

—Maestro Leonardo —llamó Borgia de repente, con un brusco movimiento—. Quizá me notes ausente, reflexivo; y con razón: el rey de Francia amenaza seriamente con retirarme su apoyo para ofrecérselo a Florencia. Esto supondría una adversidad terrible para mis propósitos. Es como si hubiera tenido un sueño horrible y, de pronto, mis pesadillas más temidas fueran a transformarse en realidad. —Hizo una pausa y se levantó. Se acercó a Leonardo con aire meticuloso—. ¿Conoces a Nicolás Maquiavelo? —preguntó.

—Lo conozco.

—Nicolás es florentino, y me consta que en el pasado mantuvo duras negociaciones con los franceses. ¿Crees que él ha podido influir, de algún modo, en este nuevo dilema que a mí se me presenta?

—Lo ignoro —se sinceró Leonardo.

César Borgia aceptó la respuesta y volvió a tomar asiento.

—Por la corte francesa, y también por el Vaticano, circulan conspiradores a los que mi familia se ha enfrentado o dividido en el pasado. Y ahora buscan venganza, claro. No se lo permitiré.

Aquellas palabras, susurros más que palabras, fue lo último que Leonardo oyó salir de los labios de César Borgia en varios días.

Al cabo de una semana de su llegada a Urbino, escribió en uno de sus cuadernos: «¿Dónde está Valentino?». Debido a su nombramiento como duque de Valentinois, aquel era el sobrenombre que Leonardo empleaba para referirse a César Borgia. No tardó en averiguar que aquella ausencia tenía su motivo en el viaje que había emprendido. Al parecer, se había disfrazado de caballero hospitalario y se había escabullido con tres guardias de su confianza para galopar a un ritmo frenético hacia el norte, con el único fin de recuperar el favor de Luis XII, algo que consiguió.

Aun con todo, César no se olvidaba de Leonardo. Cuando arribó a la ciudad de Pavía, al sur de Milán, donde se instalaba la corte del rey de Francia, extendió un salvoconducto para Leonardo. Redactado al estilo florentino, el permiso le otorgaba privilegios especiales y paso franco:

A todos nuestros lugartenientes, castellanos, capitanes, condotieros, oficiales, soldados y súbditos a los que concierna esta noticia, encomendamos y mandamos que a nuestro ilustrísimo y queridísimo cortesano, arquitecto e ingeniero general Leonardo da Vinci, portador de la presente, el cual por encargo nuestro ha de examinar los sitios y fortalezas de nuestros estados, para que podamos proveer en función de las exigencias de estos y de su criterio personal, concedan paso libre de todo pago a él y a los suyos, y un amistoso recibimiento, y le dejen ver, medir y calcular todo lo que quiera, y, a tal efecto, le proporcionen los hombres que solicite y le presten toda la ayuda y asistencia o favor que pidiere, y es voluntad nuestra que se obligue a todos los ingenieros de las obras que deban hacerse en nuestros dominios consultar con él y atenerse a su opinión; que nadie ose hacer lo contrario, si no quiere incurrir en nuestras iras.

Con fecha de 18 de agosto de 1502, el salvoconducto que César Borgia le concedía retrataba, con bastante similitud, la forma en que Leonardo se describiera a sí mismo veinte años atrás: como ingeniero militar e innovador más que como pintor, cuando envió su carta al duque de Milán ofreciéndole sus servicios. Y ahora, dos décadas después, el guerrero más despiadado de su tiempo lo acogía de forma calurosa entre sus brazos, en términos amistosos, casi familiares.

«Ya no hay vuelta atrás. A partir de este instante, yo, el artista de quien se ha dicho que no puede ni sufrir el pincel, estoy a punto de desempeñar el papel de hombre de guerra.»

7

Florencia, agosto de 1502

Desde el momento mismo en que Leonardo da Vinci se ausentara de Florencia, toda la ciudad depositó su esperanza en Miguel Ángel; lo habían convertido irremediablemente en su nuevo creador. Nunca jamás sería el irascible y advenedizo escultor que volviera desde Roma demandando un trabajo con actitudes groseras; a partir de ese instante era el hombre prodigioso y apasionado que día y noche vertía su sangre, sudor y lágrimas en el mármol, el artista que luchaba por tallar un tesoro para la catedral.

Los mercaderes aplaudían cuando Miguel Ángel pasaba frente a sus comercios, las muchachas le dejaban comida en la puerta del cobertizo y muchos jóvenes le rogaban para que los acogiera en calidad de aprendices, pues todo tipo de rumores y alabanzas se divulgaban sobre la creciente magnificencia del *David*, a pesar de que Miguel Ángel no permitía que nadie observara los avances de su obra.

Cuando compraba o paseaba, allá donde se dirigiese, los ciudadanos le preguntaban sobre el desarrollo de su escultura, porque ya hablaban de David como si fuera uno más de los suyos.

A Miguel Ángel no le desagradaba toda aquella desbordante emoción pública, pero había una pequeña escisión que sí lo desconcertaba:

«Mis familiares, por lo visto, son los únicos que no me apoyan.»

8

Región de la Romaña, octubre de 1502

Siguiendo las órdenes del Consejo, Maquiavelo partió de Florencia y cabalgó raudo hacia el este, hacia los dominios de César Borgia, quien en septiembre había recuperado el favor del rey de Francia, abandonado Pavía y regresado a Imola para volver a ponerse al frente de su ejército.

La República enviaba a Maquiavelo en calidad de emisario y confidente. La política florentina a menudo se antojaba interesante para el diplomático, aunque también insufrible la mayor parte del tiempo, debido, entre otras cosas, a que el Consejo deliberaba largamente sobre cada cuestión, pero, antes de decidir nada, se debía consultar a los líderes de los partidos, sondear la opinión pública y nombrar comisiones y subcomisiones.

«Se anima a que una multitud de voces participe en la política para, precisamente, evitar decidir. Ese parece en sí el fin de la República», reflexionaba Maquiavelo a lomos de su corcel. «¡Qué sistema tan provechoso es la democracia!», satirizó para sus adentros, «pues no existe hombre alguno que se atreva a tomar una sola iniciativa, y aún menos a contraer una responsabilidad.»

Durante el camino, el mensaje de la Señoría reverberaba una y otra vez en su memoria: «Nicolás, te enviamos ante Su Excelencia, el duque de Valentinois, con credenciales; te presentarás lo antes posible...».

Tal y como él vaticinara la mañana que tuvo lugar el concurso público por «la piedra de Duccio», Florencia había nombrado gonfaloniero vitalicio a Piero Soderini para que, en consecuencia, el gobierno diera la impresión de ser algo más estable. Pero el nuevo mandatario se mostraba indeciso y fluctuante. Además, César Borgia seguía manteniendo una política inteligentemente ambigua respecto a las ofertas que Florencia le lanzaba: Maquiavelo hacía lo posible para que firmara un tratado duradero de paz, pero, hasta el momento, Borgia lo rechazaba, aunque seguía recibiendo el dinero establecido por el gobierno florentino.

El 7 de octubre, el diplomático llegó a la ciudad de Imola. ¡Había tantos asuntos que tratar, tantas cuestiones por resolver! La totalidad de su cuerpo se hizo eco del enorme júbilo que le provocaba aquella nueva misión, un cometido en el que no encontraría simplicidades ni trivialidades.

El pasado había resultado sangriento, el futuro se intuía sombrío y el presente se empañaba por los crecientes problemas estructurales de una península fragmentada en mil pedazos. Pero el curso de la historia estaba a punto de cambiar, porque, a partir de ese instante, Leonardo da Vinci, César Borgia y Nicolás Maquiavelo habrían de compartir destino.

9

Alrededores de Imola, octubre de 1502

—Maestro Leonardo, me alegra comprobar que os habéis mantenido a salvo.

La voz de Maquiavelo, singularmente suave e impasible, le hablaba a escasa distancia. Ni siquiera lo había visto acercarse. La sutileza y discreción de sus movimientos continuaba revelándose proverbial. Sentado sobre una roca a las afueras de la ciudad de Imola, Leonardo da Vinci alzó la mirada de los planos que trazaba y, con tono indiferente, saludó:

—Buenos días, Nicolás. —Con la misma indiferencia, le avisó—: Antes de que digas una sola palabra, me gustaría que supieras que no confío en ti.

Maquiavelo alargó una sonrisa lobuna y, recurriendo al uso de una indiferencia todavía más pronunciada, replicó:

—La confianza perdida en mí es, sin duda, una posición de lo más sabia. Maestro, cuando te ofrecí ayuda para seducir al Consejo de Florencia, en efecto, manipulé el desarrollo de los acontecimientos. No fui del todo honesto. Pero no me lo tengas en cuenta. Fue una necesidad del momento, del mismo modo que la traición es una necesidad en estos tiempos. —Lo más increíble fue que Maquiavelo confesó todo aquello sin inmutarse ni sentir remordimiento alguno—. No obstante, sí me arrepiento de las consecuencias, ya que deberías estar creando arte, y no en la guerra. Tengo el convencimiento de que, a menudo, los hombres ofenden antes a quienes aman que a quienes temen; por tanto, te ofrezco mis disculpas. Maestro, lamento haber participado indirectamente en tu decisión de abandonar Florencia.

El aire de la mañana era fresco y olía a vegetación húmeda. Brigadas de soldados de César Borgia patrullaban por los exteriores de la ciudad, en un ambiente relajado y distendido. Leonardo miró al diplomático sin expresar nada concreto y luego volvió a centrarse nuevamente en sus planos. Sin alzar la vista, insinuó que toda la Toscana debía de estar hablando de su traición. A su lado, Maquiavelo valoró el comentario unos segundos y le respondió que no.

—Puede que al principio se extendieran algunos rumores, meramente insustanciales. Pero, la verdad, ya ni siquiera se pronuncia tu nombre, porque ahora toda la ciudad se ha obsesionado con Buonarroti y su piedra.

Por primera vez en su vida, una impresión de abrumadora y punzante añoranza se apoderó de Leonardo. Nunca antes había experimentado más que ligeras tristezas o pequeñas alegrías por Florencia. Sin embargo, al oír el nombre de Miguel Ángel, tantos meses después de su partida, y al imaginárselo esculpiendo heroicamente el bloque de mármol, el lazo de una común sensibilidad por el arte lo arrastró a la melancolía.

—Los dos, tú y yo, somos hijos de Florencia —prosiguió Maquiavelo—. El día que regreses, te procuraré un encargo digno de tu categoría artística.

—Seguro que sí —ironizó Leonardo—. Nicolás, la Señoría se ha negado a contratarme en más de una ocasión; sé honesto por una vez y dime la causa y su porqué.

Maquiavelo se esforzó por ser honesto, o quizá lo fingió, y, tras un breve silencio, le respondió:

—Porque tuviste la desfachatez de presentar un proyecto cuyo fin consistía en desviar el curso de las aguas del Arno. Muchos lo tacharon de imprudencia. ¿De verdad consideras que es posible ejecutar semejante proeza?

Había algo tan desconfiado en la manera en que Maquiavelo formuló aquella pregunta, tanta burla y desconsideración en el tono de su voz, que Leonardo casi sonrió; o al menos, pareció contener una sonrisa.

—Júzgalo tú mismo. Examina lo que acabo de diseñar. —Y le cedió el plano de Imola que realizaba con la técnica de la acuarela. No le hicieron falta ni dos minutos. Maquiavelo enseguida lo comprendió: aquellos planos marcarían un hito en la cartografía. La vista aérea de la ciudad, completamente vertical, se diferenciaba de la mayoría de los planos de la época. En los márgenes, Leonardo especificaba la distancia que separaba Imola de otras localidades vecinas—. Sí, Nicolás, soy muy capaz de desviar las aguas de un río; soy capaz de realizar todo cuanto puedas imaginar.

Maquiavelo, totalmente conmocionado, admitió:

—El desarrollo de estos planos resultará tremendamente útil para las campañas militares. Maestro, acabas de conseguir el diseño de un nuevo método para hacer visible la información.

—Lo sé.

—Pero he de advertirte: ten en cuenta que, si le proporcionaras a César Borgia estos planos, sus conquistas no tendrían límites.

Con absoluta certeza, más allá de cualquier sombra de duda, Leonardo reconoció:

—También lo sé. Durante meses, cada vez que tomaba una ciudad, he sido testigo de su destrucción.

—Pese a todas sus barbaridades, creo sinceramente que la historia lo reconocerá como un genio.

—Nicolás, César Borgia es un tirano, no alguien a quien admirar.

—¿Un tirano? —se extrañó Maquiavelo, por primera vez con sinceridad—. No olvides, maestro, que la política nada tiene que ver con la moral. Fíjate solo en los hechos: ¿acaso no es milagrosa la habilidad de Borgia para fomentar la lealtad entre los suyos? Parte de su genio consiste en utilizar el miedo en su provecho. Es capaz de gobernar grandes extensiones de tierra que se hallan lejos de su hogar. Y en la guerra no hay empresa grande que a él no le parezca pequeña. En la búsqueda de gloria y territorio es incansable y no conoce el miedo ni la fatiga. Todo esto hace que César Borgia sea victorioso y temible, sobre todo en vista de su constante buena fortuna. Creo firmemente que será alabado a pesar de su crueldad, o quizá gracias a ella.

—Además —añadió Leonardo alargando una sonrisa de inmensa satisfacción—, César espera tu comparecencia desde hace días, Nicolás, pues sus espías le informaron de que vendrías. Lo más curioso, y que quizá te desconcierte, es que Borgia lo sabía incluso antes de que tú se lo notificaras oficialmente. —Antes de que el diplomático se dirigiera confundido hacia las murallas, lo llamó—. Nicolás.

—¿Sí?

—Ahora estamos en paz. —Y con una leve sonrisa pareció confirmarle que él había sido el artífice de su desconcierto. Tan solo lo pareció.

Tres días después, César Borgia informó de que en Magione, cerca de Perusa, varios condotieros a su servicio habían celebrado una reunión secreta con el firme objetivo de traicionarlo y matarlo.

—Al parecer, el artífice de la conjura es Vitellozzo Vitelli; lo acompañan Oliverotto da Fermo y el duque de Orsini.

Los conjurados creían, equivocadamente, que César Borgia ya no contaba con el apoyo del rey de Francia y juzgaron que había llegado el momento de pararle los pies antes de que adquiriera mucho más poder. Acordaron secundar a Juan Bentivoglio, el tirano de Bolonia, y, a continuación, tomaron el castillo de San Leo, en posesión de los Borgia. A consecuencia de las victorias, todo el ducado de Urbino se sublevó y proclamó como nuevo señor al antiguo duque, al que César sometiera en verano.

César Borgia, obviamente, reaccionó. En el más prudente de los silencios iba recibiendo refuerzos que distribuía en diferentes puntos de la Romaña. Las fuerzas que a él acudían eran cuantiosas, más que suficientes para derrotar a los traidores en el campo de batalla. Pero no actuó. Esperó. Y puso en práctica una estrategia magistral que deslumbró incluso a Maquiavelo.

Aunque los traidores le iban comiendo terreno, César Borgia evitó llamar la atención, porque no deseaba alertar a sus enemigos. Y decidió proseguir con el engaño, ya que resultaba más útil, más seguro y más barato. Halagó con regalos a los traidores y llegó a un acuerdo de paz con los sublevados y, además, los ratificó a todos en sus cargos y les entregó cuatro mil ducados de oro al contado.

Todo formaba parte de una argucia maravillosa. Llegado el momento oportuno, César Borgia se abalanzó sobre Bolonia y derrocó a Juan Bentivoglio, luego asaltó Fossombrone mediante una combinación de engaño, traición y sorpresa. Más tarde, desplazó su ejército a Cesenatico y después a Cesena, donde en diciembre de 1502 cometió uno de sus acostumbrados actos de brutalidad: autorizó a un representante, Ramiro de Lorca, para que sometiera los alrededores de Cesena con una despiadada crueldad y con terribles matanzas que intimidaran a toda la población.

Con una frialdad insuperable, a Leonardo y a Maquiavelo les confesó:

—En cuanto Ramiro inspire suficiente miedo, resultará útil sacrificarlo.

Y así obró. El día después de Navidad, ordenó llevar a Ramiro a la plaza de Cesena, lo hizo cortar por la mitad y dejó los trozos del cuerpo expuestos a la vista del público.

El 30 de diciembre Borgia se presentó frente a las murallas de Senigallia con un ejército compuesto por diez mil infantes y dos mil caballos. En aquella ciudad se encontraban los conjurados que casi tres meses antes iniciaran la traición. César Borgia solicitó audiencia, una reunión. ¿Y cómo procedió? Los saludó con extrema amabilidad y cortesía. ¡Incluso abrazó a los hombres que habían tramado su muerte! Entró con ellos en la fortaleza y les prometió que podrían mantener sus cargos si le juraban lealtad. Todos accedieron. Pero César Borgia los engañó:

—Nunca intentes ganar por la fuerza lo que puede ser ganado por la mentira.

De seguido mandó capturar y estrangular a aquellos hombres, y luego ordenó saquear la ciudad.

Alertado por su red de espías, César Borgia había deshilachado la conspiración con el apoyo de Francia; una estrategia, aquella, que pasaría a la historia como «el bello engaño».

Leonardo observaba el campo de batalla desde la distancia. Oía silbar las flechas, surcando los cielos, los gritos de horror y de muerte desgarrando las tinieblas, el furioso sonido de los aceros, caballos que piafaban, cuerpos que se desplomaban, yelmos que se quebraban, cotas de malla que se hendían. Incluso los cimientos del mundo parecían temblar. La ciudad se envolvía en un humo espeso, entre llamas naranjas, rojas y doradas, rodeada por los relinchos de los caballos desbocados, el chirrido del choque de las espadas y los atronadores disparos de la artillería. El ejército de Borgia saqueaba tiendas, incendiaba casas y masacraba a familias enteras. La sangre salía a borbotones de las cabezas decapitadas y de las extremidades seccionadas.

A lo largo de sus cincuenta años, Leonardo había visto morir a muchas personas, de enfermedades y durante la invasión de Milán, pero jamás habría imaginado un escenario en el que tantos hombres les arrebataran la vida a tantos otros con semejante entusiasmo.

«Salvadme de la discordia de la guerra, la más brutal de las locuras», pensó.

Incluso Maquiavelo, apostado a su lado, comenzaba a sentir una profunda aprensión.

—Borgia prosigue el saqueo de la ciudad, aunque ya son las once de la noche. Maestro, estoy realmente preocupado.

Leonardo se sinceró con el diplomático:

—Uno de los hombres que Borgia ha mandado estrangular es amigo mío.

A partir de aquella noche, Leonardo fue incapaz de concebir la muerte de una manera intrascendental. La muerte ajena era muy significativa, más de lo que cabría esperar. La muerte no se contraponía a la vida, estaba implícita en ella desde el origen de los tiempos. Por fin Leonardo tenía plena conciencia de ello, solo que el mero hecho de comprenderlo le indujo un sentimiento devastador.

En un lugar de la Romaña, principios de 1503

Leonardo no podía soportarlo más. Había desconectado completamente de aquellos horrores. Una noche, en el invierno de 1503, pidió audiencia con el hijo del papa.

La habitación a la que lo llevaron era larga y de techos altos, iluminada por unas lámparas que colgaban de las vigas. César Borgia lo esperaba sentado a una mesa de madera oscura y pulida. Tenía el rostro oculto por la sombría máscara que usaba en público para cubrir su enfermedad. Sobre la mesa yacía su espada, e inscrita en la hoja se leía la consigna *Aut Caesar aut nihil*, «O César o nada», la máxima expresión de su ambición, reflejada en querer emular, quizá, la gesta de Julio César, el deseo de convertirse en el príncipe más poderoso de Italia.

Aquella noche Leonardo asistió a un soliloquio impresionante. Ni siquiera curvó los labios una vez, ni emitió un suspiro, solo escuchó.

—Maestro Leonardo, conozco el motivo que te trae a mi estancia. No obstante, querría que antes escucharas mis palabras. Te habrás preguntado cientos de veces por qué actúo de esta manera. La respuesta, para mí, es muy sencilla: en este tiempo de campañas, guerras y conjuras a cargo de las familias rivales, yo, y solo yo, soy el modelo de gobernante europeo. Promulgo leyes en mis nuevos territorios conquistados e imparto justicia entre mis súbditos. Antes o después, la totalidad de esta península verá reflejadas en mí las virtudes necesarias para implantar una estirpe en Italia, y entonces asumiré la corona de un reino independiente y unificaré el territorio ante nuestros numerosos enemigos.

A través de las ventanas penetraba una pálida oscuridad crepuscular y el olor de la tormenta que se acercaba. Borgia continuó:

—No, maestro, no estoy interesado en preservar el *statu quo*; quiero derrocarlo. —Y de repente rememoró—: Hace muchos años, el astrólogo Lorenzo Behaim lanzó una especie de profecía. Mediante una carta astral dijo lo siguiente acerca de mí: «Tendrás una existencia fulgurante, una vida de conquistas y de gloria, el ascenso irresistible a una potencia soberana, pero asimismo, la caída, el exilio y una muerte violenta como epílogo». —Aquella era la prueba: si Leonardo transigía aquel alegato, sabía sin duda que la pesadilla habría terminado. Lo hermoso de su respuesta fue su negativa a reaccionar.

»Dejando a un lado mi persona, hay algo que no alcanzo a entender. —Borgia pareció componer una especie de sonrisa al otro lado de la máscara, y continuó—: ¿Por qué tú, Leonardo da Vinci, una persona que condena el asesinato, has trabajado para el asesino más despiadado de esta época? ¿Por qué me has prestado tus servicios? Creo saber la respuesta: en una tierra en la que los Médici, los Sforza, los Orsini, los Borgia y tantas más familias han luchado y luchan a diario por el poder, tú has sabido elegir el momento y el patrono indicado, porque, aunque todavía no lo sepas, Leonardo da Vinci, estás enamorado del poder. —Durante los segundos siguientes todo en la estancia enmudeció, y en aquel pequeño y asfixiante intervalo de tiempo, el silencio de Leonardo se transformó en incertidumbre.

»Ve, maestro —se adelantó César Borgia antes de que Leonardo expusiera sus argumentos—, pues sé que para eso has solicitado audiencia esta noche. Ve y no mires atrás. Puedes regresar orgullosamente a Florencia.

Los eternos meses de terror, brutalidad y locura tocaban a su fin. Al cruzar Leonardo el umbral de la habitación, sintió que el miedo empezaba a abandonar rápidamente su cuerpo, porque en poco tiempo volvería a reunir a Salai, a sus discípulos y a todas sus amistades; y sería en Florencia, la ciudad de la inspiración, la fantasía y el genio, donde reirían y beberían, y en sus noches mantendrían largas y estimulantes conversaciones, durante horas y más horas, hasta el amanecer. Incluso sintió una breve oleada de optimismo al cruzársele Miguel Ángel de pronto en la imaginación.

Pero más allá de los amigos y de los amores furtivos, más allá de la rivalidad que iba a reiniciar con aquel prodigioso escultor, se acordó de aquella sonrisa limpia y maravillosa, se acordó de aquella mujer. Mona Lisa del Giocondo ocupaba de pronto todos sus pensamientos, y Leonardo se conmovió ante el impulso de un principio tan prometedor. Daba igual que tuviera que realizar lo inimaginable para retratarla a la perfección. No podía echar a perder un encargo tan extraordinario, y si eso implicaba reproducir en el cuadro un efecto que jamás antes se hubiera probado, si tenía que transformar lo imposible en realidad, sabía que él, y solo él, era el único artista capaz de lograrlo.

César Borgia tenía razón: el poder lo atraía, el poder lo había seducido en más de una ocasión. Pero el hijo del papa ignoraba que el arte y la cultura ejercían en él una atracción mucho mayor e infinitamente más hermosa.

Leonardo da Vinci siguió recordando una vez, y otra vez, y otra vez más, el rostro de la bella mujer a la que iba a retratar, y clamó a los cielos por que ella no hubiera sido tan estúpida como él; ojalá aún lo esperara, preparada para ser pintada, y no hubiera abandonado la ciudad.

En el camino de vuelta a casa, viviría con esa esperanza.

11

Florencia, marzo de 1503

Cada vez que su cincel incidía en la piedra, Miguel Ángel corría un riesgo enorme de destrozar la «carne» de David. Aquel era un peligro que conocía perfectamente y al que ya se había enfrentado en numerosas ocasiones. Dadas las circunstancias, en el caso de que tratara el mármol con más fuerza de la estimada, o si se desviaba una mínima fracción del punto señalado, podía acabar fracturando parte del bloque.

«Y mis equivocaciones no pueden, sencillamente, enmendarse con otra capa de pintura.»

La idea de incorporar un pedazo adicional de mármol para esconder sus errores jamás se le había pasado por la cabeza.

«Porque un único coloso es el ideal que todo escultor anhela alcanzar; y para mí, el único camino posible.»

Cuando un trozo se desprendía del conjunto, desaparecía para siempre. Tan inmensas eran las amenazas del mármol que muchos otros escultores descartaban martillos y cinceles en aquella fase del proceso de creación, recurriendo, en cambio, a herramientas más precisas, como limas o raspadores, con el fin de pulir la piedra cuidadosamente, capa a capa, y aplicar una mayor delicadeza a los detalles.

«Pero, para mí, el riesgo de no utilizar el cincel se intuye infinitamente más grave que el riesgo de utilizarlo: bien que pulimentar la piedra con una lima arroja un resultado seguro, pero esta técnica termina por desvirtuar cada curva.»

Siempre y cuando Miguel Ángel golpease en el lugar indicado, el cincel le permitiría obtener ángulos más marcados y crear destacados cambios en las líneas.

«De este modo, los codos de David podrán doblarse de forma más evidente, y sus músculos se hundirán en la sombra y luego treparán hacia la luz.»

En el proceso de creación de su *Pietà*, Miguel Ángel había utilizado martillo y cincel desde el principio hasta el final de la obra, una estatua en la que lo impresionante de los efectos visuales provenía de las ondulaciones en las ropas de la Virgen María.

«En la desnudez de David, el efecto dramático de la luz surgirá de la combinación de sus músculos, que le conferirán una viva sensación de movimiento.»

12

Mercado Viejo, Florencia, marzo de 1503

Los vendedores competían unos con otros en la plaza y proclamaban sus mercancías en voz muy alta. El efecto acústico que resultaba de sus alaridos retumbaba entre las elegantes y amplias columnatas, en una combinación de sonidos muy poco armoniosos:

—¡Cerdo en espetón! ¡Cerdo en espetón!

—¡Anguila estofada!

—¡Jamones curados!

—¡Pasteles con especias y caldo!

—¡Cabrito asado y paloma hervida!

Francesco del Giocondo se estremeció al oír las palabras «paloma hervida». Aquella oferta culinaria no agradaba a su paladar. La noche anterior había cenado pavo real, seguido de gelatinas de colores confeccionadas con leche de cabra y sazonadas con azafrán.

Centenares de mujeres, de toda condición, atestaban el mercado y examinaban en los puestos las mercancías y productos a comprar. El suelo permanecía embarrado a resultas de la lluvia de la noche anterior y las señoras calzaban altos zuecos de madera para sortearlo.

En el centro de la plaza, Francesco del Giocondo se detuvo y se volvió hacia el artista que lo acompañaba, con una expresión de escepticismo en la mirada.

—Dime la verdad, ¿sigues trabajando para César Borgia?

El mercader de sedas apreció el desdén en la respuesta que Leonardo da Vinci le dio.

—No, por supuesto que no.

—¿Puedes probarlo?

—Nada puede saberse con seguridad. Pero tendrás que confiar en mi palabra, Francesco. Para empezar, me he instalado de nuevo en Florencia, lejos del campamento y las campañas militares de César Borgia. ¿Necesitas más pruebas? Señor del Giocondo, he vuelto a la ciudad, y aquí permaneceré un tiempo.

—¿Y ahora exiges retratar a mi mujer? Mucho tiempo ha transcurrido desde que te enviara la oferta.

Ante la negativa del mercader, Leonardo simuló experimentar cierto alivio.

—De acuerdo, si no deseas poseer un cuadro de mi autoría, no te importunaré. Estaré más que satisfecho de liberarte de tu promesa. Ofreceré mis servicios en otro lugar. Buenos días.

La rigidez en la cara de Francesco del Giocondo, su mirada franca y seria, sus ademanes pausados, le transmitieron a Leonardo una impresión favorable.

—No, espera un segundo —replicó Giocondo con tono desinteresado—. Mi esposa acaba de dar a luz a otro niño y nos hemos mudado a otra casa; tenemos sitio para un cuadro más.

—En efecto, es el momento ideal para un nuevo retrato.

Multitud de nuevas puertas se iban a abrir para Leonardo en su regreso a Florencia. Para empezar, la Señoría finalmente había rectificado y ahora precisaba sus servicios para desviar el cauce del Arno a su paso por Pisa.

«Al río que se va a desviar de un cauce a otro hay que mimarlo, y nunca tratarlo con brusquedad ni violencia», aconsejó Leonardo a los gobernantes. Y les enseñó el trazo de sus planos, los secretos de sus diseños y proyectos, incluso calculó con extrema precisión las toneladas de tierra que habría que desplazar, la cantidad de paladas que llenarían una carretilla y las horas que cada hombre desempeñaría en la labor. De llevarse el proyecto a cabo, el desvío del Arno supondría una forma novedosa y audaz de reconquistar la ciudad sin asaltar sus muros ni empuñar las armas, porque el mediocre ejército de Florencia carecía de efectivos para romper las defensas de Pisa, la eterna rival.

Ante la ausencia de su figura, sus discípulos y aprendices habían tenido que apañárselas sin él. Salai continuaba viviendo en la basílica de la Santissima Annunziata; recibía techo y comida a cambio de prestar ayuda a los frailes en el mantenimiento de las obras de arte y de limpiar la plata. Su cuerpo lucía más delgado que de costumbre y sus ropas estaban raídas. Pero en la expresión de su rostro todavía brillaban aquellas hermosas facciones y aquellos ojos expectantes y angelicales.

Fue al poco de regresar a Florencia cuando Leonardo da Vinci empezó a sentir una intuición imposible de esquivar. Se acercaba el instante de enfrentarse a la obra a la que atribuirían infinitas incógnitas, lindezas y maravillas, el momento crucial que habría de suponer el grado máximo de su evolución como creador en las esferas y los dominios del arte. Todos los conocimientos y las curiosidades de su vida se armonizarían de forma magistral en una pintura inmortal, única e insuperable: la de la mujer imperecedera, la plenitud plasmada en una obra maestra, el retrato de una sonrisa excepcional, la culminación de una vida entregada a perfeccionar la capacidad de situar un dibujo en la encrucijada entre el arte, el ser humano y la naturaleza.

«Mona Lisa del Giocondo me espera.»

13

Palacio de la Señoría y palacio arzobispal, Florencia, 20 de agosto de 1503

El secretario Agostino Vespucio, el primo del cosmógrafo Américo, leía una copia de *Los deberes* de Cicerón, el filósofo de la Antigua Roma. Repasaba el libro en su despacho a primera hora de un día que se intuía caluroso. El funcionario se sentía somnoliento a causa de las sofocantes noches de verano que le negaban conciliar un sueño reparador.

Agostino releyó para sí el texto de Cicerón: «No se encontró ningún pintor que terminara la parte que Apeles dejó empezada en su Venus de Cos». En una especie de revelación, el funcionario mojó su pluma en el tintero y anotó la siguiente inscripción en el margen del libro: «Lo mismo hace Leonardo da Vinci con todos sus cuadros, como la cabeza de Lisa del Giocondo y la de Ana, madre de la Virgen».

—Ponle fecha de octubre a esa nota —recomendó a sus espaldas la imperturbable voz de Maquiavelo, que se había acercado a su empleado y asistente sin que este lo viera.

—¡Nicolás! —se alarmó Agostino—. ¡Tienes que dejar de moverte con tanto sigilo! Me has dado un susto de muerte.

—No era mi intención, disculpa.

—Tan solo, no vuelvas a sobresaltarme, ¿de acuerdo? Espera —recordó Agostino—. ¿Cómo dices? ¿Que le ponga fecha de octubre a esta mera anotación?

—Sí, por favor.

—¿Por qué?

—Tengo mis motivos.

Agostino pareció reflexionar unos instantes sobre aquella orden inesperada, pero obedeció sin objetar nada. Durante varios minutos Maquiavelo observó en silencio los libros y papeles que se apilaban desordenadamente por el despacho. Antes de volver a su dependencia en la cancillería, cambió de tema:

—Tu primo Américo ha informado por carta de que han llegado a una tierra que, por muchas razones, parece un nuevo continente. Su opinión dista mucho de la que emitiera en su día Cristóbal Colón, quien cree que se trata de unas islas en la nueva ruta hacia las Indias.

—Sí, he leído la misiva. El entusiasmo por lo que Américo anuncia como una nueva era de exploraciones hace que el deseo de Florencia de recuperar Pisa resulte más apremiante.

Maquiavelo asintió y se dirigió hacia la puerta, pero, cuando aferró el pomo, notó que el rostro de Agostino se ensombrecía de miedo y preocupación.

—¿Qué sucede?

—Nicolás, ha llegado una noticia estremecedora procedente de Roma.

—Lo sé. Descuida. Ahora mismo me dirijo a comunicar la primicia a Su Eminencia.

El arzobispo de Florencia atendió en silencio la exposición de Maquiavelo. Una vez el diplomático salió de vuelta al Palazzo Vecchio, el prelado abrió las puertas de la sede metropolitana y se acercó a las escaleras con gesto compungido. Tras ir captando, poco a poco, la atención de las masas allí congregadas, Su Eminencia proclamó:

—¡El papa Alejandro ha muerto!

Un eco pareció surgir del mismísimo infierno; era el grito ahogado y desesperado de la multitud, la voz de un pueblo que se hundía en lamentos, que repetía la primicia hasta hacerla llegar al último de los congregados.

Miguel Ángel se asomó fuera del cobertizo y, una vez le confirmaron la noticia, hundió la cabeza con lástima entre las manos, porque toda su madurez había transcurrido en Roma bajo el pontificado de Alejando VI. Al poco cayó en la cuenta de que, a lo largo de su vida, ya se contaban por tres los papas que habían muerto: Sixto IV, constructor de la Capilla Sixtina y a quien se consideraba un gran mecenas del arte; Inocencio VIII, el implacable perseguidor de la brujería y a quien algunos otorgaban la paternidad de Cristóbal Colón; y Alejandro VI, el corrupto y violento Borgia, de cuyos actos quedaría para la posteridad el perpetrado el 31 de octubre de 1501, la fecha en la que organizó una orgía desmesurada en el Vaticano. Había constancia de que, aquella noche, el papa y sus cardenales contrataron a cincuenta prostitutas romanas y que, entre otras diversiones libidinosas, los hombres de Dios arrojaron castañas sobre las mesas para que las putas las recogieran desnudas y a gatas.

«Así ha obrado en vida el padre de César», pensó Miguel Ángel. «De este modo se ha comportado Alejandro Borgia en la Tierra, la última conexión humana con Dios.»

Tras comunicarle la noticia al arzobispo, Maquiavelo se alejó de la catedral y regresó a paso ligero a los despachos del palacio de la Señoría.

«Siempre que fallece un papa, hay que designar uno nuevo.»

Luego recordó que a sus oídos habían llegado, a lo largo de los años, todo tipo de historias sobre cardenales que, por conseguir los votos necesarios, sobornaban, chantajeaban o envenenaban, al tiempo que los confederados al papa recién finado intentaban aferrarse por todos los medios a los hilos del poder, mientras las familias romanas más opulentas pugnaban, también, por la dicha de ver a uno de los suyos convertido en sumo pontífice de la Iglesia.

Maquiavelo conocía algunos detalles sobre la muerte de Alejandro VI. A principios de agosto, Alejandro y César Borgia habían celebrado un banquete en la residencia campestre del cardenal Adriano da Corneto, en compañía de otros comensales. Varios días después, todos ellos habían caído gravemente enfermos; la juventud de César le había permitido superar la enfermedad a base de sangrías y baños helados, pero su padre el papa tenía setenta y dos años y no había resistido el envite.

Maquiavelo desconocía la causa exacta de su muerte, pero, inmediatamente después de producirse, se había difundido el rumor de que el fallecimiento se debía a la ingesta de un veneno que César Borgia, su propio hijo, había preparado para asesinar al resto de invitados. Sin embargo, debido a un error, uno de los sirvientes les había suministrado el veneno también a ellos. Otros rumores ponían en duda aquel argumento y atribuían la muerte del papa a los aires malsanos del verano en la campiña, donde en aquellas fechas la malaria producía estragos entre toda la población.

«En cualquier caso, con la muerte del papa, César Borgia podría volverse aún más volátil», se inquietó Maquiavelo, «porque no solo ha perdido su poder, también se le ha librado del deber de obedecer a su padre, y desde este instante tan solo su conciencia gobernará sus actos.»

—Que Dios se apiade de Florencia —susurró, dejándose caer en la silla de su despacho—, porque el futuro de nuestra tierra es, a partir de este momento, totalmente incierto.

14

Ponte Vecchio, Florencia, 20 de octubre de 1503

Mediada la mañana Leonardo estudiaba sobre el puente las series de combinaciones y reflejos que producían los rayos del sol al rebotar en distintas superficies. La luz jugaría un papel determinante en su retrato de Lisa del Giocondo; Da Vinci tenía en mente la idea de ir sumergiendo la luminosidad de los colores bajo la pintura a medida que aplicara más y más capas de pigmento, pero quería lograr que el efecto de la luz, aunque escondida, nunca dejara de parpadear desde las profundidades del cuadro.

En la distancia vio a Salai acceder al puente por la entrada septentrional. El aprendiz se le acercó tranquilamente y anunció:

—Maestro, el papa ha muerto.

Leonardo le brindó una mirada circunstancial.

—Giacomo —pronunció en tono reprobador—, Alejandro murió hace ya dos meses, el pasado dieciocho de agosto.

Salai sacudió la cabeza y esclareció:

—No me refería al Borgia, maestro, sino a Pío III, su sucesor.

—A Leonardo le sorprendió, más que la noticia, la naturalidad y la ligereza con la que su aprendiz despachó el asunto.

—¿Estás seguro?

—Totalmente. Ni siquiera un mes en el cargo y ya ha muerto. Mal augurio.

—¿Qué se dice en las tabernas, los mercados y las calles?

—Corren toda suerte de rumores, como siempre. La mayoría se ciñe al reporte oficial, que achaca la muerte de Pío a la ulceración que afectaba a una de sus piernas. Pero hay quienes afirman que el papa ha sido envenenado.

—Pío III se había opuesto valientemente a la política de Alejandro VI y, tras la muerte de este, se había sumado a la presión combinada de todos los embajadores para tratar de expulsar a César Borgia de Roma. —Leonardo comentó su opinión mientras recogía sus utensilios.

—En estos tiempos tan convulsos —razonó Salai—, que alguien le haya suministrado una dosis de veneno mortal no resulta una opción a descartar, ¿verdad?

—Tal vez. —Da Vinci colgó del hombro su cartera con los instrumentos de observación.

—Maestro, ¿te marchas?

—Sí.

—¿Y a dónde vas?

—Al palacio de la Señoría.

—¿Por qué?

—Me han citado allí.

—¿Quién?

—Nicolás Maquiavelo.

—¿Para qué?

—Todavía no lo sé.

—¿Y cuáles crees que son sus intenciones esta vez?

—Ni me lo imagino.

Palazzo Vecchio, Florencia, 20 de octubre de 1503

Piero Soderini y Maquiavelo lo esperaban en la planta baja del Palazzo Vecchio. Leonardo les preguntó con aire orgulloso en qué nuevo proyecto podía colaborar con la Señoría; Maquiavelo simplemente le pidió que los acompañara; Leonardo le recriminó con cierta ironía que aquello ni era una respuesta ni estaba cerca de serlo; el diplomático, sin emitir más palabra, sonrió con hostilidad; a Leonardo se le ocurrió una burla que no dudó en expresar; Soderini intervino, calmó los ánimos y le explicó a Leonardo que esclarecerían el motivo por el cual lo habían convocado una vez llegaran al lugar adecuado.

Lo escoltaron a través del atrio principal y atravesaron varias salas decoradas ostentosamente. A media mañana, la sede del gobierno hervía de actividad, pero el eco de sus pisadas resonaba con nitidez en techos y paredes. En el momento en que entraron en el *Salone dei Cinquecento*, la curiosidad de Leonardo se despertó hasta su máxima expresión.

—El Salón de los Quinientos —evidenció Soderini.

—La sala del Gran Consejo —agregó Maquiavelo—, la de mayor tamaño e importancia del palacio de la Señoría, y el espacio cubierto y sin columnas más grande que existe en toda Italia para la gestión del poder civil.

Las dimensiones del salón eran impresionantes. En un rápido cálculo, Leonardo estimó que al menos dos pequeñas iglesias cabrían en su interior sin rozarse.

Ni un alma concurría en la sala. Se encontraban los tres solos.

Piero Soderini habló con voz formal:

—Maestro, el gobierno ha ideado una gran decoración para la Sala de los Quinientos.

—La razón principal reside en competir con el mecenazgo de los Médici —añadió Maquiavelo.

—Y también en glorificar la grandeza y el poder de Florencia —siguió Soderini—. Ha llegado el momento de recuperar las victorias de la República.

—Maestro, la Señoría estaría más que honrada si aceptaras la encomienda de realizar un fresco enorme que decorara una de las dos paredes largas de este salón.

—Queremos que tu mural conmemore la victoria del año mil cuatrocientos cuarenta sobre Milán; queremos que pintes una escena de la batalla de Anghiari.

—Este encargo podría convertirse en uno de los más relevantes de tu vida —apuntilló Maquiavelo—. Quizá el más importante. Observa las dimensiones de la pared que te ofrecemos. El resultado podría ser una obra maestra narrativa tan fascinante como tu *Última cena*.

—Pero sin que los movimientos de los cuerpos y las mentes se vean constreñidos por las limitaciones propias de un banquete pascual —sonrió Leonardo, visualizando ya la pintura que iba a crear, con la vista perdida en la pared vacía—. Decidme, antes de aceptar, ¿en qué condiciones trabajaría?

Maquiavelo y Soderini especificaron la cantidad económica a percibir por Leonardo. Además, le proporcionarían, desde aquel mismo instante, un lugar en el que vivir y trabajar: la iglesia de Santa Maria Novella. Le aseguraron que en la llamada Sala de los Papas dispondría del espacio suficiente para instalar su taller, donde él y sus ayudantes desarrollarían el proyecto, un lugar lo bastante grande como para que su gigantesco dibujo preparatorio cupiera a tamaño completo.

—Llegado el momento —finalizó Maquiavelo—, Agostino Vespucio, mi secretario, te proporcionará una larga descripción de la batalla para que utilices los detalles según creas conveniente.

El corazón de Leonardo comenzó a latir con más y más fuerza a medida que Soderini y Maquiavelo pormenorizaban las necesidades que le facilitarían. En *La batalla de Anghiari*, en aquel encargo, no había nada insustancial; aquella pintura, su ubicación y sus dimensiones, el momento que se había escogido y el tema a tratar, eran de una magnificencia insuperable. Leonardo procuraba mantener la calma de manera inexpresable, pero su mente vagaba inquieta como la mente de un dios, imaginando más y más escenas, y el aliento imperecedero que soplaba en cada una de ellas. Esperó un instante, escuchó a los mandatarios y, finalmente, aceptó.

—Durante meses he atravesado el camino que conduce a la guerra y su infierno, todo para abrirme paso. He contemplado los horrores más inhumanos, feroces y sanguinarios que se puedan imaginar. El hecho de haber sobrevivido y de haber vuelto indemne se debe, en mi opinión, a que tuve suerte. —Leonardo enmudeció unos segundos, con la mente todavía puesta en el fresco a crear—. Lo más curioso y fascinante de la vida es que a veces, solo unas pocas veces, nuestras más disparatadas fantasías nos devuelven a la realidad.

Maquiavelo se quedó observando la majestuosa figura de Leonardo da Vinci a medida que el maestro se alejaba con Piero Soderini hacia la salida del Palazzo Vecchio.

Cuando el diplomático se quedó a solas, sonrió y pensó: «Lo que todavía no sabes, maestro, es que la importancia de tu encargo se verá reforzada por el hecho de que te enfrentarás, en el ámbito personal y profesional, a Miguel Ángel, a quien pronto elegiremos para pintar otro gran mural, en la misma sala, justo en la pared de enfrente».

15

Palacio de la Señoría, Florencia, enero de 1504

Maquiavelo atravesó las puertas de aquel gran salón, donde lo esperaban Piero Soderini, varios de los gobernantes, representantes de los partidos y de los gremios y algunos banqueros de la ciudad. Todos lo observaban con enorme expectación. El diplomático se situó frente a ellos, esbozó una sonrisa y asintió; confirmó la noticia de sus propios labios:

—Sí, Piero de Médici ha muerto.

En la Señoría, la respuesta a un anuncio de aquella envergadura se manifestó en una explosión de gran alegría. Y no era para menos; su viejo enemigo, la serpiente que se había enredado al cuello de Florencia, asfixiándola durante tanto tiempo, por fin desaparecía. Se propagaron ruidosas expresiones de júbilo; todos se estrechaban las manos y prorrumpían en felicitaciones mutuas.

—¡No tan rápido! —se impuso Maquiavelo, alzando la voz. Y como no se le ocurrió mejor manera de expresarlo, exclamó—: ¡Lisístrata!

El murmullo de las voces se fue apaciguando hasta que se hizo un profundo silencio. Piero Soderini fue el primero en reaccionar con sorpresa:

—¿Qué?

—Lisístrata —inquirió el diplomático. Ante todos aquellos rostros impertérritos, se explicó—: En estas circunstancias, os traigo a la memoria la famosa comedia *Lisístrata*, en la que Aristófanes le ofrece una ilusión de paz a la ciudad que en realidad está perdiendo la guerra. O, dicho de otro modo, no pequemos de ingenuidad.

Cayó un silencio muy hondo en el que se intercambiaron miradas nerviosas. Piero Soderini chascó la lengua, impaciente.

—Ve al grano, Nicolás, ¿qué quieres decir?

—Me refiero a que no podemos olvidar que son muy pocas las luchas que Florencia ha ganado en el campo de batalla. Y ahora que Piero ha muerto, tengo la sensación de que todo Médici, hijo, hermano, sobrino y tío, va a confabularse por retomar nuestra ciudad en nombre de Piero. Ojalá me equivoque, pero la amenaza no ha muerto, se ha multiplicado.

16

Casa de Buonarroti, barrio de Santa Croce,
Florencia, principios de enero de 1504

Tan grande era el silencio que reinaba en Florencia que incluso la nieve recién caída parecía levantar altos ecos. La luz ya no brillaba a aquella hora de la tarde, porque el sol había desaparecido poco antes del crepúsculo, y el corto día de invierno se había convertido en una noche húmeda y nevada.

Miguel Ángel entró en la casa familiar con las manos cubiertas de sangre. Avivó el fuego de la chimenea y luego se dejó caer en una silla de la cocina. En el cristal de la ventana vio, en el reflejo de su semblante, un gran rastro del agotamiento que produce trabajar en condiciones extremas y en el más absoluto de los secretos. Se encontraba completamente exhausto.

Con manos temblorosas se sirvió un cuenco del caldo caliente que se guisaba en el puchero y lo sorbió despacio, para así alargar la sensación de tener algo que llevarse al estómago. De vez en cuando, como si fuera polvillo de mármol, un poco de nieve resbalaba y caía de su abrigo, pintándose de motas blancas el suelo de la cocina. En el silencio de aquel atardecer invernal, Miguel Ángel se bebía la sopa deseando que de una vez por todas desaparecieran aquellos dolores que día y noche lo martirizaban.

Breves momentos después entró su hermano Giovan Simone en la cocina y, al examinar el aspecto de Miguel Ángel, una sombra de miedo invadió su rostro.

—¡Miguel Ángel!, ¿qué te ha pasado? ¿Te han atacado? ¿Te encuentras bien? —Al no entender las preguntas, el escultor sacudió la cabeza e hizo una mueca inconcreta; apuró el caldo que sobraba de un trago y se quedó mirándolo con ojos extremadamente cansados—. Hermano, tienes las manos cubiertas de sangre... —se asustó Giovan Simone.

Miguel Ángel le restó gravedad al asunto:

—Son las consecuencias del trabajo. No te preocupes.

—¡Y no solo en las manos! Díos mío, tienes arañazos, cortes y magulladuras por todas partes.

—Ya te he dicho que no es nada.

—Mírate, ¡estás cubierto de heridas! Voy a limpiar tu cuerpo ahora mismo. ¿Me das tu consentimiento?

Los ojos de Miguel Ángel, enrojecidos por la extenuación, parpadearon y asintieron.

Llevaba un sucio trozo de tela alrededor de la cabeza para contener el sudor y, bajo el abrigo, una larga túnica a la que parecían haber arrojado cubos y más cubos de inmundicia. En cada fracción de su cuerpo experimentaba dolor. Sentía arder las ampollas de sus pies y sus manos. Su piel presentaba diferentes tipos de secuelas a consecuencia de la lucha encarnizada que libraba desde hacía dos años con «la piedra de Duccio».

Giovan Simone, con los ojos humedecidos de lágrimas ante

la lastimosa imagen de su hermano, suspiró con tristeza y lo desnudó lentamente. Calentó agua y empapó una esponja que fue aplicándole sobre la piel. Miguel Ángel emitía dolorosos quejidos a cada frotamiento. La preocupación de Giovan Simone por la sangre que brotaba y las heridas que limpiaba, y también el deseo de evitar que la frágil salud de su hermano se agravara, le hicieron empatizar con el tormento y el sufrimiento que Miguel Ángel padecía, y pareció pedirle perdón por lo que habían hecho con él.

—Ojalá te hubiéramos apoyado más. Ahora lo veo, Miguel Ángel... Pero si sigues trabajando de este modo, te vas a matar.

—Solo entregándome en cuerpo y alma al mármol, *David* descubrirá cuanto tiene escondido —murmuró entre gemidos.

—Siempre has sido reticente a recibir ayuda —susurró Giovan Simone—. Te has encerrado en ese cobertizo durante dos años interminables, te has aislado por completo del resto del mundo, y siempre te has mostrado evasivo cuando te han ofrecido compañía. Oigo a las gentes alabar tu obra en la calle, pero tú solo permitiste ver algo de tu *David* a los ciudadanos cuando dio comienzo el pasado verano, ¿lo recuerdas?

—Lo recuerdo —gruñó Miguel Ángel, aquejado de dolores a cada palabra que articulaba.

—Mostraste un parte de la obra el veintitrés de junio, la víspera de San Juan el Bautista, el patrón de Florencia. Pero no te vi participar en las celebraciones. Las casas se engalanaron con grandes tapices y las sillas y los bancos se cubrieron con tafetán. Por todas partes se veían mujeres y muchachas vestidas con sus más lujosos ropajes, luciendo joyas, piedras preciosas y perlas.

—Y los mercaderes decoraron sus comercios con paños de oro y seda.

—Sí, pero ¿cómo lo sabes si ni siquiera asomaste la cabeza?

—Porque la celebración sigue el mismo patrón cada año.

Giovan Simone aplicó el paño húmedo al hombro izquierdo de Miguel Ángel, en el que brillaba un corte profundo que supuraba sangre.

—Todo el mundo asegura que has obrado un milagro, que has resucitado una piedra echada a perder. Dicen..., dicen que eres un hombre capaz de hacer posible lo imposible.

Miguel Ángel cerró los ojos con verdadero sufrimiento.

—No ha sido fácil tallar esa piedra. No, no ha resultado una labor sencilla. En la creación del *David* he tenido que utilizar la técnica del *contrapposto*, muy usada en la Antigüedad, para que mi coloso se apoye en el pie derecho, debido a la oquedad que presentaba el flanco izquierdo.

—También dicen que no dedicaste tiempo alguno a los estudios preparatorios y que empezaste a trabajar directamente el mármol, sin hacer un modelo de yeso a escala real, que, según he oído, es la manera en que proceden otros artistas.

—Sí, así obré, porque sentí una revelación divina y no merecía la pena perder el tiempo en trabajos previos. He esculpido con mi cincel desde distintos puntos de vista, y así lo he diseñado, para que la obra sea admirada desde cualquier sección de su perímetro. La mirada del *David* se interpretará como el instante en que ha tomado la decisión de atacar pero aún no ha comenzado el combate, aunque otros opinarán que la escena muestra el momento inmediatamente posterior al final de la batalla, con David contemplando con serenidad su victoria.

Giovan Simone tomó otro trapo limpio y, cuidadosamente, fue secando la piel de Miguel Ángel.

—Hermano —musitó con una pena muy honda—, ¿hasta cuándo vas a seguir así? ¿Acabarás pronto la estatua? No quiero verte morir en este intento.

La mente de Miguel Ángel se empezó a enturbiar a causa del agotamiento. Daba la impresión de que iba a desmayarse en cualquier instante. Dejándose caer tristemente, apoyó su pecho desnudo sobre la mesa de la cocina y acurrucó despacio la cabeza entre sus brazos. Vencido por un sueño y un cansancio indescriptibles, entornó sus párpados.

Su conciencia penetraba ya en el mundo de las sombras y su mente proyectaba el primer sueño de la noche cuando, de repente, en un último susurro antes de quedarse dormido, Miguel Ángel respondió:

—Me queda poco, hermano, muy poco para terminar. Estoy a punto de vencer a Goliat.

17

Taller de Miguel Ángel, Florencia,
mediados de enero de 1504

Unos días más tarde, Miguel Ángel rememoró el recuerdo de la conversación que mantuviera en la cocina con su hermano. Con el paso de los días el significado de algunas palabras que intercambiaron se había ido transformando a medida que él proseguía su trabajo, porque, a partir de ese instante, Miguel Ángel sí podía proclamarlo con orgullo y dignidad: «Sí, ya he vencido a Goliat».

Finalmente, tras dos años de una lucha titánica, durante los cuales había esculpido febrilmente, sin tomarse un respiro para comer o dormir, casi hasta la muerte, un tiempo en el que había enfermado en varias ocasiones y había sufrido daños irreparables en la vista y en las manos, secuelas y cicatrices que lo acompañarían el resto de su vida, se acercaba el momento del éxtasis.

Los cónsules del *Arte della Lana*, los representantes de la ciudad, la Oficina de Trabajos Catedralicios y el gobierno observaban la escultura prácticamente terminada. Ahora Miguel Ángel tenía que esperar un juicio que podría tornarse fatal. Pero aquello no ocurrió, porque la convicción íntima de su éxito le fue inmediatamente confirmada. Los representantes alabaron una y mil veces la obra. Jamás antes Florencia había contado con una escultura de una supremacía similar.

—¡El *David* será un símbolo eterno de nuestra ciudad! —gritó

Soderini, y bajando el tono, a Miguel Ángel le confesó—: Pero hay una cuestión todavía por determinar: el emplazamiento de tu obra.

Los magistrados municipales rehusaron asumir la responsabilidad de tomar una decisión tan importante y, para ello, a finales de enero crearon una comisión formada por treinta artistas y personalidades de la ciudad, para que discutieran el tema en una sala próxima al Duomo. Entre los creadores que valorarían el espacio a ocupar por el *David* se encontraban Andrea della Robbia, Giuliano da Sangallo, Cosimo Rossellini, Pietro Perugino, Sandro Botticelli y, por supuesto, Leonardo da Vinci.

Llegado el día, unos pocos miembros de la comisión propusieron desplazar el *David* de Verrocchio y colocar en su lugar el coloso de Buonarroti.

Miguel Ángel sacudió la cabeza.

—¿En el patio del palacio de la Señoría? Me niego rotundamente. *David* se ahogará ahí dentro, pues necesita mucho espacio, aire libre a su alrededor y por encima de él. —Esperaba que la obra se instalara en la plaza de la catedral, pero pronto se dio cuenta de que desempeñaría un papel más potente como símbolo cívico de Florencia, y propuso—: Mi obra habría de emplazarse en la Señoría, sí, pero en el exterior, junto a la entrada del palacio.

Los miembros de la comisión deliberaron largo rato sobre aquella opción y sobre otros posibles espacios. Casi de manera unánime, sugirieron que el *David* se alojara en la gran Logia de la Señoría, el edificio situado en una esquina de la plaza.

—Por otro lado —advirtió Leonardo—, es mi deber señalar que algunos elementos de la estatua podrían considerarse ofensivos.

—Explícate —le pidió Miguel Ángel.

—El papa Julio es nuevo en el cargo, ¿cierto? Por tanto, desconocemos el grado de conservadurismo con el que procederá, y tu *David*, Miguel Ángel, al ser una estatua de un desnudo masculino, generará controversias. Además, para proteger la obra de las inclemencias del tiempo, considero que el lugar adecuado es el interior de la Logia, sí, en el parapeto donde cuelgan los tapices.

—No —refutó Miguel Ángel—. Mi *David* no se trasladará a un lugar discreto que le reste importancia, autoridad y visibilidad.

—El pueblo acudirá a la estatua, en vez de que la estatua vaya al pueblo. Resguardarla en un interior es lo más aconsejable —indicó Leonardo—, porque, conociendo la fragilidad del mármol, la estatua se degradará si la dejamos a la intemperie.

La proposición de Leonardo da Vinci no fructificó, y Miguel Ángel ganó la batalla del emplazamiento: su *David* se trasladaría a la plaza de la Señoría, junto a la puerta principal del Palazzo Vecchio, donde cobraría vida con todos los honores.

Tan pronto como terminó el debate y se disolvió la comisión de artistas y personalidades, Piero Soderini se acercó con rostro alegre a Miguel Ángel.

—Ven mañana al palacio de la Señoría. Tenemos un encargo que quizá podría interesarte.

Palazzo Vecchio, Florencia, finales de enero de 1504

Sí, el gobierno de Florencia tenía preparado un nuevo trabajo para Miguel Ángel, y esta vez ni siquiera tendría que ganarlo en un concurso público. Piero Soderini le indicó dónde podía limpiarse la nieve del camino y luego, desde el atrio de la Señoría, lo acompañó con una conversación amable hasta un salón de proporciones descomunales. Nicolás Maquiavelo los esperaba en el interior con aquel gesto indescriptible de sus labios. Sonrió al verlos, les estrechó las manos y puso en práctica aquella labia suya tan meliflua y audaz:

—Sé bienvenido, Miguel Ángel, a la Sala del Gran Consejo.

—Este esplendoroso salón se construyó después de la expulsión de Piero de Médici —siguió Soderini—, a los tres años de que falleciera su padre, Lorenzo.

—Conozco la historia —comentó Miguel Ángel, mirando en derredor—. La sala se levantó a instancias de Savonarola, si mal no recuerdo.

Fra Girolamo Savonarola, un nombre que todavía inspiraba temor en Florencia, un predicador de voz cavernosa y violenta gesticulación que azotó como nadie el poder de los Médici. En sus discursos públicos en Florencia, Savonarola había acusado de inmoral y corrupta a la clase gobernante, tachando de pecadores a quienes se relacionaban con prostitutas y sodomitas, y a quienes leían las obras paganas de Aristóteles y Platón. Con aquellos sermones y aquella habilidad única para mantener a los espectadores completamente fascinados, el religioso fue ganándose el favor del pueblo florentino, e incluso transformó el ambiente de la ciudad.

—Savonarola fue uno de los artífices de la expulsión de los Médici —admitió Soderini—, y quien asumió el gobierno de la ciudad durante cuatro años, tras la expulsión de Piero, estableciendo una austera teocracia.

—No ha transcurrido tanto tiempo desde entonces —murmuró Miguel Ángel—, y su «Hoguera de las Vanidades» aún se recuerda. Yo me acababa de trasladar a Roma cuando llegó a mis oídos que Savonarola había hecho arder libros, ropa, cosméticos y muchas obras de arte, incluso pinturas de Botticelli.

—Fue lo que sucedió, sí. Pero, al año siguiente, los florentinos nos cansamos de su austeridad y nos volvimos contra él.

—Savonarola fue arrestado, y después torturado —completó Maquiavelo—. El veintiocho de mayo fue condenado a arder en la hoguera, aquí, en la plaza de la Señoría; desde mi despacho vi cómo su cuerpo se consumía en el fuego el mismo día en que empecé a trabajar para la Segunda Cancillería; una fortuita casualidad, supongo, y una suprema ironía.

El recuerdo de aquel episodio creció en silencio en el interior de los tres hombres. Transcurrido un minuto, Soderini tomó la palabra:

—La sala se empezó a construir unos años antes de que Savonarola ardiera. Y ahora, bajo mi gobierno, los magistrados queremos decorar magníficamente el palacio. Hemos sentido la necesidad de celebrar las victorias militares de Florencia, los fastos gloriosos de nuestra historia, a través de dos enormes frescos que decorarán las paredes de la Sala del Gran Consejo, a la que también llamamos el Salón de los Quinientos.

—Y queréis que yo pinte uno de los murales —entendió Miguel Ángel.

—En efecto, aquella pared. —Soderini la señaló.

—¿Con qué motivo?

—Creemos que el tema apropiado a tratar es la victoria de Florencia sobre Pisa, en la batalla de Cascina, en el año mil trescientos sesenta y cuatro.

—Esta otra pared está vacía. ¿Habéis decidido ya quién la pintará? —preguntó Miguel Ángel.

—Leonardo da Vinci —asentó Soderini.

—Tu batalla sería el contrapunto de la suya —sonrió Maquiavelo.

—¿Depositaréis vuestra confianza en Leonardo para un proyecto de semejante envergadura?

—Por supuesto.

—¿Lo habéis reconsiderado? Leonardo malgasta su vida en mil trabajos diversos. Sí, pinta magistralmente obras inquietantes, llenas de secretos y enigmas, pero, a pesar de su talento, pierde el tiempo con tonterías como fabricar unas alas mecánicas que, según dice, le permitirán al hombre volar.

—Pese a ello, confiamos en Leonardo —afirmó Soderini.

—El gobierno confía en ambos —sentenció Maquiavelo—. Al encomendaros la decoración de esta sala desnuda, estamos seguros de que se obtendrán dos obras de las que Florencia se enorgullecerá hasta el final de los tiempos. —A continuación observó a Miguel Ángel con aquella mirada fría y brillante en los ojos—. Trabajaréis en la misma sala, con distintos encargos. Miguel Ángel, todos somos conscientes de que la pintura de Leonardo no tiene parangón...

—Nicolás, subestimarme sí es un error sin comparación —lo interrumpió Miguel Ángel, sin mirarlo—. Es probable que las teorías científicas de Leonardo se adelanten a nuestro tiempo, pero yo soy mucho más moderno en el arte. Leonardo tiene esa manía de experimentar procesos nuevos que lo impulsan a realizar experiencias desafortunadas de las que casi siempre salen mal paradas sus obras. Una vez mi *David* se muestre al público, comenzaré a trabajar en *La batalla de Cascina*. Y os ofreceré mi teoría de lo que debe ser la pintura.

»Sí, acepto el encargo que me ofrecéis.

Maquiavelo pensó a su lado: «No te subestimo, tan solo incitaba tu enorme orgullo para que no te negaras a pintar frente a Leonardo».

18

Taller de Miguel Ángel, Florencia, primavera de 1504

La euforia de ver terminado su *David* solo le duró un instante. Consumido por un feroz agotamiento, Miguel Ángel dejó caer las herramientas al suelo y, verdaderamente desesperado, se echó las manos a la cabeza y tembló de miedo. Inmediatamente después de pulir el mármol, se percató de que había postergado un problema durante dos años. Albergaba la esperanza de que, en algún instante, su intelecto le ayudara a resolver aquella disyuntiva de manera magistral y eficiente, mientra esculpía.

En virtud de la petición del propio Miguel Ángel, la obra se emplazaría a las puertas del Palazzo Vecchio, sí, pero era responsabilidad del artista trasladar la estatua desde el taller hasta su pedestal definitivo, y hasta que el *David* no se ubicara en el lugar indicado, el trabajo no concluiría oficialmente.

La gran preocupación de Miguel Ángel residía ahora en que entre el cobertizo que le servía de taller y el palacio de la Señoría había una distancia de más de dos mil pasos, y que dado el tamaño y el peso del David había un riesgo importante de que sufriera graves daños en el recorrido de aquel trayecto.

«Docena y media de hombres, poleas y andamios me hicieron falta para levantar y erguir "la piedra de Duccio", y ahora no tengo la más remota idea de cómo voy a mover la estatua un solo paso, menos aún dos mil, a través de estas calles estrechas y desniveladas», se lamentó.

La desesperación del infortunado Miguel Ángel produjo una profunda y general emoción en toda Florencia. Los ciudadanos entendieron el mensaje perfectamente: si la obra no se podía mover de su sitio, se abandonaría y, con el paso del tiempo, carcomida por los elementos, se convertiría en una piedra malograda, y el *David* no sería nada.

Miguel Ángel recordaba vívidamente todo lo que había sufrido aquellos dos años: su errante existencia en una niebla viciada de dolor y lástima de sí mismo, rara vez moviéndose del cobertizo, apenas molestándose en comer, afeitarse o cambiarse de ropa. Cuando la Señoría le preguntó qué medios y recursos pensaba utilizar para trasladar doce mil doscientas libras de mármol, no se le ocurrió nada que decir, ni una sola idea. Su propio silencio fue como una sacudida que lo dejó sumido en un estado más allá de la desolación.

De aquí que, después de haber declarado Miguel Ángel que no existía forma alguna de mover a *David*, la ciudad pudo asistir directamente a la desesperación de su conciencia. Desde que se supo todo esto, fue el tema preferido por los murmuradores de Florencia. La presencia de Miguel Ángel en la calles se acogía ahora con cuchicheos, miradas desdeñosas e incluso burdos comentarios en voz alta. Sus amigos se apartaron de él, nadie lo saludaba, e incluso los representantes de la ciudad se olvidaron de «la piedra de Duccio», porque Miguel Ángel había decidido abandonar públicamente el encargo: ya no era un héroe.

El *David* no se podía trasladar; el *David* ya no existía.

Cada escultura de mármol y cada obra maestra de la Antigüedad se habían adornado con todas las cualidades imaginables, entregándoles el pueblo su corazón, inclinándose ante ellas con la más viva admiración, porque tenían varias almas, la de los artistas que las crearon y también las de aquellas personas que las vieron, tocaron y soñaron con ellas: *El Coloso de Rodas*, *Atenea Partenos* y *Zeus Olímpico* de Fidias, *El Coloso de Nerón*, *El Discóbolo* de Mirón..., las más grandiosas obras de la historia.

Pero de todas aquellas esculturas solo quedaba la leyenda, el recuerdo o alguna copia. Los originales habían desaparecido o se habían destruido. Aquel era el destino que le esperaba al *David* de Miguel Ángel, porque jamás podría moverlo.

¡Qué crueles sufrimientos, y también qué estupidez la suya al no haberlo previsto!

Una lluviosa tarde de primavera Miguel Ángel se encerró en el cobertizo para dedicarle al *David* su último adiós. Acarició la superficie y apretó los dientes con el rostro totalmente enrojecido por las lágrimas. Y entonces sintió un intenso mareo y su cuerpo, que ya no obedecía las órdenes de la mente que lo gobernaba, se precipitó hacia el suelo, hacia el final de un camino trazado por un dolor largamente sufrido. Miguel Ángel se derrumbó a los pies de su escultura, incapaz de moverse, con los brazos abiertos en cruz. Las lágrimas que resbalaban por sus mejillas se mezclaban con la tierra y el polvo de Florencia. Desplomado como un informe saco, su rostro se silueteaba en aquel fangoso lugar, con la boca abierta, lamiendo el suelo, con la lluvia cayendo torrencialmente sobre su cara desencajada, incapaz de hacer un solo movimiento, condensado todo su cuerpo en un sufrimiento agónico y brutal.

«Me rindo. No puedo más.»

Solo era un hombre ordinario entre tantos mortales. Ni su mente ni sus manos podían obrar milagros.

Miguel Ángel sufría una atrofia inmensa en todos los músculos del cuerpo, tendido boca arriba en el barro, y de pronto sintió la desconexión total de su mente con su genio. Había dejado de creer en lo imposible.

«Sé fuerte y valiente. No tengas miedo ni te desanimes. Porque tu Dios te acompañará dondequiera que vayas.»

Josué, capítulo 1, versículo 9.

De repente, una voz lo impulsaba a luchar por la ocasión de realizar una última heroicidad.

«Por mí lo intentarás.»

Miguel Ángel recobró la conciencia y se levantó a duras penas del suelo, para despedirse del mármol, y todavía sufriendo y llorando, empapado por la lluvia, temblando de frío y dolor, acercó los labios a David. Pero no lo besó; en el último instante, susurró: «Señor, dame fuerzas para intentar lo imposible, una vez más».

En aquella prueba se encontraría cara a cara con la muerte, porque la probabilidad de que el *David* sobreviviera al traslado sería una entre un millón, una utopía, un acto inviable, un objetivo más allá de la realidad, un éxito inalcanzable.

Nadie en el mundo podía mover doce mil doscientas libras de mármol. En aquella gigantesca escultura vivía esa verdad y la evidencia de que ningún hombre jamás la podría desplazar.

A no ser que Miguel Ángel fuera el único mortal sobre la tierra capaz de hacer posible lo imposible.

CAPÍTULO VIII

1

Casa de Buonarroti, barrio de Santa Croce,
Florencia, marzo de 1504

De pie frente a la ventana, Miguel Ángel dirigió la vista hacia
aquella noche de primavera que cubría Florencia. El viento soplaba
con fuerza y una amplia masa de nubes grises y negras se extendía
en el cielo, ocultando todas y cada una de las constelaciones. En la
habitación, la oscuridad era completa. Miguel Ángel apoyó las
manos en la pared, cerró los ojos con pesar y suspiró hondamente.
Lo que más le abochornaba era recordar hasta qué extremo se había
olvidado de un factor tan importante como el traslado del *David*.
Por más que lo intentara, no lograba deshacerse de la dolorosa
impresión que le había provocado aquella cruda realidad. Se había
obsesionado de tal modo en obrar un milagro, en concederle la
vida a algo que parecía muerto, que después de admitir públicamente que sería incapaz de proporcionarle a Florencia el tesoro
que le prometiera, los lazos de afecto que existían entre él y la ciudad se habían quebrado. No solo el Consejo y los propietarios de
«la piedra de Duccio» le habían retirado su apoyo y protección,
mas ya no quedaba el mínimo vestigio de la confianza que antaño
depositaran en él, ya que, desde hacía semanas, toda la ciudad se
comportaba ásperamente con Miguel Ángel.
—Señor, te he fallado... —murmuró—. Me he sentenciado a
mí mismo.

En el silencio de la noche, se percató de que, tras el concurso, los efectos del apasionado entusiasmo que le produjera su victoria sobre Leonardo da Vinci lo habían cegado y confundido durante más de dos años. Fue en aquel instante cuando entendió que la gran obsesión de resucitar a David lo había llevado a convertirse en un artista absolutamente inmodesto, en un hombre que había alcanzado los últimos límites de la desesperación, la soledad y el agotamiento.

—Decidí renunciar a mi libertad, y a todo contacto humano, para concederle la vida a David. Me he dejado la vida en este trabajo y me es imposible terminar; soy incapaz de mover mi escultura de su lugar.

Ahora, Miguel Ángel se daba cuenta de que Leonardo tenía razón, de que la había tenido desde un principio: jamás podría completar aquel encargo él solo. Sus delirios de grandeza tocaban a su fin. Debía comprender que la renovación de su fe empezaba por creer en sus posibilidades, y también en vencer el orgullo que lo había apartado de los demás. Tenía que rectificar el alto concepto que poseía de sí mismo y de sus propios méritos, y corregir aquel deseo excesivamente absorbente de ser admirado y considerado. Pero una vez asumiera esa nueva postura, ¿podría permitirse un hombre como él pedir una segunda oportunidad? De ser así, ¿le darían su aprobación para intentar trasladar el *David*? ¿Podía concebir tales sueños?

—¿Qué soy yo, en comparación con los creadores de la Antigüedad, quienes no pecaron de soberbia y sí solicitaron ayuda cuando les fue preciso?

Aunque llevaba en el corazón su propia carga de tormentos y miserias, Miguel Ángel trataba de convencerse de que sí era lo bastante fuerte y valiente para seguir adelante. Las probabilidades de fracasar eran incalculables, pero debía intentarlo, tenía que defender su creación y luchar hasta el último aliento por situar el *David* en el lugar que le correspondía.

Palacio de la Señoría, Florencia, abril de 1504

Miguel Ángel compareció ante los miembros del Consejo, los cónsules del *Arte della Lana* y los representantes de la Oficina de Trabajos Catedralicios.

—Señores, comprendo que el sueño que me he forjado es prácticamente irrealizable —comenzó—, pero he convocado esta reunión para exponer el método que emplearé para transportar el *David* desde la plaza de la catedral hasta las puertas del palacio de la Señoría.

Se extendió un murmullo de escepticismo en la sala al que siguieron algunos gestos interrogativos que perseguían el objetivo de obtener más información.

—Hace unas semanas nos aseguraste que era un proyecto imposible de ejecutar.

—¿Por qué has cambiado de opinión, Buonarroti?

—Tal vez deberías dedicar tus pensamientos a otros asuntos.

—Y tu talento a otros deberes más razonables, como empezar a pintar *La batalla de Cascina*, ¿pues no es el nuevo encargo para el que esta ciudad te ha contratado?

Frente a todos los mecenas de la piedra, su rostro exhibía palidez y una expresión de sombrío bochorno. Su aspecto era el de un hombre derrotado que acababa de experimentar un profundo dolor físico y mental, con las cejas fruncidas y los labios contraídos.

—Para mover mi *David* —prosiguió Miguel Ángel con voz quebrada—, serán necesarios cuarenta hombres, quienes tirarán de un sistema de poleas y contrapesos que he ideado con la ayuda del arquitecto Cronaca. Además, he diseñado un armazón de madera que evitará que la escultura choque contra los obstáculos eventuales que en el camino pudieran surgir. Mi estatua se deslizará hacia el palacio de la Señoría sobre unos rodillos untados con sebo.

Miguel Ángel continuó con la exposición de sus argumentos varios minutos, arrastrando penosamente las palabras, con un gesto que carecía de resolución. La seguridad en sí mismo decrecía por momentos, porque un gran cambio en el modo de ver las cosas se estaba operando en el fondo de su ser.

Finalmente, los propietarios de la piedra decidieron aceptar sus propuestas, aunque con cierta resignación y dando muestras de que a duras penas confiaban en el éxito de aquella gesta, advirtiéndole también de que solo un suceso extraordinario podría transformar su locura en realidad.

2

Despacho de Nicolás Maquiavelo,
palacio de la Señoría, mayo de 1504

Las palabras, esas que solo pronunciaría una persona desinteresada en el arte, salieron de los labios de Maquiavelo en forma de expresión dura y desagradable.

—Maestro, el Consejo empieza a preocuparse por tu tendencia a posponer los encargos.

Leonardo da Vinci, bastante contrariado, argumentó:

—Soy muy consciente de que los gobernantes de Florencia exigen presteza en mi labor. Pero la Señoría sigue sin entender que un mural sobre *La batalla de Anghiari* no es una obra que pueda ejecutarse a la perfección en tan breve plazo de tiempo.

—Por favor, explícate —requirió Maquiavelo.

—Nicolás, la plena dedicación a los estudios preparatorios y la cantidad de bocetos que he dibujado impiden que avance todo lo rápido que me gustaría. Pero todo esto forma una parte indispensable del proceso de creación para producir arte, cualquier tipo de arte, aunque vosotros no lo comprendáis.

—Lo que sí entendemos es que hace meses comenzaste a tra-

tar la pintura sobre un cartón, por cuyo concepto recibiste treinta y cinco ducados de oro —le recordó Maquiavelo con una sonrisa perspicaz—. Y ahora la Señoría desea que el encargo se
concluya lo antes posible, sin quejas ni objeciones.

Leonardo le envió una sonrisa cargada de ironía y le advirtió:

—Así será, siempre y cuando deje de recibir burdas presiones.

—¿Burdas presiones? Puede que Soderini me contara algo al
respecto; me dijo que, como consecuencia, amenazaste con abandonar la pintura.

—Evidentemente.

Maquiavelo se sorprendió y, de nuevo, le pidió que aclarara su
respuesta.

—Sí, Nicolás, planteé mi voluntad de renunciar al encargo,
pues no es deseo de ningún artista crear bajo la presión de su mecenas. No vi otra alternativa. No obstante, el propio Soderini me
convenció para regresar al trabajo.

—Por eso te he citado en mi despacho —comentó Maquiavelo—. Se ha redactado una nueva revisión de tu contrato, en la que
yo actuaré como testigo.

A continuación, el diplomático le preguntó si disponía de todo
lo necesario en la basílica de Santa Maria Novella para continuar
desarrollando el proyecto. Por el momento, a Leonardo le resultaba peculiarmente agradable el hospedaje en aquella iglesia, ya
que podía compaginar su trabajo en *La batalla de Anghiari* con
el retrato de Lisa del Giocondo. Además, había empezado una
pintura que llevaría por título *Leda y el cisne*, y de vez en cuando
colaboraba como asesor de ingeniería en varios edificios, cuando
no se sumergía, en sus ratos libres, en el estudio de las matemáticas, la anatomía y el vuelo. El regreso a Florencia, del que ya se
habían cumplido cuatro años, se estaba convirtiendo en la etapa
más productiva de su vida.

Después de firmar la renovación del contrato, Leonardo y Maquiavelo conversaron largo rato sobre diversas cuestiones. En cierto momento, el pintor se interesó por las circunstancias que atraían
la atención de la política en aquellos días.

—Territorialmente, muchas cosas están cambiando —suspiró Maquiavelo—. Sobre todo desde el fallecimiento de Alejandro Borgia, en agosto del año pasado. Recordarás que, antes de morir, se celebró un banquete en el que los invitados fueron, supuestamente, envenenados.

—Ciertos testimonios aún afirman que esa fue la verdadera causa de la muerte del papa —corroboró Leonardo.

—Tal vez. Sin embargo, en mi opinión, nunca se sabrá qué sucedió realmente. Pero el papa murió, sí. Y César, que cayó bastante enfermo, tuvo que guardar cama para recobrar las fuerzas. Fue entonces cuando sus enemigos aprovecharon la debilidad de esa familia para anular sus conquistas en la Romaña. De este modo, César Borgia solo pudo conservar Imola, Faenza y Cesena.

—Oí que, a comienzos de este año, pasó de contar con un ejército de doce mil hombres a una fuerza de apenas seiscientos cincuenta efectivos.

Maquiavelo asintió, con un gesto indefinible, a caballo entre la alegría y la tribulación.

—Asimismo recordarás que, tras la muerte de Alejandro, Pío ocupó el cargo de pontífice máximo. Pero murió en octubre y, semanas más tarde, el Vaticano eligió a Julio como nuevo papa, un religioso que en el pasado había resultado ser uno de los mayores enemigos de los Borgia. Además, en el momento de su elección, César, viéndose sin los apoyos necesarios, le dio su respaldo a cambio de la promesa de mantener el mando de las fuerzas papales y sus posesiones en la Romaña, una decisión que supuso el error político más grave de su carrera. Personalmente, creo que César Borgia se dejó llevar por la confianza imprudente que tenía en sí mismo, hasta el punto de creer que las promesas de otros eran más fiables que las suyas propias. Porque, tras su proclamación en diciembre, Julio no tardó en ordenar su detención y la confiscación de sus bienes.

Del exterior provenían oleadas de sonidos que se neutralizaban entre sí. En el despacho, ellos permanecieron en silencio y sentados el uno en frente del otro. Al poco, Leonardo recordó:

—*Aut Caesar aut nihil.*

En aquel preciso instante, los rayos del sol se filtraron delicadamente a través de la ventana, caldeando la estancia.

—O César o nada —repitió Maquiavelo—. Pero César Borgia ya no es nada. Cometió la equivocación de comprometer su independencia, y ahora ha perdido su libertad. —Y suspiró—: La libertad, qué hermosa palabra. Tal vez no haya nada más bello en el mundo que una persona libre.

«Pero qué difícil es serlo», añadió en sus pensamientos, y, seguidamente, se incorporó y acompañó a Leonardo a la salida. Ambos hombres se estrecharon la mano con idéntica sonrisa bajo el umbral de la puerta. En su recuerdo común quedaría por siempre, de un modo u otro, el tiempo que compartieron cabalgando a la sombra del hombre más sanguinario de la época.

Una vez el artista se marchó, Maquiavelo se centró en la nueva misión que la Señoría le encomendaba, aquella que lo llevaría de nuevo ante el rey de Francia. Sin embargo, su mente seguía dando vueltas y más vueltas a todo lo concerniente a César Borgia. Había mantenido infinidad de conversaciones con él, se había contagiado íntegramente de su ideal político, y de la tradición de Dante y Petrarca, quienes compartían con César Borgia aquella visión de una Italia unificada, más allá de la fragmentación. El diplomático había sido testigo de los acontecimientos, tal y como se habían desarrollado. Un hombre, Maquiavelo, que no había sido un mero observador, sino un partícipe directo de las negociaciones, un patriota que había encontrado en César Borgia una fuente de inspiración, todo un despliegue de recursos políticos y literarios del que años más tarde podría servirse para redactar, en su reflexión sobre los orígenes del poder y su estructura, la obra maestra que lo inmortalizaría como filósofo y pensador: *El príncipe*.

Plaza del Duomo, Florencia, mayo de 1504

Miguel Ángel contemplaba en el *David* los reflejos nacarados del sol poniente y los músculos oscurecidos por las sombras crepusculares.

—Vi el ángel en el mármol; tallé hasta que te puse en libertad.

Había llegado el día de intentarlo. Sus ojos empezaron a errar febrilmente por la plaza de la catedral. Todas las facciones de su rostro temblaban a causa de la concentración y del miedo. Había invertido varias semanas en repasar el estado del suelo y las esquinas de las calles, en fortificar el tablado que transportaría la escultura y en corroborar la solidez de aquel soporte, en el que había efectuado numerosas pruebas, cargándolo de pesadas piedras y decenas de hombres. La estructura parecía resistir, pero los niveles de peso y altura que habría de soportar eran mucho más inmensos en el *David*.

Llegado el momento, los trabajadores le exigían a gritos comenzar con su labor, una actitud que Miguel Ángel reprobaba, porque le parecía un gravísimo error que los demás no comprendieran el riesgo y todos los peligros que implicaba aquel trabajo. Pero no podía postergar por más tiempo la migración del *David*. Respiraba entrecortadamente, con su mano acariciando la superficie de la estatua. La tensión lo había debilitado de tal modo que apenas podía tenerse en pie. Gruesas gotas de sudor resbalaban por su semblante; su cuello estaba empapado; su respiración era lenta y penosa; la sangre teñía las comisuras de sus labios; sus ojos brillaban bajo el sol del cálido atardecer.

Miguel Ángel inclinó la cabeza y los labios se le entreabrieron por el viejo hábito de besar a su *David*. Pero ya no quería besarlo, más bien quería mirarlo el mayor tiempo posible. Sentía que el futuro de su vida, de toda su carrera como artista, dependía de que aquella empresa fructificara: una probabilidad entre un millón.

«Me he dejado la vida en ti, no me abandones ahora.» Y ordenó:

—Adelante.

Aquella misma tarde, el 14 de mayo, comenzó el traslado del *David*, una marcha lenta, excesivamente lenta y sin estruendo, a través de una muchedumbre silenciosa y curiosa que se congregaba en las calles y los balcones de Florencia, donde la aparición de una descomunal estatua cubierta por un manto oscuro ofrecía un exótico contraste. A cada fracción de terreno que el *David* ganaba, brotaban en Miguel Ángel, en una medida infinitamente mayor, sus habituales angustias y tormentos.

Aquella primera tarde, los cuarenta hombres que tiraban del *David* lograron avanzar la distancia que un adulto tardaría en recorrer unos veinte segundos a pie. Al anochecer, la piedra blanca bajo la tela asustaba a los caballos y a los noctámbulos hartos de vino. Los piqueros que escoltaban la obra caían vencidos por el sueño.

Al ocaso de la jornada siguiente, los progresos no supusieron un gran avance. Había que proceder de ese modo, y empujar el *David* despacio, irritablemente despacio, para que nada en *él* se rompiera. Las dos noches que siguieron fueron horrorosas. Miguel Ángel se acurrucaba junto a su obra en la hora ulterior al crepúsculo, pero apenas lograba conciliar el sueño. Encogido como un animal junto al mármol, era presa de una despiadada ansiedad a resultas de aquel gigante que avanzaba a paso lento y cuya mirada sobrepasaba la altura de los primeros pisos de las casas e incluso algunos tejados. Toda la población se apiñaba durante el día para verlo progresar unos cuantos pasos y para dedicarle a Miguel Ángel palabras de valor y de ánimo. Muchos lo admiraban, pero rara vez el genio obtenía la aprobación unánime del pueblo, y algunos lo odiaban. Como consecuencia, los soldados tuvieron que montar guardia debido a grupos de agresores nocturnos, sobornados por los enemigos de Miguel Ángel. Por las noches, el *David* era apedreado por jóvenes partidarios de los Médici que deseaban que la familia retomara el poder. Se habían infiltrado en la ciudad y decían que aquella escultura era un mensaje contra la familia y que, si la destruían, el regreso de los Médici a Florencia sería incuestionable.

El *David* llegó a su destino el 18 de mayo, un día que los astrólogos habían fijado como de buen augurio. ¡Noventa y seis horas para recorrer un trayecto que a Miguel Ángel le costaba andar poco más de cinco minutos!

Después de cuatro noches de insomnio, tras dos años de un trabajo sin descanso, los distintos sentimientos que lo consumían, de aceptación consciente del sufrimiento, de rebelión sin frenos, de fervor religioso, de miedo y desesperación, desembocaban por fin en una incontrolable alegría colectiva frente al Palazzo Vecchio. Cualquier intento de esclarecer los motivos de aquel exitoso traslado se disolvía en un boyante alboroto en el que surgían gritos felices como relámpagos, porque el tiempo de la desesperanza terminaba. Una nueva luz iluminaba el camino de Florencia. La ciudad se sumió en una sucesión interminable de elogios y felicitaciones, y la plaza de la Señoría se llenó de vítores y música festiva. Todos los ciudadanos celebraron con palmas, cantos y vino la última victoria florentina.

Todos menos él.

Miguel Ángel se internó en el armazón de madera, se recostó a los pies del *David* y su mirada se perdió en la lejanía. Estaba tan débil, le había costado tanto trabajo llegar hasta allí... Sentía vivos deseos de dormirse y de no despertar nunca. Ya nada le importaba, ni siquiera aquel mundo de ideas y formas que aparecía y desaparecía en su interior; solo quería verse afectado por aquella sonrisa de inmensa felicidad que ocupaba toda su cara y por el deseo de que nunca se borrara. Había probado que él, y solo él, era el único mortal sobre la tierra capaz de obrar un milagro, una sinfonía de mármol construida sobre la siguiente probabilidad: una entre un millón.

El único hombre capaz de transformar en posible lo imposible recibía muchas palabras de júbilo y alabanza procedentes del exterior.

«Palabras de las cuales tan solo me quedará su recuerdo.»

Miguel Ángel lloraba de felicidad a los pies de su escultura. Lo invadía una emoción tan inmensa que apenas podía respirar. De aquellas lágrimas desconsoladas se desprendía un sufrimiento inconmensurable. Cerró los ojos con gran placer y con los cinco dedos de la mano con la que esculpía acarició la piel de mármol; sintió que el corazón de la piedra había resistido por él, para que notara la última fuerza de sus latidos. Felizmente tirado en el suelo, antes de precipitarse hacia un confortable sueño, Miguel Ángel se despidió:

—David, la historia que te pedí que me contaras ha llegado a su fin. Yo te liberé. Tú eres el orgullo de Florencia. Juntos hemos vencido a Goliat... Ahora podré descansar.

Su sueño más perfecto se había hecho realidad.

4

Taller de Leonardo da Vinci, basílica de Santa Maria Novella, Florencia, 9 de julio de 1504

—Aguanta, ya casi hemos terminado por hoy. —Leonardo sonrió y cortésmente le pidió a Lisa del Giocondo que no se moviera.

—Lo siento, maestro.

Leonardo le dedicó un gesto amable con los labios y la calmó:

—Descuida, sé que es ardua tarea mantener la misma posición largo tiempo. —Luego, se concentró y fijó la vista en su modelo.

La joven señora del Giocondo se sentaba relajada frente a él, a escasa distancia, con el brazo izquierdo descansando sobre la butaca y la mano derecha posada en la zurda. Tanto su postura como su actitud desprendían una impresión de serenidad y un dominio total de sus sentimientos. Llevaba un velo transparente de gasa fina engarzado al cuello de la blusa, una prenda que solían vestir aquellas mujeres encintas o que recientemente habían dado a luz.

Leonardo da Vinci no preguntaba, solo pintaba y observaba. Y entretanto la retrataba, varios de sus aprendices entonaban cantos y tocaban laúdes y flautas en un rincón de aquel estudio en Santa Maria Novella. Al tiempo, dos bufones se encargaban de divertir a la dama con graciosas historias, todo ello para procurar un ambiente favorable que a ella le transmitiera un sentimiento de placer, para que su ánimo tendiera deliberadamente hacia la alegría, con el objetivo de evitar aquella constante melancolía que la pintura solía proporcionar a la mayoría de los retratos.

En todas las sesiones previas, Leonardo la había observado con atención desde distintos ángulos, para interiorizar la naturaleza de sus gestos y movimientos, para analizar el efecto que la luz originaba en su piel; y tras haber captado con sumo detalle la esencia de sus diversas expresiones, por más y más vueltas que le diera, por más veces que curioseara en sus facciones, el mayor encanto que Leonardo encontraba en ella residía, siempre, en aquella fabulosa sonrisa que a menudo esbozaban sus labios sin motivo aparente.

Las altas temperaturas de las mañanas de julio se suavizaban por las tardes, a causa de las tormentas estivales, lo que favorecía que el ambiente en el estudio resultara fresco, muy propicio para progresar con el cuadro. Acabada la sesión, los bufones se despidieron y los discípulos de Leonardo se desplazaron conversando tranquilamente a otra estancia.

Una vez a solas, mientras esperaban la llegada de Francesco del Giocondo, ella se interesó por el proceso de creación de su retrato.

—La superficie sobre la que me ves pintar —le explicó Leonardo— se extrajo del corazón de un tronco de álamo. Quizá te sorprenda, pero en la preparación de la tabla descarté la mezcla habitual de cal, yeso y pigmento blanco. En su lugar opté por aplicar una gruesa capa de imprimación de albayalde. —Enmudeció unos segundos y examinó con mirada dubitativa la tabla—. Sí... Intuyo que esta aleación reflejará mejor la luz en las capas de pintura y aumentará la impresión final de volumen y profundidad. Viendo el resultado que estoy obteniendo, creo que no me he equivocado.

Dejándose llevar por el calor de la conversación, Mona Lisa habló sin premeditación alguna:

—Yo no me refería a lo tangible del cuadro, maestro. —Dicho esto, se ruborizó al percatarse de cuán inadecuadas habían sonado sus palabras. Pero Leonardo, lejos de sentirse ofendido, se rio en voz alta ante semejante descaro.

—Quieres saber el significado de las variadas emociones que van apareciendo en tu retrato —adivinó—. De acuerdo, observa atentamente tu expresión. —Y con el dedo índice la fue guiando a través de aclaraciones y comentarios, cuidándose de tocar la pintura, todavía fresca—. En mi opinión, y sean cuales sean las circunstancias, el rostro humano no se puede definir con una sola emoción. Por tanto, he tratado de reproducir varios sentimientos en tu semblante. Si te fijas bien, verás que una décima parte de tu cara revela disgusto y, en menor proporción, temeridad y enfado. Pero lo que mayormente transmitirás es una especie de felicidad contenida.

Leonardo continuó describiendo los detalles, incluso compartió con ella algunos de los enigmas, secretos y acertijos que escondería en la pintura. A su lado, Lisa del Giocondo se mostraba tímida y silenciosa, inmóvil frente a su espejo, asimilando las palabras de Leonardo, tratando de comprender, quizá, que una mujer exactamente igual que ella estaba cobrando vida en una simple tabla de álamo.

Salai tenía una importante noticia que comunicar. Se acercó corriendo a grandes zancadas por la calle, abrió las puertas de la iglesia precipitadamente y encaró el pasillo que conducía al estudio. Sin embargo, cuando llegó, se detuvo a un lado de la puerta entreabierta. A través de ella observó a Leonardo conversando con la mujer del Giocondo. Él le contaba con grandes detalles el paisaje que había comenzado a pintar en el cuadro y los trucos ópticos que contenía. Le hablaba de las formaciones rocosas y las montañas brumosas que, poco a poco, iba incorporando al lienzo, con su habitual mezcla de ciencia y fantasía.

De repente, Leonardo interrumpió su discurso y alzó la mirada hacia el techo. Resultaba extraño que hubiese dejado a medias uno de sus alegatos. Sin embargo, en el momento más inesperado, anunció:

—Giacomo, tu presencia al otro lado de esa puerta resulta inapropiada. ¿Nos harías el favor de pasar?

Salai dio un respingo en la penumbra y accedió al estudio con aires afligidos.

—¿Qué sucede? —le preguntó Leonardo nada más percibir la consternación en su gesto.

—Maestro, tu padre ha muerto. —Y durante un breve espacio de tiempo recitó cuanta información conocía.

A medida que el aprendiz pormenorizaba los hechos, las luces crepusculares iban invadiendo la habitación. Cuando Salai terminó de hablar, su mirada y la de Lisa del Giocondo se posaron en la figura de Leonardo. Pero él ni siquiera reaccionó. Permaneció más de tres minutos en la misma posición, con la vista clavada hondamente en Salai, una intensa mirada de ojos dorados que buscaba la verdad de aquellas últimas palabras. Después se volvió despacio y una sonrisa horrible crispó sus facciones, una lastimosa mueca que expresaba indiferencia y aprobación a partes iguales. A continuación, suspiró, se acercó a la amplia mesa y anotó una inscripción en sus cuadernos. Sin emitir un solo sonido, acompañó a Lisa del Giocondo a los exteriores de la basílica, donde su marido esperaba.

Salai, que no se había movido un ápice del sitio, se acercó cautelosamente al escritorio y abrió el cuaderno de notas. El aprendiz sabía que Leonardo era zurdo, y quizá disléxico, aunque muy capaz de redactar y pintar con ambas manos. En muchas de sus anotaciones incluía códigos y, en ocasiones, recurría a la técnica del espejo. Pero en la inscripción que Salai ojeaba no había enigmas o secretos. En una página llena con sus gastos de julio, Leonardo acababa de escribir: «El miércoles a las siete murió ser Piero da Vinci el 9 de julio de 1504».

Las palabras brillaban desordenadas y, cosa extraña, pensó Salai, aquel día era martes, no miércoles. Sabía que la relación de Leonardo con su padre había sido compleja. Piero da Vinci nunca lo había reconocido y, de haberlo legitimado, lo lógico habría sido que Leonardo se convirtiera en notario, a pesar de las estrictas reglas del gremio.

En el mismo cuaderno, Salai dio con un mensaje parecido:

«El día 9 de julio de 1504, miércoles, a las siete horas, murió el notario ser Piero da Vinci en el Palazzo del Podestà, mi padre, a las siete horas. Tenía ochenta años de edad, dejó diez hijos varones y dos hijas.»

—Ha vuelto a equivocarse en el día de la semana... —murmuró Salai en voz baja—. Y también en la edad de su padre, que tenía setenta y ocho años, no ochenta. Por no decir que ha indicado la hora dos veces.

5

Plaza de la Señoría, Florencia, 8 de septiembre de 1504

Faltaban varias horas para que el *David* se presentara de manera oficial ante el público florentino, y la ciudad temblaba de expectación. Empujado por su desasosiego interior, Miguel Ángel se puso a andar por los callejones y las plazas sin rumbo fijo, agradeciendo con gestos prudentes los ánimos de los ciudadanos, tratando de quitarse de la cabeza cualquier pensamiento sobre el transcurso de la tarde.

Gran parte del verano lo había empleado en pulir a la perfección la superficie de la piedra. Asimismo, había comenzado a trabajar en los cartones de *La batalla de Cascina* y, en la Sala del Gran Consejo, donde el mural definitivo se colocaría, había coincidido en más de una ocasión con Leonardo, a quien le habían encargado pintar, en la pared de en frente, *La batalla de Anghiari*. En la medida de lo posible, Miguel Ángel comprendía que su lienzo sería independiente al de Leonardo.

Los miembros de la Señoría y su confaloniero, Piero Soderini, habían dejado bastante claro que la decisión de retratar las guerras patrióticas constituía un intento deliberado de atenuar la rivalidad entre los dos mejores artistas del momento. Pero los rumores se propagaban de muy distinta forma en las calles, pues los labios de las gentes pronunciaban, desde hacía meses, la palabra *concorrenza*.

«Competencia», recordó Miguel Ángel. «Sí, la mayoría afirma que me han situado en la misma sala que Leonardo para hacerle la *concorrenza*.»

Aquella se consideraba ya una jugada magistral del destino. Tan increíble coincidencia no podía ser accidental, sino fruto de una influencia extraordinaria sobre el desarrollo de un plan en el que, ciertamente, parecía haber intervenido el arte de la manipulación de Nicolás Maquiavelo.

A partir del día siguiente, Miguel Ángel abandonaría su universo interno y saldría al mundo exterior, pero no se dedicaría a luchar contra el decurso del destino, más bien trataría de adaptarse y de entender las distintas circunstancias del mismo. No centraría su talento y sus fuerzas en buscar un medio que le permitiera vencer a Leonardo da Vinci, sino que volcaría su genio, todo su genio, en crear una pintura excepcional.

«Pero *La batalla de Cascina* y *La batalla de Anghiari* tendrán que esperar, al menos, un día más. Porque ahora ha llegado el momento de que la plaza más popular de Florencia glorifique mi *David*.»

Miguel Ángel no se equivocó: la tarde del 8 de septiembre, Florencia acogió su escultura con las ovaciones y las alabanzas más grandiosas que hubiese podido imaginar. Después de que el telón cayera hacia la tierra y el pueblo contemplara el esplendor, la grandeza y la magnificencia del *David*, decenas de personas se precipitaron hacia la tarima y rodearon y abrazaron a Miguel Ángel: hombres y mujeres que, independientemente de su posición social, ya fueran ricos o fueran pobres, cantaban y festejaban a su alrededor. En aquellas jubilosas circunstancias, incluso a él, un hombre reacio a las alegrías mundanas, le fue difícil resistirse al calor de esa felicidad que contagiaba y afectaba a todo el mundo en la plaza.

Miguel Ángel tenía veintinueve años y poseía un sentido de la vida que al resto de personas le costaba comprender: una inclinación impetuosa y decidida a ser diferente, a vivir en un mundo de arte y de mármol, poco real, poblado por escasas amistades y lánguidos amores. Pero sabe Dios que durante unos minutos pudo sentirse feliz a la manera de los hombres y las mujeres libres de Florencia. Y aquella fugaz sensación, sin duda lo complació.

Entre todas las manos que lo tocaban, entre todas las voces que lo aclamaban, Miguel Ángel divisó relativamente cerca a su padre y a sus hermanos, y en sus rostros descifró un mensaje, y en sus labios leyó la expresión que ratificaba aquella rápida intuición: «Estamos orgullosos de ti». Instantes después se le acercó una mujer de edad avanzada, vestida de negro y con un crucifijo colgado del cuello, una emisaria de la Iglesia que al oído le susurró: «Permanece preparado para servir muy pronto al Vaticano».

Miguel Ángel alzó la cabeza lentamente hacia el cielo con un gesto orgulloso y serio. Florencia no tenía qué temer, porque el *David* sería, a partir de ese instante, su custodio, su guardián y su rey, y valientemente protegería la ciudad y rechazaría todas las amenazas, por intimidantes que pudieran llegar a presentarse, ya fuera en aquella época o en cuantas edades de la historia quedaran por acontecer.

Miguel Ángel jamás olvidaría que el camino había sido largo, desproporcionadamente largo y peligroso. Había renunciado a su libertad, y durante mucho tiempo se había entregado voluntariamente a los más crueles sufrimientos.

«Solo un hombre como yo, que en su alma y su carne ha sentido la máxima desesperación, puede alcanzar la máxima sensación de paz y armonía.»

Y fue en aquel preciso instante cuando recibió una señal divina que descendía de los cielos, la certeza de que al fin obtenía su recompensa más añorada y perseguida, y de nuevo una inmensa alegría, casi insoportable, se apoderó momentáneamente de él: había hecho las paces con Dios.

Con el transcurso de las horas, la muchedumbre que abarrotaba la plaza se fue dispersando hacia las calles de los alrededores. Miguel Ángel permaneció inmóvil sobre la tarima entretanto la luz vespertina iba perdiendo brío y claridad. Al barrer con mirada cauta la plaza, se percató de que, entre los pocos que quedaban por allí, un joven ejecutaba un esbozo en un pequeño cuaderno de notas. Se llamaba Rafael y acababa de llegar a Florencia procedente de Urbino. Y más allá, Miguel Ángel divisó a Leonardo da Vinci, vestido con una de sus reconocibles túnicas rosadas, con el cabello y las barbas cayéndole limpia y elegantemente sobre los hombros y el pecho. Parecía dibujar algo en una lámina sobre una de sus carpetas.

Miguel Ángel descendió de la plataforma y se le acercó a paso lento. Leonardo alzó la vista un segundo, lo saludó con un gesto sutil y volvió a concentrar la atención en su dibujo. Se mantuvo así más de dos minutos. Miguel Ángel, a su lado, empezó a mover los labios sin pronunciar palabra. Se daba perfecta cuenta de lo que Leonardo delineaba, y no lo quería interrumpir. La plaza estaba desierta, pero el ruido de las tabernas y los comercios de las calles circundantes resonaba en medio del silencio.

Leonardo murmuró de repente:

—En nuestro primer encuentro, te dije que el mejor modo de aprender es copiar a los maestros. Y eso es precisamente lo que me estás viendo hacer: aprendo de ti. Por eso he comenzado a dibujar tu *David*, maestro.

Miguel Ángel agradeció profundamente aquel gesto. Sin embargo, añadió:

—Si la gente supiera lo duro que he tenido que trabajar para ganar mi maestría, mi obra en absoluto parecería tan maravillosa.

—Es más fácil resistirse a la felicidad que a la oscuridad, ¿verdad? —sonrió Leonardo—. Hoy has conseguido algo prodigioso, ¿por qué no disfrutar de la dicha?

—Porque la felicidad que me invade no es una realidad sincera, sino un alivio circunstancial, aquello que se siente al haber logrado escapar exitosamente de un gran peligro. La única verdad que ahora mismo conozco es esta: me duele todo.

Y durante largo rato permanecieron el uno junto al otro. Leonardo da Vinci continuó dibujando el *David*, y el maestro Miguel Ángel fue explicándole la manera en que lo había diseñado y tallado. En la conversación que mantenían, daba la impresión de que evitaban nombrar *La batalla de Anghiari* y *La batalla de Cascina*, por la razón que fuese, pero en la plaza siguieron intercambiando palabras e ideas, hasta que sintieron el fresco del anochecer y cómo las primeras brisas nocturnas ululaban entre los callejones de piedra.

Cabía esperar que ambos maestros se entregarían a sus respectivos encargos con la mayor diligencia posible. Mañana, mañana mismo sin falta, comenzaría su reto: pintar en la misma estancia dos murales por dos hombres que veían cosas que los demás seres humanos eran incapaces de observar. El momento de levantar el telón había llegado. El desafío de Florencia se iba a iniciar, su última batalla, el episodio final.

La competencia entre Miguel Ángel y Leonardo estaba a punto de desencadenar el mayor duelo artístico de la historia.

CAPÍTULO IX

1

Salón de los Quinientos, Palazzo Vecchio, Florencia,
septiembre de 1504

Leonardo observaba con meticulosidad la parte de muro que
le correspondía pintar y que suponía, aproximadamente, un tercio de la longitud total del salón. Las paredes de la Sala del Gran
Consejo permanecían desnudas. Las dimensiones del espacio donde debía trabajar eran de tan gran tamaño que Da Vinci parecía un
punto diminuto e insignificante en medio de aquel lugar.

Miguel Ángel se personó allí poco antes de que el sol alcanzara el mediodía. Nada más observarlo, Leonardo se quedó sorprendido de la insólita pulcritud que mostraba, pues se había acostumbrado a verlo por las calles de Florencia cubierto de aquel polvo
de mármol que a todas horas ensuciaba su piel y su ropa, con aquellas pequeñas lascas enredadas en su pelo y con su cuello mancha-
do de aceite, grafito y sudor. Pero en aquella mañana de finales de
verano Miguel Ángel presentaba un renovado aspecto físico: fresco y limpio. Otra cuestión bien distinta era la sombría expresión
que manifestaba su rostro, en la que no perduraba huella alguna
de la sensación de consuelo y de paz que Leonardo sí apreciara en
su rival la tarde que se descubrió públicamente su *David*. No, ya
no brillaban en sus facciones aquellas maravillosas emociones, ni
el efecto de haber logrado su victoria más significativa, porque
Miguel Ángel, tan pronto había empezado a abordar los trabajos

preparatorios para *La batalla de Cascina*, se había sumido, otra vez, en aquel estado de malestar enfermizo tan suyo, que lo abismaba a una situación agónica impropia de un hombre de su edad.

Ambos artistas habían alcanzado tan alto prestigio y eran tan célebres entre la gente que incluso los gobernantes de Florencia les mostraban sus deferencias. Los centinelas apostados día y noche a las puertas del Palazzo Vecchio habían recibido la orden de tratarlos con respeto y cortesía, y debían permitirles el libre acceso al Salón de los Quinientos siempre y cuando cualquiera de los dos lo requiriera.

Miguel Ángel saludó a Leonardo con frialdad y se situó frente a la pared de la izquierda, la que nueve meses antes la Señoría le reservara y encomendara pintar. Los dos se encontraban completamente a solas en uno de los espacios cubiertos más grandes de Italia, ofreciéndose la espalda, inmóviles y en silencio, contemplando sus respectivas paredes vacías. Permanecieron en aquella posición largo rato, a escasa distancia y sin intercambiar palabra, estudiando las proporciones y el modo en que la luz bañaba todas las superficies, imaginando las escenas bélicas a representar y meditando sobre el modo que emplearían para aplicar y fijar los pigmentos a las paredes.

Leonardo y Miguel Ángel transmitían la impresión de ser dos actores mudos a los que la Señoría les hubiera asignado la responsabilidad de representar un papel en una comedia que reunía todos los elementos imprescindibles para ser recordada durante generaciones. Porque el tiempo de actuar había llegado.

Cualquier intento de razonar qué azares o designios los habían llevado a trabajar en la misma sala se disolvía en un pasado impreciso, pese a estar tan cercano todavía en el tiempo, del que tan solo quedaba un difuso recuerdo.

Ya había pasado un buen rato desde el mediodía cuando Leonardo habló con voz firme y recia:

—He descubierto un error en tu escultura.

Miguel Ángel resopló despacio y, sin apartar la vista de su pared, replicó:

—Imposible.

—Miguel Ángel, tu *David* no está circuncidado. Recuerda que era judío.

—Mi escultura no es un icono religioso, sino un símbolo de la belleza humana.

Ambos mantenían la vista fija en sus respectivas paredes. A su alrededor se extendía aquella gigantesca sala en la que no se oía el menor ruido. Había algo asfixiante y opresivo en aquella escena, como si Piero Soderini hubiera dado la orden de que a nadie se le ocurriera molestar a los dos maestros condenados a compartir su soledad.

—Oí que Soderini te obligó a reducir la nariz del *David*, pues, al parecer, la habías esculpido demasiado grande.

Miguel Ángel sonrió con su habitual suficiencia, aún de espaldas a Leonardo.

—Ese estúpido gonfaloniero... —murmuró entre dientes—. Antes de trasladar la estatua, insinuó que yo debía disminuir las proporciones de la nariz, sí. Mis ganas de escuchar sus argumentos eran más bien escasas, de modo que me subí a una escalera y fingí que volvía a cincelar la nariz. Eso pareció, porque lo único que hice fue soltar un poco de polvo de mármol que llevaba en los bolsillos de la túnica. Cuando bajé, quise saber la opinión de Soderini, que no reparó en mi engaño y afirmó ufano que el *David* había quedado perfecto tras el «arreglo» que él había recomendado. Así de simple.

Leonardo empezó a reírse abiertamente y Miguel Ángel compuso algo parecido a una sonrisa. Luego, una vez volvió a ensombrecerse su cara, continuó:

—He reflexionado sobre el dibujo que hace unos días empezaste a esbozar de mi *David* nada más se expuso en la plaza. En aquel momento preferí no decir nada, pero no salgo de mi asombro al recordar lo que ejecutaste, pues no te consideraba un artista mojigato con los desnudos.

Leonardo se sorprendió, frunciendo el ceño.

—¿A qué te refieres?

—A que en tu dibujo los órganos sexuales del *David* aparecían ocultos de manera discreta bajo una hoja.

Leonardo, sin volverse, respondió:

—Mi bosquejo tiene una explicación, Miguel Ángel, de modo que no cometas el error de llamarme mojigato con tan precipitada conclusión. Puedes encontrar la prueba que contradice tus palabras en la desnudez natural que represento en muchos de mis bocetos, como el *Hombre de Vitruvio*, o en los retratos que he pintado de Salai sin ropa. No obstante, considero que deberías haber cubierto los genitales de tu gigante porque va a estar expuesto a los ojos de todo el mundo y eso requiere cierto decoro.

La propuesta que planteaba resultaba contraria a su propia práctica, pues Leonardo había dibujado decenas de figuras masculinas desnudas en sus cuadernos e incluso había escrito que el pene debía exhibirse sin recato. Es más, a principios de ese año había dibujado un desnudo a la sanguina y tinta que combinaba, de una manera simbólicamente interesante, el hermoso rostro de Salai con el físico musculado del *David* de Miguel Ángel. También había realizado varios bocetos de un *Hércules* fornido y desnudo, de frente y de espaldas, que esperaba utilizar algún día como respuesta al *David*. Por ese motivo llamaba la atención que ahora se preocupara por el efecto que podía causar la desnudez de la obra de Miguel Ángel. O quizá todo formara parte de una burla y solo se estaba divirtiendo a costa de provocar un sentimiento de irritación en Buonarroti. Sea como fuere, sí que había algo en la desnudez masculina que Miguel Ángel representaba, nervuda, poderosa y plena de vigor, que a Leonardo le desagradaba.

Volvieron a enmudecer otro largo rato. En el Salón de los Quinientos parecían dos astros contrapuestos en un firmamento vacío de estrellas. Tal vez habían empezado a reflexionar sobre la suprema paradoja que suponía el hecho de que dos artistas, los creadores más reconocidos del momento y los que habían alcanzado la cota más alta de su inventiva, tuvieran que confrontar su talento y habilidades en la misma sala. Todas las alegrías y tristezas del pasado y todos los conflictos y esfuerzos confluían ahora en una simple cuestión: *La batalla de Anghiari* o *La batalla de Cascina.*

—¿Qué sucederá a partir de este instante? —preguntó uno de los dos.

—La eternidad —respondió el otro.

A partir de ese día estaban condenados a encontrarse en aquel lugar. A ambos se les había proporcionado un taller y los medios necesarios para desarrollar los trabajos preliminares, pero deberían acudir a aquel gran salón de manera frecuente, porque consideraban que era obligación y responsabilidad del artista ver, sentir y tocar la superficie en la que se instalarían los frescos de las dos batallas.

Ambos comprendieron que el resultado de aquellos encuentros iba a suponer un cambio transcendental en sus vidas. Suponían que algo irreal e intangible, casi espiritual, emergería cada vez que coincidieran en aquel salón y que se someterían a unas presiones formidables. Su desafío residía en crear una pintura memorable, pero no se les escapaba el debate que se había desatado en Florencia, en cuyas calles todo el mundo hablaba ya del colosal enfrentamiento que estaba a punto de desencadenarse. Por tabernas y tiendas corrían todo tipo de rumores, bulos y chascarrillos sobre cuál de los dos genios del arte acabaría venciendo en semejante duelo de gigantes.

2

Taller de Leonardo, basílica de Santa Maria Novella, Florencia, octubre de 1504

Al atardecer de aquel día frío y ventoso de otoño Leonardo despidió con amable sonrisa a sus ayudantes y discípulos y les agradeció la ayuda prestada en los trabajos preparatorios. Salai bromeó con algunos de ellos antes de despacharlos y después se apresuró a encender docena y media de velas que distribuyó ordenadamente por distintos puntos del estudio. Una vez la luz se estabilizó, dedicó unos minutos a recoger pinturas, láminas, caballetes y pinceles; a continuación limpió el suelo y tiró los desperdicios a la basura. Con el trabajo hecho, se acercó a una de las mesas y ojeó con curiosidad los primeros bocetos que Leonardo había trazado meses atrás para *La batalla de Anghiari*. Los comparó y examinó con minuciosidad para después apreciar sus diferencias y semejanzas con los del enorme cartón que descansaba apoyado en uno de los laterales de la sala.

—Maestro...

Leonardo no respondió ni reaccionó. Había tomado asiento en una cómoda butaca y escribía con expresión concentrada y seria en uno de sus cuadernos. Salai, carialegre, se aproximó al trote y le preguntó en qué ocupaba su tiempo.

—Hago inventario de mis libros —respondió Leonardo, despreocupado—. A día de hoy acumulo ciento dieciséis volúmenes.

Salai se inclinó con descaro, echó un rápido vistazo al listado y exclamó:

—¡Caray! ¿De verdad conservas una copia de la *Cosmografía* de Ptolomeo?

—En efecto; pero no pierdas detalle del resto de títulos, Giacomo.

—Una traducción de Euclides en tres tomos —comenzó a enumerar Salai—, varias ediciones de las fábulas de Esopo y... ¡vaya!, ¿un tratado de Arquímedes acerca de la cuadratura del círculo?

—Además de múltiples publicaciones de poesía obscena —añadió Leonardo, divertido, que de pronto, al notar cierta inquietud en los movimientos del aprendiz, alzó una mirada benévola y le preguntó—: Cuéntame, ¿qué sucede?

—Maestro, he estado repasando tus dibujos preparatorios de *La batalla de Anghiari*.

—¿Y bien?

—Tengo la impresión de que no se parecen en nada a lo que has decidido pintar. —Y le fue mostrando las láminas que había cogido, sin permiso alguno, de la mesa—. Mira, maestro, en esta primera dibujaste la irrupción en tropel de la infantería en el campo de batalla y en esta otra la marcha a la carrera de las tropas florentinas con el estandarte de los milaneses.

Leonardo le había explicado repetidas veces que la batalla tuvo lugar cerca de la ciudad toscana de Anghiari, el 29 de junio de 1440, y que el combate se alargó hasta la noche, cuando los florentinos y sus aliados papales alcanzaron una esforzada victoria sobre las tropas milanesas de los Visconti.

—Recordarás que el secretario de Maquiavelo me proporcionó una descripción de la batalla.

—¿Agostino Vespucio? Sí, lo recuerdo.

—Además me hizo llegar una crónica detallada de todas y cada una de las acciones de los cuarenta escuadrones de caballería y de los miles de soldados de infantería que intervinieron en la lucha. Uno de los episodios más importantes de la batalla fue la conquista de la bandera enemiga, el tema que he decidido usar como motivo de mi obra.

Salai volvió la mirada y se quedó unos instantes observando con ojos despiertos el gran cartón apoyado en la pared.

—Lo que más me desconcierta —susurró— es todo lo que transmite esa escena.

—Tendrás que ser más preciso, Giacomo.

—Maestro, en tu boceto puede sentirse una pasión cautivadora. Da la sensación de que la guerra te parece... fascinante; pero también se aprecia la atrocidad que la convierte en algo aborrecible.

Leonardo suspiró con una media sonrisa.

—La idea de pintar una escena de batalla que resultara a la vez magnífica y terrible no es nueva para mí, Giacomo. Ya en Milán redacté una lista con descripciones de cómo debía hacerse. En mi memoria aún perdura de manera trágica y viva el recuerdo de las barbaridades que vi perpetrar a César Borgia en la guerra. Podría decirse que las referencias con las que cuento para afrontar este fresco son notables.

Leonardo se levantó de la butaca y con un gesto leve le indicó a Salai que lo acompañara. Se colocaron el uno al lado del otro frente al enorme cartón.

—Esta obra que contemplas, en la que hemos estado trabajando medio año, será la que llenará una de las paredes del Salón de los Quinientos.

La pintura sobre el cartón representaba a cuatro jinetes que luchaban encarnizadamente por la posesión de un estandarte. En la mitad izquierda Leonardo había dibujado a los enemigos de Florencia: los Piccinino, padre e hijo, los dos líderes de los ejércitos milaneses. Frente a ellos combatían dos miembros destacados de las tropas aliadas papales y florentinas.

Salai se dispuso a analizar la obra:

—Las expresiones faciales y corporales de los vencedores y los vencidos distan de ser parecidas, pese a encontrarse los cuatro en el centro de la vorágine.

—Observa la expresión de los dos caballeros enemigos —lo animó Leonardo.

—No hay duda posible, las facciones de los Piccinino son rabiosas y descompuestas e indican desesperación. El rostro del padre aparece totalmente desencajado en un grito ensordecedor mientras la expresión facial del hijo destaca por la ira que desprende.

Leonardo asintió tras el análisis, complacido.

—En el caso del hijo opté por alterar brutalmente su fisonomía. Observa la parte superior de su cuerpo y cómo el tronco parece fundirse con el abdomen del caballo que monta.

—¿Cuál es la razón?

—Mi idea es que en el Salón de los Quinientos hombre y bestia den la impresión de ser una sola criatura.

—¿Por qué?

—De este modo, el efecto de sus cuerpos unidos recordará levemente a un centauro.

—¿Para qué?

—Porque en la tradición mitológica su aparición simboliza un mal augurio.

—Ah... cierto.

Al guardar silencio Leonardo, Salai cayó en un profundo ensimismamiento. Es posible que solo fuera una hipótesis suya sin fundamento, pero había algo seguro: con permiso del retrato de Lisa del Giocondo, se encontraba ante la más excelsa pintura de su maestro.

—Los vencedores parecen menos exaltados —murmuró.

—Pero tampoco adoptan una actitud pacífica —objetó Leonardo—. No obstante, las expresiones de sus caras no las muestro tan descompuestas ni sus cuerpos tan contorsionados, eso es evidente.

—¿Y por qué no? También se encuentran en medio del combate, quizá a escasos segundos de perder la vida.

—Pero representan un ideal de lucha diferente y más equilibrado. Sus rostros no están desfigurados por la rabia.

En el cartón de *La batalla de Anghiari* los cuatro combatientes luchaban de un modo tan cercano que incluso los caballos parecían fundirse unos contra otros. Leonardo había logrado con gran habilidad que los corceles representaran una impresión física y emocional realmente llamativa, expresando la furia, la ira y el carácter vengativo de los hombres que los montaban. Dos de los caballos, con sus patas delanteras trabadas, peleaban a dentelladas con no menos violencia que sus jinetes.

—Maestro...

—¿Sí?

—¿Cuándo empezarás a pintar la pared del palacio de la Señoría?

—Giacomo, en toda mi vida no he conocido a una persona tan despistada y bravucona como tú.

—¿Por qué dices eso ahora?

—Porque hace días que comencé la pintura.

—¿De verdad?

—A mediados de septiembre mostré este cartón a los magistrados.

—¿Y les gustó?

—Quedaron tan encantados que me pidieron que lo reprodujera de inmediato en el Salón de los Quinientos.

Leonardo no añadió más palabras. Entonces pensó que en poco tiempo Miguel Ángel también terminaría su cartón de *La batalla de Cascina*. Aunque Salai le preguntó al respecto, él se negó a hablar de ello, porque no quería poner de manifiesto la repentina incertidumbre que se había abierto en su destino. Cualquier frase que hiciera de algún modo referencia a las batallas dejaba en evidencia que Leonardo desconocía cuán magnífica podía llegar a revelarse la pintura de Buonarroti.

Ambos artistas tenían posibilidades diferentes, un futuro diferente, pero sus pasos se arrastraban hacia una dirección similar. Leonardo trató de despistar a Salai contándole banalidades sobre asuntos cotidianos e intrascendentes para que sus dudas y desconcierto no se notasen; pero fue aún peor: la intrascendencia de la conversación resultaba penosa y la charla tardó poco en hacerse insoportable.

Si todos los titubeos se desvaneciesen y todas las dificultades se allanaran, sería capaz de proyectar sobre la pared un fresco excepcional; pero aún quedaban infinidad de puntos por dilucidar y numerosos problemas por resolver. Para empezar, debía convencerse de que la presencia de Miguel Ángel no debería afectarlo ni inquietarlo lo más mínimo.

¡Si todo fuera tan fácil!

Taller de Miguel Ángel, Hospital de Sant'Onofrio dei Tintori, Florencia, diciembre de 1504

¡Qué extraño y artificial le resultaba trabajar en un lugar donde no hubiera polvo de mármol ni trozos de piedra esparcidos por el suelo!

Pero las condiciones ambientales del estudio, alcanzado ese punto, ya no importaban; lo relevante, pensó Miguel Ángel, radicaba en dar las últimas pinceladas al dibujo preparatorio de *La batalla de Cascina*. Buena parte del proyecto lo había realizado durante el pasado verano, en el tiempo que tuvo que aguardar con paciencia hasta que su *David* se presentó oficialmente a las puertas del Palazzo Vecchio.

Para desarrollar su nuevo encargo, la Señoría le había proporcionado un único ayudante, solo uno, debido a que Miguel Ángel había asegurado que no precisaba más. Asimismo le habían facilitado un estudio en Sant'Onofrio, el hospital de los tintoreros. Ya a principios del otoño el cartón de *La batalla de Cascina* estaba prácticamente listo. Desde entonces un buen número de admiradores, ciudadanos y jóvenes artistas se congregaba frente a su taller, día a día, para contemplar la pintura, pues, en aquel encargo, Miguel Ángel había renunciado a trabajar con su habitual secretismo. La gente que acudía a observar sus avances era la misma que después se precipitaba al estudio de Leonardo para comparar los lienzos. A diario se contaba en las calles toda suerte de rumores e historias sobre la enemistad de los maestros y sobre sus pinturas y la manera en que uno y otro progresaban. La expectación en torno a los encargos de Miguel Ángel y Leonardo de retratar las guerras patrióticas se extendía incluso más allá de las murallas de Florencia. En toda la Toscana se oía hablar de aquellas dos batallas que se iban a pintar, y en toda Italia, incluso en otros países y estados, se conocían ya los nombres de los dos artistas encargados de llevarlas a los muros del palacio de la Señoría.

Leonardo se había ausentado las últimas semanas del año; andaba ocupado en la misión militar del drenaje de las marismas de Piombino. Pero Miguel Ángel sabía que ya se hallaba en el camino de regreso a Florencia para, una vez instalado, continuar el proceso de reproducir *La batalla de Anghiari* en la pared derecha del gran salón.

Sí, Leonardo da Vinci ya había empezado a pintar su gigantesco mural. Por el contrario, Miguel Ángel todavía no había puesto una sola gota de pintura en su pared.

Aquel amanecer de aquel día de finales de diciembre se presentó en el taller un joven artista. Miguel Ángel reconoció sus facciones y también recordó haber intercambiado vanas palabras con él; era uno de los muchos que en ocasiones se encontraban entre su público. Miguel Ángel, que había llegado al estudio poco antes de que el sol rayara el horizonte, le permitió el acceso y le preguntó su nombre. El joven se llamaba Rafael. Estaba dotado de un aspecto hermoso, gran encanto personal y, cosa extraña, Miguel Ángel agradeció su compañía durante el desayuno en el estudio.

—¿Qué edad tienes?

—Veintiún años, maestro.

—¿Cuándo llegaste a Florencia?

—En septiembre, el mismo día que tu *David* se presentó ante el público.

—Rafael Sanzio, ¿verdad? —recordó Miguel Ángel—. Oí hablar de tu genio hace un tiempo. Algunas voces aseguran que aun siendo un aprendiz has superado con creces a tu maestro Pietro Perugino. —Y era cierto. La vitalidad cultural de Urbino había estimulado la precocidad excepcional del joven Rafael, quien a muy corta edad había demostrado poseer un talento extraordinario—. Si no me equivoco de persona, es a ti a quien empiezan a llamar «el príncipe de los pintores» —dijo Miguel Ángel con una sonrisa extrañamente amable. Se llevó a los labios un mendrugo de pan y reanudó la conversación—: Dime, ¿cuáles son los méritos que atribuyen a tu genio? ¿Qué obras has creado?

—He pintado varios cuadros.

—Cítame algunos.

—*La resurrección de Jesucristo*, la *Madona de Pasadena*, la *Creación de Eva*, el *Retablo Colonna*, *La anunciación* o *Los desposorios de la Virgen*. Además, en estos momentos, estoy trabajando en *Las Gracias* y *El sueño del caballero*.

Miguel Ángel se atragantó con el trozo de pan que masticaba.

—Una producción bastante extensa —reconoció.

—Las que he citado no componen la totalidad de mi obra, maestro, sino una parte.

Miguel Ángel lo miró fijamente, con escepticismo.

—¿Es que has producido más?

—Sí.

—Pero si solo tienes veintiún años.

—Sí, maestro, veintiuno exactamente —reiteró Rafael con inocencia—. Me he mudado a Florencia para aprender de los mejores maestros del momento; también asisto a menudo al taller de Leonardo da Vinci.

Miguel Ángel asintió y se quedó un rato observándolo sin decir nada, mientras terminaba el desayuno, pensando que aquel joven ya era un artista indiscutible. La reputación de Rafael iba en aumento. No era un simple aprendiz recién llegado a Florencia, sino un pintor inteligente, emprendedor y extraordinario que a tan corta edad ya se había ganado el derecho a recibir fantásticos encargos.

—Acompáñame —le pidió Miguel Ángel.

Se levantaron de la mesa a la que comían y, aprovechando que los rayos del sol de invierno ya penetraban en el estudio, Miguel Ángel situó a Rafael frente al cartón en el que trabajaba. Le contó que aquel era el lienzo que debía reproducir en el Salón de los Quinientos y que el motivo de su tema representaba la victoria de Florencia liderada por el condotiero inglés John Hawkwood en un conflicto armado sobre Pisa, no lejos de Cascina, a finales de julio del año 1364.

Rafael observó la pintura, absorto durante varios minutos sin comentar nada; al final de su examen, asentó con aptitudes:

—Sí, tengo la impresión de que ya has terminado el trabajo de preparación.

Miguel Ángel asintió de nuevo y le pidió que realizara un análisis de la obra.

Rafael volvió a concentrarse; movía los ojos de un lado a otro del inmenso mural, examinando todas las partes. Cuando encontraba un punto determinado que en especial captaba su interés, fijaba la mirada en ese detalle y ni parpadeaba.

—Creo que lo tengo —afirmó un rato después.

—Adelante —lo ánimo Miguel Ángel—. Comprobemos si tu talento hace justicia a lo que se dice de ti.

Rafael tomó aire y empezó:

—Tu pintura nos cuenta la historia de una veintena de hombres que están refrescándose a orillas del río Arno a causa del intenso calor de julio. La mera disposición de los soldados supone, ya de entrada, un acertijo para mí. Parece que los hombres se han estado bañando apaciblemente en el agua, pero alguien ha dado la voz de alarma. El enemigo se acerca presto a atacar y los soldados, que están mojados y desnudos, se ven obligados a regresar a la orilla para coger sus ropas y vestirse rápidamente. Ese es el momento exacto que recoges.

—Claro y conciso —admitió Miguel Ángel—. Muy bien. Continúa.

Rafael, sin apartar la vista del cartón, susurró:

—Ambos sois muy inteligentes...

—¿Disculpa?

—Leonardo da Vinci y tú, los dos sois muy audaces.

—Explícate.

—Verás, en el cartón que he visto de *La batalla de Anghiari*, Leonardo representa la guerra drásticamente, plasmando el drama y el peligro. Tú has puesto en escena esta alarma de un modo menos drástico. El punto fuerte de tu representación no reside tanto en el furor guerrero, sino en la virtud de la vigilancia, es decir, en la prudencia. Leonardo trata el choque de fuerzas contrarias e identifica a los bandos militares con atributos reconocibles. Tú, por el contrario, valoras menos la clara identificación de los protagonistas y te centras en representar más intensamente los actos humanos. La pintura de Leonardo es una destacada escena bélica, la lucha de cuatro jinetes por hacerse con el estandarte. Tú has diseñado una escena extraña y marginal en la que intervienen una veintena de hombres musculosos y desnudos. Y creo que en todo ello cobra un papel importante vuestra experiencia vital.

—¿A qué te refieres?

—Lo que quiero decir es que se nota que Leonardo ha participado en la guerra y por tanto conoce el aspecto que tiene la muerte. Sabe que los vencidos han de mostrarse pálidos, con las cejas fruncidas y el gesto alterado por el dolor. En el estudio, cuando la gente lo rodea, a veces habla de los muertos que vio, cubiertos de polvo que se mezclaba con la sangre rebosante; habla de los estertores de la agonía, de hombres rechinando sus dientes, entornando los ojos, con los puños apretados contra el cuerpo y sus piernas descoyuntadas. El horror y la brutalidad de la guerra no le repugnan; lo hipnotizan. —Rafael hizo una pausa reflexiva y aprovechó para llevarse una escudilla de agua a los labios. Prosiguió—: Tú, Miguel Ángel, nunca has vivido la guerra ni presenciado una batalla, lo cual podría suponerte un inconveniente para pintar una escena bélica; pero no lo es, porque tu gran acierto, tal y como yo lo veo, reside en lo siguiente: del mismo modo que esculpiste el *David* en el instante previo a enfrentarse a Goliat, aquí has pintado la máxima tensión posible antes de la batalla, pues conoces a la perfección la angustia y la incertidumbre.

Aunque el joven Rafael alabara su pintura, Miguel Ángel vacilaba sobre si su diseño era lo bastante épico como para ser digno de decorar una de las paredes del Palazzo Vecchio. Las dudas volvían a cebarse con él. Durante los últimos meses había tenido la impresión de vivir en otro mundo, despierto frente a los florentinos que lo rodeaban y le brindaban apoyo, pero al mismo tiempo separado de todo. Dedicaba largas jornadas a *La batalla de Cascina*, levantándose temprano y acostándose tarde, pero a medida que pasaban las semanas postergaba el instante de empezar a pintar la pared.

¿Por qué razón no se entregaba ya a su mural?

En realidad, la idea de que su obra llegara a alcanzar la perfección lo llenaba del extraño presentimiento de un peligro terrible. Porque, si conseguía la excelencia, ¿qué le quedaría después? El miedo era su excusa para retrasarse. Claro que su falta de decisión también podía deberse al temor y al respeto que le profesaba el hecho de ver la figura de Leonardo da Vinci en la misma sala.

3

Salón de los Quinientos, Palazzo Vecchio, Florencia,
principios de enero de 1505

Durante un buen rato Miguel Ángel no hizo otra cosa que observar cómo Leonardo da Vinci pintaba su mural. Había accedido a la enorme sala minutos antes y todavía no se había movido del sitio porque, pese a todo, no deseaba interrumpir a Leonardo, ni desconcentrarlo, del mismo modo que no quería lo mismo para sí.

Además, en aquel instante Leonardo transmitía la impresión de haberse entregado decididamente a su trabajo. Tan concentrado se hallaba que ni siquiera se había percatado aún de la presencia de Miguel Ángel en la estancia. Suspendido varios codos sobre el suelo, Leonardo aplicaba delicadas pinceladas. Había construido un armazón en forma de tijera para desplazarse con facilidad a lo largo de la pared, una especie de escalera mecánica, un andamio portátil que subía y bajaba cada vez que el maestro accionaba una palanca.

Miguel Ángel se acercó sigiloso a sus enseres y examinó con rapidez los bocetos que Leonardo reproducía. Nada más ver los dibujos sintió un punzante dolor en el corazón y en su semblante se mezcló la curiosidad y la sorpresa. Estudiaba las plantillas de Leonardo con vivo interés, pero con el gesto de quien no comprende nada. El temblor que le había sacudido el pecho iba apoderándose poco a poco de todo su cuerpo, porque jamás en su vida había visto una escena más desconcertante que aquella.

Hasta entonces la mayoría de las pinturas que trataban sobre la guerra contenían un mapa geográfico, con las ciudades, ríos, colinas y bosques, con las tropas de cada bando debidamente señaladas. Pero el diseño de Leonardo distaba mucho de la práctica habitual. En un primer y único plano destacaban cuatro jinetes combatiendo a muerte, tan próximos los unos de los otros que resultaba casi imposible discernir dónde empezaba y acababa cada uno de aquellos cuerpos; los caballos de la escena se mordían ferozmente, los cuatro guerreros se disputaban un estandarte y varios hombres yacían pisoteados bajo los cascos de los descomunales corceles.

«Será, sin duda, una obra deslumbrante», reconoció Miguel Ángel. Los detalles sorprendían a cada instante; la totalidad de la pieza estaba tan bien calculada y tan meditada e intencionada, que parecía una creación divina, quizá la construcción más profunda del carácter humano.

Al fin, Leonardo reparó en su presencia, descendió del andamio y se le acercó.

—¿Acabas de llegar?

—No, llevo aquí una media hora.

Leonardo asintió y le agradeció el gesto de haber permanecido en silencio. Luego, ambos dos volvieron la cabeza hacia la pared.

—Estoy tratando de realizar mi mural con pigmentos y barnices al óleo —explicó Leonardo.

—¿Para crear el efecto de la luz? —adivinó Miguel Ángel.

—Exacto.

—Pero... ¿óleo?, ¿has decidido utilizar óleo?

—Sí, creo que me posibilitará pintar más despacio, añadir más matices a los colores y aplicar pinceladas más finas, así como utilizar gradaciones de sombras. Todo ello resultará idóneo para conseguir los efectos atmosféricos de niebla y polvo que pretendo emplear en *La batalla de Anghiari*. —Y casi con inocencia murmuró—: Espero que mis experimentos con estos materiales funcionen.

Miguel Ángel negó con la cabeza.

—Me temo que tus mezclas no se adherirán bien a la pared —le advirtió.

—¿Por qué? ¿Lo has probado antes?

—No, solo es una intuición.

Leonardo esbozó una sonrisa de media luna e ironizó:

—Pareces preocupado por mi proceso de creación cuando sería mucho más interesante saber qué razón te impide comenzar tu *Batalla de Cascina*.

—Soy un hombre paciente —contestó Miguel Ángel, somero.

—La Señoría no espera.

—Les he regalado la más grandiosa estatua que jamás se ha esculpido en Florencia. Por supuesto que esperarán por mí. Además, a diferencia de ti, yo prefiero estudiar todo con el debido detalle, sin precipitarme. Tú más que nadie deberías saber que se pinta con el cerebro, no con las manos. Y deberías saber también que la buena pintura es del tipo que se parece a la escultura.

—Eso no es cierto —le contradijo Leonardo—, porque la escultura no puede representar materias transparentes o luminosas, ni marcar las diferencias entre los diversos colores naturales de los objetos. La única ventaja de la piedra es que ofrece mayor resistencia al tiempo.

Del exterior provenía el sonido de las celebraciones navideñas. Se oía una alegre actividad en la plaza de la Señoría y, más allá, el canto de las gentes en las tabernas al compás de una música que invadía los callejones. El fervor religioso alcanzaba la cumbre en los días que transcurrían entre la Navidad y la Epifanía, cuando familias enteras acudían a las iglesias a escuchar los santos oficios mientras los fuegos crepitaban alegremente en las chimeneas de los hogares y calentaban las casas.

—Aunque a uno lo rodeen sus discípulos, ser artista es el oficio más solitario del mundo —comentó Leonardo.

—Estamos realmente solos con nuestra concentración e imaginación, y eso es todo lo que tenemos —corroboró Miguel Ángel.

—Lo más irónico es que la mayoría de las veces hemos de pintar o esculpir *personas*.

—No, pintamos o esculpimos *obras*. Representar en ellas a las personas es uno de los inconvenientes de esta profesión.

Sin añadir más palabras, ambos se sentaron en el suelo y prestaron oídos a los sonidos que a través de las ventanas del Salón de los Quinientos llegaban de la ciudad. En aquellos días se llevaban a cabo espléndidas celebraciones y magníficas ceremonias públicas, pero los dos artistas rechazaban las concentraciones de masas. Para centrarse en su arte necesitaban la soledad, una soledad que solo los genios podían soportar sin volverse locos.

4

Florencia, finales de febrero de 1505

Apenas dos meses después de la Navidad, Florencia celebró la fiesta de carnaval. Las calles se llenaron de carrozas patrocinadas por los principales gremios de la ciudad, sobre las cuales desfilaban miembros de las cofradías disfrazados de personajes míticos y alegóricos. Una abigarrada y dichosa multitud acompañaba los alardes en los que no faltaban sátiros, ninfas, saltimbanquis y diablos que cantaban romanzas obscenas alrededor de los carruajes.

Aquel año, Leonardo y Miguel Ángel observaron los desfiles, pues ambos esperaban inspirarse para sus obras en el colorido, el movimiento y los curiosos tipos que poblaban la calle.

Cada atardecer, a la caída del sol, miles de florentinos se lanzaban a las calles desafiando el frío y la humedad, equipados con antorchas y faroles para presenciar las luminarias con las que se esmaltaba de coloridas luces el cielo florentino.

Uno de los gremios había preparado una carroza coronada por un cartel en el que podía leerse «El Triunfo de la Muerte». Cubierta con paños negros y salpicada de cruces blancas y ataúdes, tiraba de ella media docena de caballos color azabache. Sobre el trono que remataba la carroza, con una guadaña en las manos, se sentaba una figura esquelética que simbolizaba la muerte y que amenazaba a cuantos la vitoreaban al paso.

Miguel Ángel contempló aquella figura y recordó que seguía sin pintar un solo trazo de *La batalla de Cascina* en la pared de la Sala de los Quinientos.

Leonardo, que observaba el desfile con Salai, había dedicado varias semanas a retocar el retrato de Lisa del Giocondo, desentendiéndose de *La batalla de Anghiari*.

Parecía como si ninguno de los dos artistas se atreviera a ser el primero en comenzar a ejecutar el encargo.

A fines de marzo los dos coincidieron en el mismo lugar mientras asistían a la carrera de caballos que cada año se disputaba a través de las calles de la ciudad, entre la puerta de la fortaleza de Basso y la de Santa Cruz. Jinetes y caballos atravesaban a todo galope los estrechos pasillos que dejaba la multitud, que jaleaba a los concursantes que portaban los colores de su barrio.

Miguel Ángel observó que Leonardo dibujaba caballos en unas hojas de papel; sin duda tomaba apuntes del natural para luego plasmarlos en su mural del Palazzo Vecchio.

Mediado abril también coincidieron como espectadores en una partida de *calcio*, un juego extremadamente violento que practicaban los jóvenes florentinos utilizando una pelota de cuero. La competición enfrentaba a dos equipos de veintisiete jugadores y la rivalidad que se practicaba sobre el terreno era feroz y brutal. Sin apenas reglas, en ocasiones el juego se convertía en una verdadera batalla campal entre los dos equipos, cuyos miembros se propiciaban todo tipo de puñetazos, patadas y golpes.

Ahora sí, Miguel Ángel tomó algunos bocetos de los cuerpos de los contendientes, mientras Leonardo se fijaba en el movimiento y en la luz que se matizaba a través de las nubecillas de polvo que se levantaban en cada riña.

Ambos sabían que muy pronto también tendrían que enfrentarse en una pelea en el campo de batalla del palacio de la Señoría.

Salón de los Quinientos, Palazzo Vecchio, Florencia, mayo de 1505

Miguel Ángel caminaba a paso rápido hacia el palacio de la Señoría, ignorando las alabanzas que recibía de los mercaderes que lo reconocían al pasar frente a sus comercios y que a jubilosos gritos lo llamaban: «¡Artista! ¡Creador!». Los elogios llegaban a sus oídos de manera dolorosa, porque Miguel Ángel ni siquiera había comenzado a pintar en la pared *La batalla de Cascina*. En aquel instante lo invadía un inmenso sentimiento de culpa; por un lado, volvía a sentirse un incapaz, y por otro, un descuidado, ya que uno de sus bocetos se había extraviado, exactamente el mismo dibujo que minutos más tarde Leonardo da Vinci examinaba con pasmosa tranquilidad en el Salón de los Quinientos.

—¡Devuélvemelo ahora mismo! —se enojó Miguel Ángel.

—¿Disculpa?

—Te acusaré de robo ante los tribunales. ¿Cómo osas allanar mi taller y apropiarte de mis dibujos?

Leonardo trató de tranquilizarlo.

—No pierdas los nervios.

—¡Ladrón! ¡Maleante!

—Te estás equivocando conmigo —bramó Leonardo—, pues lejos me hallo de ser un simple ratero. Mantén la calma, Miguel Ángel, y escúchame. Te olvidaste este dibujo aquí la semana pasada. Lo único que yo he hecho ha sido conservarlo para que nadie lo tirara por error a la basura.

—¿Se supone que debo creerte?

—Cree lo que quieras, pero te garantizo que mis palabras son sinceras —confirmó Leonardo con gesto serio—. De modo que, en todo caso, debería recibir cierta gratitud de tu parte.

Miguel Ángel le arrebató con violencia la lámina de las manos y se apresuró a introducirla en la cartera con el resto de bocetos. Durante unos instantes permanecieron mirándose sin pronunciar más palabras, esperando segundo a segundo a que menguara la tensión. Al cabo de unos minutos Miguel Ángel recobró la calma. Ninguno de los dos podía obviar que no existía posibilidad alguna que los conciliara; siempre que compartían espacio experimentaban un inevitable rechazo. La atmósfera que los rodeaba cuando estaban juntos era asfixiante y entonces se dieron cuenta de que la extrema tensión que se generaba en torno a ellos resultaba ser la limitación que les imposibilitaba ejecutar los frescos de las batallas. Había por lo demás una segunda cuestión, y es que la demora en el trabajo estaba provocada por el respeto y la admiración que uno a otro se profesaban en secreto.

Ya más calmados, Leonardo interpretó el boceto de Miguel Ángel.

—Para *La batalla de Cascina* has elegido el momento de menor dramatismo en un combate —le recriminó.

—Por una vez aciertas. Así lo he decidido porque no me interesa pintar caballeros cubiertos de hierro, polvo y sangre. Me resulta mucho más atractivo el cuerpo humano y las pasiones que encierra.

—Pero lo que la Señoría nos ha encargado es pintar la victoria en una guerra.

—No me importa. Ya lo has visto: he optado por eliminar lo superficial, lo superfluo y lo decorativo para tratar el desnudo de los hombres, que es la gran conquista del arte en estos tiempos y la representación que más nos acerca al de los antiguos.

Leonardo se situó a escasa distancia de Miguel Ángel. Le desagradaba su tosco aspecto físico, pero le atraía la fuerza vital y generadora que latía en el alma atormentada de Buonarroti.

—¿En verdad vas a pintar una escena en la que un grupo de soldados se está bañando tranquilamente en el Arno cuando aparece un mensajero con la noticia de que el enemigo se acerca? ¿En serio vas a plasmar la esencia de una batalla representando a un grupo de hombres desnudos que se precipitan sobre las armas? ¿Qué extraño tipo de gloria militar deseas reproducir? ¿Dónde quedan la épica y la epopeya de las tropas de Florencia?

—Sí, he rechazado todo aquello que puede divertir o seducir a un pintor en un cuadro de batallas: he prescindido del dramatismo que simbolizan las armas en el combate; he renunciado a la posibilidad de conmover a las masas; no pintaré trompetas ni estandartes restallando al viento. Mi mural será singular y único.

Leonardo se le acercó incluso más, apenas los distanciaban tres palmos.

—Después de contemplar a tus bañistas, mis sospechas se han confirmado. Miguel Ángel, eres un pintor de meras anatomías.

—¿¡Cómo dices!?

—Pretendes parecer un gran dibujante, pero tus desnudos son leñosos y carentes de gracia; los cuerpos de tus hombres son como un *sacco di noci*.

—¿¡Un saco de nueces!?

—O un manojo de rábanos, si lo prefieres. Dicho de otro modo: no pintas figuras, esculpes dibujos.

—No haré caso alguno a tu desfachatez. Me sobra destreza para dibujar figuras con contornos definidos y precisos.

—Ignoras la manera correcta de utilizar las sutilezas del *sfumato*, no sabes captar ni los matices de los colores ni los efectos de la refracción de la luz y careces de la técnica del uso de la perspectiva. ¿Quieres que siga?

Leonardo se aproximó tanto que Miguel Ángel pudo apreciar claramente el perfume floral que emanaba de su cuerpo y sus prendas. Da Vinci vestía una elegante túnica violeta y zapatos negros con plataforma. Sus largos cabellos y barbas le conferían un atractivo imponente. Sus labios se abrieron despacio por un segundo y se volvieron a cerrar. ¿Acaso se le estaba insinuando? Era imposible resistirse al destello de aquellos ojos dorados, a las hermosas facciones de su rostro, a su elocuencia y sofisticación; y aún menos a aquel portentoso genio que causaba furor entre la gente de la ciudad. Hubo un instante en el que Leonardo se le aproximó tanto que Miguel Ángel fue capaz incluso de notar y escuchar su respiración, ligeramente excitada.

Entonces, Leonardo le susurró:

—Estás obsesionado con el desnudo masculino... —Y le rozó el brazo con la mano, en un desliz apenas perceptible.

La enemistad que los separaba se había transformado de repente en una sensación muy distinta. Se había quebrado la frontera del rechazo.

Miguel Ángel se quedó inmóvil sin saber qué hacer. Tenía el rostro de Leonardo a un palmo del suyo, pero no lo miraba a los ojos. No lo quería mirar. No deseaba que aquello sucediera. Su mirada estaba fija en otro lado, en *La batalla de Anghiari*.

Da Vinci esperó a que Miguel Ángel realizara el primer movimiento.

Buonarroti evidenció cierta sorpresa antes de hablar.

—Observa tu fresco —le aconsejó en un tono bajo.

—¿Qué sucede?

—Míralo —reiteró Miguel Ángel.

Leonardo se giró despacio.

—¡Dios! —exclamó con perplejidad.

Su pintura se estaba desprendiendo de la pared.

El terco afán del veterano maestro por aplicar sustancias y productos nuevos en sus pigmentos lo había impulsado a realizar un experimento desafortunado. Quería pintar la pared del Salón de los Quinientos a su manera, siguiendo técnicas de su invención, al óleo, no al fresco, para superar las técnicas tradicionales de los viejos maestros; pero la única verdad era que ni se había secado ni se había fijado a la pared. El resultado era catastrófico: la pintura estaba resbalando y cayendo como cera derretida.

—Te advertí que tu mezcla no funcionaría.

Ante la desgracia que contemplaban, una extraña mezcla de lástima y de satisfacción por igual iluminó el rostro de Miguel Ángel. Cabía esperar que después de todo lo que había sufrido, aquel fracaso fuera un triunfo para Buonarroti, pero al observar los ojos desconsolados de Da Vinci, percibió que una magnífica obra de arte se estaba echando a perder y que poco a poco desaparecía la formidable creación de su rival mas odiado, pero también al que más admiraba.

Ninguno de los dos supo qué hacer. Leonardo no podía quedarse de brazos cruzados, tenía que arreglar aquella adversidad o al menos intentarlo. Pero parecía hallarse profundamente abatido y su semblante mostraba una expresión sombría y entristecida. Se encontraba bajo el efecto de una crisis terrible. Observaba con desconsolada expresión, con los ojos muy abiertos y humedecidos, cómo la pintura se desprendía despacio, goteaba y manchaba el suelo.

Nunca antes había visto Miguel Ángel a Leonardo de aquel modo. Ni siquiera lo reconocía, tan insignificante, desesperado y avergonzado ante su batalla que se perdía, incapaz de reaccionar, esperando paciente e inane a que Dios obrara un milagro; pero Dios no compareció.

Fue Miguel Ángel quien reaccionó y con una gran franqueza le dijo:

—Yo te ayudaré.

Discurrieron diversas soluciones para afrontar aquel problema. No había contratiempo que ellos no pudieran abordar si trabajaban juntos. Resultaba tentador pensar en las maravillas que podrían haber creado si Miguel Ángel lo hubiera considerado desde el principio como su mentor.

El ofrecimiento de Miguel Ángel provocó en el ánimo de Leonardo una súbita revolución.

—Tarde o temprano hallaré un recurso y volveré a adherir la pintura al muro. Gracias por tu ofrecimiento —dijo Leonardo.

Se sonrieron mirándose a los ojos. Miguel Ángel se dio cuenta por primera vez de que Leonardo tenía un ligero estrabismo. Se estrecharon las manos.

—Me marcho a Roma —anunció Miguel Ángel para sorpresa de su rival.

Había guardado el secreto hasta el último momento. El papa Julio II había comunicado sus intenciones de querer sobrevivir en la memoria de los hombres y había decidido construir en medio de la basílica de San Pedro en el Vaticano una magnífica tumba que eternizase su recuerdo. El papa le había encargado el trabajo a su arquitecto Giuliano da Sangallo, quien le respondió que solo había en el mundo un escultor capaz de tallar una obra semejante: Miguel Ángel Buonarroti.

—Ojalá puedas esculpir en Roma todos tus sueños —le dijo Leonardo, todavía estrechándole la mano.

Sí, el destino había decidido que así tenían que suceder las cosas: Miguel Ángel viajaría a la Ciudad Eterna, se reuniría con su *Pietà* y trabajaría para el papa Julio; Leonardo se quedaría en Florencia para culminar el retrato de Lisa del Giocondo y se esforzaría por arreglar los desperfectos de *La batalla de Anghiari*.

Habría de pasar un año entero para que volvieran a encontrarse, de nuevo y por última vez en sus vidas, en Florencia.

5

Florencia, finales de primavera de 1505
a primavera de 1506

Leonardo intentó varias soluciones para fijar la pintura en el mural que le habían asignado para pintar su batalla. En vano.

No conseguía que la pintura permaneciera adherida a la pared, de modo que repintaba una y otra vez el modelo de su cartón, que además sufrió graves daños a causa de una terrible tormenta que se desató sobre Florencia a principios de junio. Parecía como si algún genio maléfico le hubiera echado mal de ojo.

Una de las ocurrencias fue encender fuego al pie del mural, con un resultado catastrófico. Lejos de contribuir a un rápido secado de la pintura, el calor y el humo acabaron dañando los colores. No obstante rechazó rendirse y siguió pintando sobre la pared, aunque no había semana que no se despistara y se entretuviera con varios de los asuntos que su prodigiosa imaginación estaba maquinando: extrañas máquinas voladoras, artefactos submarinos, lentes de óptica, instrumentos astronómicos..., nada escapaba a la curiosidad de su genio.

Solo la contemplación, en ocasiones durante horas para aplicar al fin una sola pincelada, del retrato de Lisa lo confortaba y le hacía olvidar los fracasos que se sucedían en el mural de *La batalla de Anghiari.*

El final del otoño y la llegada del invierno no sirvieron para mejorar las cosas. Todo lo contrario: el frío y la humedad provocaron más y más problemas que Leonardo no fue capaz de solventar.

Aquella maldita pared parecía embrujada y se comportaba como si dispusiera de vida y alma propias. Cada vez que Leonardo pintaba sobre ella, los pigmentos se descomponían, las pinceladas se corrían y los trazos del maestro se desvanecían diluidos como el polvo bajo la lluvia.

Así transcurrieron aquellos meses. La llegada de la primavera y la mejoría del tiempo tampoco sirvieron de nada. Todos los esfuerzos por llevar el cartón al mural resultaron baldíos para desesperación de Leonardo y de los miembros del Consejo de la Señoría, que asistían impotentes a los fracasos de su mejor pintor.

Roma, finales de primavera de 1505
a primavera de 1506

Mientras Florencia contemplaba desesperada el fracaso de Da Vinci, Miguel Ángel se había trasladado a las canteras de Carrara para seleccionar los mejores bloques de mármol en los que labrar las figuras de la tumba del papa Julio.

Durante ocho meses Buonarroti inspeccionó todas y cada una de las piedras que se extraían de aquellas montañas. Cada vez que avisaban de la existencia de una buena pieza corría a examinarla y escudriñaba con absoluta meticulosidad cada pulgada, fijándose en las vetas, las impurezas y cualquier detalle que pudiera ser útil para su trabajo. Solo las mejores y con mayor grado de pureza se marcaban y se enviaban a Roma, donde las tallaría para extraer las prodigiosas figuras que contenían y que solo los ojos de Miguel Ángel eran capaces de atisbar.

Cuando tuvo seleccionado todo el material que necesitaba para la tumba del papa, Buonarroti regresó a Roma.

El papa Julio II bramaba como un toro enfurecido. Consideraba que el artista en el que había depositado toda su confianza se estaba retrasando. Tenía sesenta y dos años, pero sobre todo ardía en la impaciencia de querer ver culminada su tumba cuanto antes.

El papa y Miguel Ángel compartían un temperamento visceral e impetuoso. Julio II era un guerrero, habituado más a las batallas que a las misas, y no admitía que nadie le plantease la menor objeción.

Miguel Ángel consideraba que el Sumo Pontífice de la Iglesia romana no lo trataba con la consideración que merecía un artista de su talento, y que ni siquiera le había agradecido haber pasado todo el crudo invierno al pie de las canteras, en las montañas de Carrara, para disponer del mejor material posible.

Un día de mediados de primavera Buonarroti se acercó a la colina del Capitolio para observar las estatuas de Rómulo y Remo niños, que treinta y cinco años antes se habían fundido en bronce para acompañar a la loba que simbolizaba la ciudad de Roma.

Contemplando aquella escultura en el pórtico del palacio del Campidoglio, a Miguel Ángel le vino a la cabeza una extraña idea. Los dos niños fundadores de Roma mamaban de las ubres de la loba tal cual contaban las viejas historias, alimentándose con la leche de una fiera que los había salvado de morir de hambre, y se imaginó que él era como uno de esos niños, pero su loba no era Roma, sino Florencia, su ciudad natal, la que lo había alimentado como artista, la que le había transferido el genio del arte y la libertad de creación.

No lo pensó ni un momento. Se dirigió al Vaticano, recogió algunas de sus cosas y se limitó a decirles a dos clérigos que le preguntaron que a dónde iba con tanta prisa:

—Podéis decirle al papa que si me busca en adelante ya me habré ido a otra parte.

Y dicho esto se puso en camino hacia Florencia.

Allí lo esperaba su verdadero gran desafío y no solo era el reto de pintar el fresco de *La batalla de Cascina* frente a la de Leonardo, sino el de vencer a su gran rival de una vez por todas.

6

Plaza del Duomo, Florencia, abril de 1506

Durante todo el tiempo que Leonardo había vivido en Florencia algo dentro de él clamaba por tomar una drástica decisión. Pretendía cambiar muchas cosas de su vida, pero necesitaba de un poderoso detonante para tomar tan decisiva resolución.

Varios fueron los motivos que lo impulsaron a optar por aquella alternativa a finales del mes de abril.

Estaba a punto de atardecer sobre las colinas de la Toscana. Leonardo esperaba en la plaza del Duomo a Salai, a quien había citado para comunicarle su trascendente decisión antes que a nadie. El aprendiz apareció con veinte minutos de retraso acompañado por unos amigos a los que despidió entre bromas antes de tomar asiento al lado de Leonardo en un podio orientado hacia la catedral.

—¿Va todo bien, maestro? —preguntó Salai, pues percibió una luz diferente brillando en sus facciones.

—Giacomo.

—¿Sí?

—Me voy de Florencia; vuelvo a Milán.

Salai agachó la cabeza con pesar. No trató de convencerlo para que permaneciera a su lado. No había nada que pudiera hacer. El tono de Leonardo había sonado lo suficientemente autoritario para no mediar palabra. Salai tan solo quiso saber la razón.

—Han pasado veinte años desde que pinté la *Virgen de las rocas* y todavía no se me ha retribuido por dicho trabajo. Un juez me exige dar los retoques finales a la pintura si quiero cobrar lo que me pertenece. He de resolver este asunto de inmediato.

—Jamás pensé que tú llegarías a decir algo así —musitó Salai, en parte decepcionado, con la vista clavada en la cúpula de la catedral.

—¿Acaso te sorprende mi decisión?

—¡Por supuesto! El dinero nunca ha dictado tus acciones, maestro, y aún menos tus elecciones. Además, si terminas *La Batalla de Anghiari* ganarías lo mismo permaneciendo en Florencia.

Leonardo negó con la cabeza y le envió una sonrisa cargada de ternura.

—Ya he hablado con Soderini. La Señoría me dejará marchar libremente, aun sin haber completado ese fresco en el Salón de los Quinientos.

—¿De... de verdad?

—Giacomo, en esta decisión también han intervenido otros factores, sobre todo políticos y diplomáticos. El rey de Francia controla Milán y ha protegido Florencia de los Borgia y de otros posibles invasores. Ahora Luis de Francia reclama mis servicios, al menos de forma temporal. La Señoría de Florencia le debe demasiado y no puede negarse.

—El rey Luis siempre ha mostrado una gran admiración por tu *Última cena* —añadió Salai, de pronto sonriente.

El verdadero secreto que Leonardo prefirió no contarle residía en que unos veinte días antes sus hermanos lo habían excluido de la herencia paterna. Los lazos con su familia y con su ciudad natal estaban rotos.

—Maestro.

—¿Sí?

—Buonarroti regresó a Florencia hace tres semanas.

—Lo sé, Giacomo. Su enfrentamiento personal con el papa ha puesto en riesgo la integridad y la independencia de Florencia. Miguel Ángel también ha de tomar una decisión.

«Y yo se dónde encontrarlo», pensó.

Salai lo miró de hito en hito. Como Leonardo no añadió más palabras, consideró que lo oportuno era no seguir preguntando. Volvió la mirada al frente y observó los muros de mármol blanco, rojo y verde de Santa Maria dei Fiore. La gente paseaba por la plaza con despreocupación, los comercios cerraban y en las tabernas se servían las primeras cenas de la noche y se entonaban los primeros cánticos. El cielo crepuscular resplandecía sobre la cúpula de Brunelleschi y proyectaba en su tejado rojo un efecto mágico, al tiempo que en la fachada se reflejaba un millar de luces de colores gracias a la tornasolada luz del atardecer. Salai susurró:

—Qué obra tan hermosa es la catedral de Florencia.

La sombra de un edificio cayó abrupta sobre ellos y los pájaros comenzaron a trinar con gran estruendo en el alero. Una brisa suave y agradable, promesa de una noche apacible, les hizo creer, fuera cuál fuese su destino, que ya no había de qué preocuparse.

Salón de los Quinientos, Palazzo Vecchio, Florencia, abril de 1506

El regreso a Florencia le había permitido recuperar la paz interior que en las últimas semanas le arrebatara aquel papa arrogante, efusivo y ambicioso. Todos los florentinos se hallaban felices de tenerlo nuevamente en la ciudad tras varios interminables meses ausente. Miguel Ángel agradecía con gesto prudente las cálidas palabras que a diario recibía en las calles, pero en el fondo de su ser tan solo esperaba un gesto de arrepentimiento por parte del papa para recuperar el puesto a su lado. No obstante, Julio II era una de esas naturalezas autoritarias, un hombre obstinado en no rectificar sus errores. El carácter impetuoso de Miguel Ángel tampoco ayudaba a que el papa fuera a transigir con facilidad.

Durante un rato, en el silencio de la gran sala meditó sus opciones con los ojos cerrados. Pasado un tiempo se posicionó frente a la pared en la que debía pintar *La batalla de Cascina*. Da Vinci había dejado inacabado su mural, que lucía abandonado, estropeado y desvaído. Tal vez asuntos más urgentes requerían de su saber y de sus manos. Lejos, muy lejos, aparecía en su memoria el recuerdo de las fogosas conversaciones que allí mismo mantuviera con Leonardo y también aquel efímero instante en el que rozó su brazo.

El eco de unas pisadas le hizo despertar de sus ensoñaciones. Miguel Ángel se había quedado traspuesto en el Salón de los Quinientos. Al abrir los ojos, divisó a Leonardo caminando decididamente hacia él, vestido como de costumbre con aquellas estrafalarias prendas. Había transcurrido casi un año desde la última vez que lo viera. Tenía más arrugas en el entrecejo y más canas en las barbas y el cabello, pero su figura seguía resultando atractiva, tan esplendorosa como la recordaba.

Miguel Ángel se incorporó y le estrechó la mano sin emoción alguna.

—Has envejecido —le dijo.

—Y tú, por lo visto, has enfurecido al papa.

—¿También me vas a recriminar mi actitud con Su Santidad? Todos mis amigos reprueban que me enfrente al dueño de Roma.

Leonardo no comentó nada. Volvió la mirada hacia su incompleta *Batalla de Anghiari* y bajó los párpados un instante con cierta tristeza. Prosiguió:

—Las discusiones personales que te traes con el papa ya se han hecho públicas; toda Italia sigue con curiosidad vuestro enfrentamiento. Tal vez deberías reconsiderar tu postura, Miguel Ángel, pues el pontífice Julio es la conexión directa entre la tierra y el cielo.

—Ya le he hecho llegar el mensaje de que no me plegaré a sus caprichos.

—El papa jamás se doblegará ante un artista —le advirtió Leonardo.

—Lo sé. Y ha obrado en consecuencia: ha dejado de escribirme cartas demandando mi regreso a Roma y ahora escribe directamente a la Señoría.

—¿Eres consciente de la gravedad del asunto? Hasta este momento vuestro enfrentamiento y el choque de vuestras respectivas personalidades se ha limitado a dos sujetos individuales, pero, Miguel Ángel, ahora entran en juego los Estados.

—Soy muy consciente de la situación política, sí. Las órdenes del Vaticano instan a Soderini a llevarme ante Su Santidad, pero nuestro gonfaloniero no sabe cómo proceder porque aceptar la entrega de un ciudadano florentino al papa implicaría someterse al arbitrio de una potencia extranjera, cosa que Florencia no puede permitirse, pues siempre se ha sentido orgullosa de su independencia. Solicitar mi extradición en semejantes circunstancias equivale a reclamar lo imposible.

Leonardo empezaba a admirar la perseverancia de Miguel Ángel y también la rebeldía de espíritu que se apoderaba de él ante la adversidad y la injusticia. Pero a veces se comportaba con demasiada terquedad, con un orgullo desmedido que le impedía ver los hechos con la objetividad que corresponde.

—Las últimas cartas del papa —avisó Leonardo— dan a entender sin miramiento alguno que, si Florencia no te devuelve, la Toscana tendrá que asumir las consecuentes responsabilidades.

—Lo sé.

Leonardo sopesó sus siguientes palabras, posó una mano amistosa en el hombro de Miguel Ángel y sentenció:

—Lo sabes, y por esta ciudad harás lo correcto.

—Por Florencia regresaré a Roma.

Y después ambos se centraron en aquella cuestión que lloraba su alma. Habían llegado a la conclusión de que, por el momento, no iban a ser capaces de completar ni *La batalla de Anghiari* ni *La batalla de Cascina*. Los murales que habrían de suponer la más importante configuración pictórica del interior de un espacio público tendrían que esperar.

Ellos sí tenían bastante claro cuál iba a ser el resultado final de aquel encargo: las dos obras, frente a frente, incomparables en monumentalidad y dramatismo, en innovación, dinamismo y fuerza, jamás serían pintadas.

Miguel Ángel recogió sus cosas y sin despedirse se encaminó hacia la puerta central del Salón de los Quinientos. Leonardo lo llamó por última vez, recurriendo a un tono reposado.

—Yo también me marcho de Florencia. Regreso a Milán. —Y esperó una respuesta; en vano, de modo que decidió darle un consejo final—: Miguel Ángel, te desagrada tu forma de ser. No te gustas, pero te admiras tanto que si abrieras tu corazón a otro ser humano temerías perder aquello que te hace excepcional: el don de la creación. Piénsalo de vez en cuando e inténtalo: abre tu corazón. El arte no lo es todo. Una vida sin amor, no es vida.

Miguel Ángel exhaló aire de espaldas a Leonardo, que no podía ver la expresión que esbozaba su rostro, pero sí escuchó las últimas palabras que pronunció Buonarroti mientras abandonaba para siempre el Salón de los Quinientos.

—El amor y la felicidad no son más que distracciones.

7

Florencia, mayo de 1506

Leonardo dedicó tres días a despedirse de sus amistades. Organizó una fiesta a la que acudió un centenar de invitados. Durante largas horas entretuvo a sus amigos con anécdotas hermosas que hacían sonreír y levantaban todos los ánimos y los corazones. Algunos, los que habían bebido más de la cuenta, le pedían con ruegos exagerados que no se marchara de Florencia. Entre conversación y conversación cantaban alegres melodías toscanas que el propio Leonardo se encargaba de acompañar con música, tocando su laúd de plata a la luz de la luna y las estrellas, creando fantásticos juegos de luces y sombras alrededor del fuego de las velas.

Había tardado mucho tiempo en reconquistar aquella felicidad, pero ahora sus sentimientos por fin eran firmes y claros. A partir de ese instante tendría la intención de vivir abrazado a la esperanza de que las contribuciones que un futuro cercano pudiera idear ayudarían a que el mundo se convirtiera en un lugar un poco más humano, más allá de las guerras, las sombras y los tiempos de oscuridad. Con eso le bastaba.

Aun con todo, rodeado de amigos, de arte y de música, Leonardo no dejaba de preguntarse qué hubiera sucedido de haber puesto más empeño en sus inventos y qué habría ocurrido de haber investigado de manera más profunda el vuelo. Aquellos interrogantes lo obsesionaban, pero su gran curiosidad era precisamente lo que avivaba aquella inmensa chispa de felicidad que con toda certeza creía haber conquistado. Nunca se daría por vencido, porque todavía albergaba alguna esperanza y sonreía ante esa posibilidad. Leonardo pensó que quizá algún día el ser humano sí sería capaz de volar.

La imagen que recordaba de Milán todavía era demasiado débil, lejana y borrosa, como la luna que se vislumbra en el cielo del amanecer. Una vez todo quedó arreglado para viajar, Leonardo le dijo a Salai que tenía que despedirse de una última persona. Antes paseó por la ciudad y se detuvo a contemplar la catedral, el baptisterio y el campanario y, luego, el Palazzo Vecchio, a cuyas puertas todos admiraban la magnificencia del *David*. Incluso le pareció divisar la silueta de Nicolás Maquiavelo tras una de las ventanas.

Más tarde se perdió por las calles, disfrutó del ambiente y observó a los florentinos comerciar y regatear. A cada paso que daba iba almacenando todas aquellas imágenes en la retina, al tiempo que el transcurso de la mañana llevaba a su olfato los olores de la primavera.

Tras un largo rato deambulando por las calles, Leonardo decidió que finalmente no se despediría de «ella». No tenía derecho alguno a presentarse en casa de Francesco del Giocondo demandando un adiós. No, no le entregaría el retrato por el que lo había contratado. Jamás se desprendería de él y fuera cual fuese el tiempo que le quedara sobre la faz de la tierra lo llevaría siempre a su lado, y cuando en su imaginación surgiera una nueva idea, una nueva forma, aplicaría una pincelada al cuadro y aguardaría con renovada ilusión hasta que se produjese el siguiente estallido de genialidad. Sería paciente y dedicaría el resto de sus días a retocar y perfeccionar la *Mona Lisa*, porque en aquella mujer, en aquel leve amago de sonrisa, Leonardo había dado con el descubrimiento más importante de su vida: la maravillosa oportunidad de contemplar el mundo a través de otra mirada.

Miguel Ángel comentó a su padre y sus hermanos que antes de partir a Roma quería despedirse de Florencia. Sus pasos lo llevaron a la zona en torno a la iglesia de Santa Trinità, donde se celebraba un banquete al aire libre al que estaba invitado todo el vecindario. Una banda de músicos y cantantes entretenía a la concurrencia, que disfrutaba de ingentes cantidades de comida y de un excelente vino toscano.

Durante largo rato Miguel Ángel observó a los alegres comensales, ligeramente apartado de la multitud. Pasado el mediodía divisó la inconfundible figura de Leonardo da Vinci, quien saludaba a unos y a otros con su habitual amabilidad y cortesía, para dirigirse después con espléndido caminar hacia el Ponte Vecchio.

Miguel Ángel lo sintió en el fondo de su ser. Algo que iba más allá de la lógica y la razón lo incitó a precipitarse hacia Leonardo.

Caminaba despacio detrás de él, sin comprender el motivo. Y de pronto, cuando Leonardo penetró en el Ponte Vecchio, la mente de Miguel Ángel estalló en un relámpago enceguecedor, porque entonces afloró en su memoria un vetusto recuerdo, aquel en el que, cinco años antes, se viera a sí mismo persiguiendo a Leonardo por las calles de Florencia con el único propósito de mostrarle sus bocetos y pedirle opinión acerca de su trabajo. La gran diferencia residía en que ya no quedaba en Miguel Ángel rastro alguno de aquel joven sucio y desangelado que tiempo atrás sangrara y caminara arrastrando tristemente los pies. Se había convertido en todo con lo que una vez soñó: ser el creador más importante de su tiempo, el único hombre sobre la tierra capaz de hacer posible lo imposible.

Leonardo se detuvo exactamente en el mismo lugar en el que lo había hecho cinco años antes. Pero esta vez se hallaba solo, no había discípulos a su alrededor ni oyentes interesados en su discurso. Parecía buscar algo. O a alguien. Y entonces se volvió.

Miguel Ángel también dejó de caminar, le aguantó la mirada y de repente recordó todo cuanto habían vivido en la ciudad: el concurso por «la piedra de Duccio», la disección conjunta de un cadáver y el encargo de pintar las victorias de Florencia en la misma sala.

Después de todo Miguel Ángel se dijo que los méritos de Leonardo da Vinci en el arte eran más notables que los suyos, quizá inalcanzables. Había pintado la *Última cena*, el *Hombre de Vitruvio*, *Salvator Mundi*, el retrato de una sonrisa inmortal y muchas obras de arte más. Por su parte, la *Pietà* y el *David* testificaban el talento de Miguel Ángel. El papa le había encargado esculpir un *Moisés* para su tumba. En la escultura, era insuperable, pero él siempre se exigía más y hasta reconocía sin ambages que tal vez nunca llegaría a conquistar el campo de la pintura.

Non sendo in loco bon, né io pittore.

«No estoy en mi sitio, ni pintor me digo.»

Pero erraba. Miguel Ángel se equivocaba. Porque antes de lo que pudiese imaginar recaería en sus manos la inmensa responsabilidad de pintar la bóveda de la Capilla Sixtina en el Vaticano.

Frente a Leonardo, allí en medio del Ponte Vecchio, se percató con sorpresa de que no era un desdichado. La influencia de Leonardo había dejado en él la impronta de un aprendizaje que en absoluto tenía que ver con el arte, la importancia de una huella mágica, de un inesperado entusiasmo por la vida, aquel placer que le producían los sueños y la libertad. Esos eran los regalos que Leonardo da Vinci había dejado grabados en su alma.

Ojalá de vez en cuando lo recordara.

Leonardo accedió al Ponte Vecchio siguiendo la estela de un impulso desconocido. No se despediría de Lisa del Giocondo, pero sí visitaría el lugar exacto en el que la vio por primera vez. Cuando se detuvo, hacia la mitad del puente, la buscó con ojos confiados, pero no la encontró. No fue a ella a quien divisó; tal y como sucediera hacía cinco años, Miguel Ángel Buonarroti se interponía entre él y la dama imaginaria.

En la distancia que los separaba, una sombra entrecruzó su rostro, el sol iluminó sus facciones y una suave brisa meció su cabello. Al mirarlo a los ojos, sintió que en su interior permanecía vivo el reflejo de cuanto habían compartido. Tenía curiosidad por saber qué le depararía el futuro a Miguel Ángel en Roma. No sabía por qué, pero le parecía que competir contra él era una batalla que ya no le correspondía librar. Habían tenido tiempo y razones para arreglar las cosas, pero su relación se había torcido desde un principio y, aunque los demás no lo entendieran, no habrían podido actuar de otro modo.

A su alrededor, el Ponte Vecchio hervía de actividad mientras ellos permanecían inmóviles sin esbozar gesto alguno, retándose con la mirada entre cabezas de gente anónima. Y entonces Miguel Ángel hizo algo que Leonardo jamás hubiese imaginado: asintió lentamente con un gesto y después sonrió. Leonardo le devolvió la misma tenue sonrisa. Miguel Ángel asintió de nuevo, se dio la vuelta y se perdió entre la multitud.

En el Salón de los Quinientos quedaron dos paredes con dos murales inacabados, pero también una lección para el mundo. Leonardo y Miguel Ángel pudieron haber escrito el verso final de un excelso poema, pero ambos renunciaron a culminar su desafío y prefirieron seguir caminos distintos. Otro artista tomaba ahora el relevo; el prestigio del arte de Florencia pasaba a depender del talento del joven Rafael Sanzio.

Eran tiempos difíciles para perseguir sueños y esperanzas. Era todo un milagro que aquellos dos hombres no hubiesen abandonado sus ideales. Quizá con eso bastaba. Tal vez fuera motivo suficiente para que el mundo recordara por siempre sus nombres.

NOTA DEL AUTOR

Esta novela relata el desafío que enfrentó a Leonardo da Vinci y a Miguel Ángel Buonarroti a comienzos del siglo XVI. Los dos genios del Renacimiento coincidieron en la ciudad de Florencia en algunos periodos entre los años 1501 y 1506, un tiempo en el que Leonardo comenzó a pintar la *Mona Lisa* y Miguel Ángel esculpió el *David*.

Considerados los dos más grandes artistas de su época, y quizá de todos los tiempos, estaban convencidos de que su arte era el más excelso. Como aquí se narra, es cierto que entre ambos estalló una enorme rivalidad que los condujo a un constante enfrentamiento, y que no cruzaban palabra sin que se produjese una acalorada discusión, como relata su contemporáneo Giorgio Vasari en su libro *Las vidas de los más excelentes pintores, escultores y arquitectos*.

A comienzos del siglo XVI Italia estaba dividida en diversos dominios, ciudades repúblicas y señoríos entre los cuales hervían constantes conflictos políticos protagonizados por personajes ambiciosos y sin escrúpulos como César Borgia, hijo del papa Alejandro VI. Florencia era una de las repúblicas más ricas y poderosas. Gobernada por la familia Médici, luego por el fraile Savonarola y más tarde por un concejo republicano en el que destacó el hábil político Maquiavelo, los florentinos se sumieron en una turbulenta vida política y social.

Los Médici recuperaron el poder y el gobierno de Florencia

en 1512 gracias a la ayuda del papa Julio II, y la ciudad quedó subordinada a Roma en los años siguientes, a la vez que se mantuvo la legendaria pasión por la belleza y el arte que había convertido a Florencia en sede de artistas prodigiosos.

En la novela, y para mayor claridad, he optado por denominar al edificio del gobierno florentino tanto palacio de la Señoría como palacio Vecchio, aunque este último nombre no se le dio hasta la segunda mitad del siglo XVI.

La disección de cadáveres estaba prohibida, pero se sabe que algunos médicos y artistas la practicaron de manera clandestina. Leonardo y Miguel Ángel lo hicieron por separado, pero en la novela los he unido en la escena en la que ambos inspeccionan conjuntamente un cadáver en busca de información anatómica para sus obras.

El encargo de la Señoría de Florencia a Leonardo y a Miguel Ángel para que pintaran sendas batallas, las de Anghiari y Cascina respectivamente, en los muros del Salón de los Quinientos del palacio Vecchio es verídico, como también las circunstancias que rodean la trama. En el contrato del fresco de la batalla de Anghiari aparece la firma de Maquiavelo, pero a falta de otros datos he tenido que recrear la participación del político en este asunto. Miguel Ángel tan solo elaboró los bocetos, y no plasmó ni una pincelada en la pared; Leonardo sí pintó parte del fresco, pero su obra se perdió. Sobre el fresco de Leonardo, Giorgio Vasari pintó una gran batalla años después. En una banderola, Vasari escribió las enigmáticas palabras *Cerca trova*, que encierran un críptico mensaje sobre el cual quizá me plantee una próxima novela.

Es cierto que Leonardo, como otros artistas, pugnó por hacerse con la piedra de Duccio, que al fin fue adjudicada a Miguel Ángel, quien se volcó de tal manera en esculpir en ella su David que casi le cuesta la vida. Este bloque fue llevado a Florencia desde las canteras y quedó abandonado durante medio siglo, hasta que Miguel Ángel lo talló. Su traslado hasta el palacio Vecchio fue un verdadero prodigio pues, dado el tamaño y peso de la escultura del David, muchos consideraron que sería imposible que llegara intacta a su lugar definitivo. Sobre el proceso del concurso para la adjudicación del bloque de mármol de Duccio, apenas se conocen unos pocos datos; he tenido que inventarlo a partir de la imaginación basándome en el intenso afán de competencia que reinaba entre los artistas de la época.

Por fin, en el tratamiento entre los personajes he optado por utilizar el tuteo, y lo he unificado para evitar cambios permanentes que puedan confundir a los lectores.

Quiero agradecer a Penguin Random House y a Ediciones B la publicación de esta mi tercera novela.

A Lucía Luengo, mi editora, por la confianza depositada en mí y por la libertad que me ha dado para afrontar este proyecto desde un principio.

A José Luis Corral, por sus consejos, su orientación y por saber guiarme en el maravilloso mundo de la literatura.

A Víctor Blasco y Javier Camón, quienes, con sus comentarios, inspiraron algunas escenas de esta novela.

Y por supuesto a Luz Morcillo, quien leyó antes que nadie esta historia.